中国第一部抗震救灾题材微型小说集

大爱·真情

DaAi ZhenQing

凌鼎年　主编

中国方正出版社

谨以此书——

悼念、告慰在汶川、雅安大地震中的死难者、失踪者；

献给抗震救灾中历尽磨难的幸存者、自救者；

献给抗震救灾的武警官兵、消防官兵、公安官兵、空军、陆军子弟兵、民兵战士；

献给救死扶伤的白衣天使、防疫人员；献给志愿者、献血者、捐款者；

献给深入第一线采访的新闻工作者；献给第一时间创作、义卖的诗人、作家、摄影家、书画家；

献给海峡两岸关心、关注地震的各界人士；

献给世界各国支援汶川灾区的救援队、募捐者，各慈善机构……

愿逝者安息，大爱永存！

抗震救灾，文学不能缺席
（代序）

凌鼎年

2008年5·12汶川地震是一场罕见的大灾，但从媒体及时的透明的全方位的连续的滚动报道中，我们却看到了天灾无情，人间有爱，大灾面前更有大爱。这一次，灾情之严重，灾祸之惨烈，即便平时铁石心肠的硬汉也无不悲伤掉泪。抗灾中涌现出的一桩桩一件件发生在普通市民身上、发生在子弟兵身上、发生在灾民身上、发生在志愿者身上、发生在媒体记者身上的感人事迹，却一再让我们动容，让我们流泪。既是伤心的泪，更是感动的泪，振奋的泪。因为我们从抗震救灾中看到了民族的凝聚力，国家的向心力，看到了人性中最闪光的一面、最美好的一面、最坚强的一面。这种团结与共、众志成城、坚忍不拔、不言放弃的精神，不正是我们民族的精神，共和国的精神！这种精神是有力量的，这种力量是战无不胜的，这也是我们民族、我们国家最宝贵的底蕴。可以说，这次上至共和国的总理，下至平民百姓，都向世界展示了我们中华民族渗透在骨子里的素质，交了一份令世界不能不敬佩、不能不感动、不能不赞叹的答卷。

我生活的江南，与四川、汶川、北川、青川远隔千山万水，但是万水千山隔不断我们的同胞之情、手足之情。一天天来，汶川灾区的每一条信息，每一张照片，都实实在在地牵动着每个国人的心，多少人为之忧心，为之掉泪，为之感动，多少人在默默祈祷，暗暗祈福，希望奇迹发生再发生，恨不得生出翅膀，飞到灾区亲身参加救灾工作，哪怕搬一块砖石，扛一次担架，送一碗粥，递一瓶水，以尽一份绵薄之力，减轻灾区几分困难。

我不能不感动啊，这次全国各地，海峡两岸，从上到下，捐款赈灾速度之快，之踊跃，之慷慨，前所未有，无需开会，无需发动，不少市民是自发的，自觉自愿的，一个个悲情凝重，解囊相助。有白发苍苍的老人，有牙牙学语的孩童，有打工的，有下岗的，还有残疾人；有的捐了一次又一次，有的连名字也不肯留下，聊表寸意，以示爱心，只希望让灾民早一点脱离苦难，让灾区早一日重建。正是有了这样的信念，这样的期盼，在极短的时间内就募集了大量的善款，体现了血浓于水的血脉相连的情感，把我国一方有难、八方支援的优良传统作了最好的诠释与注解。

那么在这场特大自然灾害面前，我们作家能缺席吗？当然不能！可我们又能为灾区做些什么，该做些什么呢？难道我们不应该拿起笔，为灾区鼓劲，为中国加油，为抗震救灾中涌现出的英雄人物、感人事迹讴歌之，宣传之?！我在灾后没几天就写了《汶川大地震后的感慨》的随笔，还发动、组织太仓市作家协会的诗人撰写了几十首诗歌，美国的文心网、菲律宾的《世界日报》，国内《天津文学》的"抗震救灾作品增刊号"都选用了，我很欣慰。我注意到，这些诗歌作为文学的轻骑兵是最活跃的，诗歌的快捷、灵活让很多读者重新认识了诗歌。我是个曾经的诗人，已快二十年不写诗歌了，多年来我一直在为推进微型小说这文体奔走努力，于是我想到了用微型小说这种短小精悍的文体来反映抗震救灾中的方方面面，用文学形式为历史存照，以尽我们微型小说作家的绵薄之力。我的这个想法与出版社的编辑一拍即合，说干就干，我马上组稿，哪想到微型小说作家参与的劲头及其高涨，来稿十分踊跃，微型小说"短平快"的优势一下子显示了出来。

尽管有些作品属于急就章，难免粗糙，但作家积极参与抗震救灾的那种心情，不能不让我感动。

据我了解，这本抗震救灾微型小说选是我国第一本这类性质的微型小说集子，就是在全世界，可能也是第一本。应该属于填补我国出版界空白的一本集子。微型小说作家能为抗震救灾出一份力尽一份心，这是我们义不容辞的职责。我想，我们微型小说作家会继续关注四川汶川的抗震救灾，不断用我们的笔，用微型小说这文体这形式表达我们的心，我们的爱，以及我们的感动，包括反思。

主编这本集子时，我放下了其他所有事情，可以说是全力以赴，编这本集子既是对汶川地震死难者的一种祭奠、告慰，也是对无数抗震救灾有名英雄与无名英雄的一种民间性质的褒扬，藉此记住这场地震，记住这些亡灵，记住这些英雄，记住我们的感悟、我们的震撼，记住我们整个民族有过这样一次铭心刻骨的灵魂洗礼与精神升华。

今天正好是我生日,我想这不是我给自己最好最有意义的生日礼物吗?!

2008 年 6 月 10 日改于江苏太仓先飞斋

补记:

这本集子是我五年前主编的,当时匆匆编好后,就发给了北京一家民营图书出版公司的一位编辑,并说好出版的,但后来没有了下文,一问才知道那编辑的母亲突然病危,就赶了老家,这一去就是好几个月,等她回到北京时,好像是跳槽了,加之时过境迁,出版的事就不了了之。这一搁就是五年,由于出版的事我说了不算,真所谓心有余而力不足,我觉得很对不起当初那些积极来稿的文友,辜负了他们的热情,为此耿耿于怀,成了一块心病。

记得汶川地震后不久,就有专家言之凿凿断言:汶川一带千年之内不会再有强地震,因为地壳的能量已释放殆尽,既然如此,川中的百姓就能安居乐业了,这本地震微型小说选出不出似乎不那么重要了,这也算我内疚后的一种自我安慰。但谁会料到,专家的话音犹在耳边,2013 年 4 月 20 日早上四川的雅安发生 7 级地震,新一轮的抗震救灾再次掀起,电视里全是抗震救灾的感人画面。这使我联想起 2008 年下半年去汶川采风时的所见所闻,真正的一方有难,八方支援,那种震撼,那种感动久久在心。作为作家,我们无法像专业救援者那样深入灾区实地救援,那就拿起我们的笔吧!于是,我自然而然地想起这本地震微型小说选,希望用文字来为雅安祈福、鼓劲,出一份小小的力,这应该也是传递正能量吧。

记得五年前组稿时,投稿者就纷纷表示:放弃稿酬,奉献灾区。我想我们的宗旨不变,本书所有的收入全部捐赠给雅安灾区。

2013 年 4 月 22 日于太仓先飞斋

目录

抗震救灾，文学不能缺席（代序） …………………… 凌鼎年 / 1

永远的电话 …………………………………………… 李济超 / 1
月亮湾 ………………………………………………… 陈茂君 / 3
秘密 …………………………………………………… 曾　颖 / 5
救援者（5篇） ………………………………………… 周海亮 / 7
唐校长（3篇） ………………………………………… 凌鼎年 / 17
听到的一句话 ………………………………………… 王琼华 / 22
寻找敬礼的孩子 ……………………………………… 秦德龙 / 24
救 ……………………………………………………… 杨海林 / 26
手机里的遗书 ………………………………………… 王培静 / 28
恩仇 …………………………………………………… 赵昊鹏 / 30
热血救福娃 …………………………………………… 林华玉 / 33
米香 …………………………………………………… 刘东伟 / 35
背你背到天那边 ……………………………………… 大　海 / 38
考验 …………………………………………………… 高　军 / 43
破镜 …………………………………………………… 雨　瑞 / 45
第八个女儿 …………………………………………… 王世虎 / 47
母爱 …………………………………………………… 侯发山 / 49
一瓶矿泉水 …………………………………………… 厉剑童 / 51
重大抉择 ……………………………………………… 黄诚专 / 54
生存的信念 …………………………………………… 李　华 / 55
汶川衣柜遗嘱 ………………………………………… 颜桂海 / 56
寻找肖大江的始末 …………………………………… 盐　夫 / 58
不是也要救 …………………………………………… 吴思强 / 60
生死追逃 ……………………………………………… 张爱国 / 61

第一个电话	张　凯 / 63
最后的姿势	厉周吉 / 65
死亡婚姻	李学民 / 67
军号嘹亮	刘　勇 / 70
"石一刀"的转变	万俊华 / 72
生命，在一扇门之间	朱奚铿 / 74
山的那边	韦延才 / 76
大学生小A	凌君洋 / 78
心灯	张记书 / 80
芬芳的米兰花	赵丽萍 / 82
心中的爱永远不会忘记	沈会芬 / 84
我是一个兵	闫玲月 / 86
璀璨	李　琳 / 88
最后的拥抱	朱　砂 / 90
废墟下的忏悔	刘　公 / 92
蓝樱家的鹩哥	陈大超 / 94
终极体验	商余痕 / 96
新生	曾祥伍 / 98
十八岁成人仪式	邵孤城 / 100
二十九分钟的电话	杨　飞 / 102
阿门阿前一棵葡萄树	赵青新 / 104
只说一句话	黄　健 / 106
今晚有地震	司葆华 / 107
女人的脊梁	原上草 / 109
给求生者一个机会	刘克升 / 111
婚礼在举行	张庆勇 / 113
老铁捐款	范大宇 / 115
微笑着唱歌	黎义全 / 117
一个都没有少	阴玉军 / 120
灾区好男人	赵　岩 / 122
最后的捐赠	韦如辉 / 124
爱的情缘	李金安 / 126
一束红玫瑰	胡小卫 / 127
不是坏孩子	桑　榆 / 130
十九岁的女孩	王　洋 / 132
没有翅膀也能飞翔	天空的天 / 134

铁钳	何百源 / 137
活着是福	王孝谦 / 139
拯救	陈 勤 / 142
一个无法寄出的包裹	王元琼 / 144
黑暗中的游戏	刘斌立 / 146
半头会飞的猪	梁重懋 / 148
玻璃片	胡 炎 / 150
血，总是热的	朱道能 / 152
宝贝不哭	刘建国 / 155
我们必须得买票	季 明 / 157
儿子买了双皮鞋	蒋育亮 / 159
端公海子	李焕军 / 161
煮粥抗震灾	舒仕明 / 163
房东	刘永飞 / 165
师魂	马孝军 / 167
示爱	徐均生 / 169
仇家	白 沙 / 171
我的男人	唐丽妮 / 173
别动它	田洪波 / 176
最好的证明	席维涌 / 179
血乳	孙 禾 / 181
回望	尚长文 / 183
地震来临	孙邦建 / 185
重生	徐常愉 / 188
天上的爸爸	邵昌玺 / 190
61个鸡蛋	墨中白 / 193
春天	杜秋平 / 194
老金	彭福帮 / 196
撤向微型地球	王前恩 / 198
生命的屏障	龚宝珠 / 200
选择题	临川柴子 / 202
大声喊着你的名字	白小良 / 204
废墟下的手	孔祥树 / 206
捐款	周 玲 / 208
化蝶	易 凡 / 210
羊	段晓东 / 212

篇名	作者	页码
一个汶川大地震幸存者的生存日记	苗忠表	214
新生	陈龙江	218
让帐篷	叶 柄	220
邻家大娘	顾振威	222
震出良知	朱闻麟	224
寻觅一个陌生而又熟悉的目标	庄 学	227
姿势	江东璞玉	229
梅花痣	金意峰	231
狗娃	杨列宝	233
最后一片绿叶	无字仓颉	235
金子般的心	彭育彩	237
生死	曾 勇	239
握紧你的手	卞小侠	241
拒载	黄荣才	244
砸脚	天 水	246
灯下黑	陈尔耳	249
敬礼	卜 伟	251
牵手	浏 沄	253
一座城的记忆	凌 尘	255
军礼	朱士元	257
感谢小偷	陈永林	260
幸福的游戏	凤 凰	262
等待余震的一个夜晚	黄礼明	264
夕阳无限好	东壁逸人	266
给老师梳头	傅友福	269
是我害死了我最好的朋友	陈 敏	271
手	郝继福	273
地震年代	章彦文	275
我们一起到天堂	王平中	278
天知地知	酉蕾宁	281
推迟的婚礼	韩 峰	283
远方的地震	王凤国	285
楚楚，你在哪儿？	薛 媛	288
妈妈的手机	陈华淑（新加坡）	290
废墟上行走的猫	杜杜（加拿大）	292
震	马晓东（加拿大）	295

永远的电话

李济超

  临时救助中心设立的免费电话亭就在她参加救援的区域附近，几天来，她唯有趁喘歇片刻偷偷望着打电话的人们发呆，她是多么羡慕别人打电话啊，可是她从未能够走近那个简陋公共电话亭，她心里清楚，她没有一个亲人能接电话了，丈夫一个月前为抓捕一个持枪歹徒牺牲了，而唯一的女儿……

  这天，她终于下了决心，她要打电话给她的乖女儿。趁中午吃饭间隙，她端着饭盒来到公共电话亭前，也排进等待打电话的队伍里。队伍很长，后面的人都焦急地盯着说电话人的唇，生怕又有余震到来，排不上打电话。然而，余震终于还是又一次来了，脚下的土地又在剧烈地抖动，不分上下左右地摇摆，使人们站不住脚了。虽然震级不大，但前边的人还是纷纷放弃了打电话。而她尽管此刻也像是风暴中站在大海上的一叶小舟上一样，也已迈不开步了。但她还是一步上前，走近电话亭，左顾右盼发现没人注意她后，便抓起话筒，抖颤着手拨起了那串再熟悉不过的电话号码。

  "厶妹，是我，我是妈妈……"此刻，徘徊着等待的队伍已经几乎完全散去。她面带笑容，呆呆的甜甜的对着天蓝色话筒说。

  "……是吗，真聪明，单元测试又考了一百分，老师奖你一颗星了，全班又只三个人考一百分……真是妈的好女儿。"刹那间，随之而来的更多的回忆涌上心头，她忧伤回味着女儿的话语和笑声。她正对着话筒说着时，又听到周围房屋和不知什么物体坍塌的声音，以及此后的几分钟里的一片静寂，她一下子又感到好像一切生命都远离她而去了。从未胆怯的她这会儿不觉生出一种恐惧，紧紧地抓着话筒，好像抱住了还在战栗的女儿。

  "又是余震，警察同志快躲躲吧！"一个村民由她身旁走过，大声催促着她。

  她对这位村民微微笑了笑，下意识捂紧话筒继续说："厶妹，妈很忙，妈没好好陪你，妈……对不起你。在那边……一定听爸爸的话，告诉爸爸……他……被授为……英雄了，几天前省政府……已送来块匾呢……"她清了下鼻子，再说话时声嗓变了腔，"妈的好女儿，妈想你，妈……好想……好想你,妈真想跟你一起……从小你就很懂事,自己穿衣服自己煮饭……我的好女儿,在那边冷了饿了,你就跟妈说,妈给你寄去……我的好女儿。"说着她喉咙哽咽了,终于忍不住轻轻抽泣起来,滚烫的泪水浸湿了她脑海中有关爱的记忆……

"救命……救命啊!"这时,从不远处倒塌的废墟里传出了求救声。也许是因为隔着层层倒塌的砖瓦水泥板块,她听起来觉得好像是女儿的声音离得很远,隐隐约约,越来越弱了。

她稍稍迟疑了一下,对着话筒又说:"好女儿,妈太忙,就先到这了,妈再给你打电话,嗯,这里还有好多好多需要帮助的人。"说着,她匆忙挂了电话,话筒搁下的一刹那,有一个令人揪心的"嘟、嘟、嘟……"声音自话筒中传来……

她伸手拭泪,离开了电话亭,然后飞快地跑向前面那片废墟……融入急急赶来的在奋力挖掘的救援大军。

月亮湾

陈茂君

牦牛赶到小镇时，已是下午两点了。他来不及吃饭，就寻到了学校。牦牛千里迢迢赶到这川西山区小镇，是来寻月亮湾的。

牦牛是位广州年轻白领，月亮湾是这座小镇上的一位羌族青年女教师，他们是在网上相识的，互相倾慕，这是他们的第一次约会。

第一眼看见牦牛向门卫打听时，月亮湾就认出了牦牛。这时，上课预备铃响了，稍稍犹豫了一下，她还是走进教室，招呼同学们安静下来。

牦牛放下背包，决定在校门口等她下课后再联系。他知道，月亮湾特别喜欢那些孩子，她的学生。

这时，地层深处发出一阵巨大的闷响，忽然山摇地动，教学楼开始剧烈摇晃。

月亮湾一次又一次从教室里抱出孩子，叫他们赶快到操场上去。

就在月亮湾再一次冲进教室疏散学生时，教学楼坍塌了。

牦牛大声喊叫着月亮湾，冲进学校，扑向废墟。

当他看见那些跑出教室的学生惊恐地哭叫着时，牦牛冷静下来，他立刻大声喊道：同学们，地震了，不要乱跑，快集中到操场上来。他又对跑出来的老师们说：救人要紧！

牦牛和老师们立即投入救人中，牦牛当兵时干过救援工作。

交通中断、通讯中断、房屋几乎全部倒塌，小镇瘫痪了。

牦牛和老师们没有专业设备，只能凭双手和简单的工具，不停歇地搜救埋在废墟里的学生和老师，不舍昼夜。

牦牛和镇上的人们从废墟里救出了百多位学生和老师，但没有月亮湾。

第二天，救援队赶到了，人们才知道发生了8.0级大地震，不单小镇，几个县都受到重创。

下午，救援队在废墟中找到了月亮湾。

废墟中的月亮湾，双膝跪在地上，身子微微弯曲着，张开双臂，怀里抱着两名学生。月亮湾化作一座山，挡住了压向学生的死亡，两名学生获救了，月亮湾却化作了一尊雕像。救援队员、牦牛、所有目击这表述教师、母爱伟大主题的雕像，都落泪了。

牦牛把月亮湾紧紧拥在怀里，好一会儿，才轻轻放下。

牦牛跪下去，轻轻吻了吻月亮湾那土色的唇，然后脱下外衣，盖在月亮湾的脸上。

牦牛成了志愿者，直到抗震救灾结束。

秘 密

曾 颖

　　一场大地震，震塌了很多房子，其中有许多是学校，其时正是上课时间，孩子们在猝不及防之下被砸被埋，死伤惨重。这些情况经媒体披露后，让很多人流下伤心和痛苦的泪水。他们中的许多人，其实都不是死伤孩子的亲人，但他们却感觉到像自己的孩子被砸一样的感觉。

　　老李就是这些伤心人之一。他是市报的记者，耳闻目睹了很多惨烈的场面，眼泪流干了，心也痛木了。他逢人就说：没道理！没道理有这么多学校垮塌，学校是最不应该垮塌，至少不应该是最先垮塌的。

　　他写过几篇报道，但都因与当时抢险救人的大气氛不融洽而没有发出来。这让他很郁闷，整天喉咙里像堵了一块蘸了辣椒的棉花，非常不舒服。他觉得，关于学校垮塌的事情决不能轻易放过，他调查的结果，一些垮塌的学校，主梁里存有木头和石块等杂物，预制板里不是钢筋而是铁丝，有些地方，掉下的水泥块像饼干一样，用手指就可以捻成粉。

　　这不追究还怎么得了？如果不追究，谁又敢保证新修起的校舍不把那些大难不死残存下来的孩子们重新埋进去？他曾经在复课点上看到那些惊恐的孩子们，无论老师怎么解释和安慰，也不愿走进有屋顶的教室，他们说：会塌下来，会！

　　老李对这些景象，既伤心，又无奈。

　　有人告诉他，在下面一个受灾最重的乡镇，学校的教学楼没垮，不仅没垮，而且连大的损伤也没有，孩子连轻伤都没一个。

　　这消息让老李很兴奋，因为这些天以来，他所到的每个乡镇，都认真看了当地的学校，受损情况都比较严重。像这样没受大损失的学校实在稀罕了，要知道，那可是在地震最严重的区域，全镇有7成房子被夷为平地。

　　老李觉得这是一个正面典型，应该和前几天报道的"最牛希望小学"一样，成为一面镜子，反照出另外一些东西。把他们此前修学校的经验作为正面报道来写，读者们可以从中琢磨出许多东西来。

　　学校校长姓余，以前见过，但交道不多。这是个笃实而没有什么花样的校长,很多年来,沉默而踏实地做着事,并不像别的校长,今天一个创新,明天一个大动作,表演欲很强,与媒体打交道多而且升迁也快。在一个镇中学一待就是十几年,这样的老校长,全市也不多见。

老李驱车来到学校,找到正在和同学们一起清理校园的余校长,寒暄两句,然后直奔主题,请他谈谈教学楼的修建过程,以及不垮的秘密。

余校长听后,眉头紧锁,不言不语。

老李又把问题和意义再说了一遍。

余校长长叹了一声说:还是别问吧,没什么意义,也没什么秘密。

他很执拗地走了,留给老李一个沉默的背影。

老李不甘心地往回走,迎面碰到教导主任小吴,小吴时常给报社写稿,两人更熟悉一些。老李又把此行的目的说了一遍,想向小吴打听一下。

小吴想了想说:秘密,倒真还有。前几年,我们修教学楼时,质监站的张站长找余校长,暗示让学校给点钱,他们就可以放我们轻松过关。老余不是个喜欢惹麻烦的人,但学校确实没钱。于是,质监站一怒之下就对我们严格要求,隔三岔五来抽查工程质量、水泥标号、钢筋数量,是否按图纸要求施工等等等等,如果当时我们有那笔钱,说不定这房子就垮了……

老李听了这话,像被人踩了的蛤蟆,嘴张得大大的,很久合不拢。

小吴说:这事我也是听说的,你可别把报道写出来。即使写出来,我也不会承认哈!

老李摇摇头说:我不会写,我一个字都不写!

说这句话时,他眼里的世界已被泪光淹没了。

救援者（5篇）

周海亮

震后一个小时，救援者赶到了这里。

一栋大楼塌掉大半，却硬撑着，不肯彻底垮塌。大楼歪歪斜斜，扭起麻花，几层天花板叠压在一起，像被丢弃在废墟上的巨大的手风琴。不时有玻璃或者水泥板落下，哗啦一声，让救援者心急如焚。

余震不断，大楼随时可能完全坍塌。有时候，救援者甚至看见沉重天花板像一张薄纸般慢慢地飘扬起来。巨木和瓦砾纷纷滚落，大楼好像一颗随时可能爆炸的炸弹。突然救援者侧起耳朵，他听到大楼深处传出焦急并且恐惧的呼救。那是一位年轻女子的声音，灾难中，她代表着生命和希望。

救援者操起铁锹，冲向摇摇晃晃的大楼。

他被后面的人拦腰抱住。

放开我！他扭过头，冲抱住他的人大声吼叫，里面有人！

现在你不能进去！抱住他的人说，余震会震塌整栋大楼！

可是我们的任务就是救人！

如果连你也被砸死，你还怎么救人？

我不管！让我进去！救援者两眼通红。

等余震过去！

现在就让我进去！救援者像一只落进陷阱的豹子般拼命挣扎，放开我！

抱住他的手，却越来越紧。

又一轮余震。大地剧烈颤抖。楼房呈现一种更加可怕的倾斜角度。远处传来山体滑坡的隆隆响声，尘烟四起。救护车哇啦哇啦地开过去。大楼深处的呼救声变得绝望，觳觫不安。救援者瞪着他的同伴，大吼，信不信我他娘的揪下你的脑袋？！

同伴不说话，将他抱得更紧。

他嗷一声尖叫，低下头，狠狠咬住同伴的手。伴着同伴的一声惨叫，救援者冲进似乎马上就要变成粉末的大楼。他被烟尘呛得流下眼泪。他摔了两跤。他找到受伤的女人。女人被压在一块水泥板的下面，她的鲜艳的衣服，如同废墟里的一面旗帜。

救援者搬开了水泥板。他惊讶，自己竟然有着如此之大的力气。

救援者深弯下腰。

救援者背起女人。

救援者跟跟跄跄往外走。

救援者被绊倒，眼前一片眩晕。

救援者爬起来，膝盖钻心地痛。

救援者将女人扛上了肩。

救援者挥汗如雨，挥泪如雨。

救援者再一次被绊倒。

那一刻，他想起了自己的妻子。

余震一波接着一波，似乎永远没有停歇。大楼像一张脆弱的纸，被魔鬼的手，随意地折叠。

救援者再一次背起女人。极度的疲惫和剧烈的震动让他已经不能站起。他俯下身子，四肢着地，狗一样爬行。他爬。爬过瓦砾，爬过断壁，爬过锋利的碎石和玻璃。他爬。不断有砖块落到他的周围，甚至击中他的肩膀和脑袋。他对女人说，护住头。

他爬。

他的背上，趴伏着一位穿着鲜艳的女人。女人是灾难里的希望，伟大的弱者，生命的延续。

他爬，拼命地爬，一刻不停地爬。他看到了灿烂的阳光。

楼房在这一刻，终于彻底坍塌。他的面前，一块巨大的水泥板倾斜着向他挤压过来。那一刻，他侧了肩膀，将女人稳稳地抱在怀里。他宽阔的身体紧护住女人，那一刻，他的整个世界，只剩下女人。两滴眼泪飞溅而出，他轻唤了妻子的名字。

……他和女人，被其他救援队员们救了出来。

救援者所受的伤，甚至比女人还重。

医院里，救援者和女人，并排躺在两个担架床上，接受治疗。

女人说没有你，我就埋在下面了。

救援者咬着嘴唇，笑笑。

女人说没有人强迫你救我——像他们说的那样，如果连你也被砸死了，你还怎么救其他人？

救援者盯着头顶的输液瓶，说，我得让你们知道，灾难发生的第一时间，我就和你们在一起……即使最终我无力将你救出，在那时，你也会看得见我，也会感觉得到我……那样的话，我和你，都不会留下遗憾……是的，没有人抛弃你们……

说到这里，救援者已经泣不成声。灾难里他没有抛弃身边的女人，但或许，很可能，他抛弃了自己的妻子。

……到达这栋大楼之前，他经过了自己的家。那里只剩一片废墟，那里掩埋着他的妻子。那里有另一队救援队员，那里嘈杂紧张。然他，那时，却没有能够停下脚步。他扭过头，咬碎满嘴牙齿。他看到，废墟里，一缕鲜艳的红色……

募捐者

募捐者坐在椅子上，坐在人群里。她的面前放一张桌子，桌子上放一架电子琴，一个铁支架，一个募捐箱。黑色的电子琴，琴面斑驳，琴键发出的声音可能早已经不再标准；铁架生满红锈，上面绑着一个麦克风和一只旧口琴；募捐箱只是普通的硬纸箱，糊了红纸，毛笔写了"募捐"，粗糙，拙陋。募捐者不说话，只顾唱她的歌。她的嗓音沙哑，歌声与琴声甚至有些脱节。然她的表情肃穆哀伤，只需看她的表情，你就会有想哭的冲动。

一曲终了，募捐者喝一口水，接着唱。嘴唇碰触瓶口的瞬间，她倒抽一口冷气，脸上有了痛苦的表情。她的嘴唇干裂，仔细看，你会发现她厚厚的嘴唇上，裂开一道又一道的血口。

那是2008年5月12日，下午3点多钟。这个时候，地震的消息还没有在城市里完全传开。不断有路人挤过去，懵懂着表情，问，为什么募捐？便有旁人告诉他，四川地震了。再问，严重吗？旁人答，7.8级。问者炸了表情，这么可怕？答者点点头，可能是大灾难……所以募捐。问者想想，再问，这是民政部门的事情吧？或者由红十字会来管……我指的是，只有他们才有向社会募捐的资格吧？

答者无言以对。他的手里本来捏着50块钱。50块钱眼看就要塞进募捐箱，这一刻，却缩了回来。

又是一曲终了。募捐者清清嗓子，再喝一口水。问者上前一步，问她，你会怎么处理这些钱？

募捐者说，当然全部捐给震区。

问者不依，可是我们怎么相信你？

募捐者低下头，沉默很久。我没有办法让你们相信，她说，我只凭我的良心。然后，电子琴再一次响起来。

募捐箱摆在那里，显得有些孤单。虽然不断有钱塞进去，可是人们的目光，已经多出几分狐疑。终于，有人说，我们直接把钱捐给红十字会，不好吗？

没有人说话。可是那些目光，分明有了赞同的意思。

甚至，已经捐过钱的那些人，也开始后悔——骗子们所利用的，不正是人们的善良和同情心么？

更何况，在那时，几乎所有人，都没有意识到地震的严重性。

又是一曲终了。募捐者喘一口气，掏出一张纸片，递给围观者。这上面，有中国红十字会的地址和账号，她说，你们可以把钱，直接寄到这个地址，或者汇到这个账号。

你怎么会有红十字会的账号？

我以前，给他们汇过钱。

你？汇过钱？惊讶的表情和语气。

是的。我汇过。

可是我们怎么相信你？

我真的没有办法让你们相信。募捐者紧咬着嘴唇，我只能，凭我的良心。

募捐者的歌声，再一次响起来。只是这次，她在募捐箱的旁边，放上一个精致的花瓶——显然她已经向围观者缴械——花瓶只代表了自己——代表着乞讨、卖艺，甚至索要——花瓶里散落着一些零钞——在平时，这个花瓶，这个花瓶里零零散散的钞票，是她能够活下去、能够继续在大街上唱歌的唯一保障。

有零钞投进去。很少。

终于，黄昏时，募捐者等来一位老人。一位靠乞讨生存的老人，白了头发和胡须，皱纹间落满尘土和苦难。募捐者把纸箱里的所有钱递给老人，把花瓶里的所有钱递给老人，又把手心里的纸条递给老人。募捐者说，您过马路，小心些……

老人走进离他们最近的银行。

老人将钱细细地数一遍，又一遍，然后，交给窗口的工作人员。老人候在那里，表情淡定并且哀伤。突然老人说，等一下。他翻遍所有的口袋，然后，将几枚硬币，恭恭敬敬地捧进窗口。

老人沿原路返回，走得很慢。老人佝偻着身子，步履蹒跚。老人递给募捐者一个装着两个轮子的丑陋并且简陋的木板车。老人说，回家吧我的孩子……今天晚上，咱们，毕竟还有一个，能够遮风挡雨的家。

募捐者冲老人笑笑，点头。募捐者冲身边的人笑笑，说，今天晚上，从电视里，或许，你们就能看到这个账号……我只想为那些苦难中的同胞做点事情……我不会说谎……凭我的良心。

在老人的帮助下，募捐者吃力地挪上那个木板车。围观者顿时发出一声惊呼，他们发现，那个募捐者，膝盖以下，空空如也。

遇难者

地震发生时，他和女人正隔着一张桌子吃饭。餐馆不大，加上错过就餐高峰，所以这时候，整个饭厅只有他们两人。其实应该是三个人吧？女人的怀里，还抱着一个胖墩墩粉嘟嘟的婴儿。有时女人会将一匙蛋汤小心地吹凉，小心地放唇边试试，再小心地喂给怀里的孩子。下午的阳光静静地流淌进来，为女人的半边脸涂抹上灿烂的明黄。他轻轻地笑了。他想起一幅叫做《圣母》的油画。

所以，当房子突然间剧烈摇晃，男人的心思，仍然沉浸在那幅油画之中。清醒过来的第一件事是拉起女人，一起冲向门外。大地如同倾斜的甲板，城市好像在暴风雨里颠簸的脆弱易碎的小船。餐桌距离大街，不过十几步之遥，然在此时，却变得无比漫长，似乎永远没有尽头。

餐馆挤在一栋九层楼房的底层。大楼猛烈晃动几下，终如沙丘般垮塌。一块巨大的水泥板砸中他的肩膀，他只觉一阵眩晕，世界刹那间漆黑如墨。恍惚中他听到女人的尖叫和婴儿的啼哭。他听到女人说，你没事吧，我的儿……

醒来时，肩膀钻心地痛。他被挤进一个极其狭小的缝隙，身体扭曲着，周围，厚厚的预制板，裸露的钢筋，凌乱的电线，呛人的粉尘……他摸出打火机，点燃。他轻轻地笑了。昏暗中他看到，那一对母子，安然无恙。

孩子睡得正香。似乎他对突如其来的灾难毫无察觉，不久前的啼哭，不过是恶作剧般的撒娇。他静静地躺在女人的怀里，鼻尖上，甚至渗出酣睡中细微的汗。女人深弯着腰，脑袋几乎碰触到脚尖。她的背上压着巨大的天花板，她的身体弓成可怕的不可思议的几近重叠的似乎随时可能折断的锐角。

然她的眼睛，却是睁着的，动着的。她看着近在咫尺的孩子，表情关切并且焦灼。他翻一个身，扯出被挤压的胳膊，拼命爬向女人。他只爬了一步。这样的空间，他只能够爬动一步。他伸出手，轻轻抚摸着熟睡中的婴儿。他问，你没事吧？

女人说我还活着……可是我好像撑不了太久……我喘不过气……心脏好像着了火……

他说你不用怕，会有人救我们出去的。

女人说我没怕……如果我先你死去，答应我，照顾好我的孩子……一定要让他，熬过这场劫……

他急忙说，不要乱说。他碰触到女人的手，那只手，似乎正在慢慢变冷。

他们与世界，彻底失去了联系。他能够感觉到气温的变化，他知道距离他们被埋，已经过去了整整一天。女人仍然保持着随时可能折断的姿势，可是，她却挣扎着解开衣扣，将饱满的乳头，塞进时时醒来的孩子的嘴里。没有水。没有食物。只有瓦砾与尘埃，碎石与黑暗。女人就像一朵即将干枯的花儿，她的不懂事的孩子，正在吮吸着她的最后一滴生命之泉……

每隔一段时间，他都会轻唤女人。一开始女人还能应答，可是渐渐地，她的应答声就小了下来。后来他在恍惚中被女人叫醒，她说她见到了烛光……一大片一大片的烛光，金黄色的，跳跃着，忽远忽近，在旷野上，在隧道里，在空气中。她说她好热，她要烧成炭了。她说她好冷，她的血管里，肯定结了冰。

她的声音越来越小，越来越小……他探身抓她的手，那手，已经没有了一丝温度……

可是她的孩子，依然安静地睡在她的怀里。睡梦中，他的嘴，仍然贪婪地衔着母亲的乳头。

他不忍惊扰他。他必须惊扰他。

他小心翼翼地将他抱起，用手端着，就像端着一件易碎的瓷器。孩子被惊醒，慌乱地寻着母亲的乳头，胖胖的小胳膊胡乱地挥舞。他含着泪哄他，他不依——他感觉到不安的陌生。他说，不要哭。他却哭得更加厉害。他说，我们马上就能出去。可是孩子听得懂吗？甚至，他能够让臂弯里的孩子，重新见到阳光吗？他已经没有了信心。

第三天，臂弯里的孩子，已经哭哑了嗓子。其实，即使在正常环境里，他也肯定不能照顾好一个孩子——他只有22岁，他其实，也是一个孩子。

第四天，臂弯里的孩子，已经没有了声音。他点亮打火机，看他的眼睛，看他的鼻子，看他的嘴巴和耳朵。孩子离他越来越远，越来越近，孩子变得模糊，又变得清晰。他想自己也支撑不了太久吧？他没有一丝力气，他似乎总在做梦。梦里他看到了水，看到了食物，看到了花草，看到了阳光，看到了长长的隧道，看到了土灰色的旷野，看到了女人。女人说，帮我照顾好他……

醒来。冷。彻骨的冷。刺骨的冷。每一块骨头，都冻成了坚冰。

他摸到一块碎玻璃。他咬着牙，割断了自己的血管。滚烫的鲜血流淌出来，汇在手心，一滴一滴落进孩子张开的嘴巴。孩子的嘴巴动了起来，发出啧啧的声响。他笑了。一滴泪，跌成无数瓣。

第五天，他再一次割断了自己的血管。他拼尽了全身的力气，他感觉细细的血管如同钢丝一般坚硬。那是他的生命之泉。那是孩子的生命之泉。如同地下的水系，女人的乳汁。他感觉自己慢慢枯萎，身体一点一点变轻。他笑着，喊一声娘，手上加了力气。鲜血喷涌而出。他看到满天的烛光。

第六天，救援队员们，终于挖开了这片废墟。他们看到，一位健康的婴儿，冲着阳光，挥舞起他的拳头。

救援报告，却只有短短一句：

现场挖出一个婴儿和一对夫妻。婴儿体征良好，夫妻双双遇难……

幸存者

　　幸存者被掩埋两天以后，被人救起。她记不清那些救援者的脸孔，她只记得金黄色的马甲在眼前晃来晃去。

　　幸存者被转移到另外一个城市，然后，又被一位好心的女人接回了家。那是一位和蔼美丽的中年女人，独自住一栋很大很结实的房子。她告诉幸存者，她还有一个在外地读着大学的女儿。幸存者见过她女儿的照片，照片放在茶几上，照片里的女孩冲着她笑。女孩清纯靓丽，像她一样健康和年轻。

　　幸存者喝着热汤，听女人柔声细语地安慰她。现在幸存者已经不怕了，可是她的心，仍然高悬在半空。与母亲失去联系已经整整五天，她常常想，自己的母亲，是不是，已经不在了？

　　这世上，母亲是她唯一的亲人。

　　幸存者跑过所有的医院，将贴在医院外墙的伤员名单看了一遍又一遍；幸存者守在医院大门外，紧紧地盯住救护车送来的每一位幸存者；幸存者找遍报纸的每一个角落，搜遍医院走廊里的每一张寻亲条；幸存者找到民政部门，找到电视台，找到广播电台，甚至找到殡仪馆……没有用，她找不到自己的母亲。

　　幸存者坐在舒适的餐厅里，喝一碗飘着蛋花的汤。女人守在她的身边，安慰她说，你不要着急。

　　幸存者不说话。

　　女人说也许她就在下一批伤员里……说不定明天，你就能够见到她。

　　幸存者抬起头，泪水盈满眼眶。她说如果妈妈去了，我也不想活了……如果妈妈真的去了，我怎么活？

　　女人吓了一跳。不要乱说，她轻轻握住幸存者的手，你们都会没事的。

　　幸存者哭了起来，号啕大哭。她抱紧女人，她向女人大喊妈妈不在了……妈妈她肯定不在了……幸存者不停地发抖，如同寒风里无助的树叶。

　　几天以后，幸存者终于把注意力，集中到广场上临时搭建的灾民帐篷。

　　她没有母亲的照片。她只能向那些灾民讲述母亲的样子。

　　她说她四十七八岁，个子不高，却留了很长的头发；她语速很快，说话时，嘴角喜欢带着笑；她在地震前给我打过一个电话，说要去超市买些菜；她戴着厚厚的眼镜，她是一家工厂的会计；她姓安，安全的安，平安的安；那天她穿着米黄色的长裙，黑色平跟鞋……她问你们见过她吗？或者，听说过她？

　　没有人见过她。没有人听说过她。没有人能够为幸存者提供哪怕一点点有用的线索。

　　幸存者无力地靠着一面墙，无声地恸哭。

幸存者站得累了，坐下，深埋下头。是午后，不断有人从她身边走过去，然此时，她再也不敢将头抬起，将目光停留在那些人的脸上。她怕失望。怕绝望。怕哀伤。怕痛。她受不了那种深彻骨髓的痛苦。慢慢地，如同蚂蚁，千牙万齿，一点一点地，啃噬着皮肤，肌肉，血管，骨头，真真切切的痛苦，放大一百倍一千倍的痛苦，直达心脏。母亲真的不在了吧？母亲肯定不在了。也许，临死以前，母亲的手里，还紧紧地抓着她爱吃的西红柿吧？

幸存者坐得累了，倚着墙，慢慢躺下来。她在午后的阳光里睡着了，蜷缩着，如同一只可怜的流浪至此的猫。她看到了她的母亲。她清晰地看到了她的母亲。——只有在梦里，她才能够看到母亲。

梦里的母亲，也在到处寻找着她。

母亲说你们见过我的女儿吗？十七八岁，个子不高，却留了很长的头发；母亲说她语速很快，吐字却很清晰；母亲说她读着大学，可是那几天，她正好去震区参加一个演出；母亲说她戴了无框眼镜，她是学校的学生会干部；母亲说那天她穿着乳白色的连衣裙，白色平跟旅游鞋；母亲说这是她的照片，你们看看，你们有没有见过她，或者听说过她……

幸存者在阳光里醒来。醒来，呆怔10秒钟，泪水再一次夺眶而出。她没有看见自己的母亲。可是她看到了女人。女人站在不远处，站在帐篷外面。女人正焦灼不安地向身边的人问询。女人进入到她的梦里，却没有发现睡过去的她。女人的手里，紧攥着她女儿的照片。照片上的女孩清纯漂亮，像她一样年轻和健康……

幸存者站在原地，喊一声妈，然后，泪飞如雨……

志愿者

志愿者扒开废墟，看到一只胖嘟嘟的小手。那只手握着一只挤碎的蛋壳，蛋壳上，蜡笔涂画了红色的笑脸。志愿者抹一把泪，问你还好吗？里面说，好。稚嫩的声音从水泥板的缝隙里挤出，颤抖惊骇，挂着冰凌。志愿者说别怕，马上救你出去。他喊来救援队员和医护人员，救援队员们用上了冲击钻和千斤顶，医护人员们神色焦灼。志愿者一只手高高地举起吊瓶，另一只手，紧紧握住那只流血的胖嘟嘟的小手。

你痛吗？志愿者俯下身子。

我痛，可是我很好。惊骇的声音慢慢平静。

你是好样的，你很勇敢。志愿者说，不要怕，马上救你出来。

可是我的身边还埋着很多同学。很多血……

他们还好吗？志愿者晃了晃，几乎栽倒。坍塌现场狭窄惨烈，大型挖掘机派不上任何用场。救援队员们，只能依靠双手将狭窄的缝隙一点一点抠开。

我不知道。小女孩说，刚才我还和他们说过话。很多血……

现在呢？

现在没有声音了。小女孩说，他们睡着了吗？

他们睡着了。志愿者哽咽着，你不要乱动，尽量节省体力。我们先把你救出去……

你们会把他们也救出去吗？

当然，我保证。志愿者泪如雨下，你们都会平安，你们都是好孩子……

救援队员们从废墟里扒出一个小男孩。小男孩侧卧在小女孩的外面，一根钢筋刺穿了他的左胸。鲜血染黑他身体下方的楼板，他紧闭双眼，已经没有了呼吸和心跳。然他的手里，仍然紧紧地抓着一只可爱的小棕熊。

大夫摇着头，摘下眼镜。泪水打湿口罩。

志愿者擎着吊瓶，看着大夫。

大夫继续摇头。没有希望了。

志愿者无声地嘶喊，做一个冲过来的姿势。废墟下面马上传出小女孩痛苦的呻吟——塑料软管扯动了她手背上的针头，志愿者看到软管里回流着她清澈的血。小女孩说叔叔，叔叔……她的声音再一次变得颤抖。

志愿者怔一下，定住脚步，说，我在。牙关紧咬，表情狰狞。他的世界一片模糊，眼睛像泄洪的闸。豆大的泪珠砸上坍塌的楼板，击起微小的尘烟。志愿者高高举起吊瓶，看担架离他越来越远。

叔叔您走了吗？稚嫩的声音惊惧不安。

不，叔叔不会走。

叔叔您哭了吗？

不，叔叔不会哭。

您能看到我吗？

我能看到你了，孩子。

我也不会哭。

是，你是勇敢的孩子。

志愿者闭上眼睛。没有用，眼前尽是地动山摇的恐怖景象。楼房像积木一般突然垮塌，远处的山体被巨大的斧头拦腰斩断。柏油马路如同水蛇般扭曲着身子在几乎被夷为平地的城市里爬行，到处都是尘烟、瓦砾、惨叫，鲜血，震塌的店铺，倾斜的楼房，惊恐的眼睛，战栗的身体，亲人失去或者亲人重逢之后的号啕……

小女孩终被救了出来。她的眼睛宛若透明清澈的葡萄，她小小的身体像羽毛一样轻盈。她向志愿者露一个微笑，她说，因为您一直在，刚才，我没有害怕……

志愿者没有笑。他很想递给小女孩一个笑脸。可是他发现，这个时候，他已经做不到了。

……救援继续。志愿者跪下来，疯狂地扒着他面前的废墟。志愿者的眼镜掉落地上，摔成碎片。志愿者失去了他的十个指甲。志愿者扒起来的每一块残砖，都浸染着他的鲜血。

救援队员们扒出十二具尸体。十二具小小的尸体，挨挤着，蜷缩着，坐着或者躺着，笑着或者哭着，坚强着或者绝望着，镇静着或者骇惧着，冰冷，僵硬，如同春天里，突然冻僵的可怜的柔软的花苞。

志愿者晕厥过去，连同身边的棕熊。

……他在医院里醒来。他再一次回忆起那可怕的一幕。他的世界，终于坍塌。

志愿者经过一个个帐篷。老人们老泪纵横，一遍遍低唤着失踪的亲人；年轻人三五成群，组成临时的救援小队；孩子们互相安慰着，尽管眼睛里还闪烁着泪花；还有年轻的母亲——年轻的母亲们怀抱着熟睡的婴儿，轻轻拍打着，为他们唱起儿歌：

不要怕，不要怕，你是勇敢的好娃娃……

志愿者跌跌撞撞地走到一位女人面前，将手里的小棕熊塞给她怀里的孩子。小男孩只有两三岁的样子，生得虎头虎脑。他看着志愿者，咧开嘴，笑了。

志愿者的眼泪，就落上他粉嘟嘟红扑扑的小脸。

志愿者对女人说，是我儿子的，送给他吧。

刚转身，就听到小男孩稚声稚气地唱起来：

我不怕，我不怕，我是勇敢的好娃娃……

唐校长（3篇）

凌鼎年

说起南山中学唐慎之唐校长，可以用得着"褒贬不一"这个词汇。褒，不去细说吧。这贬，其实几乎都冲着他的疏散演习来的。

这事要从一年前说起，当时，教育局搞竞争上岗。唐慎之脱颖而出，从副校长竞升为校长。

当了校长不久，他在校长办公室，力排众议，坚持要搞地震疏散演习。

这不是吃饱了撑的，学生的首要任务是读书，又不是部队，搞什么演习，真是的。但唐校长是一把手，他坚持想搞，反对有用吗？尽管私底下说他的骂他的都有，演习还是如期进行了。

第一次演习，用一句话概括："洋相百出"。当校园里突然电铃大作，广播里响起："地震了！同学们请在班主任带领下，赶快撤到操场上！赶快！"

到底是教师反应快，有个在三楼上课的教师一听地震，本能地一溜烟逃了下去。有的教师大喊一声："快钻课桌底下！"有的教师吓傻了似的，好一会儿没回过神来，慌乱的学生已乱成一锅粥，快的兔子似的逃出了教室，慢的老半天才下来；还有在教室里哭的，没有下来的。至于跑丢了鞋的，扯破了衣裤的，摔跤的，相撞的，还有男生从二楼直接往下跳的，结果扭伤了脚……可以说，什么都有。

唐校长在操场上拿了秒表在看时间，最早到达的1分零8秒，最晚到达的4分44秒，还是被班主任硬叫下来的。

当天，反馈信息就上来了，有学生觉得好玩、刺激，也有学生认为拿他们开玩笑。老师则多数认为：没事找事，多此一举。

这后，唐校长总结经验教训，给每个班制定了疏散的队列、路线，哪些学生从教室前门撤，哪些从教室后门撤，走哪一个楼梯，要求几秒钟出教室门，几秒钟下楼梯，几秒钟到操场，到操场后如何列队，都规定得清清楚楚。

校长当真了，教师腹诽管腹诽，议论管议论，做还得照做。

最要命的是这唐校长不知哪根筋搭错，他规定：以后疏散演习，凡1分30秒内不能全部撤到操场上的班级，当班教师不能评先进，学生不能评三好学生。

这引发了不少师生对他的看法,甚至有人说他"独裁"。可唐校长我行我素。

那天,没有铃声大作,没有震耳的警报,突然,大地颤抖了,晃动了,远处有沉闷的响声传来。

"地震!"正在上课的教师与学生不约而同叫出声来。

"撤!"几乎不用命令,学生们按以前多次演习过的,一个接一个以最快的速度冲出教室,冲下楼梯,冲到操场上,1分18秒,仅仅1分18秒,操场上已黑压压一片,全校两千多学生已齐集在了操场上。

冲出校长室的唐慎之,突然听到有学生喊:"迟桂花,快下来!快!"

唐校长抬头一看,二楼的楼梯口一个女学生一拐一拐地在下来,原来这位叫迟桂花的女学生今天上体育课不小心崴了脚,没跟上撤下来的大部队。

唐校长一个箭步冲上楼,抱起迟桂花就往下冲,这时,楼房已摇摇欲坠了,冲到最后一级楼梯时,唐校长放下迟桂花,用力一推,迟桂花跌出了楼外,而此时,楼塌了,压下来的楼板击中了唐校长的后背……

当师生们把唐校长扒出来时,浑身是血的他,艰难地问:"还、还有学生没、没出来吗?"

"没有,唐校长,所有娃儿全撤出来了!"

唐校长嘴角露出一丝欣慰之色,头一歪,去了,永远去了。

全校师生哭成一片。

事后,南山中学的师生才知道唐校长是唐山孤儿,他当年就是被解放军从废墟下挖出的幸存者。

隔壁乡邻

8∶18时,几串炮鞭同时在房子的东西南北角与院子大门口炸响,更有高升一只接一只腾空飞起,把小镇的宁静、安详瞬间打破,以致有好几只狗惊吓得狂吠不止。

放鞭炮、放高升的是镇东头杨有福家,他今天乔迁新居,心情好着呢,有点唯恐别人不知道的架势。

杨有福这边满脸喜色,哪知隔壁的孙大房正气得肚子一鼓一鼓的,在自家屋里骂骂咧咧地说:"叫你高兴,让你猖狂,早晚收拾你!"

这杨有福与孙大房是隔壁乡邻,老邻居了,早先关系不咸不淡,说不上多好,也没有什么大矛盾,太太平平过了几十年。

矛盾的起因是去年杨有福突然要翻老屋了。杨有福的儿子如今在县城的机关大院上班,当不当官,当多大的官,小镇上的人没闹清,但他每次回来都乘小车来,这小镇上的人都瞧见的。大家认为杨家的儿子出息了,在县城里是个人物了。杨有福在小镇人眼里也就高看了几分。

有了县城乘小车回来的儿子,杨有福说话的口气比原先大多了。所以翻建老宅时,他准备把平房建成楼房,还准备造个围墙,把门前那片空地围在墙内。

因为翻造楼房,孙大房家的那棵老樟树碍事了。杨有福向孙大房提出买下那棵老树,然后再伐倒,孙大房说这树是我爷爷手里种下的,百年古樟,出再多钱也不能卖,更不要说砍。

不卖就不卖,这也算了,但仅仅几个月,这老樟树开始萎了,也不知什么原因。

等今年年初杨有福家翻建时,老樟树已死了,既然死了,杨家就不管你孙大房同意不同意,竟把伸向杨家的枝枝杈杈砍了,这样就不碍杨家的楼房耸起。

孙大房觉得奇怪,一棵百年古樟怎么会说死就死了呢?

后来无意中听说:如果每晚往树根上浇一锅沸水,这树必死无疑。——好啊,好你个杨有福,竟如此阴损。孙大房认定必是杨有福暗中如此干的!只是树已死了,所谓死无对证,当时又未捉贼捉赃,孙大房也只有生闷气的份儿。

因了这事,两家就结了怨。平日里抬头不见低头见,难免有些言语冲撞。杨有福自恃儿子在县城机关大院工作,根本不把孙大房放在眼里。

等房子翻建好,杨有福把围墙一造,把原本两家共享的场地圈在了围墙内,孙大房想想再也忍不住了。他找杨有福说理。杨有福很不屑地说:你有钱你也造啊,你有本事你也砌围墙啊。

孙大房咽不下这口恶气,他甚至想一不做二不休,晚上动手,杀了杨有福这狗日的,让他到阎王那儿去狂,但这念头也就闪了一下而已,老实本分的他诅咒归诅咒,伤天害理的事他到底是做不出的。

望着这座高高的三层楼房,孙大房咋看咋不舒服,那围墙似乎把孙、杨两家从此隔断了。孙大房发誓:从今往后,你杨有福是杨有福,我孙大房是孙大房,我没有你这个邻居,你也没有我这个隔壁。

下午,突然地动山摇,一时间,孙大房家的老屋摇摇欲坠,好在是平房,又是砖木结构,房子斜了,却没有倒下,使得孙大房慌慌张张地逃了出来。逃出来的他,惊魂未定,蓦然抬头,让他惊得目瞪口呆的是隔壁的三层楼新房竟然没了,只剩了一片废墟,杨有福的一家全压在了下面。孙大房脱口而出:"老天有眼,报应啊报应!"

正这时,孙大房听到了水泥楼板下的呼救声,那熟悉的凄厉的声音竟是杨有福。

好你个杨有福,你竟然有今天。看来不用我杀你,老天爷代我收拾你。

善有善报，恶有恶报，此话不谬，此话不谬啊！

不一会儿，死里逃生的小镇人聚到了一起，哭的哭，呆的呆，也有人说：得自救，救人要紧哪！

雨，下来了，越下越大，冰凉的雨点打在脸上，打在身上，打在心上，孙大房终于清醒了许多，他望着杨有福家的废墟，呆呆的，怔怔的，救，还是不救？

废墟下再一次传来呼救的声音，每一声都撞击着孙大房的心房。

救吧，救人要紧！那一刻还有什么恩怨不恩怨，还有什么比生命更可贵?！孙大房不再多想，也没时间多想，他冲到了废墟上，对着废墟下的杨有福高声喊叫道："我来救你，我救你来了！保持体力，你这混蛋！"

他不知哪来那么大的劲，不停地搬动着那些平时无论如何也搬不动的残墙房梁，他还多次大着嗓门拼命地喊："不要急！不要急！我来救你们了，我来救你们了！"此刻的他已忘了自己曾经的发誓，只有一个信念：救人！救人！快快救人！

小心没大错

汶川地震，辛巧巧到底流了多少泪，她自己也算不清了。

地震的第二天，她就给正在美国读博的先生发了电子邮件，哪知在美国的丈夫比她知道得更多。

辛巧巧一再诉说自己害怕的心理，询问老公怎么办为好？

老公是搞分子生物研究的，对地震的了解并不比辛巧巧多多少，他只能对辛巧巧说："小心没大错！"

"小心没大错"这太抽象，太虚了，讨论来讨论去，也没什么高招良策，最后，辛巧巧苦思多时，决定做如下防备：

1. 在客厅、厨房、房间各竖几只啤酒瓶，一旦酒瓶倒地，立即出逃。
2. 在厕所间放置一箱矿泉水、两盒巧克力、三包压缩饼干……
3. 晚上手机不关，24小时开机。
4. 准备一把老式黄油布伞，万一来不及，就从五楼上用伞代降落伞跳下去。

辛巧巧自从先生去美国后，就成了留守女士，开始了活寡似的生活，可能不习惯这寂寞的生活，可能思念先生太甚，她患了失眠症，晚上不吃安眠药是难以入睡的。但吃了安眠药，万一地震来了，睡死过去了，就算有时间逃也逃不掉呀，辛巧巧决定再不吃安眠药了。

不吃安眠药后，辛巧巧哪睡得着啊，她只好看电视，看到昏昏沉沉再关机躺下。

连着几夜，她都似睡非睡，似醒非醒，迷迷糊糊，混混沌沌的。即便睡

着,也尽在梦中,乱梦颠倒中,几乎都是危险的恐怖的人与事。

譬如有一晚,辛巧巧梦到在经过市中心的百货大楼时,那十几层高大楼的玻璃幕墙,突然一下子掉了下来,发出噼里啪啦的巨响,把辛巧巧吓了个半死。会不会是地震?一定的!辛巧巧一下子醒来,跳了起来,可竖着的啤酒瓶还好好竖着,哪有地震!但这时辛巧巧已汗湿衣衫,到天亮,她再也睡不着了。

又一晚,辛巧巧睡至半夜时,突然间,"砰"的一声响,在寂静的半夜,在仅一个人的房间里,那响声很脆很惊心动魄,辛巧巧一个鲤鱼打挺跳了起来,连鞋也没穿,就一路狂奔到楼下。到楼下一看,夜色如水,寂静无声,除了她,并无一人下楼,难道是我自己吓自己,在楼下待了整整半小时,依然没一个人下来,她意识到虚惊了,就一个人悻悻地上了楼,好在半夜无人看见,也就谈不上笑话不笑话。

回到房间,辛巧巧看了那啤酒瓶,怎么也闹不清它怎么会半夜倒地的。

辛巧巧一个晚上接一个晚上睡不好,眼圈开始发黑,脸有点虚肿,精神状态也差了许多。

那天有一女同学碰到她,脱口问道:"你咋了,弄得萎靡不振,人瘦了一大圈,减肥也不能把命搭上吧。"

辛巧巧只好顺坡下驴,说:"女人嘛,总想苗条。"

辛巧巧的妈也发现辛巧巧脸色不对,劝她去医院检查一下。

辛巧巧没有解释。

想来想去,辛巧巧决定还是吃安眠药吧。震死就震死吧,至少每天能睡个安稳觉吧。

辛巧巧又恢复了往常的生活节奏。

那是前不久的一个晚上,辛巧巧住的小区,有一家住户火灾,消防车开了好几辆来,闻声而起的小区人站了一大片,差不多一大半小区住户都爬了起来,可辛巧巧是第二天才知道的,她吃了安眠药,睡得死死的,打雷都不知道,更不要说来几辆消防车。

同事无意间说的一句话让她心惊肉跳了好久——"幸好不是地震,若是地震,你压在下面了,还不知道是怎么回事呢。"

辛巧巧再不敢掉以轻心,她又不敢吃安眠药了,又开始了一夜连一夜的似睡非睡。

早晨起来,哈欠连天的她自己问自己:这样下去,会不会神经官能症?她无法回答自己。

听到的一句话

王琼华

地震后第三天，我坐直升飞机到达重灾区进行采访。在十分崎岖、时断时续并不断有余震发生的山道上，我又整整走了一天。又走下了一个坡后，我终于看到一些村民迎面走来。看得出他们都很疲惫，脸上还留有一种恐惧。是啊，这种地震所带来的恐惧一定会让他们铭刻在心。

有几个年纪稍大的村民大概走得很累很累，一起在路边歇起脚来。

我想趁这个机会进行采访，便走过去跟一位老人说起话来。刚提起这次地震，老人的脸色当即沉了下去，叹道："地震把我家的那幢刚盖不久的楼房也震垮了。三层呐，村里最好的房子。这幢楼房还是我儿子和媳妇在广东打了七年工才盖成的。儿子，还有那多病的媳妇挣这点工钱也不容易。本来日子都选定好了，过了中秋节就让我的孙子娶亲。看到楼房垮了，就像有把刀子捅了我几下。真不知道让孙子到哪里去结婚，也不知道他那对象现在情况怎么样了。"

"会平安的。对了，村里每家每户损失很大吧。"

"全完了，哪家都没能留下一点什么。别说屋子里的东西，就连山坡上的玉米苗，还有菜地也全都没有了。邻居老冒叔家养的一百只羊全被泥石流淹没了。唉，一只羊也没剩下。要不是老冒叔跑得快，他这人恐怕也跟他的羊陪了葬。他真算捡回了一条命。知道吧，他有条腿还是瘸的。他保了一条命，可妻子和一个儿子都死掉了。老冒叔觉得该死的是自己。他儿子才十七岁。好可惜的。除了我家，村里哪家没死人？"

我听着听着，觉得很揪心的。

我又问老人："你们是怎么从山上爬下来的呢？"

老人说："我都七十好几了，也是头一回看到这场景，连老胆也吓破啦。五几年遇到一头野老虎也没把我吓成这个样子。这天灾，村里人哪个不害怕？大伙呼啦啦直往山下奔逃。就怕少了一条腿！这一路走下来又是吃苦，又是受怕，一路上连脚也不敢歇一歇，又没有吃的。有一个小孩子地震前刚好吃着苹果，走了一个通宵，手里那半个苹果还在手里拿着。这小孩子好懂事的，饿了就舔舔苹果。后来这半个苹果还是给了一个还在吃奶又死了亲妈的孩子吃了。才十来年月呐,小屁股就吃这么大的苦。大人们饿了倒能抓一把树叶吃下去。好在早上我们都捡到了从飞机上扔下来的食品和水,才解了渴饱了肚子。一听到飞机声,我们觉得这腿力都一下子足了许多。"

我停下了笔。我觉得自己再怎么记录以及接下来怎么报道都无法完全表述这灾难的惨重。是的,用文字是很难记录这个灾难的。这些村民所受的惊吓以及他们逃生的过程应该是永远让世人震撼的。我们一定要记住这次灾难!

看到他们重新上路时,我叮嘱这位老人:"路上小心一点啊,还不时有余震的。"

"谢谢!"老人走了两三步,回头向我说了一句,"唉,也让你们跟着辛苦了!"

一听这话,竟然让我流泪了。是的,谁听到这句话都会有所触动的。在这么惨重的灾难面前,这些村民嘴巴还能说出这么一句话。不!这不是从嘴里说出来的……

寻找敬礼的孩子

秦德龙

我要去寻找一个孩子，一个在汶川大地震中，被废墟掩埋了17个小时的孩子。这孩子获救后，躺在担架上，吃力地抬起右臂，向营救他的解放军叔叔敬礼，致以一个少先队员的崇高敬礼！

从电视画面上看到这孩子，我的泪水就止不住流下来了。我要去寻找他，如果可能的话，我就领养他。因为，从媒体的报道中，我未曾发现他的亲人。假如，他已成了孤儿，我就要把他领回来，做他的父亲。

打上机票，我就奔了成都。

当然，我不知道，能在哪里找到这孩子。人海茫茫，巴蜀无语，找个孩子绝非易事。我没有通过民政部门，也没有利用媒体。大灾当前，百废待兴，请求他们，估计也是白搭。何况，国家已经制定了收养孤儿的具体规定，程序并不简单。有媒体报道说，全国想收养孤儿的家庭，海了去了，能轮上我吗？

因此，我决定，到震区去，寻找这孩子。也许，见了面，复杂的问题就简单了。有时候，解决复杂的问题，需要用简单的办法。人怕见面，树怕剥皮，说的也是这个道理。

到了震区，我开始了一个县市一个县市的走访，一个医院一个医院的寻找，一个学校一个学校的询问，一个村庄一个村庄的查看。很遗憾，我没有找到那个"敬礼的孩子"。也没人告诉我，他在何处。有些人，是听说过这孩子的。说到这孩子，他们只是叹息或沉默。我原以为，灾区的人，看到我来找孩子，会泪流满面的。可我错了，到了这里，我才知道，他们早就哭干了泪水。面对家破人亡的巨大灾难，人们已经欲哭无泪了。

没人能帮我找到那个"敬礼的孩子"。没办法，还是我自己继续寻找吧。

找啊找，踏遍青山，踏遍灾区，我竟然有了意外的发现。我见到了那些在地震后上过电视和报纸的孩子！他们是——

那个在幼儿园的瓦砾中被埋了8个多小时，见到解放军就送水、送饼干、送火腿肠的小女孩。

那个守候在救援现场，等待妈妈的小女孩。地震后124小时，她的妈妈终于获救，从地狱重返人间。

那个用雨伞做手杖，在崎岖的山道上独自行走的小女孩。她与匆匆赶路的解放军叔叔擦肩而过。

那个从废墟中被挖出来时双腿已经折断、双手也被砸伤的女孩子。她微笑着对救援者说："要勇敢！"

那个9岁的小男孩，自己逃生后，又两次重返教室，救出了两位小同学。

那个在安置点附近的油菜地里骑在背篓上专心作画的5岁男孩。

那个趴在花坛上写字、露出阳光般灿烂笑容的小男孩。

那一群守候在路边的农村学生。他们用捡来的纸板，书写着感谢解放军的文字，表达着纯真和感恩的心情，表达着重生的喜悦和重建家园的信心。

那一群在"抗震希望小学"开学典礼上的孩子们。他们神情庄严地高举右手，向国旗敬礼。

……

许多天过去了，我没有找到那个向解放军叔叔"敬礼的男孩"，心境却已悄悄地发生了变化。因为我看到了更多的劫后重生的孩子们。我没有上前打扰他们，只是在心里为他们默默地祈祷。我希望他们的父母都还活着，这样的话，他们就不会成为可怜的孤儿了。假如，有的孩子不幸成为孤儿，我也相信，会有更多的人，和我一样，争做孩子的父亲。

我的寻找历程和情感之旅，引起了有关部门的注意。我被请进了一间帐篷里谈话了。听了我的陈述后，一位负责同志深情地说："秦先生，您的想法很感人！灾区的孤儿有很多，但想认养孤儿的家庭更多！这意味着每一个孤儿都会有一个温暖的家，他们不会感到孤单的！"提起那个"敬礼的孩子"，这位负责同志又说："我们是不会把他交给您的！因为，他是我们灾区的骄傲！是我们震区的希望和未来！"

听到这样的肺腑之言，我的眼角再次湿润了。

这个"敬礼的孩子"，这个让我找不到的孩子，灾区人民把他珍藏到哪里去了呢？

在我离开四川的时候，以一个老少先队员的名义，向巴蜀大地，致以崇高的敬礼。我敬礼的姿势，和那个"敬礼的孩子"一样，标准、深情、豪迈。

救

杨海林

救援人员在一块倒塌的楼房里发现一只瘦弱的手。

是一位老奶奶的手。

掀开楼板,好不容易,才把老奶奶掏了出来。

老奶奶已经死了,但她的手里攥着一张纸条:

救救我的儿子!

怎么,下面还有她的儿子?

救援人员把头伸进老奶奶刚才容身的废墟。

老奶奶的儿子果然在里面。

一位母亲,在遭遇灾难的时首先想到的是什么呢?

是他的儿子。

救援人员一阵唏嘘。

扒开断垣残壁,掏出了老奶奶儿子的身体。

老奶奶的儿子也死了。

但是这个小伙子的一只手却怎么也扯不出来。

莫非他攥着什么重要的东西?

刨吧,继续刨。

瓦砾中,小伙子的手紧紧地握着一个年轻女子的手。

是他的妻子吧?

没准,这名年轻女子还有呼吸。

救援人员不敢放慢速度,但这名女子是蹲着的,而且,她的双手张开着。

就像是一只母鸡在保护着小鸡。

可能,下面还有她的孩子吧。

救援人员流泪了,这个家庭,在突遭罹难的时候,想的都不是自己的安危呀。

终于,年轻女子被小心地掏出来了。

她的怀里,果然有一个漂漂亮亮的小姑娘。

救援人员抱起小姑娘：小姑娘，别怕。

小姑娘睁大眼睛说：我不怕。

我为什么要怕呢？

我在做游戏呢。

年轻女子的遗体被送走的瞬间，小姑娘哇地坐在地上放声大喊：

老师，您不是正跟我做着老鹰捉小鸡的游戏吗，怎么扔下我走了？

手机里的遗书

王培静

下午两点多,保全躺在妻子身旁,和儿子说话:臭小子,别折腾你妈了,快出来吧。

妻子英子说:你看你,你一说他,他又开始踢我了。

真的?保全一脸的幸福。

英子拿起保全的手放在自己的肚子上说,不信你摸摸。

保全用手小心地摸着英子隆起的肚子,儿子像明白似的,在保全手活动的范围内又踢了一脚。

英子笑着说:感觉到没有,你儿子踢了你一脚。

感觉到了,我儿子是想我了,想让我抱他。

看把你美的。

突然,房顶上的灯开始晃,继而是床,桌子上、柜子里的东西掉在地上,接着整个楼房开始摇晃,门窗、楼板发出刺耳的摩擦声,保全猛地坐了起来,坏了,地震了,英子,来,咱们快下楼。他想背英子,又怕挤着孩子。他架起英子向楼下跑,整个楼像在跳舞,人走在楼道里像踩在棉花上。

英子颤抖着哭出了声,我们可能出不去了?

保全劝英子,别怕,有我在你身边哪,天塌了有我顶着。

当两个人惊魂未定地刚跑出楼,身后的六层楼瞬间被夷为平地,一时间尘烟弥漫,电闪雷鸣,狂风大作,天昏地暗,旁边的建筑也在一片片倒下,好像整个世界都倒塌了。

保全撸了一把脸上的雨水,拉着妻子对身边打着伞的邻居说,大嫂,我把妻子交给你了,麻烦你替我照顾一下她,我去救人。

英子担心地说,太危险了,你要小心。

放心吧,有咱儿子保佑我哪。你可不要激动,这样对儿子不好。保全转身向英子做了个鬼脸。

我就在这儿等你回来,哪儿也不去。

保全向传出救命声的废墟中冲去。

一个，两个，三个……不知过了多少时间了，他一连救出了30多个乡亲。

在一片倒下的瓦砾里，传出了婴儿的啼哭声音，他循着声音钻进摇摇欲坠的楼板、墙壁间寻找，他在窄小的空间里下到了里面，这时离孩子的哭泣声越来越近，他心里说，孩子，别哭，叔叔来救你了。他用手扒，用手刨，两只手被磨得血肉模糊，指甲盖几乎都掉下来了，他没有了疼痛感，他心里只想着，我一定把这个小生命救出去。当他的大手握着一只还在动的小手的时候，他说，小朋友真乖，不哭了，叔叔来了，叔叔一定会把你救出去的。这时，哭声突然停了下来，

保全在心里笑了，这孩子真听话，自己的儿子将来长大了，也会这样听话的。

突然，地又开始晃，摇摇欲坠的墙壁塌了下来，保全心里明白，发生余震了。这一时刻，他双手用力地撑着地，下意识地趴在了孩子伸出手的地方。

垮塌过后，一切又恢复了宁静。保全动了动身子，身边的空间几乎一点也没有了。他一下子感觉到浑身的骨头像散了架，他想歇一会儿……

三天后，人们把保全和他身下不到三十公分处的孩子找到的时候，孩子还有呼吸，他是喝保全流下去的血活过来的。而保全却永远地走了，他手里死死攥着自己的手机，手机上有一条没发出去的短信："英子，如果我不能回来，请你告诉我们即将出生的孩子，原谅爸爸的不辞而别，因为爸爸是军人……"

恩 仇

赵昊鹏

别拦我，今天我非杀了这狗日的不可！

一打开家门，林老五怒气冲冲就往厨房里奔。

你要干什么？杀人是犯法的啊！紧随进家的老婆从后面抱住林老五，急得都要哭了。

嗨！

林老五猛一下蹲到地上，拳头关节捏得咔咔直响。孱弱的老婆怎么拦得住膀大腰圆的林老五，要不是因为林老五天生就疼老婆的话。

别生气了。摊上这样的邻居，就当自己运气不好吧。老婆细声细气地劝林老五。

好了，都两点过了，我好饿，你想吃点什么呢？看见林老五气消了些，老婆向厨房走去。

等等，我们一起弄。

煎鸡蛋在油锅里滋滋响着，诱人的香味也开始在厨房小小的空间里弥漫开来。

小馋猫可别急啊，马上就好了。林老五笑着对老婆说。

哒、哒、哒——煎锅怎么跳起"舞"来了?!

不好，大地震！

一把揽过老婆，正准备往客厅里跑，轰隆隆一阵爆响，就觉着天旋地转，林老五一下就昏了过去。

在老婆的嘤嘤哭声里，林老五醒了过来。

身上压满了砖头瓦块，头痛欲裂，好像流血了。

老婆，老婆，你没事吧，你在哪里？

我没事，我在你身下！

扒开身上的东西，林老五拥着老婆坐了起来。

装修考究、还比较宽敞的厨房坍塌得就剩下一个勉强可以容两人坐下来的角落了，所幸，原来窗口的位置还有光线透进来。

我的天！

林老五往外看了一眼，原本在五楼高高俯视的那棵风景树，现在枝桠都快伸到自己面前了。

我们赶紧想办法出去吧。老婆边哭边说。

坐在废墟前的草地上，感觉整个人就像被抽掉了骨头似的，林老五软绵绵地再也撑不起来。

老婆在自己的怀里抽搐着，浑身发抖。

别怕，宝贝，我们逃出来了。林老五安慰着老婆。

"狗！狗！"老婆大叫起来。

邻居家那条狼狗瘸着一条腿，呜咽着向林老五走来。

"死狗，滚开！"林老五挥起一块砖头，把狗吓开了。

老婆怕狗，怕得要命。

只是，没想到刚从如此可怕的大灾大难中逃脱，老婆乍一看见狗，反应还会这样强烈。要是在往常，林老五早就刮着老婆的鼻子笑她胆小了。

狗呜咽着又想走过来，老婆发抖得更厉害了。

林老五再次挥起砖头，可是，这次，狗没有被吓着，继续靠了过来。

救人！

它是要我去救它的主人，一个念头电闪雷鸣般出现在林老五的心头。

老婆，不怕。你一个人待一会儿，我要去救人。

扔了手中的砖头，林老五跌跌撞撞地往废墟走去，狼狗在前面一瘸一拐地领路。

自己刚才和老婆爬出来的旁边，就是邻居家的客厅所在，什么都没有了，就剩下断垣残壁。

救救我！

有声音从下面传来。

是的，就是邻居发出的求救声——

尽管搬新家这半年多来，从来就没有和这位邻居打过交道，但几小时前剑拔弩张吵的那一架，邻居的声音已经让林老五刻骨铭心了。

林老五犹豫了一下……

"啪！"林老五在自己的脸上狠狠拍了一巴掌：都什么时候了，还想起这些鸡毛蒜皮的事！

清醒过来的林老五用手开始奋力地扳开砖石，狼狗也和他一起用劲地刨。

邻居被救出来了，腿部受了很重的伤，头脑还很清晰。

和老婆一起给邻居进行包扎后，林老五和其他人一起在小区四处救人，直到天黑才回到老婆和邻居身边。

邻居是在地震次日凌晨去的……

闭眼之前，他一直不停地和林老五讲着话。

本来，林老五不想让他讲这么多话的，可是，邻居说伤口疼得难受，讲讲话也可以缓解一下——

因为你们上次去物管反映过我养狗的事，今天上午我才故意把狗屎堆在你家门口的。兄弟、弟妹，一定要原谅我啊！

兄弟，你说，房开商会赔我们一样的房子吗？如果赔的话，我们还做邻居，我不养狗了，一定不养了……

说着说着，邻居就闭上了眼睛。

挽着那条狼狗的脖子，平时好生怕狗的林老五的老婆哭了，哭得好伤心。

看着天边，握着渐渐变得僵冷的邻居的手，林老五喃喃地说：大哥，房开商会赔给我们的，到时我们还做邻居，你还养你的狗……

热血救福娃

林华玉

2008年4月底,江梅在汶川县中医院产下一个女孩,因为今年北京开奥运会,就给小孩起名叫福娃,因为是剖腹产,所以住院已经十几天了。这天医生给她做了一次例行检查,然后通知她5月13号就可以出院了。

5月12号下午1点多钟,陪同在身边的丈夫出去给孩子买尿不湿了,江梅刚给孩子喂完奶,觉得有些累,正想躺下小憩一会儿,忽然就觉得病床剧烈地摇晃起来,江梅急忙睁眼一看,发现不光是病床,整个的医院大楼都在摇晃,江梅意识到这是发生强烈地震了,就在那一刻,她脑子里一片空白,下意识地扑倒在身边婴儿的身上……

不知过了多久,江梅醒过来了,只觉得全身像散了架一般的疼痛,她张望了一下四周,黑乎乎的,什么也看不到。她使劲回忆了一下,明白是刚才的地震震塌了医院的大楼,而自己则是被压在大楼的废墟中间了。

孩子,我的福娃呢,想到这,江梅急忙像四周摸去,还好,孩子正在自己的身子底下,因为自己扑在孩子身上的那一刹那,江梅下意识地用两个胳膊肘支撑着身体,所以孩子也没有闷着,此时她正在那里香甜地酣睡呢!

江梅活动了一下自己的身体,用手摸了一下四周,发现自己是被困在了一个狭小的空间内,而且腿部被压在了废墟里边,已经失去了知觉,上半身也只能做很简单的活动。

求生的本能促使江梅大喊了十几声救命,但除了震落头上的一些灰尘,外界还是死一般的沉寂,江梅意识到这么喊下去只能是白费体力,就不再喊下去了。此时,福娃被吵醒了,开始大声哭叫起来,江梅忙解开衣服,将乳头塞进福娃的口里,福娃才止住了哭,大口大口地吃了起来。

就这样,不知过了多久,可能是一天,也可能是两天,外边还是没有传来救援的声音,耳边除了自己和福娃的喘息声,就是死一般的寂静,江梅又累又饿再加上全身的伤痛,那滋味,感觉还不如快快死去,但是一想到身边这个孩子,江梅又给自己打气,为了福娃,我一定要活下去,我一定要撑住。

这期间,江梅又给福娃喂了几次奶,可是渐渐的她发现,因为长时间水米不打牙，还有自己的受伤部位一直在流血，自己的奶水是越来越少了。

终于有一次，江梅没有奶水了，福娃含着瘪瘪的乳头，用力地哑呀哑呀，却什么也哑不出来，饿得嗷嗷直叫，嗓子很快就嘶哑了，最后都哭不出声了，江梅心疼得不行，却没有任何办法。

"无论如何也得让孩子活下去。"江梅焦急地想着主意，忽然她想到以前看过小说里的一个情节，江梅心中有了主意，她果断地咬破了自己的中指，放进福娃的口中……

几天之后，救援人员终于在深深的废墟下面找到了江梅，不过此时她已经是一具僵硬的尸体，救援人员轻轻地将她从废墟下清理出来，接着他们被眼前的情景惊呆了，随即现场所有的人都落下了滚滚热泪……

江梅的身体下面，躺着一个襁褓中的婴儿，她毫发无损，两只小脚正不老实地朝天蹬着，婴儿的口中，放着江梅的一根中指，婴儿正在使劲地吮吸着……

地震后，汶川县医院连医生带病人被掩埋了几百人，只有这个不满月的婴儿活着，这是伟大的母爱创造的奇迹。

米 香

刘东伟

地震来临时,父亲正在屋外晒药草。

父亲是个医师,三年前,妻子因病去世,父亲带着儿子来到离汶川五十多公里的山坡上,盖了一间屋子,住下来。

地震发生后,父亲冲进屋内,把儿子抱了起来。但是,当父亲转身向外奔时,房子坍塌了,他的腿被压在石头下。

一阵彻骨的痛楚,让父亲几乎昏死过去。但是,他看到怀里的儿子已惊醒了,便强忍着疼痛,将儿子推了出去。

儿子不知道发生了什么,他从未经历过地震,望着周围的山体一片片地滑落,儿子惊恐地偎回父亲身边,说,爸,我怕。

父亲的下半截身子虽然不能动,但双臂还有自由。他抚着儿子的头说,孩子,不要怕,有爸在。

儿子稍微安心了些,仍不敢走开。父亲扭头看看山,知道随时就会有石头滚落,于是让儿子到前面十几米处的空场上坐着。儿子不敢离开父亲,他用小手搬着父亲身上的石头,想把父亲拽起来。父亲说,孩子,听爸爸的话,到前面去。

儿子乖乖地坐在前面几米处,望着父亲,眼里含着泪水。

孩子,不哭,爸给你讲个故事吧。

好啊。儿子一听,顿时忘记了眼前的一切。

父亲欠着身子讲,非常吃力。但是,他知道,自己必须以这种方式吸引儿子的注意力。父亲看过周围的山势,唯一出山的路已被大量的山体滑坡掩埋。

一天过去了,两天过去了。

儿子终于忍不住了,他抱着肚子说,爸,我饿了。

父亲发现,儿子对他的故事已经不感兴趣了。

父亲趴在地上,喘息了一会儿,突然说,米香,儿子,爸闻到米香了。

真的?儿子的眼睛顿时亮得像两颗晨星。

爸闻到了，就在十里外，肯定是解放军叔叔来了，他们在蒸米饭。

儿子笑了。他雀跃地欢呼着。

父亲低下头，两行眼泪落到手臂上。他用拳头狠狠地砸一下地，暗骂自己的腿。如果不是压在这里，他一定会翻山越岭，把儿子背出去。

刚才的话，父亲是在欺骗儿子。他怕儿子饿了，弱小的身子，随时都会倒下去。

儿子心思单纯，他对父亲的话信以为真，所以，他不时地爬上小树，向山下望着。

孩子，听爸的话，别乱动，要不你会更饿的。

儿子乖乖地坐了下来。

夜晚来临了，儿子又开始摸自己的肚子。

爸。

嗯。

你闻闻，有米香吗？

父亲使劲一嗅，说，有，就在十里外，解放军叔叔快找到咱们了。

米香，米香。儿子喃喃地说着，蜷缩在树下，睡去。

第三天上午，儿子醒来了。他的第一句话就是，爸，还有米香吗？

父亲微笑着说，有，有。尽管此时，父亲已经没有了精神，他趴在地上，甚至连欠起身子的力气也没有了，但是，他必须笑，笑给儿子看。因为儿子只有看到他脸上的笑，才会安心。

时间在一分一秒地过去。

儿子在父亲的谎言中，守候着希望，父亲的体力却在逐渐消失。渐渐地，父亲觉得眼前发黑，仿佛有一只手抓住他的腿，往地狱里拖着。

就在这时，儿子突然爬上小树，欣喜地叫道，爸，米香，米香，我闻到了。

父亲精神一振，激动地说，真的吗？

是真的。儿子说。

儿子的话给了父亲莫大的鼓舞。一开始，父亲是以谎言欺骗儿子，但是现在，竟然真的飘来了米香，他嗅了一下，仿佛真的嗅到了。但是，直到傍晚，也没有人上山来。父亲望着儿子说，真的有米香吗？

儿子说，我再去闻闻。

儿子爬上小树，使劲地嗅了嗅，叫道，爸，真的有米香，从山下飘上来的。儿子溜下树，趴在父亲身边说，还有红旗，我看到了红旗，漫山遍野，一片通红。

父亲握着儿子的小手，突然两眼一湿。因为他知道，风是往山下吹的，在山坡上是逆向，不可能嗅到米香。儿子之所以这么说，是他小小的心灵已经懂得了善意的谎言。

　　正是儿子的话,让父亲的体内涌出了无形的力量,他睁大眼睛,不让自己睡去。

　　第四天早上,一架直升机从天而降,搜救人员发现了被困的父子,将他们救了出去。

　　当有人问到他们是依靠什么活下来时,父子俩异口同声地说:米香。

背你背到天那边

大　海

> 谨以此组小文献给在四川汶川地震中付出真诚厚爱的逝者和生者！
> ——题记

女人走了。在和男人厮守十个年头之后，在那场突如其来的八级大地震中走了。女人走时，连招呼都没来得及同男人打一个，就同许许多多在这场大地震中被夺去生命的乡亲们一去永不返了。

男人和女人多年前相识在另外一个城市。男人有一手好木工活，是祖上传下来的功夫，一把木刨一把斧，一杆锯子一条尺，男人用它锯锯劈劈，好多好多漂亮的柜呀桌呀就成了。十年前，男人远离家乡，去了邻省打工。在那个城市一间建筑公司里，男人找到了一份不错的木工活，也认识了来自不同省份的女人。女人也在这间建筑公司打工，帮一个工队做饭。男人那年二十五岁，女人那年二十三。男人看见女人贤惠勤快长得清清秀秀，就特别想和女人接近。女人看见男人手脚麻利头脑利索，也打心里喜欢。相处久了，彼此有好感，心就近了。一来二去，男人就和女人处上了朋友。男人老老实实地告诉女人，我老家在山沟沟里，特别穷，人们要是不出去打份工挣点钱，几乎没有其他收入来源。女人老家也在农村，但出入比男人老家方便，经济也相对活泛。女人什么也没说，把身子给了男人，心也交给了男人。

男人就很感动，奋力地工作，短短两年间，用打工挣的钱在老家修了一座两层楼的砖瓦结构房。女人第一次长途跋涉去男人家，抵达镇长途汽车时，男人叫女人不要出站，然后在站里将女人红衫红裤打扮一番，用一根红带子将女人背在背上，驾着摩托，一路风风光光地开回村里。男人说，我们家乡有个风俗，媳妇第一次上门老公要亲自背，你第一次上门我也要背你回家，让你有尊严地来，免得人家瞧不起。路上，女人趴在男人宽宽的背上，看着男人后脑勺随着颠簸的摩托起起伏伏，感动得泪如泉涌。女人上门后就没再走，和男人领了大红结婚证。

男人所在的山村离镇上有二十多里，只有一条坑坑洼洼的机耕路承载着乡民们往往返返。机耕路不通公共汽车，乡民们出入或用摩托，或骑自行车，但更多的人是走路。女人在远离父母和故乡的这里生活，虽然条件差些，但男人有门技术并且深深爱着自己，女人就过得有滋有味，也对男人百般体贴。

如今，女人走了。在这片虽然已经成为她的家乡、但并不是她故乡的土地上。女人像许许多多被埋在废墟里的乡民们一样，是被救援队伍从废墟里挖出来的。然后，又同许许多多失去生命的亡灵一样，被白床单裹着堆放在一起。男人也和许多亡灵的亲属一样，守在死者身边哭干了眼泪，哭断了肝肠。

不久，一个负责处理遗体的官员对男人说，由于死的人太多了，加上天气开始炎热，为了防止疫病产生，需要将死者就地掩埋。男人看过，就在山峡边一块平地处，一排一排的土坑并着，撒上石灰后，死者将永远长眠在那里。就让女人躺在这荒山野岭？男人不肯。官员安慰男人：没办法只能这样，不过放心，你女人在这里并不孤单，有好多乡亲陪她，她会安息的。但任凭官员怎么解释，男人死活都不同意，男人流着泪说，当初是我背她来的，她多开心多光荣啊，我不想她就这样草率地走了。

男人将十年前背女人进山时穿的红衫红裤找出，套在早已僵硬的女人身上。男人给女人穿好衣服又帮女人梳好头后，一如当年背女人进村一样，用大红带子把女人捆在背上，男人准备将她背到县里的殡仪馆去火化。负责处理遗体的官员给男人开了证明后再一次劝男人：殡仪馆现在是火化的高峰，去到那儿要等好久啊。男人没有说话，擦干泪，背着女人小心地驾驶着摩托，往通往山村外的路上开去。

男人心里只有一个意念，女人当初有尊严地被背着来到我家，今天我还要将她有尊严地背去天那边。

大难来了你还好吗？

男人是在驱车回家途中，突然遭遇这场八级大地震的。

开始，男人感觉行进中的车子突然发抖似地摇晃，还以为轮胎坏了，但又感觉车子仿佛上了在风浪中前行的大船。男人还没弄清怎么回事，几秒钟的工夫，公路两旁的高大建筑物突然上演起灾难片来，轰隆隆地前倒后躺。在巨大的倒地轰鸣声里，漫天的灰尘烟雾也升腾起来。男人目瞪口呆地看着这片大地上突如其来的翻天覆地，直到人们悲悲凄凄的呼喊从四面八方响起来时，才知道这是地震。

醒悟过来的男人，惊恐地看着愤怒的大自然在瞬间制造出来的可怕场景：一分钟前还好好好的建筑物，如今全部夷为平地，目光所及之处，废墟一片。在满目狼藉中，人们惊恐地奔跑着，或大声发出"妈啊地震——"的呼叫，或悲怆呼喊着亲人的名字。

男人在嘈杂而混乱的灾难现场，听到从各个废墟角落传来"救命啊——"的凄厉叫唤，心咚咚跳，突然就想起了女人。女人是男人的前妻，当年与男人曾是一个单位的同事，也是男人的大学师妹。女人出身不错，父亲是大学教授，母亲是机关干部。漂亮的女人性格倔强，凡事都要争个输赢。男人家境一般，父母都是普普通通的工人。男人和女人结婚后，面对小霸王样说一不二的女人觉得很累，但男人从来没提"分手"二字。相反，三年前，女人却借着一次吵架机会，以受不了男人为名，坚决提出离婚。男人心里有数，女人真正离婚原因，是因为有一个身家不错经济条件更不错的男人走进了女人心菲。但男人什么也没提。男人知道，陷在情感漩涡身心俱迷的人，是听不进任何人话的。男人想，她是跟着我不快乐才被其他男人拉走的，也许那个男人比自己优秀吧。男人在走出和女人生活了多年的家时，忍着泪对女人说，多保重！

男人要女人多保重，是因为细皮嫩肉的女人从小娇生惯养，连自己都照顾不了。男人和女人生活四年也当了四年的妈，细细地照顾女人的起居。只是分手后，偶尔还让男人不解的是，自己如此待女人，她为何还要分手？当然，并不差的男人三年来也曾遭遇新的爱情，但男人心里放不下沉甸甸的第一段感情，就屡屡拒绝了新的女人。

此时此刻，男人想起女人，是因为女人的第二段婚姻前不久又失败了。一日夫妻百日恩，男人的心底深深惦念着孤身一人的女人在大灾难里安危如何。

尽管有恨，但男人还是掏出手机给记忆尚存的女人的手机号拨过去。手机发出"嘟嘟嘟"的无信号声，愈加让男人的心沉重。男人弃下已经不能前行的车子，向着曾经的家的方向，撒腿在路基隆陷不平的道路上奔跑起来。

三个小时后，当救援解放军官兵的身影陆陆续续出现，气喘吁吁的男人来到了曾经的家前。只不过，那里已成废墟。在这片曾经熟悉、如今瓦砾一片的土地上，有血肉模糊的死人，也有惊魂未定的活人。男人仔细留心着每一个一动不动的死人和颤颤抖抖的活人，每当救援官兵从废墟中挖掘出一个生命，他都要跑去看。

后来，男人在一个角落里发现了蹲在地上的女人。尽管三年未见，但她的身形男人还是记得清清楚楚。此刻的她，双手发颤惊恐万状，蓬头垢面、衣衫褴褛。男人走到她面前，轻轻拉起她，问：你身体有什么不舒服吗？女人看着从天而降的他，愣了一下，摇摇头，眼泪刷刷地流。

男人一直悬着的心，终于放了下来。男人将自己的外衣脱下披在她身上，笑着说，身体没事就好，其他的东西失去了可以挣回来。那之后，男人对女人说，你去那边的政府救助点吧，我也要回自己家里看看，如果有需要再联系我！男人说完就走了。

女人泪光朦胧中，男人蹒跚而去的疲惫步履，已经渐行渐远。

大难走了我们不分手

女人在第十次提出来要坚决和男人分手时，男人终于松口了。女人长吁一口气，将早就拟好的《离婚协议书》递上，冷冷地说，你终于有空了，认真看看吧，还有什么没写到位的赶快补上。男人将协议书接过，刚要看，家里电话响了。男人接了电话，神色便凝重起来。

短短一分钟后，电话挂了，男人冲女人摇摇头，苦笑：对不起这次又没空，有紧急任务，我得马上去单位开会，然后直接出发。男人匆匆收拾了几件换洗衣服，出门时对女人说，要去昨天发生八级大地震的地方！

男人和女人都在市中医院上班，男人是骨科主任医师、骨一科副主任，有着深厚的理论基础和学术造诣，特别擅长中西医结合治疗多发性骨折等疾病，在省医疗战线骨科界都有名气。女人在产科做护士，是卫生线上微不足道的小兵。但女人长相清丽，体态婀娜，能歌善舞，是院里的一枝花。女人像仙女一样刚刚飘到院里那阵子，让全部男医生心痒痒的。有许多未婚的男医生，想方设法想获取女人的心，但女人无动于衷。女人之所以在学校时就没谈男朋友，是因为不想找一个同行的伴侣。女人的父母都是医生，女人从生下来那天起，就很少看见父母在一起好好待过。母亲在家休息时，父亲在上班。父亲休息时，母亲又轮班。直到大了，女人才明白，如果夫妻都在医院，这样的家庭并不见得多幸福。

后来，男人出现了，向女人发起爱的攻势。男人是院里的骨干医生，凭着精湛业务技能在不同的医疗场合博得了人们的敬仰，也赢得了女人的心。女人心一横，就嫁了男人。久了，随着恋爱的激情消去，女人婚前的担心也蹦出来了：男人忙，老有加不完的班接不完的任务；自己也忙，上完早班调晚班，回到家时男人在上班，男人在家时自己在上班，就连过夫妻生活，也只能阴差阳错地找时机进行。这样过一辈子如何是好？女人很累，想到了分手。但每次一提离婚，均被男人以忙为理由推却。女人知道男人忙不是借口，但女人想要一个完整的家，一个回到家里可以看得见摸得着的丈夫……

女人并非不讲理，这次提离婚前确实不知道男人要被派去救灾现场。女人在男人匆匆离家一小时后收到男人的短信：我现正准备乘飞机赶往地震灾区，离婚的事等我回来一定和你去办。男人还不忘在短信末尾另附一句：对不起，我不在家你自己照顾好自己。女人看了，就有些后悔，在觉得特殊时刻提离婚不合时宜的同时，突然关心起丈夫来。就给男人打电话，但他的手机常常关机。有时刚一接通，男人匆匆说句"我很忙要救病人"，就挂了。女人的牵挂前所未有地沉重，一回家马上盯着电视不放，希望能从中找到丈夫的影子。

男人离开的第三天深夜，女人在现场直播的电视节目里偶然看到了他。男人蓬头垢面、胡子拉碴，混在一帮士兵和医护人员中间，手忙脚乱地给一个刚抢救出来的群众查伤。这时，镜头推近男人，一位记者将话筒凑过去采访。电视里的男人嘶哑得几乎出不了声来，电视前的女人心豁然就痛了。

女人突然觉得自己好傻，差点干了一件也许遗憾终身的大错事，错过一个值得牵手一辈子的男人，尽管这样的牵手有点累。醒悟过来的女人一边庆幸自己没干成傻事，一边给男人发了两条短信。一条是：老公，你在抢救他人的同时也要记得保重自己啊。另一条是：大难走了我们绝不分手，我等你回来，一定好好爱你！

那之后，女人将《离婚协议书》撕得粉碎。

考 验

高 军

一走进教室，白玲就感到气氛有点不对头。学生们的脸都紧绷着，没有做小动作的，更没有交头接耳的，很安静，但又好像不太安心于听课，总像是有什么不寻常的事儿正酝酿着，马上就要爆发一样。

头午突然发生了一场震感比较强烈的地震，当时学生都从教室里跑了出去。过后，到处惊惊慌慌的。白玲想，现在学生仍有些心理波动也是正常的。她笑了笑："上午的地震是4.8级，据地震部门说，我们这里确实处在地震带上，但近期不会再发生大的地震，我们不要再有什么思想负担，安心学习就是了。但也要时刻注意一些，有情况就马上往外跑。"

说完这几句，她就开始讲课了。但她感到自己这几句空洞的话对学生好似没起什么作用。她想这也是正常的，就以平静的语调开始讲这节课的内容了。讲课中，她尽量表现得沉稳、大方。时间一分一秒地过去，粉笔字眼看就要写满黑板。

"哗啦啦！"文具盒落地。

"咣当当！"桌椅震动。

"地震了！地震了！"几个学生慌慌张张地喊着，站起来就往门外跑去。

在第一时间，白玲迅速停下正写着的字，转过身来，将课桌猛地往身前一拉，高声喊道："别慌！按顺序赶快往外跑，一组！二组接上，三组快，四组，五组，六组。"

当时桌沿把她的腹部撞了一下，很疼。后背紧紧地贴在黑板上，一股凉意在肆意蔓延着。但毕竟让出了更多的空间，她感到了欣慰。

学生们非常有秩序地全部快速跑出了教室。白玲长长地出了一口气，一下子感到疲惫极了。她快速推开身前挤着自己的教桌，也快速地出了教室。

学生们在教室前的空地上散乱地站着，眼光全部集中到白玲老师的身上。他们发现，老师漂亮的烫发头上落满了粉笔屑，上衣后背折折皱皱的，抹上了白白的一层粉笔面儿。

学生们没有一个说话的。空气似乎凝结住了。白玲在这堂课刚开始时感觉到的不正常好像还仍然存在着。她回头看一眼教室，教室安安静静地站立在那里，前后门就像两只变形的大眼睛在惊奇地盯着他们。

其他教室里的学生们都仍在上课，对刚才发生的事情好像一点也没有感觉似的，难道他们没有感觉到地震？

白玲转过身来，逐一地看着自己的学生们。

过了一会儿，几个男生畏畏缩缩地走上前来，低着头，眼睛盯着脚尖："老师，对不起。是我们故意弄的动静，故意喊的……"

白玲心里一下子窜起火苗来，本来就人心惶惶的，这样捣乱也太气人了，在整个学校会造成什么影响？

但她看到这几个学生欲言又止的样子，就强忍着火气，静静地看着他们。

学生们小声地继续说着："上午地震时，地理老师粉笔一扔，谁也不管，自己第一个先跑了出去。……我们对老师，非常非常失望，所以……"

他们的眼睛红红的，泪水在眼眶里打转。白玲感到自己心中的怒火正逐渐消减着。她抬起右手，轻轻摆了摆，示意他们不要再说了。

这几个男生嘴唇紧紧地抿着，突然缓缓地举起右手，严肃地向白玲敬了一个礼，其他学生也都对着白玲举起了右手……

白玲看到，全体学生的眼里都蓄满了泪水。

白玲脸色又逐渐严肃起来，手向教室扬扬："好了，继续上课吧。"

他们刚进教室不久，学校负责检查纪律的人就过来了，站在门外问道："白老师，刚才你们班是怎么回事儿啊？"

白玲严肃的脸色消失了，她对班上的学生笑了笑，走到教室门口："哦，上午不是地震了吗？刚才，是我给学生们搞了一次快速撤离的演习。没什么了，我们正常上课了。"

"影响其他班上课，这不是……"检查纪律的人还想说什么。

"对不起，有什么问题，课后我再找你们，先让我们上课吧。"

她转过身来，快步走上讲台，开始继续讲课，她看到学生们眼睛亮亮的，紧绷着的小脸上开始透出轻松和笑意，课堂气氛恢复到了正常，于是她讲得更有劲了。

破 镜

雨 瑞

上个世纪八十年代，六安也曾一度盛传将有地震发生。虽是虚惊一场，但其间发生的一些故事却发人深省。

傍晚，阴霾的天幕像一块展开了的脏抹布，让人看着揪心。林荫道上行人稀稀落落。

自行车坏了，他只好步行。也好，三公里的路程，使他有足够的时间考虑他们之间的事儿。他们的婚姻早已破裂，正准备办理离婚手续，仅仅因为他住了几天院，才把这事给搁下了。好了，这桩折磨了他们一年之久的事总算可以了结了。

他和她，说不清当初是怎么走到一起的，而现在，也说不清到底为什么要分手。他只是本能地感到她不爱他，而他呢。也自始至终没对她产生过像小说、电视、电影上所描绘的那种激情。他们之间从来都彬彬有礼、客客气气，既不过于亲昵，也不互相生气。他甚至从结婚的第一天起就下意识地觉得他们之间不会"地久天长"。

在一起相敬如宾地凑合过了两年，没有幸福，没有温暖，没有乐趣，也没有"果实"。

"还是分开吧。"有一天，她终于开口了。他默默地点了点头，一点也不感到意外和震惊，仿佛她说的是"看场电影去吧"一样。

没有哀怨，没有争吵，没有斤斤计较地讨论"条件"，她像往常出门一样，默默地走了。没一会儿，她又折回来，将一串钥匙递给他，凄然一笑，说："瞧，把这忘了。"

她住到三公里外的单位单身宿舍去了。

下午，他听到了今夜有地震的"小道"消息，不知怎么的，在这四十万人口的城市里，他第一个想到了她，他原以为早把她忘了呢。

一整年了，他没去过那个地方。她也没回来过。好不容易打听到了她的宿舍。门锁着，屋里漆黑，这也好，免得彼此见面都难堪。他这样想着，尽管他实际上有那么一点淡淡的失望，他写了张字条，塞在门锁的上方。

回去的路上，他稍稍有点后悔，他不能理解自己，也不能解释自己的行为。他想，说不定她反倒会嘲笑我，以为我反悔了。

进了家，他伏在靠窗的写字台上，准备在台历上记上一天的生活，那是他的习惯。

突然，他发现台历下边压着一张字条：

今夜可能有地震，不要睡得太死。

又：以后出门注意关窗。

没头没尾没称呼没署名的一张字条，但他一眼就认出了她的笔迹。他不禁怦然心动，默默地放下纸条，点燃起一支烟，深深地吞吐着，让浓浓的烟雾包裹了自己。

第八个女儿

王世虎

"快，前面又发现了一名幸存者！"

刚把水杯递到干涩的嘴边，忽然有人大叫了一声。生命就是命令，她立即放下水杯，拖着疲惫不堪的身体，和队友们一块迅速地赶了过去。

"是个小女孩，大概四五岁。"冲在前面的队友矫健地匍匐在地，边用手电筒往里面照边说："她还活着，但左腿被倒塌的石块压住了，动弹不得。"

外边的人都焦急地竖起了耳朵，里面隐隐传来小女孩悲伤的哭泣声。

队长仔细地观察起周围的形势来。末了，无奈地摇摇头："四周阻挡的水泥横梁和石块太厚重，人力根本搬不动，必须等待重型救灾机械部队来增援。"

"可是救灾机械装备要到明天才能运过来，"一个队友说："我们刚刚接到指挥部通知，下午的余震中道路又发生了局部塌方，现在正在抢修中，机械装备最早也要等到明天早晨。"

"但我怕孩子支撑不了那么久啊！"匍匐在地的队友担心地说："她那么小，又被困了那么久，不吃不喝的，情况非常危险。"

"让我来！"忽然，人群的后面有人喊。人们这才注意到她，她哽咽地说："她是我女儿，让我来吧。"

大家都自觉地给她让出了一条路，匍匐在地的队友也退了出来。她缓缓地跪了下去，艰难地往狭小的废墟缝中钻。"孩子，我是妈妈！"

"妈妈——"听到她的声音，小女孩哭得更凄惨了。

"孩子，妈妈在这儿，别怕！"她温柔地说："来，把手伸给我。"

一只脏兮兮的小手从水泥缝中伸了出来，她一把握住，紧紧的。"孩子，别哭，妈妈在这儿，妈妈就在你身边。妈妈相信你是最坚强的，你再忍耐一下，我们马上就把你救出来。"

果然，小女孩停止了哭泣，喃喃地说："妈妈，你不要离开我，我不哭……可我就是怕，我旁边有好多死人……妈妈，你能给我唱歌听吗？"

"好，妈妈给你唱。"她用力地咬咬嘴唇，抑制住快要溢出的泪水，唱了起来:"小白兔乖乖,把门开开,快点开开,我要进来,不开不开就不开,妈妈没回来,谁叫也不开……"

一个小时过去了,两个小时过去了,她就一直跪在碎石遍布的废墟上,上半身倾进石板缝中,没有换一个姿势,不停地唱歌。

天渐渐黑了,还飘起了小雨,她仍然跪在那里,一首接一首地唱歌。慢慢地,里面的孩子也没了恐惧,饶有兴趣地跟着她一起哼了起来。期间,有队友过来叫她吃饭,她摇摇头:"女儿都没吃,我吃不下";期间,也有队友给她送来雨衣,她挥挥手:"女儿都淋着雨,我怕什么";期间,还有队友过来想代替她守候,她同样拒绝了:"女儿需要妈妈,我要给她唱歌,这样她才不会害怕,不会睡着。女儿一睡着,就再也不会醒了……"

寂静的夜空中,一直回荡着她那婉约动听的歌声:月亮,在白莲花般的云朵里,穿行,晚风吹来一阵阵,快乐的歌声,我们坐在高高的谷堆旁边,听妈妈讲,那过去的事情,我们坐在高高的谷堆旁边,听妈妈讲,那过去的事情……

终于,第二天一早,救灾机械赶到了现场。两个小时后,小女孩成功地获得了营救。看着小女孩微弱的呼吸,医生不可思议地感叹道:"一个孩子在不吃不喝的情况下,竟坚持了近一百个小时,这真是一个奇迹!真不知道,有什么强大的力量在支撑着她!"此时,距发现小女孩已经过去了十五个小时,而她,因为长时间跪在地上唱歌,劳累过度,在看见小女孩被抬上救护车的那一刹那,昏了过去。

在场的群众都被她的执着和坚持感动了,钦佩地说:"她真是个了不起的女人!小女孩很幸福,她有一个全世界最伟大最坚强的妈妈。"

"不,你们错了。"队长回过头,泪眼婆娑地说:"她不是小女孩的妈妈,她的女儿在地震那天就遇难了。到今天为止,这已是她营救出的第八个女儿。"

母 爱

侯发山

地震过后，满目疮痍。余震依然不断，"轰隆隆"的声音不时从或远或近的地方传来，山上被地震松动了的岩石轰然滚下，留下串串炸药爆炸般的白烟……夜晚降临的时候，天又下起了大雨。但是，整个灾区的抢险救援工作没有停止下来。

此时，江敏和小王等几名警察正在一栋坍塌的楼房前实施救援。他们没法使用大型机械，也不敢使用大型机械，怕伤着楼里有生还可能的居民。在几只手电筒的照明下，他们用双手在瓦砾中刨、挖……他们一个个的手指伤痕累累，有的指头磨破了，有的指甲掉了……他们穿的雨衣上有泥水，有血渍，早已辨不出本来颜色了。他们没有一个人叫苦，没有一个人喊累，没有一个人停下来。因为，他们每个人的脑海里都一直萦绕着温家宝总理的铮铮誓言：只要有一线希望，就要尽百倍努力！

小王再一次劝江敏，说江姐，你回吧。

江敏也是一个父母的孩子，同时也是一个孩子的母亲，她也有家啊。她家的房子在这次地震中也没能幸免于难，她的父亲、母亲，还有她一岁的女儿，那个还没断奶的贝贝——他们怎么样了？江敏不知道，在场的其他人也没有人知道。

江敏一边用手扒着泥泞的瓦砾，一边摇了摇头。她已经连续奋战两天两夜了，早已累得疲惫不堪，似乎连说话的力气都没有了。

小王忍不住又说，江姐，你还是回家看看吧。

江敏满脸倦意，用几乎快虚脱的声音说，这里面埋的也是我的亲人，我不能离开。

小王没再说话，其他人也没再说话，他们清楚江敏的脾气，她认准了的事，是九头牛也拉不回的。他们都在奋力地用手扒着瓦砾、挖着废墟。不抛弃，不放弃，他们在争分夺秒地清理着残垣断壁……当救援人员把断裂的水泥盖板挪开，发现了下面有一个年轻的妇女。透过那一堆废墟的间隙可以看到她死亡的姿势：双膝跪着，整个上身向前匍匐着，双手扶着地支撑着身体，有些像古人行的跪拜礼，只是身体被挤压得变形了，看上去有些诡异。江敏从废墟的空隙伸手进去，遗憾地发现，那个妇女已没了呼吸，没了体温，早已经死亡。江敏不甘心，又冲着废墟喊了几声，用撬棍在砖头上敲了几下，里面没有任何回应。其他人正要转身去别的地方，江敏感觉不对劲，因为那个妇女遇难的姿势十分怪异，这其中肯定有问题。江敏又招呼大家回转过来。她又来到那个妇女的尸体前，费力地把手伸进女人的身子底下摸索。她摸了几下，随高声叫道："有人，是个孩子，还活着。"

这个消息让大伙都很振奋。经过一番努力，人们小心地把挡着遇难妇女的废墟清理开，在她的身体下面躺着一个小男孩，显然是她的孩子，被包在一个红色带黄花的小被子里，大概有一岁左右。因为有母亲身体庇护着，孩子毫发未伤，抱出来的时候，他还安静得睡着，他熟睡的脸庞让所有在场的人都感到很温暖。随行的医生过来解开包着小男孩的被子准备做些检查，发现有一部手机塞在被子里。医生下意识地看了下手机屏幕，发现屏幕上是一条已经写好的短信："亲爱的宝贝，如果你能活着，一定要记住妈妈爱你。"

江敏把小男孩紧紧抱在怀里，禁不住潸然泪下。大伙也都落泪了，有的人甚至放声大哭，他们终于有机会哭了。

小男孩醒来了，咧了咧嘴，好像要哭的样子。江敏忙解开怀，小男孩张嘴吸住了她的乳头。小男孩吮吸了几下停下来，愣愣地瞅着江敏，扑扇着明亮的大眼睛，张了张嘴唇，轻轻地、怯怯地叫了一声："妈！"

江敏怔了一下，忙"哎"地一声答应了。

江敏笑了，哭了，又笑了。

后来，江敏把这个无依无靠的小男孩收养了，取名贝贝。在那次大地震中，江敏的爷爷、奶奶、母亲、父亲，还有她一岁的女儿贝贝等十位亲人都不幸罹难了。

一瓶矿泉水

厉剑童

女的和男的又吵上了。时间：公元 2008 年 5 月 12 日午后两点多钟。地点：四川汶川某单位家属楼一单元五楼西户。

女的：当初我怎么就瞎了眼，跟了你这么个窝囊废，要权没权，要钱没钱，要关系没关系，狗屁不是！买个普普通通的楼该得鼻子眼里都是债！

男的：你……

女的：你什么你，难道我说错了?! 哼，没有钱你神活啊！楼你能买来？衣服你能买来？吃的喝的能买来？……你说，你说呀！

男的：你……

女的：说权。和你一块分来人家提拔当了科长局长，就你，小老百姓一个！

男的：你……

女的：你什么你！揭着疮疤了是吧？理亏了不是！好，不跟你讲钱，不谈权，那说说关系。这社会没关系行吗？人家刘丽丽都凭关系调后勤几年了，可我还下车间出大力！

男的：……

女的：咱不说钱不说权不说关系也行，说脾气，你看你那脾气，两脚踩不出个屁来，就个娘们！

女的越说越来劲，越说越生气，已经唇干舌焦，嗓子都有些沙哑了。

男的"哎！"一声长叹。起身拿过一瓶矿泉水，拧开瓶盖，递给女的。女的一拨拉，瓶子吧嗒掉在地上，水咕咕淌了一地，瓶盖滚落在一边。

女的：你没一点男人味！和你过真没劲，明天就去民政局把离婚证办了。三条腿的蛤蟆不好找，两条腿的男人有的是！随便摸个都比你强！

男的："唉！"又是一声长叹。抱着头一言不发。这更惹恼了女的。

女的：你给我放个屁，明天就去办了。说好了，就明天，班你也别上了……

女的声音陡然高了八度。

女的刚又张口，这时突然楼房剧烈地摇晃起来，女的差点摔倒。

楼房摇晃得越来越厉害，泥皮簌簌从头顶的楼板上落在女的头上。

男的看见南面那座楼像喝醉了酒的人一样，来回摇晃了几下，眨眼间萎顿下去，轰隆一声，塌了。

男的从地动山摇中猛然醒悟过来，大叫一声：不好，地震了！男的看见，一块楼板就要砸在女的头上。女的吓呆了。

男的一把把女的推开。刹那间，轰隆一声，男的女的眼前一黑，什么也不知道了。

不知过了多久，男的先醒来了，眼前一片黑暗。男的急切地呼喊着女的名字。女的在男的声嘶力竭的呼喊声中醒来了。周围一片黑暗。

女的这才明白，真的地震了。女的恐慌极了，急切地喊着男的名字。男的隐约听到了女的呼喊。他努力镇静下来。一边大声安慰女的不要惊慌，一边寻找着自救的办法。

男的、女的都在黑暗中摸索着，竭力寻找着对方。但他们很快便明白，一块倒下来的厚重的楼板死死挡在了两人之间。

女的恐慌极了，第一次感到了绝望。她不断向男的呼喊：救我，救救我！

男的不停安慰女的。

男的突然想到，既然两人说话还能听到，那肯定还有缝隙相通。

男的继续四处摸索，终于发现了一个小小的缝隙，男的奋力用手抠，一点一点，虽然手指疼得要命，但男的不放弃。终于抠出一个拳头大的洞。男的通过那个小洞向女的喊话。

男的女的都很激动很兴奋。很快，饥饿袭来了。男的女的在各自的范围内寻找着食物和水。男的摸到了两个矿泉水瓶。一个里面有水，一个是空的。男的想起，那个空的是两人吵架的时候被女的扔掉的那只。

男的知道，这一瓶水在救援人员营救出他们之前将意味着什么。

女的这边什么也没摸到。女的不断地喊着"我渴我饿"。男的忍了又忍，这才告诉女的找到了两瓶水。女的急切地要喝水。男的没有半点犹豫，从那个小洞里把一瓶水递给女的。

女的想也没想，一口气喝光了那瓶水。

女的问自己：这要是别人，不是他，会不会给我这瓶水？

女的问男的，我那么凶，还吵着离婚，你不恨我？

不恨，一辈子都不恨。男的声音很低。

黑暗中，女的泪流满面。

又过了不知多久。又饥又渴的女的想起男的另一瓶水。女的犹豫了，可本能的驱使让她最终喊出了那句"快给我水！"

男的声音很微弱。女的隐约听到男的仿佛说了句：这瓶水现在不能喝，再坚持一会儿，救援马上会来……

女的很伤心，女的想，男的说爱我一辈子都不恨我纯粹是假的，关键时候兔子尾巴露出来了。女的很绝望，但她知道隔壁有一瓶水。虽然自己不一定能得到，但却给了她新的希望。

女的再喊男的要水，却听不到男的一点声音。男的已经昏迷过去。

男的、女的终于被救出来了。那是七天之后。两人都奇迹般地活过来了。

当记者采访两人是怎么坚持下来的。女的说，是他给了我一瓶水。

男的看着女的，说，你不知道，其实只有一瓶水，另一个瓶子是空的。给你水的那天，我喝了自己的尿。

顷刻间，女的泪流满面。

很多年后的一天，四川汶川一现代化住宅小区里，一对白发苍苍的老人相互搀扶着，蹒跚地走在花园里。

女的：老头子，当时就一瓶水，你怎么舍得给我？你就不怕死吗？

男的：老婆子，瞧你说的，谁不怕死？可我说过我爱你，一辈子。要死，也得我先死。你忘了，这是咱恋爱的时候就约好了的……

重大抉择

黄诚专

经过近十年的热恋,他和她终于在奔三的年龄走进婚姻殿堂。这也是双方老人期待的日子,一块高悬在心头上已久的石头,总算落了地。

婚前,他和她已经做好了计划,在婚后的两年内,为老人生个孙儿。不管是生男生女,一介不得嫌弃,他在跟她商量。

可婚后几个月,他们却各怀心事,闷闷不乐。他们都看出对方的微妙变化,只是不知道藏些什么秘密。

开始,他们彼此不露声色,默默地坚持着,谁都不想捅破这层窗户纸。可她实在是忍受不住了,这几天外面发生一些纷乱复杂的事情,特别是看到四川汶川大地震那些悲惨的镜头,实在让她难以忍受,流下了悲怜的泪水。

一个温馨的夜晚,温存过后,她率先向他吐露心迹。她对他说,决定改变当初铁定的主意,不生孩子了。

让她想不到的是,她这个重大的惊人抉择,他看得很淡很淡。他看着她,对她笑笑,拥着她道,你怎么跟我想到一块来了。这也是我这些天来为什么沉默不语的缘故。向你开口是怕你不同意。更怕通不过双方老人那些道清规戒律的防线。

让他们想不到的是,把自己的想法袒露给自己的父母听后,老人竟对婚前常挂在嘴边唠叨的,"不孝有三,无后为大"不屑一顾。

其实,他们并不知道,双方老人这些天总是叹息。悲痛中,也在琢磨这些心事,决定尽快找个时间,劝他和她放弃生育。

老人们说了,你们自己的路,怎么个走法,你们自己看着办。

期待中,有关政策出来了。申请递上后,他和她对5月12日四川汶川大地震中的孤儿领养充满热切的期望和信心。

生存的信念

李 华

地震已经过去了三天三夜,战士们已经非常疲惫,但是为了抢救幸存者,他们奋战到底。小王向山坡慢慢地走去,那里有一处倒塌的废墟。"有人吗?……有人吗?……"里面像死一般沉寂,只见苍蝇朝里飞去。

看来里面的人都死了!小王不甘心,走上前,通过缝隙往里瞧。有动静!一只蟑螂突然窜了过来,爬上了一个舌头,没想到那张嘴居然咬住了蟑螂,嚼了几下,又吐了出来!

小王吓得哆嗦,他振作精神,再往里看。一只小手不知道从哪里伸了出来,手里拿着的正是一团蟑螂尸体……太好了,里面有幸存者!小王朝战友们挥手,大声喊:"这里有幸存者,你们快点过来!"

战士们纷纷跑过来,小王初步确认了一下幸存者的位置,便开始搬压在上面的木梁与瓦砾。他们首先找到了一个宝宝,大概有一岁半,她躲在桌下,没有受伤,连呼吸都很正常,但看样子早就饿坏了。

宝宝看到陌生人,大哭大闹。后来,战士们又在里面发现了他的母亲,全身被压住,双手双脚都不能动弹,只露了一个头在外面。她是怎么让宝宝平安地度过三天三夜的呢?她已经处于昏迷阶段,但那张嘴却机械地张开,舌头伸在外面……战士们把上面的重物一件件清除,在清除的过程中,又一只蟑螂爬进了她的嘴,她又本能地咬碎蟑螂,吐了出来。难道她就是靠这些蟑螂来养活她的孩子?她很快被救了出来,护士给她打了吊针,她在孩子的呼唤下醒过来了。

她看到自己的孩子平安无事,流下了激动的热泪。后来她告诉战士:第一天,她与孩子靠散落在地上的饼干与半瓶水过日;第二天,她咬破舌头,吸引昆虫,再把昆虫咬住给孩子吃,另外靠雨水解渴;第三天,她快撑不下去了,只能靠顽强的意志咬烂爬进嘴里的蟑螂。最后发生了什么,她也不知道……

汶川衣柜遗嘱

颜桂海

从汶川地震区采访归来,有一件事让我永世难忘,生与死的概念就是一张纸的距离,师与生的情感有时候重于泰山……

那天,我随救援部队抵达满目疮痍的汶川县城。在一个几乎夷为平地的中学教师宿舍楼废墟上,救援部队凭感觉听不到有生存者的痕迹,但身边的警犬却吠个不停,东闻西嗅。当地逃生出去又跑回来的中年妇女指了指我的脚,说着一些我们根本听不懂的阿坝州方言。我往脚下细看,原来我站着的一大块水泥板下面压着一具遗体。救援队用钢筋剪、鸡嘴锄等工具,将那具遗体轻轻挖出。在挖的过程中,居然发现一只大衣柜藏在废墟下面,发现一只鞋遗弃在柜门处。救援队长说,可能在衣柜里面有生存者呢,否则警犬不会乱叫的。

救援队员用锤子、钢钎等,将已严重变形的衣柜强行撬开,发现一名戴着眼镜的老师手中握着一支圆珠笔,斜躺在倾斜的衣柜里,但已奄奄一息。我迅速连拍了多张照片。救援人员花了3个多小时,才好不容易将他抬出地面。但抬出半小时不到就发现他停止呼吸,瞳孔放大。

我跟着救援队员转移到另一处废墟搜寻别的生存者。不久,我在相机的取景框里翻看自己刚才所拍的照片,发现刚才那个衣柜内壁似乎写有一行字,但照片里不完整,只拍到了一个"遗"字的一半和一个"嘱"字。我跑着折回去,再细看衣柜内壁,发现歪歪斜斜地写着:"遗嘱:如我死了,两只肾脏还能用的话,请马上移植到初三(4)班李艺毅身上,因为他年纪轻轻就不幸得了尿毒症、肾衰竭,很需要换肾。李艺毅现在一个月就要做两次血液透析,每次就要花800多元,他家庭负担太重了。我和他的血型都是A型。此嘱。2008年5月12日。"我迅速叫来救援队员。三名救援队员来后,把老师的遗体头部朝向东方摆放好,轻轻地盖上一块白布。我们弯下腰向这名不知名的老师深深地鞠躬……

但是他的学生李艺毅始终也找不到。大自然是这样无情无义,把人类玩于它的股掌之上;而我们的老师却是这样有情有义,在走上天堂之路还想着他的学生!

　　汶川归来,我将那遗嘱照片加晒放大,挂在办公室入口对门处,它就好像报纸版面头条一样,鞭策我努力,鼓励我前进……

寻找肖大江的始末

盐 夫

肖大江离开原先所在的建筑企业，只身去了南京，是在十年前那个寒冷的冬天。十年来，他跟着打工潮，背着行囊，挤着火车，像一头疲惫的驯鹿，季节性地迁徙在江苏与四川两地。在5·12汶川地震之前，没有人关注过这位建筑工程师，对他的背景资料更是一片空白，所以，人们寻找他的目光，一直停留在他曾经生活、工作的地方，许多人坚信他就在成都或四川的某一个城市里。搜索范围定位的错误，导致寻找肖大江的过程变得异常的艰难，甚至有人一度怀疑他已在汶川大地震中遇难了。就在大家怀着失望、惋惜、悲痛的心情准备重返灾区时，一位网友提供了可靠的消息和确切位置：他在南京某地。

起初，搜寻组对这则信息的真实性也产生过怀疑，担心被网友们忽悠了。按照常规，一位有着过硬技术和丰富施工管理经验的工程师，在任何一个就近城市里，都很容易能找到一份合适的工作，根本没有必要纵横千里异省求职。这种舍近求远的做法似乎看上去十分荒唐，但在南京某建筑工地第20层的楼层上，我与肖大江的双手握在一起时，这一切却又是真实可信的。

与肖大江说起过去的事情，他总是躲躲闪闪，含糊其辞，不愿说得过多，而且十分低调。特别是问他为什么来南京工作时，更是有了异常反应，他几乎吼着说，现在是工作时间，请勿打扰他的工作，然后径直推开人群，拿着图纸，上了电梯，去了更高的楼层，消失在我们的视线里。

在已经过去了的几天里，公司总裁一直不停给我打来电话，他骂我说，这事有这么难吗，一星期都寻不着一个人，笨蛋，我炒了你。其实，我一刻也没闲着，每日，天刚擦亮时，我就守在肖大江工地的入口处，等候他的出现，一步不落地跟随着他，他工作时，我就蹲在门边抽着闷烟。也许，是被我的诚意感动了，第三天下晚班后，肖大江突然出现在我的面前，说同意与我们说说。

在一家四川风味餐馆里，我们在僻静的桌子边坐下。没有点酒。这是肖大江答应我们吃饭的条件，所以只点了一些清淡的素食，但辣椒酱却是大份

寻找肖大江的始末

的。肖大江吃了口辣椒酱，然后与我们说起了关于他的故事。

汶川地震，我失去了三位亲人，他们的遗体都没有找到。肖大江神情黯然地说，我的父亲、嫂子和侄儿都去了，侄儿他刚12岁，是个很可爱的孩子。你们已经知道了，我负责监理的四所希望小学，都经住了地震的考验，一座也没有垮塌，但我不可能监理每一座建筑，看到孩子们死亡的场景，我的心就像刀绞一样难受，对不起，请把餐巾纸递给过我一张。肖大江接过纸，擦擦眼角又继续说：我有一件事十分后悔，如果我不离开我原先工作的单位，继续把项目监理下去，可能还会有更多的孩子获得生命。我是十分无奈情况下辞职的，或者说是被他们逼走的，但我认为我很可耻，是个缺乏足够勇气的小人。其实，我根本就没有卡要过他们，是一种诬陷，我只是要求他们严格按照施工图进行施工，我有这种权力，这也是我工作的基本准则，钢筋不能少，水泥不能少，然而，他们却为难我，常在夜间浇灌混凝土，这我不怕，我可以夜间跟班作业，质量我肯定不会放松的……但是，施工方却更加对我不满，想法子要把我搞走，说我索贿，说我嫖娼，我清楚自己的言行，我不是这种人，但我想得到上面的支持，但是没有，反而纪检来了人……他们终于如愿把我搞走了，后来建的几座希望小学，在这次地震中也全倒了，死了几百个孩子，如果我顶着，不妥协，也许这些孩子们都能度过这一劫。说着，肖大江失声大哭了起来。

邻桌的人吃惊地看着肖大江，待他们明白眼前的汉子是来自四川灾区的，而且经历了失去亲人的痛苦时，都主动地走过来与肖大江拥抱。肖大江向陌生的朋友们点点头，又笑了笑，那笑显得十分艰涩而苦楚。许久，肖大江这才把情绪平静了下来，然后说，明天我要回四川了，兄弟们，感谢你们。

肖大江站了起来向门外走去时，我这才想起此行的目的。汶川地震后，公司总裁看到许多学校倒塌了，许多像花朵一样美丽的生命顷刻间就消失了，决定向灾区捐建十座世界上最坚固的希望小学。他对我说，你去找肖大江，他监理的希望小学，一座也没有倒塌，真是牛人，我要聘请他做这个项目的总监，年薪二十万，终生聘用。

夜空下起了雨，街面上一片湿润，车辆的灯光与繁华城市的霓虹灯，倒映在路面上，五彩缤纷。当我把总裁签署的聘书递给肖大江时，他没有接受，用手轻轻地婉拒了，骑上了他那辆破旧的自行车。

肖大江，肖大江，等一等！我呼喊着他的名字。

他把自行车慢了下来，刹住车，回过头，说：我相信你们，你们捐建的学校会是世界上最坚固的，大山里孩子们会感谢你们的……正因为如此，也许其他地方更需要我，对不起了。

肖大江向我摆摆手，上车走了，自行车的链条发出嘎吱嘎吱的摩擦声。

不是也要救

吴思强

这是刚从重灾区都江堰回来的朋友告诉我的一个真实故事。

5月12日下午2时28分，故事的主人翁小何正与几个朋友在都江堰某处楼上喝茶。两个男朋友下楼上卫生间去了。突然，她只感到天摇地动，她知道是地震了，她急忙往楼下跑。当她跑到二楼时，只听见"轰隆"一声巨响，她就什么都不知道了……

不知过了多久，她苏醒过来。"阿琼！阿琼！"此时，外面传来隐隐约约的叫声。啊，是她的朋友在找她。她的小名叫阿琼。她的大脑里，立即升起求生的念头。当"阿琼"的叫声又传近时，她张开了口，但是，并没有声发出来。想回答，但她力不从心。她受伤昏倒后，连说话的力气都没有了。由于刚才用气过度，她似乎又昏了过去。不知过了多久，"阿琼！阿琼！"的声音又传了过来。当声音再次来到她被埋的地方时，她用尽了所有的力气，说出了一句话："我在这！"声音虽然很小，但还是被寻找的人听到了。

"找到了，找到了。"外面传来喜悦的声音。她又昏过去了。

寻找阿琼的是两个男子，他们用手快速地翻扒砖头杂物。手都出血了，男子全然不顾，只想快点把压在下面的人救出来。当男子翻开水泥板，看见被埋在下面要救的人的衣服时，一个男子说："不是她。"此时的小何，刚好又苏醒过来，她听到了那句"不是她"后，清楚地意识到，刚才的寻救声，并不是她的朋友。她有点失望，她还被压在下面，不是她朋友的男子，还会救她吗？就在她想这个问题时，她又听到另一个男子的声音："不是也要救！"两个并不认识小何的男子，全力地抢救小何……

当他们扒到最后时，被两条钢筋卡住了。一个男子急急跑去找工具，正好碰上急救队过来，在急救队员的帮助下，小何被抬出废墟，及时送进医院抢救。

小何活下来了。患难见真情，"不是也要救！"这句话成了这次抗震救灾中的一句美言。

生死追逃

张爱国

"操！雷不打吃饭的，狗不咬拉屎的。"老黑一副满不在乎的样子，"在厕所把人给逮着，也是兄弟你做得到的？"

"谁是你兄弟？"劳勇专注地开着车，冷笑着说，"看来还是不服啊你？"

"不说也罢！"老黑用被铐着的手砸了砸劳勇的椅背，"兄弟，哦不，警官大人，我这次一进去，这辈子就完了蛋了……"叹口气，老黑认真地说，"劳警官，这儿就咱俩，你抓了我这事也没人知道，你开个条件，咱俩做个交易……"

"求我？"

"有门？"老黑急切地问。

"球门！"

老黑立即像泄了气的皮球，不做声了。好一会儿，老黑直愣愣地说："我饿了！吃饭！"见劳勇不理，老黑狠狠踢一下劳勇的坐椅，"操！我还不至于吃枪子儿吧？就算是，也不能让我做饿死鬼吧兄弟。"

劳勇还是不回头："想歪点子吧？"

"说人话吗你？"老黑仿佛受到了天大的侮辱，懊恼地说，"操！我有罪不错，但总不该连吃口饭也求你吧？"

"警告你，别想什么花招，你不是我对手的……"

"拽了不是？"老黑揶揄地说，"你劳警官的本事可不是在嘴上的！别让我看扁了你！"

劳勇停下车，将自己的一只手与老黑的一只手铐在一起，再盖上一件衣服。俩人"手拉手"登上了几级台阶，走进一家没有顾客的小饭馆。小饭馆很小，靠墙摆放着五六张长条桌子，几只圆凳子。劳勇拉着老黑走到最里的桌子前，毫无声响地将老黑的左手铐在一只桌腿上，就若无其事地挨着老黑坐了下来。老板娘来了，劳勇将菜单推向老黑："今天轮你点了。"老黑冷冷地说："酒。"劳勇拍拍老黑肩膀，笑着说："兄弟你忘了下午的事？咱们晚上回家喝吧。"老黑只得识趣地点点头。

第一碗饭吃完，老黑把空碗往劳勇面前一推，敲了敲筷子。劳勇站起身，伸出手去拿碗，那碗却莫名其妙地跳了一下。劳勇扫一眼老黑，那意思你小子别耍什么阴谋。与此同时，不仅那碗、桌子，甚至整个房子和地面都抖动起来了……说时迟那时快，老黑已纵身从凳子上蹿起来，身后的凳子也被他扫向了一旁，他大叫一声"地震"，拉上劳勇就要跑。劳勇也扫开了凳子，拉着老黑叫着"快跑"，可老黑的手还被铐在桌子上。

　　地面在剧烈颠簸，房子上大大小小的水泥块在纷纷坠落。劳勇拿出钥匙要给老黑打开手铐，但老黑慌张得全身颤抖厉害……

　　老黑刚跑下门口的台阶，身后就传来一声巨响，一种巨大的力通过手铐将他猛然往下一拉。老黑被定住了。老黑扭头一看，小饭馆坍塌了，劳勇趴在地上，上半身在外，下半身连同桌子的一角被压在了废墟下。老黑双手抱着手铐，做着要将桌子一起拉出来的架势，但定睛一看，被压碎的桌角正支撑着劳勇身上的楼板。老黑愣住了。

　　地面还在震动，老黑还在愣着。劳勇咬着牙，抓住老黑的手，打开了手铐，说："快……快跑！"一块鸡蛋大的飞石砸在老黑的肩膀上，老黑叫一声，丢下手铐，就拼命地掀着劳勇身上的楼板……

　　大街上一片混乱，无数人抱着头哭叫着向广场的方向跑去。地面还在不时地抖动，旁边的一幢楼房正在撕裂，石块在纷纷坠落。老黑的肩膀已经中了两次飞石，鲜红的血染红了前胸。劳勇说："快跑，太危险……"老黑不听，他意识到了无法移开楼板，就双手没命地刨着破碎的砖石……

　　"傻瓜，我是……抓你的警察。"劳勇艰难地笑着说，"我……出去了，你还能……跑掉吗？"

　　"别啰嗦！"老黑命令道。

　　"这次一进去，你一辈子……完蛋了。"劳勇仿佛在请求老黑，"快……快离开！"

　　"不！劳警官！是我害了你！"老黑跪在废墟上，拼命地刨着砖石，嘶哑地叫着："不……不刨出你，兄弟我就……死在这儿……"

第一个电话

张 凯

地动山摇，轰然巨响的瞬间，天崩地裂，楼房坍塌，数以百计城镇，顷刻间一片废墟，汶川，特级大地震，8.0级。

12日下午3点左右，王董晓接连收到市气象台发布的"四川汶川发生7.8（未修订前）级强烈地震"短信后，一刹那间，他顿觉晴天霹雳，心里同样经受了一场特级大地震。

汶川有婷婷和他甜蜜的初恋，有他的足迹留在汶川山水间，有他挥洒青春的身影，当然也有他一段不堪回首的往事，尽管他10年前已经逃离让他伤心的汶川，尽管他已远隔千里，但，汶川仍是他魂牵梦绕、时刻牵挂的地方。

愣怔了好半天，王董晓才想起打电话。

拿出手机，利索地按数字，果断地摁下发送键。

很多年了，这串数字在他心里熟悉又陌生，每每想起这串数字，他总想给她打过去，可始终没有勇气；每每想起这串数字，他的眼前就会出现她的身影，依偎在他的怀里；每每想起这串数字，他就悔恨当初错怪了她，她对他只有憎恨。

电话那头没有反应。再拨，还是没有反应。

不停地拨，不停地没有反应。隔一会儿又拨，没有反应，过一会儿再拨，还是没有反应。

他茫然四顾，周围的人几乎都拨着手机，焦躁地自言自语："怎么没有信号？"

焦急！焦急！他感觉自己像一只受伤的暴躁的雄狮，可只能在原地焦躁地走来走去，每隔几分钟就试拨一下电话。

没有信号！还是没有信号！一个小时过去了！两个小时过去了！依然是没有信号！

王董晓拨出一桩桩温暖的往事，拨出一件件揪心的感动，拨出一遍遍发自内心的自责，自责当初分手的轻率和隐匿数年不通音讯的狠心，禁不住，泪眼滂沱。

晚饭后，他守在电视机前盯着中央电视台直播"抗震救灾、众志成城"，同时还时不时再拨一回那串一直拨不通的手机号码。

通啦！

那头有人说话了："喂——"是个女人的声音。

他的心终于释然，她还活着，嘴唇不由哆嗦了一下，却又将电话摁断。

大约过了五分钟，王董晓收到一条短信。

"我很平安，谢谢你的牵挂！"是自己熟悉的那串号码发来的。

王董晓的手颤抖着，回复："灾难中的你不用谢，我打错了，祝你平安。"

女人回复："你没有打错，如果真的是你打错了，你就不会在我'喂'一声后隔几秒才挂断，你是牵挂我在这次地震中是否还活着。告诉你，你是在信号正常后第一个打进我手机的人。""远方的朋友，虽然灾难发生在你们的身上，但痛在我的心上，相信你们一定能克服困难，渡过难关，有全国人民关心你们，你们一定会好起来。我真的打错了电话。"

就这样，短信你来我往，内容越来越长，后来得知婷婷的这个号码是她半年前新入的户。

最后的姿势

厉周吉

汶川地震以后,我随部队到灾区参加抗震救灾工作。地震发生四天之后,废墟里存活的生命越来越少了,然而我们依旧非常认真地搜索着,生怕落下一位幸存者。

这时,生命探测仪显示废墟下面还有生命,我们立即快速而小心地挖掘起来,我们挖掘了好几米,依旧没有发现有人,我们正在纳闷,忽然听到下面有轻微的响动,我们惊喜无比。在大家的不断努力下,一块巨大的石板渐渐露了出来,只是依旧没有看见人,这么说,幸存者应该在石板下面,石板很厚很大,我们几个人从旁边试着撬了几下,石板纹丝不动。

没有办法,我们只能调来起重机帮忙。当起重机把巨大的石板慢慢吊起之后,我们发现了一对紧紧想拥的青年男女,看样子是夫妻,他们头部血肉模糊,姿势非常特殊,他们两人面对面跪在一起,双手紧紧地扣着对方的肩膀,肩膀也死死地顶在一起,他们都没有存活的迹象,我们正感到纳闷,忽然发现他们的中间有一个小脚动了一下,我们急忙朝中间看去,原来,有个孩子在中间,并且毫发无伤。

原来这对夫妻用他们的身体组成了一个拱形,撑住了巨大的石板,给孩子形成了一个虽然不大,但绝对安全的空间。我们都感到非常震惊,当地震突然来临,人们都惊慌失措的时候,这对夫妻怎么能够快速想出这个办法,并迅速达成共识呢?不可思议,简直是不可思议。

为了记录下这宝贵而感人的镜头,我们没有立即把孩子抱出来,而是从不同的角度进行了拍摄。最后才小心翼翼地把孩子抱了出来,是个女孩,有三四岁大小,孩子除了由于饥饿等原因变得非常虚弱之外,没有一点外伤。我们急忙把孩子送给医疗人员。

这时正好有一个电视台在这儿采访,他们对我们的救援过程进行了全程记录。此后很多电视台都播出了这个感人的事件。几天以后,当地电视台针对这个事件专门制作了一期节目,并且还把那个女孩抱到了电视台,也许由于过度惊吓,女孩瞪着一双惊恐的大眼睛,呆呆地看着周围的一切,不管别人问他什么,她都一句话也不说,为了避免刺激女孩,主持人停止了对她的询问。

　　这时,主持人、现场嘉宾和观众们展开了一场讨论,讨论的核心是在地震突然来临的时候,孩子的父母怎么能够快速想出这个办法,并迅速达成共识。因为压在他们头上的石板有上千斤重,除了用这个办法,单凭一个人的力量根本无法顶住一块这么大的巨石。

　　大家作了多种推测,然而任何一种都很难令人信服。大家正在感到茫然的时候,突然发生了一次余震,演播室剧烈地抖动起来,现场观众都很紧张,小女孩更吓得双手抱头,激烈地尖叫着,两位主持人一边大声地说演播室里绝对安全,一边转身想抱住女孩,结果两人一下撞在了一起并跪倒在主席台上,两位主持人都感到非常不好意思,不过还好,只是主持人碰出了一点轻伤,小孩因为正好在他们两个人的中间,所以一点都没有伤着。

　　现场的观众恍然大悟,因为刚才主持人的姿势与电视中所拍摄的小孩父母的姿势非常相近,这么说他们之所以形成了这个姿势,根本不是商议好的,而是在地震猝然来临的时候,两人同时毫不犹豫地扑向了孩子。

　　节目进行到这时似乎已经很难继续下去了,因为包括主持人在内的现场所有的人都已经泣不成声了。

　　节目播出后,引起了很大的社会反响,很多好心人纷纷对女孩进行捐助,有不少人打算收养她,有关部门正在考虑给他找一个合适的人家时,忽然发生了一件让大家更感到不可思议的事,小女孩的父母来了,原来这位女孩的父母今年年初就到广东打工去了,他们把四岁的孩子留在了家里,由她的姥姥照顾,地震发生后,他们一直没法和家里取得联系,于是回到家乡寻找,可是当他们回到家乡的时候,家乡所在的地方早已成为一片废墟了。节目播出以后,他们发现电视上的女孩极像自己的孩子,于是就赶来了。他们说女孩的姥爷早就去世了,姥姥在地震中也很可能遇难了,他们在当地没有很近的亲戚。那么护住孩子的一男一女到底是谁呢?

　　虽然也许我们永远无法知道他们的名字,但是他们最后的姿势我们永远也不会忘记。

死亡婚姻

李学民

灾难尚未来临之前,男人正在卧室里睡觉;女人坐在客厅沙发上刺绣。

陡然,一阵天旋地转,室内所有的东西旋即跳跃起来,低柜上的大电视率先跌落在楼板地面,炸了!女人脸色吓得蜡黄。男人一骨碌爬起,惊呼:"地震了!你快跑!"

女人扔掉了手中的针线,努力地站起来,却又跌坐在了地面上。于是,男人女人就看见了门窗的"咝咝"扭曲,房屋墙体的"嘎嘎"裂缝,刹那间整个天地之间充斥着一种撕锦裂帛般的骇人怪异之声。男人大喊着女人快跑,女人爬起来,却跌跌撞撞往卧室里跑来,口里喊着男人赶快滚落下床头去。这时间满耳都是哗啦啪啦碎裂声响,女人刚刚爬进卧室门口,靠西墙边上的立式穿衣镜呱嗒一下张过来摔了个粉碎,前窗户钢框骤然间扭成了麻花,四周的光线瞬间里转换成一片昏暗。女人瞥见男人头顶上的楼板正碎裂下来,她连惊惧之声都没喊出口,整个人便猛扑了上去……

整个时间与空间仍在天摇地动之中,远处、近处,轰然有声,那来自天外地狱里的魔鬼般嘶鸣,此刻淹没和吞噬了人类,乃至整个生命界惊悖的呼喊都听不到了,甚至很多很多生命尚未完全反应过来,就已经结束了。

一切似乎凝固静止了一般,一切又似乎重现排列组合了一般……

咔嚓——咔嚓嚓——电闪雷鸣……

不知过了多少时间,男人被冰凉的雨水浸醒,他的第一感觉不是疼痛,甚至除却头脑和眼睛在活动之外,手脚与身躯已经与他完全脱离。那一刻里,他并不以为自己尚还活着,窒息的气体,无边的黑暗,麻木了的尚无任何感知的空虚,只有到了阴曹地府幽灵世界才具有。慢慢地,他听到了一丝软绵轻微的声音,他努力谛听,努力回忆,努力挣扎却一动不动,他感到了山岳般的沉重,而他要搜寻的断断续续呻吟之声,最终确定是来自他的背部,他同时嗅到了一股霉味和血腥味,他的喉咙发干发涩,吞咽口水都很困难。他试了一下,他的双臂牢牢地被什么东西嵌得死死的,头颅尚可活动,这才真正意识到他还活着,真实地活着。他把嘴巴仄斜于地面,吸食了一口嘴角粘湿的东西——立时一股更加浓重的血腥气充斥了他的口腔、鼻孔，那是血——浓稠的血和渗入进来的雨水的混合物。男人终于记起来了，那个来自背上的微弱的呻吟之声，就是在危急关头扑向自己的那个女人啊——他的妻子——一桩名存实亡婚姻中的不幸女人！男人的泪水哗哗地流下来了，他甚至不明白，或者说那个看上去如此孱弱的女人，竟然能在生命关头扑向自己，用她的生命代价来换取他的生命——要知道那是一个曾经几次要将女人抛弃的男人啊！

男人开始呼唤女人的名字……一遍又一遍……四周的黑暗，身体的囚禁，没有一点儿的任何生命之音的恐惧，简直使他快要精神崩溃了，他立时感到前所未有的胆战心惊。好在在他即将喊破嗓子的那刻里，他听到了后背上有了说话声，轻轻的、微弱的、游丝一般的声音："啊，啊，你，是你，你还活着？"那是那个差点就被他抛弃的女人的声音，他兴奋地大叫起来，猛一仰头，砰地一声碰在了什么硬件的上面，他兀自说着："是我，我活着，我们都还活着，你怎么样啊？哪里受伤了？"他听到了女人艰难的喘息，女人说："我，我还没有死？"男人说："没有，没有，我们都不能死！"女人轻叹了口气，说："啊，真的没有死么？我倒觉得还是死了的好，那样你就解脱了呀！"男人流着泪，赶忙制止她，男人热烈地说："都什么时候了，你还说这样的话，都是我不好，过去的事情了，不要再提它，好么？"男人干咳了一下，继续说道："等我们被救出去，一定要好好过日子，"他声音低了下去，"你听到了吗？嗯！"

女人没有回答，不知是又昏死了过去，抑或是在思考着什么，还是她没了回答问话的力气。男人又是不住地呼叫着女人的名字，要她坚持下去，这样过去了很久。男人慢慢知觉了的躯体，觉察出了女人在他背上微弱的喘息，他知道女人还没死去，更加急切地跟女人说话。女人缓缓地说："你知道么？从前我为什么不跟你离婚？"男人再次说："求求你了，我们不说那个，我们再不离婚！"女人并不理会男人的话，"嘿嘿！"她轻轻地笑了一下，接下来就是一阵咳嗽，女人说："你知道么？开始我想拖死你！你不让我们娘儿俩过好日子，我也不让你好好过下去！"男人听了，没有答声。女人又说："后来我想过来了，何必呢？谁也不是离开谁过不下去，我是想等到女儿考上大学就同意跟你离婚，"女人停了停话头，沉沉地说："多亏女儿跟外地她大姨念书去了，否则说不定……"女人说不下去了。男人说："别多想，女儿不会出事的，隔那么远的距离。"女人悠悠地说："但愿吧！"女人沉吟了下去，半晌又说："你也真是狠心，为何好端端的日子就不过了呢？"男人头偏斜在地面上，说话有些困难，男人说："唉，生死关头了，我们说这些还有什么用呢？其实现在想来，都是我鬼迷心窍了，我，我不是人，我真该死，可你为什么不让我去死呢？"

女人没有立即回答，过了好大一会儿，女人才说："你要好好地活下去，好好地答应我，答应我等到女儿念完大学，找了家好人家后，你再结婚！"女人哽咽起来。男人哭诉着恳求女人原谅，说自己再也不动那没有人性的心眼子了，他还要守着女人和女儿好好过完这一辈子呢。女人脸上出现了一丝男人看不到的苦笑，女人说，其实她做得也有些过火，何必揪住男人不放呢？天下好男人有的是，如果早知道有今天，早明白人生百年不易的道理，她会早就还男人自由身了。男人听了，呜呜地哭起来，女人说："你知道我为什么要救你么？"男人止住了哭泣。女人继续说道："我是，我是想不能让女儿没有一个亲爹呀！其实，在我扑向你的刹那间我还在恨你，那个时候我想的还是我的女儿，我死了不要紧，我已经下岗了，没有钱供养女儿读完大学，但你有！"男人身体颤抖起来，不知他是为了女人对自己的绝望，还是为了女人对女儿的那一腔博大的母爱，总之，男人觉得他已经无地自容了……女人兀自说下去，"不过，现在我就不那么想了，其实你也并不完全错，死亡了的婚姻，还有什么过头！"男人这时却说："我们都不会死的，你我都不会死的！"女人呻吟了起来，片刻之后，女人说："看来我是不行了，我们的缘分早就尽了，要知道这样，何必呢！现在说什么也晚了呀！"男人感觉到了女人呼吸的急促，男人要女人不要再说话，要保存体力等待救援人员的到来。

很久很久，女人没有再说一句话，男人隔一会儿就喊女人几声，要女人不要睡去，一定要坚持下去，为了女儿也一定要坚持下去……

"为了我们的女儿！""为了我们的女儿！"

"是么，是么！"女人在听见外面传来了动静之后，咽下了最后一口气，而她滞留在世上的最后一句话却是："记住你答应我的话！"无论男人再喊她，声嘶力竭的呼喊女人的名字，而那个扑伏在他身上，为他而死去的可怜而伟大的女人，却永远听不到他的呼唤声了……

令人大为骇然和感动的是，当男人被抢救出来之后，在男人"不要救我，让我去死！"的孱弱声中，人们看到了男人背上的女人，女人的整个后背及心脏几乎全被石块洞穿了……但她死得极为安详。

军号嘹亮

刘 勇

我正沉浸在对故乡回忆之中,突然听到了紧急集合的号声。已经半年多没听到这个号声了,正在疑惑着,连长一声吼声把我从疑惑中催醒,打好背包跑到操场。

稍息!立正!报数!同志们!接到军区首长命令,四川汶川在14点28分发生了7.8级大地震,那里灾情严重呀!需要我们去救助,我长话短说,现在是14点48分,我们立刻出发,去抢险救灾。

终于在我吐出第42次黄疸汁的时候,我们到达成都。4小时的急行让我这个"晕车王"体会到"晕车震,"路上战友张军伟、李祥峰、孙凯他们都取笑我,说我富贵命,经不起"大解放"震荡,到了震中,不把你给震晕才怪。

因为灾情的严重,大家和我一样都归心似箭恨不得一下飞到灾区。到了灾区的时候,我们都惊呆了,满眼的废墟,一片的苍凉,连长大声命令中我们惊讶的嘴还没合上。当地人见到我们,上前抓住我们的手泪流满面,哽咽着说:"救救孩子们吧!他们还在废墟下!救救他们吧!救救他们吧!"

战友们迅速直奔中学。据说,这里灾情数学校和医院最严重。当时正在上课,整个教学楼里400多个孩子,只有一个在操场上上体育课的班躲掉地震。我听到头皮一震,眼泪就跟着出来了,连长红着眼训我:"都什么时间了,还哭,快去救人!"我们看到在断壁残檐,瓦砾废墟已经被钢筋连着楼板掩盖,真不知道如何下手,手里抓着铁锹,也不敢贸然挖动,生怕一点闪失,造成再次的伤害。张军伟、李祥峰、孙凯都把铁锹丢掉了,用手一块块地搬,我找来一个菜篮,一点点地搬运碎砖,25分钟后终于在一个角落救出了同学张玲。张玲抓住我们的手哭嚷着,你去左边救谭老师吧!他为了救我们被压在下面了。1小时艰难的挖掘,终于找到谭老师,可是眼前的场面让我们惊呆了,谭老师弓着身子用他坚强的臂膀保护着4个学生。连长看到后,流着泪嚷着:"操他娘的小地震!老子就不相信制服不了你。"

连长话没说完,又一次震动,危险就在眼前,大家都迅速离开救援现场。

只有张军伟双手鲜血还发了疯地在那里挖。连长命令让他避开，他不肯，我们拽着他，他跪下哭道："让我再去救一个！我还能再救一个！"

56小时后，天空雷声阵阵，瞬间密雨如注。我们一边在雨中搜寻，一边设计下一步的救援方案。深夜4点时，我们已经救出了第56个学生，听救出的同学说，楼下还有活着的学生，他听到了救命声。我们按照学生画出的草图往楼下延伸，整个教学楼已经陷下三层。我们打开一条通道，和李祥峰、孙凯、魏宏伟进入了二楼，呼喊着有人吗？有人吗？只听到一阵沉闷声，我就失去了知觉。

我醒过来的时候，已经躺在病床上，腿部深深的痛弥漫着全身。满头大汗的护士对我说："忍一下，你的腿扎进钢筋，需要手术。"旁边满身是血的战士对我说："别给他们找麻烦了，要救助伤员很多。现在我懂得活着的意义了。昨天我们在一个中学救人，现场看到一个女教师，身体被压断成三节，可在她身下找到了3个孩子。当时在场的人都哭了，一个熟悉她的人说，她今年才21岁，上班不到半年。天变不足畏，灾难面前，先不要说感动！要坚强！"听到战士的话，我感到腿不疼了，一种激情涌在胸口，又听到了部队救灾的号角！

"石一刀"的转变

万俊华

朋友，只要你想在昌盛县医院做妇科手术，人们就会告诉你，去找"石一刀"。

"石一刀"原名石芽子。有一句在群众中广为流传的口头语，便能证明他的医术高明：不见石芽子，不脱裤子。这话就是说，凡妇女有妇科病，要动手术了，都要石芽子来主刀。只要没见到石芽子来，妇女们就不脱裤子。还别说，石芽子的手术刀，还真有两下子。这么与你说吧，他做手术有两大特色，如果说，别的医生做这个手术，需要半个小时，他一刀下去只需要20分钟。别的医生做这个手术，刀口开有10厘米长，他一刀下去只须开口6厘米长，还没有后遗症。所以，在这方圆几百公里地区，包括附近几个邻县的群众，都知道这位"石一刀"。只要妇科乃至外科要做手术了，人们就会来找他主刀。省医学院几次三番高薪调他去，无奈他不感兴趣。由于找他做手术的人特别多，所以，要特意点名请他做手术，就有一个送"红包"的无形规矩。就算医院轮到他做手术，幸运者也有个送了"红包"放心的心理。多年了，接"红包"对于他来说，早已形成了习惯动作。

尽管这种习惯动作，他现在还常常在做。然而，人们发现，自四川汶川大地震发生之后，当病人出院之际，他大多时候总要找到病人家属私下谈一次话。每当这时，病人家属总是千恩万谢，带着无比感激的心情离开医院。人们没有发现，"石一刀"还将自己多年来收受的"红包"款560多万元，全部捐赠出来，送给了灾区的人们。当然，他所做的这一切，都是与妻子小妹商量好了的。

那天晚上，当从电视上看到四川汶川大地震，那数以万计惨不忍睹的逝去的生命，看到那在堆积如山的废墟中掩埋着的许许多多大人和小孩求救的画面，特别是当看到那些急需抢救的生命垂危的伤病员时，"石一刀"夫妻俩早已泪流满面，泣不成声。她们异口同声：要到灾区去救助灾民！要为支援灾区人们多出一份力！多流一滴汗！

院长劝说：当祖国需要你们的时候，你们理当前往灾区，尽你们所能，救助灾民。没去，留在本地，做好本职工作，一样也是支援灾区。院长说着说着，话锋一转：你难道不觉得，站在你们面前的所有病人，不也就是一个个灾民吗？这里所有的病人，他们一样地需要你们呀。

一语惊醒梦中人。是呀，身边急需我医治的病人，她们本身有病，不能工作，还要拿出大批的钱来交医药费，她们不也就是我身边急需救助的"灾民"吗？与其舍近求远地去救助灾民（祖国需要义不容辞），不如尽心尽力地帮助这些病人早日康复，这不也是一项光荣而又艰巨的任务吗？一想到自己平时还有收受病人的"红包"之举，"石一刀"就羞愧得脸红心跳，无地自容。那不正是给"灾民"（病人）雪上加霜吗？平时他想：病人有求于我，我为她们解除伤痛，收受点"红包"又有什么不可以的呢？自以为这种事情也太理所当然的了。只有在这次四川汶川发生大地震的此时此刻，他才一下子被震清醒了，终于有了新的认识。于是，他和妻子小妹一拍即合：560万元"红包"款全部支援远方的灾民。并作出一项规定，凡做手术从此不再收病人一分钱"红包"。只是手术前，有些病人家属非要他收下"红包"不可时，他也收下，那是为了让病人家属放心。一旦病人病症痊愈出院时，他就会主动找到病人家属，将"红包"如数奉还。

生命，在一扇门之间

朱奚荭

那晚，颇晚才回家。很累，就倚靠在沙发上看电视。

无意中点开的屏幕上，是一个类似访谈的节目，是访谈汶川地震受灾严重的北川中学的师生。看了太多5·12汶川地震的直播、新闻和抗震救灾的节目，流了太多的泪，加上疲劳和不适，已不忍再看下去，欲转台。

屏幕上，坐在主持人周瑾对面的两个稚气未脱的女生吸引了我的注意。

从一位女生的叙述中，了解，5·12地震那天，她们一班67位同学正在一楼的教室上物理课，第一次上磁现场。年轻的物理老师用指南针给他们做物理演示，大地刚颤动时，指南针的针不停晃动，老师警觉地出去探询和观望了一下，返回后让他们安静勿动。等大地开始汹涌翻滚并发出咆哮声时，物理老师边喊出"快跑，快！"这几个字边冲到门口，迅速打开门，并用身体抵住门，让出了一条生命的通道。一刹那间，生与死，仅一扇门之隔。

学生在慌乱奔跑出去的时候，摔倒了，他搀扶起来，一掌推出门外。所有跑出门外的，和被他推出门外的学生，最后听到的他的声音就是那一句始终重复的，"快跑，快！"那几个字，应该是他留在这世界上最后的声音。楼是从东面开始垮塌的，他们的教室正位于东面。最后的4个学生，是被瘦小的他一脚踹出门外的，因为生命，就在一扇门之外。

两位女生回忆，老师瘦瘦的，喜欢和他们班的男生一起打篮球。老师喜欢耸肩，女生还很可爱地模仿着老师的耸肩。老师讲课很幽默，从来不骂他们，还和他们一起拍手欢迎休学后返校的同班同学。

老师给他们上第一节物理课的时候，在黑板上写下自己的名字，然后指着那个名字说，这个人将要陪伴他们两年。

眼前仿佛看到那位踌躇满志、意气风发、亲和幽默的大男孩般的物理老师。在黑板上，一笔一画认真地写下自己的名字，面对着67位学子，承诺他将要陪伴他们一起，度过两年。

女生的眼泪挂满了脸颊，她用手背擦着眼泪，哽咽着说："张老师，你不守信，你没有遵守诺言，你说过了你要陪我们两年。"我的泪已经不知不觉地滑落。

地震过后，全班的同学都在寻找那位张老师，一群同学，在劫后余生中，所想的，所谈的，所问的，都是有关张老师的。"张老师最后跑出来了。""张老师受伤了，被送到医院了。""张老师受重伤了，是被送去大医院抢救了。"一群孩子严肃地猜测着，期盼着，祈愿着。带着美好的愿景，结论都是……张老师肯定还活着。他们一定要找到他，等他回来，陪伴他们两年。

张亚春老师，这位北川中学年轻的初中物理教师，在地震危难中用肩膀顶住了变形的门框，让67位同学安全脱离教室，牺牲了自己的生命。

一楼，教室最前方，讲台，张老师的位置，离门仅几步之遥，生命和阳光，就在那扇门之外。

张老师所做的，就是为孩子们打开了那扇通往生命和阳光的门。他的承诺早已兑现，因为他不止陪伴他的学生两年，他将永远陪伴他们。就像那女生信中所写的，他定是夜空中最亮的那颗星星，在注视着他们。并且，用他的舍己救人的英勇精神，激励和教育他们一生。

山的那边

韦延才

"香香,你看,太阳出来了,好暖好暖的太阳哩。"项大道回转头,看了看背上的香香说。

项大道感觉到香香"嗯"了一声,那声音像黄鹂的鸣叫一样甜甜的。香香的一绺黑黑的头发从项大道的脖子上垂下来,在风中散乱地飘着。项大道伸出一只手,把香香被风吹乱的头发捏在手心,然后轻轻地梳理着。

项大道一边跟香香说着话,一边加快了脚步。天上的太阳很快就被阴云遮住了,天气变幻莫测,大地还在可怕的余震中,一次次地光临。

5·12成了项大道心中永远无法抹去的一个可怕的日子。那天下午两点多钟,他和香香拿了铁锹,准备到山坡上把那块玉米地里的杂草除掉。出了门口十几米的地方,香香见项大道没戴帽子,抬头看了看天上的太阳说:"怎么不戴顶帽子呢?"

走在前面的项大道说:"山上一会儿就没太阳了,不用了。"

"我回去给你拿吧。"项大道还想阻止,但香香已经往回走了。香香是个细致入微的人,项大道看着香香的背影,心里涌起一股暖流。香香走后,项大道就在路边的一块石头上蹲了下来,点了支自己卷的土烟,"吧嗒吧嗒"地抽着,烟抽了大半天还不见香香出来,项大道想起昨天回来时去切猪草了,顺便把帽子也丢在了猪圈,香香找不到呢,于是便站起来想回去自己取。

项大道刚一站起来,顿时天旋地转,打了个趔趄。他自问是怎么了,是不是蹲久了闹的?这时,耳边传来"噼噼啪啪"的声响。项大道醒悟过来是发生地震时,他眼睁睁看着前面的房子一幢幢在他的眼皮底下倾倒了。

"香香——"项大道大叫着向家里跑去,就在他刚跨出两三步的时候,好好一个家突然间摧枯拉朽般地崩塌了,扬起了一股灰白的浓烟。项大道惊愕地张大了嘴巴。这时,屋后的山体也崩裂了,泥石流以排山倒海之势滚滚而下,把半个屋子掩埋了。

待大地不再动摇,项大道飞奔到已成为一片废墟的屋子前。他用铁锹铲着那些石头砖块,此时,项大道心里只有一个念头:"一定要把香香抢救出来。"……

　　迈上一个小山坡，项大道停了下来，他看了看前面高高的大山，大山背后是一个美丽的地方，他要把香香带到那里去。

　　项大道回过头来，看着对面的坡子说："香香，你看，那就是我们的玉米地，那些玉米长得多好啊。"

　　那片玉米地已经被山上滚下的石头和泥土掩埋了不少，只有一小片玉米在风中顽强地生长着，那一片绿色在满目的疮痍中更见生命的顽强。这一片玉米地对项大道夫妇来说是有特殊意义的，香香嫁过来后，项大道和香香在这片玉米地里付出了多少的汗水、也承载了他们多少情意与欢笑啊？庄稼换了一茬又一茬，他们也就在这里收获了丰收的喜悦和劳动的幸福。

　　天阴沉沉的像要下雨，项大道背着香香，迈着艰难的步子继续走着。路已经不成为路了，泥石流把昔日通畅的道路填埋得结结实实，是解放军战士冒着生命危险，硬生生地疏通了一条生命的通道。地震发生后，接着又是大雨滂沱，救援工作难啊，香香是被埋了一天一夜后才从废墟中挖了出来的。

　　"香香，再坚持一会儿，马上就要到了。"项大道像是对香香，又像是对自己在鼓劲。他背着香香走了一天一夜了，看着前方不远处的县城，项大道擦了擦额头上的泪水又迈开了大步。

　　几个小时后，项大道手里捧着一个盒子，里面放着香香的骨灰。"香香，我就把你送到这儿了，天堂里有大爱，希望你从此以后不再有痛苦。"

　　项大道听见香香的声音从遥远的天堂传来，情意绵长、依依不舍："大道，我们下辈子还做夫妻，好吗？"

　　项大道点了点头："我们永远都做夫妻，这是我们生生世世的诺言。"项大道说着，在骨灰盒上轻轻地吻上去……

大学生小 A

凌君洋

5月12日，周一。虽然上午上了3节课，但周末刚过，慵懒的空气还没有完全散去，下午照例没课，在食堂吃过午饭后，小A在路过的书报亭买了份报纸，慢慢踱步回到了宿舍。

略显脏乱的宿舍里，漂浮着泡面和臭袜子混合的气味。

小A正要脱鞋躺在床上看报，手上的报纸立刻被舍友小C、小D瓜分了。另一位舍友小B则发出啧啧啧吃泡面的响声，间隙中还不忘抛出一句怨言："小A，你的脚真臭啊！"

小C随手翻了几页，就开始嘟囔："没劲没劲，又是这些老一套，不看了。"

小A和小D也很快对手中的报纸失去了兴趣，大学生活有时枯燥得很。

"拜托老天爷，挂个彩虹，或来个海市蜃楼，让我们的生活多些波澜吧！"小B嘴里叼着叉子，双手举天做虔诚状，他的泡面碗已经只剩下面汤了，还热气腾腾，如同庙里的香火。

"诸位，时不我待，且问如何'虚度'？"小A说。

"我先睡会儿，你们游戏和音乐的声音都调轻些，别吵我。"小C刚说完，已经脱掉外衣倒在了床上。

"我隔壁联机去。"小D抬抬屁股走人，用脚后跟带上了房门。

小A和小B则按照惯例上网玩游戏。虽然小C已经开始发出轻微的鼾声，不过这并不影响两人沉浸在各自的虚拟世界里。

不知不觉，两个小时过去了，小A刚和他的网友正在经历一番"苦战"，他们之间熟识已久，配合默契。忽然，那个与他并肩作战的队友在屏幕上留下了奇怪的字母：Dizhen。

之后他没了反应，并在一分钟后断线了。

"唉，他又掉了。"小A无奈起身倒了杯水，而小B却在此时喊道："好像有地震！"

"啥？我一点震感也没有，你玩昏了吧？这里可不是地震带。"小A浑然不觉。

"我的游戏频道都炸开锅了，很多人都在说地震，说哪儿的都有！"小B

似乎有些兴奋。

"那个家伙像蜗牛，慢死了，还没连上来。"小 A 有点悻悻然。

"你看，有人说四川地震，有人说是重庆，有人说在陕西，靠！竟然有人说北京也地震了？难道是世界末日？"小 B 似乎全身的神经都活跃起来。

隔壁宿舍的人也跑过来扯起地震的话题，好像开专题研讨会似的尽说些地震后如何逃难，以及自救的学问。

宿舍里的气氛比往常活跃了些许。只是小 A 的心中有个疙瘩：那位网友断线前的 dizhen 字样……而且始终没有上线，发短信给他也没有回复。

到吃晚饭的时候，可怕的消息传来：四川汶川发生了强烈的大地震，预计死伤将非常惨重。

刚才还喧闹的宿舍顿时凝重了起来。

一向以冷漠神情示人的小 A 竟然开始坐立不安，一会儿打电话，一会儿发短信，一会儿盯着电脑上的 QQ 群。他知道那位网友的的确确是四川人，而且是都江堰的。

打不通。挂了重拨，还是不通。

一个个短信如泥牛入海……

QQ 号不见闪烁。

三天后。小 B 发现小 A 特意找老师请假，去了一次市区。在小 B 的一再追问下，小 A 承认去献了一次血。小 B 清楚地记得：小 A 晕血，而且特别怕疼，去年学校组织的义务献血活动小 A 避之不及。

数天后，学校举行募捐活动，小 B 等人 30 元、50 元的，表了表心意，而他们惊奇地发现，以抠门著称的小 A 却把好几张百元大钞投入了募捐箱。

一个双休日的下午，小 B 等人在市区一家商厦门前看见了小 A 的身影，是小 A，那个站在募捐箱后面举着扩音喇叭的人，真的是那个小 A？

地震过去好几天了，小 A 还在忙碌着，他收集着灾区的各种资料，做成看板挂在学校的各处宣传栏中，热情丝毫不减。

小 B 忍不住了，他找到了正在挂看板的小 A："士别三日，刮目相看，这可不像你的风格，是因为那位失踪的网友吗？"

"不仅仅是为了他，听朋友的朋友说，他早就没事了，已经去灾区当上了志愿者，这些天应该是在搬运救灾物资吧。"

"那你还那么卖力？人都找到了，而且仅仅只是个素未谋面的网友。"

"不，不是的，我只是觉得，应该为灾区干些力所能及的事，不单单是我，你也一样。"

小 A 说完，眼角含着泪水，拍了拍小 B 的肩膀，两人没有再言语，合力布置起了宣传栏。

心 灯

张记书

天府之国一场特大地震灾难中，中学生辛亮亮被倒塌的楼房掩埋146个小时之后，奇迹般地被救了出来。面对抢救他的武警战士和为他疗伤的白衣天使，他流下了一串又一串感激的泪水。新闻记者采访他，问他："这么长的时间，你是怎么挺过来的？"于是，他讲述了一个让人十二分感动的故事——

当他从迷糊中睁开眼睛，四周围黑洞洞的，什么也看不到。他伸了伸两条胳膊，没伸展，就被一块水泥板挡住了。他用右手摸了摸头，左额角粘糊糊的，似乎淌过血。他蜷了蜷两条腿，左腿可以缩回来，右腿被什么东西死死地压着，一动撕心裂肺地疼。他拼命打开记忆大门，问自己："我这是在哪里？是在做梦吗？不，不是。"他终于想起来了：上课的铃声响过，语文老师走上讲堂，刚讲了一会儿，教室就晃了起来。有人喊："地震，快跑！"听到喊声，他想拽同桌的婷婷一起跑，伸出手还没抓住她，就被上下强烈颠簸的震动，将他颠到了桌子下。之后，好像有个什么东西重重地打在他的头上。再后来，他就什么也不知道了。

此刻，他明白了，他是被地震震塌的教室埋住了。他想，如此强烈的地震，同学们都难跑出去。如此说来，婷婷一定就在他附近。于是，他两只手不停地在周围摸索着。突然，他捉摸到了一只纤细的小手，他一把抓住，得到的是一声微弱的呼救声："救救我！"是婷婷的声音。顺着她的手摸过去，摸到了她的头，再往前摸，摸到了她的背，然而背上却压着一块巨大的瓦砾。他用力推了推，纹丝不动。他鼓励婷婷："坚持下去，一定会有人救我们的。"回答他的却是婷婷一声又一声无奈的呻吟。

四周太黑暗了，他被黑暗压抑得快窒息了。他想，如果有一点光明该多好呀！他记得他书包里有一只刚换过新电池的手电筒，那是他准备的放学晚了，回家走夜路用的。他便在身边摸起书包来。书包终于在一条桌腿边找到了，手电筒露了出来。他像一个匆忙上战场，忘带武器的战士，突然有了武器，别提多高兴了。他推开电门，狭小的空间顿时亮了起来。大概因电光的刺激，婷婷睁开了眼睛。只见她的肩头正在流着血。她拿出最后的力气，对亮亮说:"我不行了,我们的希望全落到你的身上了!"说完,头一歪,再没了声音。

亮亮关了电门,抓着婷婷的手默默流泪:就这样与婷婷告别吗?难道他们昨日共同上北京大学的美好憧憬就这样结束了吗?不,我一定要坚强,要活下去,实现两个人的理想。想到此,他心里一下子亮起了一盏灯。于是,他打开手电,开始复习功课。他的数学较差,他就先从数学开始。一旦钻进书本里,时间似乎就凝固了。也不知过了多久,他感到困了,就关闭电门睡一会儿。

复习完数学,他觉得又渴又饿。可是,这儿哪有吃的喝的呢?他开始寻找能吃能喝的东西。他用双手和左脚在四处活动着,感到左脚被一个软软的东西绊了一下,他用脚钩过来,是个矿泉水瓶。他一阵惊喜,拿到手中,里面却一滴水也没有。他扫兴地捏了半天,然后把瓶口对准自己的下身。为了生存,只能这样了!

喝了点自身的水,他有了些精神,就开始复习英语。累了,就睡觉。

偶尔,看一眼婷婷,她早没有半点声息,到另一个世界去了。他拉了拉婷婷的手,她的手已变得又凉又硬。

他再次关闭电门,闭上眼睛养精蓄锐。又不知过了多久,他被饥饿唤醒,两眼直冒金星,胃里一点东西也没有了。有什么办法能解决这临时困难呢?眼下除了书本,没有别的东西。他决定试一试。撕下一页,嚼了嚼,又向嘴里倒了些自身水,咽了下去。胃里立刻好受了些。

他开始复习语文了。他最爱这门功课,并且特别喜欢唐诗。他不知在这里还要待多久,为了节省电,他开始在黑暗中背诗:床前明月光……

当他吃了大约有十多页书,那点自身水也喝完的时候,他突然听到外面有狗叫声和人的说话声。于是,他用吃奶的力气向外面喊:"我还活着,快来救我!"外面立即传来回声:"要坚持住,我们正在救你!"

随着一阵挖掘机声和锯断钢筋的声音之后,亮亮就重见了天日。

一个奇迹,一个在爱心帮助下,敢于向命运挑战的奇迹,就这样诞生啦!

芬芳的米兰花

赵丽萍

"我有紧急任务,不和你吵了,你想离就离吧。"

接完电话,他丢下这一句,"咣"一甩门走了。

"啪……"

她使出浑身的力气,把那盆跟随了她七年的米兰摔在地上。精致的花盆碎成一片一片,她的心也跟着碎了。一滴滴泪水滑过脸颊,落在那依然清香,却已零落在泥土中的黄色花瓣上。

"秦岚,你看,你就像这米兰一样。"

他的声音犹在耳边。

她不理他。

那时的她刚失恋不久,心情跌落到了谷底,对生活绝望极了,工作时也恍恍惚惚,已被领导批评了几次。对于同事李大姐自作主张介绍给她的这个当武警的小伙子没有一丝感觉。但小伙子似乎对她很有好感,三天两头来找她,今天竟然还带来一盆米兰。

"你看,你跟它一样,外表普普通通,毫不出众。"

她白了他一眼。

"但内心却蕴含着一般人看不到的美丽。你闻闻,这小小的不起眼的花瓣发出了多么诱人的清香,连牡丹也比不上它呢!秦岚,振作起来吧,你的生命一定也会开出绚丽的花朵的!"他说这番话时,始终热情地看着她。

她不由得脸红心跳了。

八月金秋,米兰花开得正盛时,他们携手步入了婚礼的殿堂。那摆在客厅、卧室、走廊的盆盆米兰成了新房中最靓丽的风景。

她依偎在他的怀里,低声问他:当初,你为什么要送我米兰呢?人家一般都是送玫瑰呀!

他深情地看着她,说:"傻瓜,直接送玫瑰还不把你吓跑了,而且,米兰真的很像你,秀外慧中。最重要的是,米兰的花语能代表我的心意。"

"米兰的花语是什么?"

"有爱，生命就会开花。我看到你当时那么难受，我的心也很难受，不由得生出一种想呵护你的欲望。想了很久，才决定送你米兰……"

她早已听得热泪盈眶，把头深深地埋入了他的怀中。

婚后的日子温馨舒适。照料米兰成了他们爱的语言。他手把手教她何时浇水，何时搬出去让花晒太阳，还告诉她用发过酵的淘米水浇花，花会开得更多，颜色更鲜艳。

她不知道从什么时候起，照料米兰成了她一个人的工作。他总是很忙，忙得顾不上回家吃饭，顾不上陪她说说话。她也不记得从什么时候开始他们开始吵架了，为了他的忙，为了她的不理解。她有时候想，或许这就是所谓的七年之痒吧，七年，不短的时间，激情早该退了，剩下的还有什么呢？他现在不是连一滴水也不给米兰浇了吗？只有分手了。

又一串眼泪滴落下来，她狠狠地用手擦掉，离就离吧，婆婆妈妈有什么用。眼睛却不由自主瞄向了电话，紧急任务，是什么任务让他那么着急地出发呢？

拨通了李大姐的电话，还没等她吞吞吐吐说完，那边就传来了李大姐惊讶的声音："怎么，你没看电视？四川地震了，死了很多人！听我家老王说，小赵带着武警们已经出发去救援了。你怎么那么不关心你家小赵呢，这可是生死关头呀！"

挂了电话，她浑身发软，好不容易打开电视，断瓦残垣铺天盖地而来，她看得心惊肉跳。

提心吊胆等了两天，他的手机一直不通。第三天，家里的电话响了，一个陌生人叫她马上赶往成都某医院，说小赵在一座居民楼抢救一个被困的群众时被突然塌下的楼板砸伤了。

她看到他时，他浑身都被缠上了纱布，已经昏迷一天一夜了。她没有哭，只是默默地为他做着该做的一切。

一个星期过去了，当他睁开眼，首先看到的就是床头那盆开满了黄色小花的米兰。

他虚弱地笑了，问她："不离婚了？"

她轻轻地捶了他一下，说："什么时候了，还说这种话！你差点把人急死了。医生说必须唤起你的生存意识，你才可能醒来，我想到了米兰。当初你用米兰帮我走出了困境，今天我也要用米兰来唤醒你。还记得你告诉过我米兰的花语吗？"

"有爱，生命就会开花……"他虚弱的声音在病房中回荡。

心中的爱永远不会忘记

沈会芬

救援部队摸黑赶到小山村时,玉琳在漆黑狭窄的空间里,已经被压了十多个钟头了。

半夜里,玉琳是被轰隆的响声惊醒的,她一下子从被窝里坐了起来。没有等她醒过神来,紧接着她眼前一黑,一块巨大的水泥板从房顶上掉下来,正好砸在她的脚边上,另一头重重地搭在身后的墙体上,本来她想喊睡在另一头的表姐,可飞落的石头子和尘土,呛得她发不出声音。

等待一切都平静下来,惊恐的她摸到了表姐那冰冷的双脚,那上面有腥味刺鼻的血。她举着沾满鲜血的双手呆呆地躺在那里,此时,她的大脑里一片空白。

天黑前,她和高她两级的表姐结伴回到了家。因为今天是星期天,母亲特意做了一大桌子的好饭菜,让在学校里吃了一星期咸菜的她们解解馋。晚饭后,玉琳和表姐躺在床上聊天儿,表姐说:明年我一定要考一所好的大学,走出山村,去看看外边的世界。谁也想不到半夜里发生了可怕的地震。

玉琳的心情渐渐地平静下来,此时她不能太伤心了,因为地方小空气会渐渐地稀少,她的生命也会受到威胁,她现在唯一能做的就是保存体力,等待着救援人员的到来。

玉琳感觉到自己的呼吸越来越困难,她渐渐地进入了昏迷的状态,恍惚间她隐隐约约听到了一种响声,她的心中有了期盼,强迫着自己清醒一些,她摸索了好长一段时间,才摸到了一块石头,她向水泥板敲去,一下两下……

武警战士玉强突然听到了一声轻微的敲打声,他立即放下手中的铁锹,趴下身子把耳朵紧紧地贴近地面上,玉强突然站起身来,激动地大声喊道:快快挖,下面还有人活着。

陷入昏迷中的玉琳,瞬间感觉到呼吸变得有些畅快了,隐隐约约有一丝丝小风吹进来,她惊喜地用手中的石块再次向水泥板敲打……嘴里断断续续地喊道:救命啊!救命……

这时她感觉到一只沾满土的大手伸了进来,她一把抓在胸前,紧紧地不再松开。外边的玉强温和地说:小妹妹,不要害怕,别紧张,我们来救你。

　　洞口能容一个人进出时,他叮咛道:来,小妹妹,我慢慢地拉你出来。玉琳听话地把手伸出来,递给玉强,他小心翼翼地试探着向外拉玉琳,玉琳的双手一下子搂住了他的脖子,玉强抱起玉琳向救护车跑去。

　　几年后,大学毕业的玉琳,找到了合适的工作。在她脑海的深处,永远忘不掉那个叫玉强的战士。她鼓足勇气到部队去找,部队的领导告诉她,玉强几年前已复员回老家了……

我是一个兵

闫玲月

这几天王大壮跟做贼似的，脚步总是不由自主地停留在连部门口，口袋里两张薄薄的稿纸压得他透不过气来。经过一番激烈的思想斗争，他终于把重如磐石的两张稿纸塞进连部门缝里，心里的大石头被搬走了，全身顿感轻松。轻松如龙卷风吹过，心里又开始咚咚咚地敲起鼓。整整一天王大壮都在期待着连长喊他的名字。他的名字经常被连长挂在嘴边，一天不喊个十次八次的大家都觉得不正常。今天居然一次也没喊，王大壮从连长眼睛里没读出任何内容不免失落，晚上躺下好久才进入梦乡。

王大壮梦见自己回到了大学校园。月光中陈曦穿着一袭白裙袅袅婷婷向他走来，像一位美丽的仙子。走近前，陈曦拉着王大壮的手，黑亮的眸子里闪动着汩汩秋波，对他耳语道："你如今变成了一个真正的男子汉。"王大壮张开有力的臂膀刚要把陈曦揽入怀中，一声熟悉而刺耳的紧急集合哨声打断了他的好梦。王大壮条件反射般坐起穿衣，忽然清醒过来，自己的提前退伍报告既然都交上去了，就没必要再理会什么紧急集合了，反正用不了几天就可以脱下这身绿军装，徜徉在充满文化氛围的大学校园了，那该是一种怎样的惬意啊！

若不是陈曦那句话，王大壮说什么也不会放弃学业中途入伍参军的。王大壮其实并不强壮，一张白白净净的脸，一双修长整洁的手，全身没有一块发达的腱子肉，标准的一个文弱书生呢。大学里的文弱书生很普遍，可惜陈曦对王大壮的追求扔过来硬邦邦的一句话，你长那样不像个男子汉。王大壮为此苦恼好久，身体是父母给的，有什么办法改变呢？机会碰巧来了，部队就是一个很好的大熔炉啊，再拎不起的文弱书生也能给他锻炼成一块好钢。王大壮不顾父母反对毅然报名参军，美其名曰保家卫国，只有他内心清楚自己动机不纯，是为了借机深造罢了。

几个月下来，部队还真让王大壮的身体壮实不少，曾经的白净早被整天的摸爬滚打一扫而光了，他对这个倒不在乎，关键是他受不了部队刻板的生活、艰苦的训练，他的名字常因为完不成规定训练任务而被连长挂在嘴边。

我是一个兵

对陈曦的思念更是包裹了他的身心，自己头脑发热参军不要紧，但是陈曦会明白自己的苦心吗，万一等自己退伍后人家再与白马王子比翼齐飞，自己的苦心不是白费了么。王大壮越想越后悔，才递交了那份报告。

门开了，一个高大的身影立在门口，王大壮下意识地站起来。连长走进来问，"为什么不去集合？"王大壮答，"我已经递交退伍报告了。"连长毫无表情地问，"你下定决心了吗？"王大壮坚定地点点头。连长盯了他一会儿说，"那好吧，你可以不用去了。四川地震了，上级命令我们连立即开赴四川灾区抢救遇难群众，等我回来再给你的报告答复吧！"

连长的话犹如八级地震把王大壮震得目瞪口呆：四川地震了！四川可是他的家乡啊！王大壮抓住连长的手说，"我也去！"连长怀疑地问他，"你不是张罗着要退伍吗？"王大壮快急出眼泪了喊着，"我一定要去，四川是我的家乡，我的亲人同胞在受灾，我必须去！"

地震毁坏了公路不能通车，余震还持续不断，王大壮和战友们身背几十公斤重的物资冒雨跑步前进，他们来到了王大壮的家乡——一个曾经风景秀丽的小镇，眼前的处处废墟残垣让大家惊呆了。王大壮他们接到命令来到一座倒塌的教学楼前，他的眼睛模糊了，这还是自己昔日的母校吗？敬爱的老师在哪里？可爱的学生在哪里？废墟中不时传出一声声救命的呼叫。"解放军叔叔，救救我！"一个女孩微弱的声音传进王大壮的耳朵里。王大壮一边安慰着女孩，一边和战友们一起用铁钎铲除砖石，一条伤痕累累的胳膊显露出来，王大壮忙蹲下身体用双手继续挖，他怕铁钎伤到孩子。手套被磨破了，手指被磨出血了，女孩的身体一点点显露出来。当女孩被成功解救以后，她疲惫虚弱的脸上漾出一丝微笑，轻声说了句"谢谢解放军叔叔。"那一刻，王大壮的泪水再也抑制不住，混合着汗水雨水肆意流淌。

几天几夜的奋战，王大壮已数不清自己从废墟中挖出多少个生还和逝去的生命。他只有一个信念，多争取一分钟就多一分希望。王大壮多么想躺下去好好睡一觉啊，但是他不能，他的耳边还有无数个对生的呼唤。一个男孩在废墟中向王大壮招手，王大壮拼命挖着，突然大地又开始颤抖，男孩所在的废墟随时都有坍塌的可能。战友们大喊危险让王大壮马上离开，王大壮仿佛没听到，仍在用滴血的双手费力搬动着出口的一块块砖石。连长命令战友把王大壮拖走，王大壮哭喊着，"我是一个兵啊，让我再救一个孩子吧！"

王大壮没能救出那个男孩，王大壮甚至连自己的父母遇难也没能见上最后一面，虽然他们只在相隔不到两里地的家中。连长命令他回家，他坚决地说"不！"连长劝他说，"你马上就要退伍了，你现在回家也没关系的。"王大壮神情庄重地回答，"我只知道，从来灾区那一刻起，我就是一个兵，一个人民的子弟兵！"

璀璨

李 琳

总编把《鸿雁村在茫茫宇宙中有了自己村星》这篇稿子交给我时,我心里一愣,觉得题目有点太大了,怎么可以随便用一个普通教师的名字命名行星?总编说:"你去补充采访一下,回来发头条。"我当即搭乘往灾区运送物资的车辆来到乡里,又辗转30多里山路赶到满目疮痍的鸿雁村时,山里的天已经打黑秋了。

村支书说:"以柳老师名字命名天星,是全体村民表决同意,支委会审查通过,村委会正式宣布命名的。"

觉得村支书也有些不知天高地厚牛哄哄的,我心里有些不快,说:"吃过饭找三四个人谈谈,我明天一早要赶回报社。"

山里的天黑得像一口锅翻过来似的。不一会儿,与村支书一起来了四个人,一个是学校刘老师,两个学生,还有一个是学生家长。村支书简单介绍情况后,几个人就在村支书家的帐篷里七嘴八舌说开来。

村支书:柳老师是大学生志愿者,去年暑假开学来我们村小学教书的,原打算今年放暑假回城去,可是现在她回不去了,永远留在我们鸿雁村了。柳老师才20岁啊,一个如花似玉的城里姑娘,在这场地震中就这么没了。村支书说着说着早已泣不成声。

学生家长:我家福海怪调皮,村里人三天两头找学校找家里。我跟柳老师说了好几次,干脆叫福海退学算了。可柳老师就是不同意。柳老师说,福海聪明,退学可惜了。尽给学校添麻烦,还不如退学。柳老师说,你信我不?我说,谁不信也得信你柳老师。也不知柳老师使的什么法,福海后来真的学好了,期中考试,成绩在班里排第二名。

刘老师:去年暑假开学后,也就是柳老师来了以后,学校里又有两个同事应聘到山外学校去了,我也想辞职到山外去应聘。柳老师知道我想离开山里,跟我谈心,开导我。后来一想,人家柳老师是城里的大学生,都志愿到咱这山村小学来支教,我们本地老师再往山外跑,扔下山里的孩子咱办?在柳老师的劝导下,我们几个想走的老师,都留下来没有走。要不是柳老师来,学校里的老师差不多要走光了，孩子们要到30里外的乡里去上学念书了。

　　村支书：柳老师来鸿雁小学教书时间不长，可她的好，三天三夜也说不完，大家拣重要的说。我看，就说说柳老师牺牲那事吧。

　　刘老师：学校教室还是早年盖的，乡里和村里正准备今年暑假建新校舍。地震那天，我正在柳老师隔壁教室上课，忽然间地动山摇，人都站不稳，学生们喊成一片。我连忙叫学生朝外跑，等我跑出来一看，柳老师上课的那间教室房顶塌了，把柳老师埋在讲台下。我把柳老师扒出来，又叫学生快朝外跑，这时，后墙也塌下来了。

　　学生甲：当时我吓得找不着门了，不知朝哪跑是好。柳老师跑到门外，又跑进来喊我，我才想起朝外跑。

　　学生乙：我坐在教室最后一排，柳老师拉着我刚跑到门口，梁就倒下来了，把门上的墙砸歪了。

　　村支书：我带着人跑到学校时，柳老师正两手托着门框，墙上的土哗哗往下掉，眼看就要倒下来。我急了眼，要换柳老师托门框。柳老师吼了我一嗓子，快救学生！我带人冲进教室抱出最后几个学生，墙就倒下来了……等我们把柳老师扒出来时，柳老师两手还向上举着……

　　帐篷里外一片哭声，我一看，不知何时，帐篷外来了几十个村民……

　　学生家长：听广播说有人用人名给天上的星起名，我们大伙一合计，就把村顶那颗大星叫柳老师星了。

　　……

　　采访结束已是深夜，我内心深处受到极大震撼，柳老师是大地震中牺牲的众多教师里的其中一个，哪里还能睡得着？走出帐篷，望着头顶那颗又大又亮以柳老师名字命名的星，我想，这不是开玩笑，也不是天方夜谭，柳老师正在我们头顶，放射着璀璨的光芒，照耀着这片土地，照耀着你我他……我决计留下来，继续深入采访，为地震中牺牲的老师们写一篇大稿。

最后的拥抱

朱 砂

他一直很后悔，那天为什么要和她吵那一架，否则她便不会赌气赖在床上，而是会和自己一起下地收割油菜，那样，她就不会出事了。

那个午后，他在田里打菜籽，忽然就感觉四周剧烈地摇晃起来，随即，脚下的地被卷起，像推土机推了过来，他一跤摔在地上，抬头，望见远处的山上一块块巨大的石头打雷一样轰隆隆地滚下来，砸在田埂中。

地震了，这一念头在他的脑子里一闪而过，他本能地从地上爬起来，撒腿往家跑。

几分钟前还错落有致的村庄，顷刻间已是碎玉满地，抬眼望去，到处是一目了然的狼藉与慌张。

滑坡的山体淹没了大半个村子，他的房子，那幢女儿出钱盖的二层小楼，虽然远离山脚，却也早已不见了踪影。

估算了一下大体的位置，他开始挖土。

余震不断，地抖得厉害，不时有石块从山上滚下，落在不远处的废墟上。

没有任何救援工具，他用双手使劲地挖，顾不得烟尘滚滚，顾不得钢筋玻璃的戳伤、顾不得从头到脚的大汗，就是拼了命地挖。

人群开始纷纷撤离，好心的邻居要他一起走，他不肯，只是一个劲儿地挖，直挖得十指流血、指甲破翻。

挖着挖着，他忽然就想起了什么，开始大声地说话。

"翠儿，叫你偷懒儿不下地干活儿，后悔了吧！"

"翠儿，还生我气哪？我就这脾气，你又不是不知道。"

"翠儿，你不是嗓门儿大天天骂我三脚踹不出个屁来吗？你能，你这会儿倒是喊两嗓子啊？"

"翠儿，刚才东东他妈来过了，你嫌我不够爷们儿，她可不这么看，你要不出来，我下半辈子可真跟她过了啊"

……

他一边自言自语，一边挖，赤着双手，一点点地搬掉压在房屋上面的陨石。

　　有路过的志愿者给了他一瓶水和几块饼干，他接过来，说了声谢谢，然后举起那些东西，冲着脚下的废墟晃了晃，然后，把东西放在一边，继续挖。

　　有村民喊他，说部队抢险指挥部里，有从加拿大打来的找他的电话，他愣了愣，心被烫了似的，猛地缩了一下。

　　他跑去，接了，是女儿。女儿在哭，他说，你妈没事儿，家里都好，别回来了，把钱省下，捐了吧。

　　撂了电话，迟疑了片刻，他又拨了儿子的手机，儿子也正在找他。

　　"放心，家里一切都好。告假回来吧，家乡发生了这么大的事，你一个男人，总得做点儿什么吧？"

　　不等儿子再说什么，他迅速撂了电话，使劲低下头，忽忽挤出了人群。

　　他不吃，不喝，不哭，也不叫，只是一直地挖，从黄昏挖到黎明，又从黎明挖到黄昏。

　　第三天傍晚，太阳快落山的时候，终于，他看到了她，她躺在一片瓦砾砖头、桌椅板凳和破败的横梁中，人已经变了形。

　　他挪开压在她身上的石板，用手指轻轻地拨落掉覆在她身上的碎瓦片，他看到，她满是灰土的脸上，竟然挂着一抹满足的微笑。他想，她一定是听到了自己说的那些话，结婚三十多年来，他还是第一次和她说这么多的话。

　　他把她抱出来，天热，她的身体，已经有了异味儿。他跑到安置点上，要来一些纱布，又到不远处的河边，拎了一些水来，给她擦身子，洗头。

　　擦洗完，已是半夜，他拥着她，坐在已是一片瓦砾的房屋前，不说话，就那么静静地坐着。

　　天亮时，运尸体的车来了。他向工作人员要了一个尸体袋，把她装进去，有人要帮忙，他谢绝了。

　　他把那瓶水和几块饼干，一股脑地塞在她的腋下，然后，俯下身，抱起她，附在她耳边低声地说："翠儿，让我再抱抱你，下辈子，找个好男人吧，我没出息，能让你捎上路的，就这些了。"

　　他把她抱上车，放好，跳下来，抓了一把野花，放在她的袋子上，然后，关门，目送着车子离开。

　　以后的几天，在那个安置点周围，人们总会看到，一个五十多岁的男人，混在一群年轻的志愿者中间，拼命地卸载着从全国各地运来的各种救援物资。

　　没有人知道，男人厚厚的手套里藏着的是一双血肉模糊的手，更没有人知道，这个男人，从一头黑发到鬓染霜华，仅仅过了七十个小时。

废墟下的忏悔

刘 公

王川中学的李校长和大发建筑公司的宫总,不知在废墟里埋了多少天了。二人聊完了家事,不自觉地聊到了这栋教学大楼的建设上。

他娘的,这楼说是抗八级地震,我看只抖了两三下,格老子就塌了。哎,宫总,你说实话,在用料上,你到底掺进了多少水分?一向文质彬彬的李校长嘴边不自觉地冒出了脏话。

李校长,要我说可以,把你剩下的矿泉水递过来我喝两口,我就告诉你。宫总有气无力地说。

不是给你喝了几口吗?剩下的两口,我早就灌进喉咙了。李校长心想,这水就是我生命的希望,你就别做梦娶媳妇了。

李校长,我知道你还有点,你那几口,我出五万块买下来,你看咋样?见李校长没言声,宫总接着说:你嫌少不是,我加到十万,你知道我一向是石板上钉钉,说一不二的。我出去后第一件事就是给你十万块钱,咋个样么?

真的没有了。你还没回答我,你说说,这栋楼你到底偷工减料没有?李校长说完悄悄地抿了一口水,生怕宫总察觉到丁点儿蛛丝马迹。

唉,到这个份上,生死都未卜,我也没啥子瞒你了。刚开始,进的料都是货真价实的,水泥钢筋没得一点问题,这是我们建筑业的行规。干一阵子,楼层高了,监理的人被贿赂好了,就在水泥钢筋上做文章,水泥袋子上的标号很高,但袋子里面的水泥就大打折扣了。钢筋看起来也没啥子问题,但已经换成小厂的次品了。

你这样做,不是坑了我们学校吗?

不是我诚心要这样做,而是我前面打点太多,后面在材料上不做点手脚,弄不好就要赔本。你知道的,你们学校还要我垫资,我不想些办法,那个行嘛。

你不是按正常渠道,中标后才开始干的吗?

常言说隔行如隔山,你以为那招标真的是公平公正公开吗?那是做样子,内行给外行看的。不瞒你说,城建上的招标,水深着哩。我送了十五万,他们才给我透露了标底，不然的话，我们的预算咋那么接近标底呢？

难怪哩，我小舅子请专家做的预算，还给相关负责人送了两万，最后全打了水漂。原来是你们这些家伙在进行暗箱操作啊！你给别人十五万，为啥给我那么一丁点？

我给你还少吗？五万啊。你猜我给王副校长多少，他具体管这事，我才给了他一万五……

实话说，我一分钱都不想要。这是真心话，因为我知道，这质量跟我们学校师生的命运是紧紧连在一起的。但，我说没收钱，没人相信啊。我们大学同学聚会，我说真的没收一分钱，他们都用异样的眼光瞅着我，好像我在扯谎。其实，那时候我确实没收你们的一分钱。

要是真的没有人敢受贿，我们哪敢偷工减料，哪敢盖这豆腐渣工程啊！宫总好像受了很大委屈似的。

你啊，他妈的，到现在还在推卸责任。不是你这豆腐渣工程，格老子会被埋在这地下？李校长生起气来。

你还骂我，你们学校要是早点把这楼房款给清，格老子也不会来找你要钱，也不会落到这步田地。宫总反唇相讥。

你他妈的是罪有应得，不然的话这么巧，你一来，屁股还没坐热，就被震到这地下了？你他妈的不来，我就去操场检查体育课了，也不会在这陪你这个短命鬼了。

不要说得那么难听，你不也是快完蛋了吗？

那就等着瞧吧，看谁能挨过这一关。不瞒你说，我还有水喝，你呢，就等着死吧。李校长故意喝了一口，还咕噜了一下子。

李校长，你大人不计小人过，刚才如有冒犯，请你谅解。水，还是给我一口吧。我是知恩图报的人，我要是能挺过这一关，就给你一百万……我求求你。

我不会上你的当，我不会要你的钱，能活着出去，我要做的第一件事，就是投案自首，争取宽大处理。我对不起我的几百名师生……说着说着，李校长哭了。

受李校长的感染，宫总也抽泣起来：我要是死在这里，那是死有余辜；要是活下来了，我一定把盖楼的全部黑幕报告给检察机关，就是坐牢，也要把建筑行业的不正之风揭露出来……

二人不知埋了多少天，就在他们生命奄奄一息的时候，听到了部队官兵来救人的声音……后来他们被救了出来，不过一人没救活，不知是李校长死了，还是宫总死了，反正是留下了很多谜团。

蓝樱家的鹩哥

陈大超

蓝樱家自从养了只名叫小石头的鹩哥，蓝樱母亲的脸上，就慢慢有了笑容——老伴去世后，她就一直没笑过。这只鹩哥特别聪明，不仅会模仿人说话的声音，而且还会模仿手机铃声和汽车鸣叫的声音。住在这个院子里的人，都说它太可爱了，也都爱逗它——每天蓝樱的母亲提着鸟笼下楼去遛鸟，不少人都会聚拢来，逗小石头说这说那。蓝樱的母亲，也因此结识了不少老年朋友。就是许多年轻人，见着了她，也是大妈前大妈后叫得她心里乐滋滋的。

见小石头给母亲带来了那么多的快乐，蓝樱也就特别喜爱它，宠爱它。本来，蓝樱的丈夫也挺喜欢它的，但是有一次，他在家里吃饭的时候，它却突然学起警车发出的警笛声，竟然吓得他一激灵。从那以后，他就开始厌烦它了。说家里养这样一个鸟，吵人。好在小石头是特别懂事的，只要你对它说："安静一会儿吧。"它立刻就安静一会儿。这以后，只要蓝樱的丈夫回家，蓝樱的母亲就会悄悄走到小石头跟前，轻轻地对它说："安静一会儿吧。"

蓝樱的丈夫是很少在家里吃饭的，他在外面，总有人请他。他也总是很忙，忙得常常不能回家睡觉。他偶尔回来，就像做客似的。他在蓝樱母女的感觉里，也就越来越生疏，但却是越来越尊贵。可是在小石头的眼睛里，他却是越来越让它厌烦。"讨厌！讨厌！""不欢迎！不欢迎！"只要见他一回来，小石头就这样说。每次都慌得蓝樱母女赶快跑到它跟前，不住地对它说："安静一会儿吧，安静一会儿吧。"每次都是小石头安静了，蓝樱的丈夫却不安静了。"是你们教它这样说的吧？""它说的是你们的心里话吧？""我看它是活得不耐烦了吧！"他冷冷地说，恨恨地说，轻蔑地说。

每次他这样说的时候，小石头都会做出一副不屑一顾的样子，远远地冷冷地瞅着他。它真的是一个很懂事的鸟儿，不论是蓝樱，还是蓝樱的母亲，只要跟它说声"安静一会儿吧"，它就能把嘴巴紧紧地闭上。可是这一天，蓝樱和她的母亲，不论怎么跟它说"安静一会儿吧，安静一会儿吧"，它都不安静，它在笼子里一个劲儿地说着"怎么回事？怎么回事？怎么回事？……"

这一天，蓝樱的丈夫恰好回来吃午饭。他刚走进门就听见小石头在不住嘴地说"怎么回事",他的脸上立刻变得阴沉沉的。这天他的心里面,本来就是飘进了一大片乌云的;那个来检查工作的上级领导,居然一再向他投来极不信任的目光。"怎么回事?怎么回事?"他自己,也是在心里反复说着这句话的。没想到,一进家门,这个讨厌的鹩哥也这么说。难道他能猜透我的心思?难道我真的要出事了?他不由得在心里这样想。

　　见他的脸色愈来愈难看,见小石头不仅不听话——不仅不安静下来,反而还愈来愈大声地说着:"怎么回事?怎么回事?怎么回事?……"一边说一边在笼子里狂跳着,还用嘴去狠劲地啄笼子的门。蓝樱母女俩就反复跟它说:"安静一会儿吧,安静一会儿吧,院子里的人都睡午觉了,你再这样叫,大家都会不喜欢你的。"可它根本不听。正在她们手足无措的时候,蓝樱的丈夫居然冲过来,一把将鸟笼抢在手里。只见他走到阳台上,一边恶狠狠地说着"我让你叫",一边挥手将鸟笼往楼下抛去。

　　蓝樱的母亲,发了疯地往楼下冲去,一边冲一边带着哭腔呼喊着:"我的小石头,我的小石头,我的小石头……"蓝樱怕母亲摔倒、出事,在跟丈夫吵了几句之后,也冲下楼去。她们刚冲出楼不一会儿,她们住的那栋楼房,以及四周其他楼房,就在巨大的地震中突然倒塌了,那腾空而起的灰尘,扑得她们满头满脸都是。她们完全被眼前的景象惊呆了。

　　那只被从楼上抛下来的鹩哥并没被摔死,它仍在笼子里说着:"怎么回事?怎么回事?怎么回事?……"声音不再是狂躁,而是凄惶和悲惨……

终极体验

商余痕

活着似乎是一件无意义的事,可要能弄清死亡,也许会很有意义。可惜许多人在直面死亡的时候,彻底丧失了话语权。于是,我决定瞒着老婆,亲自体验一下。

这是山腰一段难得的平地,散落着无数的孤坟,里面躺着许多或认识或不认识的前辈,是个不错的实验场所。我给自己挖了个深度合适的坑,然后躺了进去。为了舒服地体验这种感觉,我带来了枕头和床单,然后静静地等待夏夜的来临。夜晚如期而至,没有星星,没有月亮,四周一片难得的黑,我缓缓地闭上眼睛。细碎的虫鸣在耳边无限放大,泥土的腥味渗进每一个呼吸,我开始关注上自己的心跳,并不急促,一下一下,有力地搏动着。

地突然开始晃动,越发地剧烈。是死神来了吗?为何我还感觉不到凄冷的风和透骨的凉?很快,我听到一个男人粗重的喘息,紧接着是一群人粗重的喘息,伴随这些喘息的还有凌乱的脚步,四周开始变得嘈杂,睁开双眼,隐约看到飘浮不定的电光。周边的土开始簌簌下落,死神真的想要带走我吗?为何一切如此怪异?直觉告诉我,应该停止实验,立马离开,可是,我还有许多疑惑,于是,我坚持着。

一束电光打在我的脸上,随即晃开。我终于看清了,坑外站着王二。他的神情先是惊讶,然后迅速地填满愤怒。我一脸茫然,不知他为何会出现在这里,又为何会有如此闪电的情绪变化。

"小三,你他妈的真不是人!地震了,一声不吭就跑!你老婆还以为……"

"地震?发生了地震?!"我突然什么都明白了,死神的确是来了,只是,他的目标不仅仅是我!没等他的话说完,我一跃而起,疯也似的向山沟的家里跑去。大地依旧剧烈地摇晃,我听到山下不时地传来房屋坍塌的闷响,不祥的预感瞬间笼遍全身……

女儿站在屋前,手里的电筒正发着刺眼的光,她呆呆地望着我们曾经的家,此时,废墟一片。看到我,她的眼泪夺眶而出,一手指着狼藉的屋子,一边大声地哭诉着:"妈妈在里面,妈妈在里面……"

我像一架没有知觉的发掘机,在自家的屋子上不停地挖掘着。大地早已停止了摇晃,而我,依然没有找到自己的老婆。女儿嘶哑的声音还在空中飘荡,刺痛了我的耳膜,也不时唤醒我日益混沌的大脑。天亮的时候,在那间狭小的书房,我看到了老婆,她扭曲地躺在一块山石的下面,安静,无助。我奋力推开那块不知从何处滚来的石头,将她拉入怀里。那是一种浸透骨髓的冰凉,令人绝望的冰凉随即打开了所有关于她的思考与回忆。

她是一个伟大的女人,能包容我所有在常人看来疯狂至极的思想与行动。她不清楚什么是哲学的贫困,只因我需要,便陪我来到这个近乎弃世的山村。她清楚我的每一寸孤独和寂寞,却从不展露一丝一缕属于她的疼痛。一直以为,自己是她的一切信仰,如今才明白,她也是我的空气,存在的时候,感觉不到重要,缺失的时候,才会窒息。也就在一刹那,我突然明白了死亡的意义:它在毁灭某个生命的同时,让更多与之有密切联系的生命,在痛过之后,懂得如何更好地活。死,也从来是要和生联系在一起的。

埋葬了老婆,我抱起女儿,大声地对她说:"记住:你妈妈是个英雄,她将与我们同在!"

不久之后,我带上女儿,回到曾经熟悉的城市,在这里,生活将重新开始。以前,我被许多人爱着,浑然不觉,如今,我需要让自己更有能力,去爱别人……

新 生

曾祥伍

他把一沓钱装入上衣口袋，潇洒地吹了吹口哨，正欲转身离去。

忽然间，"轰隆"一声巨响，他只觉得眼前一黑，就什么也不知道了。

不知道过了多长时间，当他醒来的时候，四周一片漆黑。慌乱中，他往四周摸了摸，手之所及都是冰凉的水泥、砖块之类的东西。不小心头还撞到一块硬石上，痛得他差点再次晕过去。过了一会儿，他又试着挪了挪身体，结果却动弹不得。他不由得浑身一颤，明白是发生地震了，他这是被埋在了废墟下面。

又不知过了多长时间，他渐渐适应了周围的环境。他发现在他的前方有一块水泥板横着，而一个木柜子倒下来正好斜靠在水泥板上，恰好给他留出一个仅容他躺着的狭小空间。他开始考虑如何自救，可是，他的一只脚被两块大水泥板卡住了，怎么也弄不出来。他动了几次，都没有成功。他突然想起有人说过，如果遇到地震被埋时，最最重要的就是保存体力，避免能量消耗。于是，他不再做无谓的牺牲。他相信，会有人来救他的。

他静静地躺着。他极力想让自己平静。可是，一种从未有过的恐惧和孤独占据了他的内心。为了排遣这像网一样的恐惧和孤独，他需要使思想活跃起来。于是，他想起了自己的童年。可是在他的印象中，他没有童年。母亲在他八岁时离去了，父亲娶了个后妈。那个女人从来没让他体会过一丝母爱的温暖。而父亲，经常在她的怂恿下对他拳打脚踢。有一次，父亲喝得醉醺醺地回家来，"母老虎"说他偷了她的钱，结果父亲在不问青红皂白的情况下将他毒打了一顿，差点把他打成残废。他离家出走了，开始浪迹街头，再也没回过家。那一年，他才十岁。

饥饿不断地袭来。他觉得身体像是被抽空了似的，有一种飘飞的感觉，痛苦得喘不过气来，心的深处好像有一种尖利的东西扎着他，折磨着他。他的眼前闪过第一次行窃的情景。那天，"老大"给他下了死命令，如果再没有收入，他就会被赶出帮会。他加入帮会已经有一段时间了，可是他每次出去都空手而归，这让"老大"十分恼火。他清楚地记得，那是在一个小饭馆，他从一个农民模样的人身上掏走了100元钱。他得手后并没有走开,而是在小饭店的旁边转悠。不一会儿,传来了一个撕心裂肺的哭声。那人说这是卖血给儿子上学的钱。那一刻,他后悔极了,犹犹豫豫地想把钱退还给他。刚把手伸进荷包,就听见身后一个声音说,你想饿死吗?他转身一看,不知什么时候,"老大"站在了他的身后。

有了第一次,以后的事也就顺理成章了。以至于后来,他甚至脱颖而出,成了帮会的"老大"。他作案多少次连他自己都记不清了,因为手段高明,每次他都能逃过劫难。

饥饿感越来越强烈,他开始绝望了。他觉得自己快要死了。他想,不会有人来了。真是报应,像他这样的人就是该死。他记得母亲曾经说过,坏事做多了,会遭老天惩罚的。他觉得唯一对不起的人就是母亲。如果命运再给他一次机会,他一定会好好做人。可是,这样的机会还会有吗?

他不再有任何期望。他平静地躺了下来。死就死吧。像他这种人是见不得阳光的。活着已经没什么意义,不外乎给社会增加一些不稳定的因素而已。如果说重些,他们就是社会的毒瘤,在腐蚀着社会的肌体。就这样去吧,像一粒尘埃,像一滴污渍,转眼间蒸发。他闭上了眼睛,坦然地等待死神的邀请。

就在这时,他似乎突然听到有模糊的声音传来,开始他不相信这是真的,可是这声音却越来越清晰。接着,他听见工具撬动废墟的声音。

他获救了。

在他走出废墟的那一刻,很多人激动地围着他,就像是欢迎英雄一般,他还看见很多人流下了眼泪。这时,有人把一副担架抬了过来,要他坐上去。他说,我没事,真的没事。说着还伸了伸胳膊,踢了踢腿。可是,一个穿白大褂的人却坚决又不失温和地对他说,活着出来不容易,还是去检查一下才放心。他的心突然像小时候母亲为他准备的热水袋一样,被焐得暖暖的。他的眼泪不争气地流了下来。这眼泪,是他人生中的第一次。他不再坚持,听话地上了担架。

待他身体恢复了些,他主动加入了搜救的行列。他浑身上下好像有使不完的劲,越是危险的地方他越要上去。手划破了,脚流血了,他都毫不在意。他先后成功地救出了5个人。

过了一段时间,救援工作结束。他觉得自己是应该停下来的时候了。

他看见不远处有一个警察。他向那个警察走去……

十八岁成人仪式

邵孤城

荧荧的烛光,像是盏盏星,一颗,两颗,三颗……十八颗星星,在这一刻一齐亮了起来,照在我们的脸上。

爸爸陷在沙发里,他像顿然失去了力量,烛光照着他,可他的表情若隐若现,看不真切的模糊。

点蜡烛的手,妈妈的手,微微地颤抖着,但她的嘴角,有微微的笑。

十八支蜡烛,插在一个生日蛋糕上,可是,今天是谁过生日呢?

烛光照着的,还有蒋小凤的迷惑,她的惊疑。

"吹灭它们吧!"妈妈凝视着我,说:"许个愿,所有美好的愿望,都会实现!"

"给我过生日吗?可是——我的生日不是11月8号吗?"蒋小凤转过头去看爸爸,但他闭上了眼睛。

"是啊,11月8号,是妈妈给了你第一次生命,可是你不知道,十八年前的今天,十八年前的5月12日,你获得了第二次生命!"

蒋小凤听不懂妈妈在说什么,烛光刺痛了我的眼睛,妈妈在催,"吹吧!"于是蒋小凤一口气把十八颗星星吹进黑暗里。

黑暗,令人窒息的黑暗。

"十八年了,十八年过去了啊!"伸手不见五指的黑暗里,有妈妈的叹息,"我一直在等这一天,等到你十八岁的5月12日,等到你长大成人的5月12日,告诉你十八年前的故事!"

黑暗里只有呼吸声。蒋小凤在静静地聆听。

"那真是黑暗的一刻,可没有人知道这会是黑暗的一天,孩子们照常在玩耍,大人们照常在工作,学生们照常在上课,而你,照常嚼着妈妈的奶头,躺在妈妈的怀里甜甜地睡觉。生活真美好啊!有谁会料到,乌云就在我们头顶,灾难已经到了脚下!地震,里氏8.0级,地球只是伸了个懒腰,我们的家园却在顷刻间变成了废墟!"

妈妈的手伸过来抓住了蒋小凤的手,冰凉的手,颤抖的手,蒋小凤伸出另一只手，把它紧紧握在一起。

"可孩子，你真是幸运的，不幸中的大幸啊，你很快就被人从废墟中救了出来，你被救出来的时候，你还含着妈妈的奶头，你的小脸上还绽放着微笑，你还在梦里，甜蜜的梦里。我现在都不知道到底是谁救了你，我只知道，他们有一个共同的名字，他们都叫解放军！是他们给了你第二次生命，让你甜蜜的梦一直做到了今天！"

蒋小凤有些不敢相信，妈妈说的，都是真的吗？可是听起来为什么那么遥远，像是在梦里。

"孩子，你知道吗？不仅仅生命你有过两次，你还有两个爸爸，两个妈妈——"

就像晴天霹雳，蒋小凤把手从妈妈的掌心抽出来，她捂住了耳朵，这怎么会是真的，是因为黑暗吗？让一切都像是一场梦。"我不要听，我不要听！""把灯打开，把灯打开！"蒋小凤尖叫着。

"孩子！孩子！"妈妈又把蒋小凤的手抓回去，紧紧握住，她继续说，"你的亲生父亲，消失在十八年前的灾难中，而你的母亲，在天塌地陷时，用身体保护了你，当救援人员把你救出时，她弓着自己的身体，而你，就在她的身下。她的手机上，有一条未发出的短信，她说：宝贝，如果你大难不死，记得妈妈爱你！"

蒋小凤忽然失声痛哭，妈妈一把把她抱住，喃喃地说：妈妈爱你，妈妈爱你！

蒋小凤听到爸爸在挣扎着坐起来的声音，然后是一道火光划破黑暗，她看到爸爸把蜡烛又一支支点燃。一颗颗星星，在黑暗里照亮了他们的眼睛。

"孩子，你是不是觉得爸爸妈妈特别残忍，为什么不继续把真相隐藏起来？为什么要在十八年之后再撕破这道伤口？这会有多疼，有多痛？可是，只有经受过疼痛，你才会知道，妈妈爱你！爸爸爱你！"爸爸的眼泪夺眶而出，他张开双手，把妈妈和蒋小凤一起揽在怀里，妈妈的泪落在蒋小凤脸上，炽热的，滚烫的，她说："多好！你有两次生命，有两个故乡，两个家，两个爸爸，两个妈妈……你获得的，从来就是双份的爱！"

刚才蒋小凤许了一个愿，她希望在很久很久以后，他们一家人，依然可以在一起，永远在一起！妈妈说，所有美好的愿望，都会实现。

蒋小凤的泪水像两条绝堤的河流，她哽咽着说："爸爸妈妈，我爱你们，我爱你们，爸爸妈妈！"

二十九分钟的电话

杨 飞

地震刚来的时候,女人感觉有些头晕,她觉得奇怪,自从嫁给了男人自己就莫名犯了头晕病,男人就隔三岔五上山给她采药,经过男人一段时间的精心照料,病早已痊愈,怎么今天又犯了?

正在怀疑,女人突然感到地面在晃动,自己弱小的身体也情不自禁左右晃动起来,她差点站立不稳,赶紧用手扶住一旁的桌子,然而,桌子也似跳了舞。

一个恐怖的念头立即袭上女人的心头:房子要塌了?!

是男人祖上留下来的老屋,早已年久失修,到处残垣断壁,女人一直责难男人,什么时候才能在镇上买一套商品房?每每这时,男人总是低了头,哎,现在房价越来越高,怎么买得起?男人很愧疚,连给自己心爱的女人一个像样的家都办不到,他选择了外出打工,在县城高高的建筑工地上穿梭,他想,实在没钱,学了本事,回家自己起房子。

死男人,早说这房子不能再住人了,偏不信!女人一边骂一边冲进里屋,抱起病榻上的老母就往外跑,妈,快,这房子要塌了!

是地震,妈说,连我们平原都感应到了,肯定是哪儿发生大地震了。

女人一下子就蒙了,站在屋外,傻傻地望着还在摇晃的屋子。女人的头又开始晕起来,地面在不停在翻涌。

女人突然想起了什么,撒腿又往屋里跑。

危险,不要命了!老母拼命喊着。

女人再次从屋里跑出来的时候,手里多了那部男人给她买的小灵通,说想他的时候就可以给他打电话。女人还嫌男人,人家都用手机,小灵通信号不好。男人说,等以后有了钱我就给你买。

地面恢复了平静,然而,惊魂未定的女人却心急如焚,自己的男人远在靠山的县城打工,地震肯定会波及到那儿,说不定那儿就是震中,男人又是在高高的建筑工地上,万一,万一房子……女人不敢再往下想,她开始用粗糙而颤抖的手摁着小灵通上小小的数字。

4……0……4……9……，9什么？9什么？由于过度紧张，女人忘了男人的电话号码。

91368，病中的老母提醒着女人。

女人终于使尽了全身的力气摁完了男人的号码，电话里却传来"嘟嘟"的声音，女人皱了皱眉头，再一次拨了男人的电话，耳旁依然是"嘟嘟"声，女人又拨……

十分钟过去了，倔强的女人依旧拨着那几个简单的数字，然而，要么是一遍忙音，要么是"你的电话暂时无法接通"，电话开始有些发烫，女人又开始骂起来，死男人，死男人，叫他给我买手机，什么破信号！

十五分钟，二十分钟过去了，女人不停在拨着，一个接一个，没有丝毫间断，可电话依然不通。女人开始越来越害怕，她的眼前出现了男人那张血肉模糊的脸，一会儿，她的耳边又响起男人在废墟下发出的微弱的求救声……

二十九分钟过去了，女人开始绝望，她粗糙的大拇指隐约已起了个亮泡，女人开始相信，电话打不通，一定是男人遇难了，她彻底瘫软在地上，小灵通跌落一边。

正在女人感觉天塌下来的时候，那部已经热得烫手的小灵通却突然鬼魅般响了起来。女人一下子从地上蹦跳起来，是男人急切的声音，我一直给你打电话，可就是不通，你和妈都好吗？

女人的泪"唰"地落了下来，好，好，死男人，我不要房子了，我不要手机了，你快给我滚回来……

阿门阿前一棵葡萄树

赵青新

突如其来，一阵地动山摇，繁华的人间眨眼成了地狱。

一座办公楼的废墟里，一个男人渐渐地苏醒过来。一片黑，什么也看不见。男人动了动身子，痛，有东西重重地压着他。男人的手还能活动，他尽力去摸索周围的环境，有碎石、木渣，好像——还有人。男人推了推身边的人，低低地叫唤："喂，……"没有反应。男人把手缩了回来，手上有许多粘稠的液体，放到鼻端，闻了闻，是血，血的味道！

男人的心里升起了恐惧，记忆回来了。那时候，他和几名同事正在一起开会，忽然之间，地面开始摇晃，窗玻璃"嘎吱嘎吱"地响，一瞬间的茫然之后，同事大叫："地震……快跑！"他们立刻往外飞跑，不敢乘电梯，沿着楼道，一层一层地往下转。墙壁在坍塌，砖块纷纷掉落，"跑，快跑！"男人心里只有一个念头。终于，到一楼了，门口透过来一丝亮光，朝着亮光跑啊……就在此时，眼前一黑，他失去了知觉。

男人再次试着动了动身子，一阵剧痛，不行，肯定是某个部位的骨头断了。如果再动，只能让伤势更严重。"应该会有人来救我的吧？"男人想，他停止了挣扎。猛然间，男人想起了自己的女人，女人和男人同一个公司，地震发生时正在五楼。地上的冷气侵入了骨髓，一波波恐惧汹涌袭来。男人的泪一下子涌了出来。男人是工程师，工作特别忙，女人自从跟了他，也很忙，一边忙工作一边忙家里的事，男人想，我那会儿怎么就不多陪陪她呢？男人躺在地上盘算着，1998年国庆节结婚的，嗯，结婚10周年了，要好好庆祝，一定要送玫瑰，还要唱歌，还要，亲手给女人戴上一枚向往已久的钻戒……

时间飞速地流逝。黑，死一般的黑，沉寂、无声。男人的眼睛慢慢闭上了，真累啊，他的意识掉进了黑暗之中。有一会儿，他清醒了一点，好像有人在叫他的名字，男人打起精神回应，简单说明了自己目前的情况。是同事，他说马上找人来救他。

同事走了。男人继续在黑暗中等待。累，越来越累，男人昏昏沉沉地睡着了。

"阿门阿前一棵葡萄树……"谁？谁在唱歌？男人在梦里笑了起来，这么好笑的歌！

"阿黄阿黄鹂儿不要笑，等我爬上它就成熟了……"黄鹂儿？男人一惊，他的黄鹂儿，他的女人！她没事！男人笑了，眼泪又出来了，疯狂地在脸上奔淌。男人大叫："我在这，我还活着！"女人的声音穿透了周围的黑暗："老公，我活着，我没事。"紧接着，女人说："别说话，保持体力，我一定会救你出去。"男人静静地躺在地上，她活着，他的女人活着，他也要活着，他还没送玫瑰给她，他还没送钻戒给她，他还没跟她说"我爱你"，他还要跟她一起生活50年，不，100年……

可是……真累啊！男人身体里的血液和能量在不断流失。倦意一波比一波更猛烈地涌来，男人再一次掉进了黑暗，一只手抓着他，想要把他拖进更深的黑暗里。男人想放弃，想跟着这只手，走进更深的黑暗里，这黑暗很舒服，仿佛很久以前自己就曾经在这片黑暗里安然地沉睡。可是……有什么在拉着他！有人在唱一支很好笑的歌："阿门阿前一棵葡萄树……"这歌真吵，吵得他睡不着觉。男人有点火，等我醒了，要把这唱歌的人揍一顿……

后来……男人醒了！他从地底的黑暗回到了明亮的人间。他躺在病床上，女人在他身旁轻轻地哼着一支好笑的歌："阿门阿前一棵葡萄树……"男人就笑了，泪流满面地笑着说："这是我一辈子听过最好听的歌，我永远记得这首歌。"

只说一句话

黄 健

想起几天前发生在四川的那场大地震，海子仍心有余悸。

海子是搞建筑的，常年带着施工队走南闯北。四川发生地震的时候，他就在都江堰。

那天，海子和工人们像往常一样在工地上施工。突然，就听见轰轰隆隆的声音从楼顶上传来，非常沉闷，仿佛在空中旋转。海子下意识地抬头向上望了望，这时他发现地面、墙面都在晃动，有砂浆、砖块从上面掉下来。"地震了，快跑！"海子大喊一声，就往外面空地上跑。听到海子的叫声，工人们也纷纷逃出来，有几个人还撞在了一起，跌倒了，又赶紧爬起来往外冲。好在海子他们施工的大楼才建到第二层，几十秒的时间，工人们全撤到了空地上，38个，一个都不少。海子这才长长地舒了一口气。

地震结束后，海子就接到家里的电话，家里人看了新闻，知道四川地震了，问海子有没有事。海子安慰了家人几句，挂上了电话。这时有几个工人跑到街上去了，但很快就沮丧地回来了。"妈的，连公用电话都砸了。"二狗子嘟囔着。海子知道，他们也想给家里抱个平安，让家里人放心。海子掏出手机，说："都给家里报个平安吧！用我的手机打。二狗子，你先来。"二狗子感激地接过手机，拨打起电话。其余的汉子都在二狗子身后排起了队，全然没有往日的争吵和拥挤。

"老婆，我们都没事，放心吧！回头我再给你打电话。"二狗子只说了一句话，就挂了电话，把手机传给了下一个汉子。

"孩子，爸爸挺好的！"

"妈，地震对我们没影响！"

……

汉子们仿佛约好的，只说一句话，就把手机传给下一个。没接通的，也不再重拨，自觉地排到了队伍的最后，静静地等待下一次机会。

只说一句话，就足以让家里人一百个放心。而省下的时间，可以尽快让别人的家人少一丝担忧，少一份煎熬。

海子的眼角禁不住湿润起来……

今晚有地震

司葆华

　　一段时间以来传得人心惶惶的地震，终于要在今天晚上发生了。这消息来自大头。大头是在镇上混街面子的，识多见广。他那里是村子的新闻中心。

　　大头家已把带蚊帐的床移到外面。大伙是来了又去，去了又来，眼见的大头一脸毋庸置疑，似乎今晚的地震就是板上钉钉了。人们还是有些犹豫不定，但不少人仍照着大头的样子，也把床搬出来。恐怖的夜晚还是如期而至。有的人家开始杀鸡宰鹅，煎炒烹炸。好像是不吃白不吃，吃了不白吃，不管咋的吃了才是赚的。香味连同孩子的尖叫在夜空中弥漫，"地震了——"像期待着一场久违的电影，透着十足的兴奋。

　　这是七月燥热的夏夜，月光白亮，一天繁星。我没有把床搬出来。自个儿坐在院子里熬时间。周围一片静寂。以往那响彻夏夜的各种声音，统统消失了：女人喂猪的叫唤，爷们儿唠嗑的笑谑，孩子追逐的嬉闹……蚊子开始轮番向我发起进攻，身上此消彼长地出现多处小包。死撑硬熬到月儿西斜。夜气湿重，睡意也和蚊子一样，一阵紧似一阵地袭来。自个儿寻思，还是先回屋睡觉，到哪儿说哪儿吧。到了屋里却睡意全无，心里面还是充满地震的恐惧。于是开始盘算，真要地震了自己该怎么办，如何在最短的时间夺路而逃。我大致目测了一下里屋到门口的距离，地震来了，一个鱼跃起来，两个箭步出去，三下五除二地可以基本搞掂。接着便清理所有可能妨碍逃生的物什，然后把房门最大限度地打开。眼前就是一个畅然无阻的生命通道！

　　我接着又忽发奇想，就地取材，用一只空啤酒瓶，一只没盖的墨汁瓶，设计了一个简便灵敏又极其实用的地震报警系统：在床头的柜子上把啤酒瓶倒立起来，上面再放上墨汁瓶。啥动静没有，都晃晃悠悠，摇摇欲坠的，想来一旦情况有变，便可立竿见影地发挥作用。那是当然的。

　　这个创意让我兴奋不已。正是有了它，在别人个个都一片草木皆兵的惊恐里，我得以气定神闲地高卧于室内床榻之上。此前有关地震的种种联想，比如，电闪雷鸣，墙倒屋塌，哭喊嚎叫，狼藉满地……这些对我来说遥远得就像童话一样了。精确计算的逃生通道，精准实用的预报装置，确保我今夜高枕无忧了。呵呵。于是沉沉睡去。

"砰!"好像还有"喵"的一声什么叫,鼻子给重重一击。无暇多想,一激灵爬将起来,三步并作两步,飞身屋外。屋子安安稳稳,院子完好如初,小鸟啁啾,阳光灿烂。一切都平静如常,什么都没有发生。不一样的是我的鼻子,一道血流蚯蚓似的蜿蜒而下。还没缓过神来,听得一声"喵",只见我家那只通体雪白的猫咪,正用爪子抓挠着头上的墨汁,这个破坏了我地震预报系统的家伙,眼圈黑黑的,变成了熊猫。

女人的脊梁

原上草

这天，2008 年 5 月 12 日。

这天和过去没什么两样，一切都那样的恬静。

当午后的睡意袭来的时候，男婴却玩性正浓。她说，兵兵，妈妈瞌睡了，怎么办呀？小家伙咿咿呀呀着。她笑了，又说，兵兵，是不是想爸爸了？小家伙又咿咿呀呀着，兴奋得小腿乱蹬。她拿起手机编了一条短信：亲爱的兵，小兵想你了，不愿睡觉。其实呀，是我想你了！嘻嘻，我爱你。吻你！

很快，手机响起悦耳的短信提示音。这是丈夫的声音：亲爱的，我也想你了，也想儿子！吻你，吻儿子。爱你们的兵。敬礼！

语言就这么简单，甚至有点儿俗。但多年来，她和他就这样传递着彼此的声音，倾诉着彼此的相思。

当幸福感浸透全身的时候，她明显地感到脚下的地在摇晃。"啪"，放在桌上的玻璃奶瓶骨碌碌地摔到地板上碎了，紧接着便听到了屋顶断裂的声音。

她"啊"地惊叫一声，下意识地抱起儿子，就在她刚刚蹲在床下的瞬间，整个房顶"轰"地坍塌。

瞬间，仅仅是瞬间，人间便成了地狱。

事前一点儿征兆也没有。

儿子的哭声像一把手术刀，拨撩着她敏感的神经。她在疼痛中醒了又昏，昏了又醒。当她完全醒来的时候，她意识到这里发生了一场她人生中的第一次大地震。

儿子呢？怎么没了哭声？

焦虑即刻替代了恐怖。她疯了似地在漆黑中探摸着。当她摸到儿子胖乎乎的脸，又听到儿子均匀的呼吸声时，她顿感释然。儿子，这个不知厄运降头的小家伙，哭累后竟然安然入睡了。

她试图想站起来，但头顶硬邦邦的楼板无情地压迫着她。一切挣扎都是徒劳。她大声呼救，任她声嘶力竭，外面除了嘈杂，还是嘈杂。

她停止了一切无谓的抗争，她开始思索。

她是个镇定的女人,她沉着地判断着四周的环境。此时,她从内心感谢她老爹为她陪嫁的这张山梨木床,是这张笨重的床为她和儿子撑了一片狭小的生存空间。她为自己庆幸:只要坚持下去,兴许就有获救的可能。

但这种好心情只是短暂的。因为她明显意识到事情正往更严重、更可怕的地方发展。她身下的大地现在开始变成一个巨大的筛子,而她则像筛子里的一根萝卜,随筛子的摆动而来回地晃。老天,大地又开始抽筋了。而那张结实的山梨木床也因不堪负重,开始了痛苦的呻吟。"咔嚓",床梆断裂的声音清晰可闻,随即头顶的那块笨重的楼板往下坠了下来。

顶住,为了儿子一定要顶住!她不知哪来的力气,浑身的热血一下子沸腾起来,她迅速把自己纤弱的脊梁弓成一尊石拱,顶住了下坠的楼板,为爱子擎起一片生存的天空。

三天,第三天。

当救援的子弟兵从废墟中发现她的时候,她已铸成了永恒的石拱。

她的儿子、那位可爱的男婴在"石拱"下正甜甜的酣睡着。

阳光下,被抱起的男婴嘴角挂着无邪的笑。

在男婴的周围,默然肃立了一圈男子汉的泪眼。

一个叫兵的军人把这个幸运的男婴交到临时救助站后,擦擦泪,又投入到紧急救援中……

给求生者一个机会

刘克升

儿子在南方的一座小城打工。每月挣一千多元的工资,除了吃喝拉撒睡,还能省下700多元,按月给乡下的瞎眼老母寄过去。

儿行千里母担忧。而这老母,也是儿子在外唯一的牵挂。为了解除彼此的思念之苦,儿子托老家的伙伴给老母装了一部电话,有了这部电话,联系就方便了。每逢周末晚上,儿子都会用自己打工挣来的那部二手手机,雷打不动地给老母报平安。

可是,这个周末晚上,老母却失眠了。可怜的老母守着电话,眼神呆滞,一动也不动。儿子打工的那座小城,当天下午发生了一次震级较大的地震,据说伤亡人数特别多。这么晚了,儿子还没来电话报平安,她心里已有了不祥的预感。

果然,一直等到第二天天亮,儿子也没能打电话来。老母证实了自己的判断。她一下承受不住,病倒在了床上。口中不时喃喃地呼唤着儿子的乳名,听起来让人揪心地痛!

又过了两天,仍然没有儿子一丁点儿的消息,老母开始变得神志不清了起来。

直到第六天,家里的电话突然响了起来。老母突然打了个激灵,一下从床上跳起来,摸起了电话。打来电话的,正是她日思夜想、无比牵挂的儿子。儿子报了平安,然后哽咽着说:"妈,请您原谅我的不孝,这么长时间才给您打来电话……"

老母心中巨石落地,嗔怪着,无比欢喜地说:"我儿平安就好,还说什么原谅的话。"

儿子顿了顿,歉疚地说:"妈,您不知道,其实,地震第一天,我就和几个工友从租住的房子里逃了出来,跑到了平安地带。这几天我没有给您打电话,是因为我还有更重要的考虑……"

什么?儿子还有比母亲更重要的考虑?老母不相信有什么能胜过母爱的担忧和母子之间的亲情,她手中的电话听筒滑落在地,人一时呆住了,无心再听儿子的解释。她感觉，儿子给她的这个打击，甚至比儿子在地震中遇难还要让她难受。她筋疲力尽，重新躺倒在了床上。自此，不再接儿子的任何电话。

又过了几天，门哐啷一声敞开了，儿子风尘仆仆地赶了回来，扑通一声跪在了老母面前。毕竟是母子连心啊，老母心一下又软了，赶紧起床把儿子扶了起来。

儿子坐在老母对面，拉着老母的手，静静地讲述了事情的经过：

发生地震的那天下午，儿子和几个工友正在租住的房子里休息。期间，他起来小解，房子突然东倒西歪地摇晃了起来，窗子也是咯吱、咯吱响成一片。他猛然意识到了什么，不由大喊一声："地震了，快跑！"

好在儿子他们租住的房子是一楼，儿子和工友们快速逃到了平安地带。惊魂稍定，有的工友想到了老家的父母，摸出手机，想给老家的亲人报平安。这时，儿子站了出来，对大家说："地震时，手机基站受损，手机很难打通。如果我们再纷纷用手机给家人报平安，更容易造成通信网络拥挤，甚至堵塞，以至延误救援通信……"

就这样，在儿子的倡议下，大家决定暂时不再拨打手机向亲人报平安。

听了儿子的讲述，老母攥紧了儿子的手，赞许地说："儿呀，你们这是在给求生者一个活命的机会呀！求生者也有母亲呀，同样也是母亲，我怎么能怪你呢？在那关口，你们可没有私心，都用心了，尽心了！"

是啊，儿子和工友们是用心了，尽心了。虽然没人评估过，他们那种举措对救援队开展救援工作起了多大的作用，或者统计过，他们那种举措多挽救了几个人的生命，使多少人得以及时救助，但他们内心应该欣慰的：在突如其来的天灾面前，他们毕竟努力替别人着想过！

婚礼在举行

张庆勇

早上,太阳公公露出笑脸,在豫东平原一家干净整洁的小院里聚拢了一群人,个个脸上挂满笑意,因为今天是村里狗娃大喜的日子,一早起来帮忙和看热闹的人穿戴一新赶趟儿似的来了。

"花车来了!花车来了!"不知是谁家的娃娃扯起喉咙尖叫起来。果然,一辆花团簇拥的桑塔纳停在了门口,后面紧跟一串迎娶小车。管事的老头高喊:"有请新郎官上车!"话音刚落,人群一阵沸腾。只见从堂屋里走出一小伙子,细皮嫩肉,中等身材,西装革履,手捧一束鲜艳的红玫瑰花,面带微笑,一头钻进了花车内。噼噼啪啪的鞭炮声响起,夹杂着人们七嘴八舌的议论。花车启动了,在这温暖的夏日里……

新娘子娶来了,拜天地的时候,人们分明看到新娘子眼含泪花,新郎官闷闷不乐。到底是怎么回事?莫非小两口在车上言差语错吵嘴了,还是新娘子由于高兴过分留下激动的泪水,抑或是女人出嫁一种本能的触景感怀。再看前面正襟危坐的父母,父亲一脸的沧桑,麻木的表情被一丝沉重的幸福所掩盖;母亲红肿的眼睛像两个灯泡,此刻明显看出强作欢颜的她内心隐藏着重重的心事。其实,大家都知道个中原因,有的妇女流出了眼泪。

拜天地的时候,突然,新郎的手机响起来。新郎赶紧掏出手机接听:"喂,哪位?是哥!"新娘子听见新郎喊哥,脸上立刻多云转晴,明显得兴奋起来。坐在上座的父母也偎依上来。"哥,现在我正在帮你拜天地呢!今天嫂子漂亮极了!还是让嫂子与你通话吧!"手机被转到了新娘子的手里,新娘子由于激动,显得语无伦次:"是世杰吗?我……我……呜呜……"新娘子哭了,粉红的脸庞如带雨梨花。世杰的母亲从新娘子手里接过手机,老泪纵流:"娃呀,今天是你大喜的日子,你妹妹帮你把媳妇娶回家了……你是一个军人,就要时刻以一个军人的准则来要求自己,你安心在那里抗震救灾吧!……

翠花是一个好姑娘,我们等待你胜利归来!"周围一片安静,挂断电话,现场响起热烈的掌声。

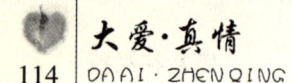

"新人一拜天地,二拜父母,三拜亲朋好友……向四川无数战斗在抗震救灾一线的亲人们三鞠躬……"婚礼主持人动情的话语久久回荡在农家小院的上空。

老铁捐款

范大宇

老铁,姓金名福来。五十三四的人了,没有孩子,没有妻室,独自一人。按说经济上宽绰有余。可是他却舍不得吃,舍不得穿,抠索得要命,连男人大都享用的烟酒也不沾。全机务段一千多人,谁也甭想占他一分钱便宜。久而久之,人送"老铁"这一戏称,意思是他像铁公鸡一样,一毛不拔。工友们人前人后喊他老铁,他也不急不恼,时间一长,金福来这本名反倒被人淡忘了。会计每月做工资时,看着金福来的名字会愣怔半天,想想这人到底是谁。

老铁的父母在天津,离北京少说二百里。老铁抠是抠,但他是个大孝子。每月都会攒几天调休回家看望老爹老妈。可是他回天津不坐火车,不坐汽车,坐嘛?嘿,蹬自行车。为嘛?为的是省下二十几块钱车钱。去年的夏天,北京多热呀,一个三伏天的下午,段里有个女工赶巧在大望路那儿碰到了探亲回来的老铁。老铁整个人像是从水缸里捞出来似的。那女工招呼他下了车,劝他买瓶冰可乐什么的降降温再走。老铁走到小卖部前,抠索了半天也舍不得掏出三块钱来,最后向人家讨要了一捧冰碴,几口吞了下去。然后冲那女工干笑了下,又蹬上了车。那女工眼睁睁看到了这一幕,在众多人不解的目光下,她倒像是做错了什么似的,脸臊得通红。

又一天,在车间洗浴房里,老铁捡到了一枚5分硬币,在衣服上蹭了蹭,就往自己的兜里装。小青年们就"嗷嗷"地起哄。有人还唱起了"我在马路边,捡到一分钱……"老铁呢,面不改色心不跳,只是嘟囔了一句:"我个个的,管得着吗?"在众人的目视下,不慌不忙地穿好衣裤,心安理得地走了出去。

车间里不管是谁的婚丧嫁娶,红白喜事,老铁是从不凑份子的。人们也都知道"出血"的事甭找老铁,否则准得碰钉子。为了和谐,工会主席有时就替老铁圆场:"老铁的父母在农村,没劳力,又是俩病秧子。别难为他了。"

汶川地震牵动了全国人民的心。机务段工会号召职工为灾区人民捐款。人们你一百我五十地表心意,老铁呢,在捐款站前转悠了整整一天,工友们看着他,就挤眼咬耳地说:"嘿,这老铁,怕又在寻摸着谁掉了钱呢吧!"

傍黑天时,老铁看看周围没什么人了,"呼"地冲进捐款站,对工会干事小王说:"我要捐钱!"

小王像是发现了新大陆,问:"您说什么?"

"我要捐钱!行吗?"

小王上下打量了老铁好一会儿,才点点头,问:"您捐多少?"

老铁从贴身的怀里掏出了五捆钱,"砰"地放在桌子上,说:"5万!"

小王惊讶地差点合不上嘴,忙拿过登记本,唱念道:"老铁同志,捐款5万!"

"我叫金福来!"老铁瓮瓮地自报了家门,扭头就走。

老铁捐款在全机务段拔了头份,引起一片猜疑,一片赞叹,一片不解。

这事儿也引起了记者的兴趣,于是记者就来采访老铁。可老铁愣是什么也不说。后来记者逼问得急了,老铁才冒出一句:"我什么也不为,就为我老婆!"

老铁有老婆?人们面面相觑。

老铁看看众人,蹲下身子,竟一下子号啕大哭,这哭声,像是春天的惊雷,轰轰烈烈,那泪水,像是水库决堤,滚滚而下。老铁边哭边抽咽地说:"1976年唐山地震,我、我老婆死了。如果不是解放军来得早,我、我也得死啊……"

谁说老铁把钱看得重?老铁知道感恩!

从那后,人们见到老铁,谁也不再叫他这绰号了,改称:"老金师傅!"老铁呢,怔怔地看看对方,问:"是叫我吗?"

微笑着唱歌

黎义全

那场火来得太突然了。当时，他在睡午觉，是被儿子叫醒的。当他睁开眼睛时，眼前是红彤彤的一片火海，他惊呆了。熊熊的火已将窗口、门口团团围住了。也就是说，他们已经没有出路可逃生了。儿子吓得浑身颤抖，连哭都哭不出来了。他抓紧儿子的手，微笑着说："别怕，有爸呢。"但，他非常清楚，要逃出去，谈何容易？或者说，那是不可能的事。可作为父亲，现在，在儿子面前，他必须这么对儿子说。

房子的构造除了上面是铺着一层瓦，其余的房梁、屋墙都是木的。当时，家里的家具也是木的，而且还积放着一堆未用的木材在屋里。火理所当然地越来越大了。他观望了一下，冲到床上抱起一张棉被，跑进洗澡房，打开水龙头，浸湿棉被。他要用这张棉被救儿子的命。

他抱着棉被，跑到儿子面前，指着地板，对儿子说趴下。儿子不知道父亲要干嘛，但他还是趴下了。他把浸湿了的棉被盖在儿子身上，然后对儿子说："如果觉得透不过气，就掀一掀棉被，但尽量别往外面看。危险。"儿子点了点头。他一刚说完，一条燃烧着的房梁就塌了下来，他连忙用棉被盖紧儿子，身子挪到儿子上方，然后分开双手双脚，撑住地板，拱起身子。他要用自己的身子挡住塌下来的房梁，他祈求但愿这样做能保护自己的儿子。

接着，他听到来自身体与房梁的一股沉闷的撞击声，他似乎还听到自己骨头断裂的声音，一种撕心裂肺的疼痛就迅速传遍全身。他知道，那房梁已经重重地砸在了他的背上。但他的双手依然撑住地板，他的身子始终与儿子保持着距离。他怕自己的身子压到儿子，这样会伤到儿子的。他使出全身的力气咬着牙，也不发出一点痛苦的声音。他怕自己的呻吟声吓到儿子。

渐渐地，疼痛减轻了一些。但他知道这只是开始，后面肯定还要承受更大的痛苦。他不知道自己能不能做到，但为了儿子，他想他可以做到的。不，是必须做到。然后，他腾出一只手，伸到口袋掏出手机，拨了妻子的号码。妻子到镇上出差了，过几天才能回来。

通了。

他微笑着说："老婆，我想你。""我才离开几天，就想我啦。"妻子幸福地说。他像个热恋的男孩害羞地说："嗯。"妻子问："家里一切还好吗？"他说："好，儿子在睡觉呢。"他顿了顿，说："老婆，我想听听你说那三个字。"妻子笑笑说："不行。我旁边有朋友在呢。回去再说，让你听个够。"他说："不行，我要你现在说，我想听。""你真坏。"妻子说，"我爱你。老公。"他眼中噙着泪水说："老婆，我也爱你。"然后，他听到妻子在千里之外吻了吻他。他连忙挂上电话，他怕妻子听到他哭泣的声音。这声音，不是因为疼痛而哭泣的，而是因为舍不得，舍不得他心爱的妻儿。

他一挂上电话，一条燃烧着倒塌的房梁又砸到他的背。他依然拱直着身体，依然没有发出一点呻吟声。但，慢慢地，他感到头昏目眩。他感到身体正一点点地往下坠，意识也越来越模糊。他想他快撑不下来了。

可这时，儿子突然掀开棉被，露出小脑袋。儿子不满地说："热死我啦，我要出去。"他一下子清醒过来。他连忙说："不行，外面危险。"

可儿子不相信。他说："你不也是待在外面，可一点事也没有吗？"他说："你闭上眼睛睡觉，一觉睡醒就什么事也没有了。"儿子说："睡不着。太热了。"他说："那好。爸爸给你唱支歌"儿子的小眼珠溜溜一转，欢快地说："好。"他笑了。他张开嘴巴，轻轻唱起歌。这是一首优美的欢快的摇篮曲。儿子听得很入迷，他唱得很用心。可，只有他自己知道，此时，他正承受着怎样一种天崩地裂的剧痛。他想，如果没有儿子在面前，他会撕心裂肺地号啕大哭。但此时，在儿子面前，他只有微笑着给儿子唱歌。

终于，儿子困了，慢慢地闭上了眼睛，安静地睡了。

他轻轻地替儿子盖上棉被，然后，如释重负地舒了一口气。可这时，他突然发现火已经烧到了他的衣服上、头发上。另一种疼痛在增加，在加剧。火在他身上迅速蔓延。但，他依然狠狠地咬着牙，纹丝不动，依然没有发出一丝痛苦的呻吟声。他坚决不能吵醒儿子。不知过了多久，他慢慢地闭上了眼睛，但一丝笑容却浮在了他的脸上，因为他听到了消防车到来的声音。他知道儿子有救啦。

不久，儿子被人从棉被救了出来，当他清醒过来，哭喊着爸爸妈妈。这时，他忽然看到了令他终生难忘的一幕，他看到他的父亲双手依然撑着地板，依然拱直着身体，而且一丝笑容依然荡漾在父亲的脸上。但，父亲已经死了，全身烧得黑乎乎的。

看到这一幕，在场的每一个人无不落泪。

很多年之后，儿子长大了，变成了一个举世闻名的音乐家。他周游世界，去给那些对生活感到绝望、觉得生活没有欢乐的人唱歌。他每到一个地方，总会受到人们热情的欢迎；他每开一场演唱会，都座无虚席。他用自己的歌声感动了很多人，欢乐了很多人，让那些人重新发现，原来生活也可以这么美好。有人问他，为什么你的歌声这么有感染力，这么动听？你是怎么做到的呢？他微笑着说，微笑。微笑着唱歌，微笑着做人，无论你在承受多大的痛苦，微笑着，困难总会过去的，这是在我七岁那年，我的父亲在他生命最后一刻告诉我的。

一个都没有少

阴玉军

地震来临的时候,张队长刚从田强的监舍中走了不久。张队长是来通知田强的,说已联系上了他家乡的公安机关,他们正派人来川西,过几天就能到。听了张队长的话,田强心里顿时乱成了一锅粥。他后悔,不该那么鲁莽,因一点琐事就用水果刀将邻居捅成了重伤;他后怕,回去起码也得十年二十年的牢狱之灾啊;他还纳闷,川西的警察怎么那么神速,他前脚刚迈进川西,后脚就被请进了看守所呢?田强正寻思着呢,忽觉监舍开始摇晃,墙皮也一块块地往下掉。这是怎么了,是不是地震啊?还没弄明白怎么回事儿呢,便传来一声天崩地裂的巨响,整个监舍轰然倒塌,田强什么也不知道了。

田强是被一声声喊叫惊醒的:"田强,你能听到吗?我是武警中队的张大勇。听到请回答,我来救你了。"

"张队长,我在这里呢。"田强赶紧应声。

"坚持住,我很快就能把你救出来。"

没过多久,田强果真看到了张队长那张满是灰尘的脸和一双血肉模糊的手。田强得救了。

"谢谢你的救命之恩,张队长。"田强感激不尽。

"没事儿。你怎么样,能动吗?"张队长关切地问。

"我没事儿……"田强忽地长了个心眼,"就是腿疼得厉害。"

"你先坐那边歇歇,我得救其他人。"张队长说完,一边大声地呼喊着,一边用手在废墟里刨。

旁边有几个被救出来的。伤轻的已加入了扒人的行列;伤重的有的坐有的卧,有的哎哟有的呻吟,一片凄惨景象。

田强发觉张队长正忙着救人,其他人也自顾不暇,没人注意他。他决定逃跑。不跑,回到老家能有他的好果子吃?

打定主意,田强一瘸一拐地就跑。刚跑出二十多步,他忽然觉得天旋地转。又一次强烈的余震袭来。

"别乱跑,危险。"田强听到了张队长的喊声,却没停下。没跑几步,他愣住了——出路旁边的拘留所的四层楼正轰然向他倒塌过来。

完了，我死定了。田强绝望地闭上眼睛。

正在这千钧一发之时，田强猛觉一个影子向他冲来，并用力把他推开了四五米远。

田强得救了，推他的人却被埋入了废墟中。

"张队长，张队长。"撑过来的几个人对着废墟失声痛哭。

张队长？是张队长又一次舍身救了他的命。田强心中那最隐秘的地方忽地被击中了，他大声哭喊着："张队长，你怎么样啊？"

"我还行。"里面传出张队长微弱的回音。

田强一听张队长还活着，赶紧去扒废墟，其他人也上来帮忙。

"别管我，快去救他们。"废墟里的张队长有气无力地说。

"不，我要把你救出来。"田强执拗地扒着。可很快他便无能为力了，因为呈现在面前的都是粗大的钢筋水泥柱子和楼板。

"别浪费精力了，没用的。"张队长说，"快去救平房里的人，算上你们几个，一共20人，死活都得扒出来，一个都不能少。快去。"

"嗯。"田强含泪答应着，和其他几个人去扒平房里的人。田强的手流血了，他浑然不觉。

田强的手指甲掉光了，他没在意。

田强的食指上的第一节骨头磨烂了，他不在乎。

经过三个多小时的不懈努力，田强他们终于把平房里的人全扒了出来。

"张队长，张队长。"田强使劲地咋呼，可里面却没有了回音。田强懊悔地捶打着自己的脑袋。

紧急赶来增援的武警战士催着他们火速转移。因为看守所后面的高山正在大面积滑坡，随时可能将他们掩埋其中。

田强死活不肯走，武警战士只好拽着他走。

田强对着废墟里的张队长使劲呼喊："张队长，你放心吧，我们都出来了，20个，一个都没有少。"

他的呼喊随即被一片哭泣声淹没了……

灾区好男人

赵 岩

作为北京一家出租车公司的一名"的哥",自从5月12日以来,老王与全国人民一样,每天都在用不同的方式关注着四川地震灾区。

那天早上,老王将车停在火车站站前广场等客。一个小伙子从车站内出来上了老王的车,他手里拿着一个用黑布裹着的有些像镜框的东西。上车后,小伙子说他要去北京的各旅游景点。

老王与小伙子攀谈起来:"哥们儿,从哪儿来的呀?是自己来京旅游?"小伙子沉默了一会儿后说:"我是从四川地震灾区来陪女朋友旅游的……""从地震灾区来旅游?那你女朋友呢?"老王有些疑惑。小伙子又沉默了,片刻,他打开了黑布包,老王侧身看了一眼,黑布包内包着的是一个戴着眼镜,长得很漂亮的女人的遗像……老王将车停下来,怔怔地看着这个女人的遗像后,又看了看小伙子。小伙子用略带沙哑的声音催促道:"大哥,开车吧,下午我还得赶回去……"

俩人继续聊着,小伙子给老王讲起了他女朋友的故事:

小伙子的女朋友是一所中学的高级教师,因为平时教学工作忙,所以从没有机会去北京,去北京旅游一直是她的一个心愿。作为教育系统的劳动模范,今年"五一"期间,学校已经给他俩报了名,参加教育系统劳动模范集体婚礼去北京旅游。可他女朋友说她带的这个毕业班高考在即,她不忍心在这个时候将学生们扔下来北京旅游结婚,俩人商量好等高考完后再来北京旅游结婚……可万万没想到的是,还没等到来北京旅游结婚,在小伙子出差期间,地震发生了,小伙子急得想马上从外地赶回家里,可从电视上得知,通往灾区的车已经进不去了,与家里通讯也失去了联系……他只得每时每刻都在出差的地方通过电视关注着家乡,希望能得到女朋友的消息。可那天晚上从24小时不间断的电视新闻中传来的消息让小伙子意识到,来北京旅游将永远成为女朋友实现不了的心愿了——女朋友和她的学生们都被埋在了废墟下。当武警们从废墟中找到他女朋友的尸体时发现,在他女朋友的尸体下的一名学生还活着,女朋友四肢尽最大程度伸展着,将那个学生紧紧地保护在自己的身体下……那一刻小伙子在绝望中被震撼了。

因家乡暂不能回去，坚强的小伙子擦干了脸上的泪水，在随身携带的包里找出女朋友的相片，来到一家照相馆，将女朋友的照片放大。

他要陪"女朋友"去北京旅游……

小伙子有些哽咽，老王被这个故事深深地打动了，静静地听着小伙子的讲述……

车到了长安街，老王将车停在停车场后，先陪着小伙子来天安门广场看升国旗仪式。

此时升旗仪式还没有开始，升旗台下的围栏边已经围满了来观看升旗仪式的世界各地的人。过了一会儿，长安街上川流不息的车辆在交警的指挥下短暂停了下来，整齐、威武的国旗仪仗队走出天安门，跨过金水桥，穿过长安街走向广场上的升旗台。随着庄严、嘹亮的"义勇军进行曲"，五星红旗冉冉升起。

老王站在小伙子旁边，小伙子两手托着女朋友的遗像，低着头对遗像深情地说："惠儿！咱们现在是在北京的天安门广场。听到了吗？义勇军进行曲。你看看，五星红旗正在升起……"此时泪水顺着小伙子的脸颊无声地流淌下来。

升旗仪式结束后，小伙子托着女朋友的遗像在天安门广场上照了张相，然后在广场的东南西北走了一圈，边走边向女朋友介绍："这是人民英雄纪念碑、毛主席纪念堂、人民大会堂、革命历史博物馆……"

又去了一些地方，时间已经过了中午，小伙子将女朋友的遗像小心地包好后说："惠儿，我要成为一名自愿者，抓紧时间回去参加抗震救灾，等完成救灾任务后我再带你来北京去八达岭玩……"然后他对老王说："大哥！再把我俩送回火车站吧……"

到了火车站后，小伙子掏出200元钱执意要给老王，老王含着眼泪谢绝后，将小伙子送上了火车……

望着小伙子的背影，老王含着泪自言自语道："灾区的好男人……"

回家后，老王将这个故事讲给了妻。

故事还没讲完，妻已经泪流满面了……

最后的捐赠

韦如辉

四川汶川大地震后，我所在的社区组织了"我们都是汶川人"社会募捐活动。

活动开始后，大伙儿的募捐热情无比高涨，各个募捐箱前都排起了长龙。

我自愿配合民政局的小孙同志，负责8号募捐站点的捐务工作。我们不停地对前来募捐的人们重复两个字：谢谢！我们的嗓音逐渐沙哑。

那一天，天气异常闷热。一团团乌云，像一座座巨大的慢慢倾斜的山一样，悄然无声地向我们的头顶压来。看来，一场不可避免的暴风雨酝酿在即。临近傍晚，远处的天边亮起了闪电。募捐的人们陆续散去，准备迎接暴风雨的来临。

我问小孙，咱们收不收？

小孙抬头扫一眼渐渐暗淡下来的天空，好像对我下命令似的，收！

打开箱子，清点钱款。做完这些后，我打算今晚好好睡上一觉。

你们……今天还收捐款吗？这时，一个苍老的声音传过来。这声音断断续续，听起来有点儿气若游丝。

小孙边回答，收。边停下手中的工作。

一位拄双拐的老人颤颤悠悠地站在我们面前。老人瘦骨嶙峋面色蜡黄，脸上的肌肤如松树皮似的，没有一点儿光泽。老人的头发寥寥无几，脑门上布满黑色的老人斑。老人喘息未定，胸口上下起伏。额上的汗珠子雨点似的落下来，摔在募捐箱下坚硬的水泥地上。

我说，您……

老人从拐杖上腾出左手，艰难地举起来，食指竖立在嘴边，示意我不要说话。

小孙说，老人家，您捐点什么呢？小孙边说，边给老人送过来一个凳子。老人有点儿难以支撑的样子，便在小孙的搀扶下坐下来。一只拐杖不小心从他手中滑落下来，老人弯腰捡拾，没能成功，小孙急忙帮助老人做这个工作。

老人这才回答小孙的问话，捐钱，捐点钱哩。

老人张开右手，手掌里露出一个破旧的牛皮信封。信封已被老人的手和拐杖扶手磨得毛毛糙糙的。

小孙撕开信封，里面有一千块钱。钱也被弄得十分折皱，小孙小心整理着，生怕出现什么差错。小孙是个十分认真的人，干民政这一行已使他带有明显的职业习惯。

小孙说，老人家，捐了钱，您生活上有没有问题？我觉得小孙这个问题问得好，从装扮上看，老人不是一个生活宽裕的人。

老人努力地笑了笑。没有问题，我还有两个儿子。老人的回答让小孙多少有点儿愕然。老人说到儿子，又努力地笑了笑。

您儿子？小孙自言自语一句。而后像幡然醒悟似的，问，您儿子是干什么的？

老人叹一口气，儿子都下岗了。但老人又接着说，我的儿子都是很争气的孩子。

小孙咦了一声。见老人谈到儿子时的幸福样子，小孙安慰老人说，您老有福啊。

老人点点头，眼睛里仿佛进了什么东西，老人用袖口抹了抹。

小孙说，老人家，您老叫什么名字？我得给您办个手续。

老人不情愿。老人说，不留名，留什么名呢。

小孙解释说，老人家，给您开个手续不仅仅是留名的事儿，我们还得对账呢，您说是不是？

小孙说得有道理，让老人家十分信服。老人不再说话儿，陷入短暂的深思。

小孙手握住笔，面前的单子已垫上复写纸，只等老人说出自己的名字。

停了好大一会儿，老人才说，写爱心长者吧。

小孙犹豫一下问，这是您老的笔名吗？

什么？老人对小孙的猜测显然不太明白，或者说不太认可。

小孙瞅瞅我，好像对眼前这个事儿，征求一下我的意见。

我说，就按老人说的写吧。整个过程我就说一句话儿，好像我只是老人和小孙之间的局外人。

小孙填好单子，给老人递过去，嘴里不停地说，谢谢！谢谢您！

老人歪歪扭扭拐进前面的胡同不久，暴风雨就来了。

第二天，我没能如期到达8号募捐点，因为我的父亲过去了。父亲饱受癌症的折磨，终于在最后一刻与病魔的决斗中倒了下来。

安葬好父亲，根据我的再三要求，公墓管理处在父亲的灵前竖起一块较大的石碑。石碑上铭刻六个黑色的楷书——爱心长者之墓。

爱的情缘

李金安

艳红的学校接受二十名四川灾区学生,其中三名女生在她的四(二)班上。艳红的妈妈是位作家,很同情灾区同胞,她让艳红在星期天把灾区三位女生领到家里亲热亲热。这天,三位女生一进门,艳红妈和她们一一拥抱,并说:"郑州就是你们的第二故乡,这里就是你们的家,艳红就是你们的亲姐妹。"

中午,三位女生在品尝艳红妈请人给她们做的具有四川风味的菜肴时,更是有宾至如归的感觉。三位女生真诚地说:"我们永远不会忘记全国人民尤其是郑州人民对她们的关爱。"

在午宴即将结束时,艳红妈有个突出的感觉,就是三位女生特别怀念仍在灾区奔波的班主任苏老师,特别想再听到苏老师那熟悉而甜美的声音。她们说,灾前,苏老师经常对我们说:"你们就是祖国的花朵,祖国未来的栋梁。我们唱的'我们是共产主义接班人'就是苏老师教我们的。在地震发生时,教师楼开始摇晃,苏老师虽然在教室门口,但他没有先跑下楼。他立即大声喊:'同学们,别惊慌,快点跑出去。'那声音甜美又坚定。

这次她送我们来郑州时,火车开车前几分钟,她在车窗外给我们朗诵几句诗:'如果命运把你们抛在春色里,你们就辛勤地耕耘。如果命运把你们抛在风雨里,你们就撑开一把不屈的伞,如果命运把你抛在汹涛里,你们就升起一叶无畏的帆。请相信,明晨给远天放出第一声鸽哨的,还是你们。'声音是那么甜美与庄重。"

下午,艳红与妈和三位女生,乘车到黄河游览区瞻仰山岩上雕刻的炎黄二帝巨型塑像,都激动地说,我们都是炎黄子孙。傍晚,在黄河酒家品尝黄河鲤鱼时,艳红妈有个大家料想不到的决定,她让三位女生把苏老师的地址准确地写出来,明天把自己的手机寄给苏老师,并再给三位女生配一个手机,能使她们随时通话。三位女生非常兴奋,从此,企盼能早日再听到那亲切、甜美、庄重的声音……

一束红玫瑰

胡小卫

眼瞅着就快要结婚了，亮子成天对着未婚妻梅子笑呵呵的。

可那一天在电视上看到新闻后，亮子就不笑了。

亮子的脸上很凝重。

亮子的眼中有泪水。

亮子坐在那儿不吭声。

然后，亮子站起来，一声不吭地帮梅子做家务，扫地，择菜，煮饭，洗衣。

亮子越这样做，梅子越担心。因为当亮子帮自己做事的时候，就意味着他有重大的决定。

前年，亮子也是一声不吭地做家务。后来他就参加了义务反扒队，抓了好几个小偷，自己也被捅伤了，躺在病床上一月才好。

去年，亮子也是一声不吭做家务。后来他把自己的所有积蓄都捐给发洪灾的南方灾民了。梅子气得好几个月不理他。

梅子担心死了，担心亮子又要做什么事来。

果然，亮子说了。

亮子说，我要去四川，抗震，救灾。

梅子揪住他的衣服，死命地摇。亮子不反抗，任她摇。

摇够了，梅子扒在他肩上呜呜地哭了。

哭够了，梅子仰脸问，不去行不行？

亮子不答。

梅子又问，你呀你都快结婚了，还去逞什么能呀。

梅子还说，你不知道我有多担心你？震区多危险呀，有山石，有余震，有泥石流，还有洪水……

可梅子又哭了，说，我知道，我说了没有用的。你总是那样，三头牛也牵不回。

亮子轻轻地拭拭她脸上的泪，说，别担心，我只是去当志愿者呀，又不是去打仗，没危险的。

亮子说，你早该知道，我一定会去的。

三十年前，父亲被人从唐山大地震中救起后，就常要我知恩图报，以后一定要报答别人。现在机会来了，我去灾区，哪怕是用手抠用手挖，也要从废墟里救一个人出来。

亮子说，梅子你放心我一定安全回来，跟你结婚，生一大窝仔仔。

梅子扑哧笑了，说那我不成了母猪婆了。再说国家政策也不许生那么多。

亮子说别担心我有办法，我只生一个，再领养两个地震孤儿，不就有三个了，够你忙的了呢。

亮子说我很快会回来的。

一回来，我马上带你去马可波罗餐厅吃饭。

梅子的眼里立刻有了光彩，惊喜万分地说，真的吗？你可别骗我。那地方老贵的，你一个月工资也不一定吃得起。

两人都是打工仔，从来少有花前月下，只有柴米盐油，收入低呀。

亮子说，绝不骗你，骗你就是小狗。照城里人的说法，也浪漫一把呀。到时，我会带着一束玫瑰，穿上最漂亮的西装，带你去马可波罗餐厅，吃最好吃的山珍海味。

梅子忙不迭地与亮子击了掌。

不见不散。

对，不见不散。

第二天，亮子就向雇自己的老板请了假，与几个好伙伴一起去了汶川。他们坐了一辆农用车，渴了喝山泉，饿了就吃自己带的煎饼。

后来，亮子给梅子来电话了，说震区有多惨。

后来，亮子救出来了一个人，喜得泪水直流。

后来，亮子还背一个伤员，背了十几里地，鞋都磨破了，都出血了，愣是把病人送进了医院。

后来，亮子受到了当地政府与群众的好评，有好多记者给他拍照哩。

亮子说，只要震区的事情做完，他很快就会回来了。

梅子的脸上喜得乐开了花，晚上睡觉呢，也经常做梦，梦见自己跟亮子成亲啦，来宾们起哄要两人亲吻，羞得自己脸红得像布。

……

亮子约好回家的日子到了，梅子洗妆一新，穿上了新娘衣服，早早就一个人来到了马可波罗餐厅那个靠窗的座位，然后，带着笑容等着亮子从天而降。

傍晚六点整。

玫瑰。

一束红玫瑰

一束玫瑰。

一束玫瑰出现在门口。

一个人带着一束玫瑰来了。

他径直来到了梅子的身边，问，你是梅子小姐吗？

是呀。梅子有些害羞，还是第一次被人称作小姐呢。

这是一个先生叫我送给你的。请收下。

梅子收下了。

那人走了，梅子正嗅着花香呢，又一个人出现在她面前。

玫瑰，还是一束玫瑰。

你是梅子小姐吧，这是一位先生送给你的。请收下。

梅子迟疑着收下了。

没想到，第三束，第四束，第五束……

……

一束束玫瑰源源不断而来，很快，将她周围变成了一片花海。梅子自己笑成一朵花。

她看到桌上有一张报纸，就看了起来，看着看着，报纸与泪珠一起掉了下来。

报上有一则新闻，说一个打工仔义务到地震灾区当志愿者，圆满完成任务返回时，在出震区的道路上不幸被山上滚下的巨石砸中了。

临终前，他叮嘱伙伴们，一定要买束玫瑰，送给他的未婚妻。

亮子，你的花很香很香，我好喜欢。

梅子喃喃地说。

不是坏孩子

桑 榆

地震的时候他与父亲刚进门,父亲面无表情地把钥匙串放在桌子上,他大气也不敢出一声。知道父亲就要发大火。

"把书包放好,到台子上去做作业去。"父亲极其不耐烦地冲着他吼出了口。他知道父亲这会儿根本不想跟他说话,想他从眼前彻底消失才好。

他的考试成绩又是一团糟糕,明明他已经很用功了,可是考试题目还是不会做,心慌,急急地把会做的也做错了,这次还考得连班级的平均分都没到,父亲火,他知道,是应该的。

他想熄灭父亲的火,他很想对父亲说,他已经很努力,父亲越火他就越紧张,有时候走过灭火器的时候,他都会特意地看上两眼,想这东西能灭熊熊的大火,不知道能不能熄灭人心里的火。

他两眼总是忍不眼泪,总是要哭,父亲说男儿有泪不轻弹,可父亲刚说过,他削绘画铅笔削到了手指,眼泪就不争气地流出来了。他也想不哭,他对自己说不能哭,他嗅了嗅鼻子,又下意识地抬高了头,可眼泪还是流到了脸上。

父亲已经不看他。他赶快把作业本从书包里拿出来,赶紧打开书本,把头埋在书本之间。

"头低得那么低做什么,头抬高一点。背挺直了。手怎么握铅笔?"父亲真凶,从他上了一年级开始的。以前父亲不是这样的。

"爸爸,"他不肯走。他刚花了20块钱坐了两次旋转木马,他看到玩具手枪又不肯走。"爸爸,"他只好叫父亲,母亲上次说,他拆了一辆玩具汽车,不再给他买玩具了。

那次,他们坐了两次旋转木马,买了一把玩具手枪,还吃了一街的好吃的,烤鸡翅、棉花糖、梅花糕,母亲说不能让他再吃了,吃多了零食不肯吃晚饭。他叫父亲,父亲就买给他了,那时候,他觉得父亲真好。

"做作业的时候,心思在什么地方,叫你认真的呢,刚说过又忘记了。今天的作业是什么?"

"先做完家庭作业，再把今天教的课文背给我听。马上要升初中了，这点分数怎么考初中。"

父亲说的时候，还是很火。"这个字怎么写的，歪歪扭扭，像个蚯蚓在爬。拿橡皮擦掉，重新写。"

他从文具盒里拿出橡皮，擦本子上的字，桌子就开始晃起来了，幅度越来越大，屋里的东西都往地上倾倒。

他都没明白什么事情，父亲抱起他，打开门，就往外跑，楼里已经有人在喊，地震了。他只知道他那时候真的像消失了，父亲跑得快极了。而他像是躲过了一场大难，父亲正抱着他，心里偷偷地满足，父亲还是爱他的。父亲骂他也是为了他好。

他把头埋在父亲的胸膛里，好温暖。不能搭电梯，从楼梯下去，快。他们家住在7楼，他是给他父亲从二楼楼梯窗口抛下去的，父亲用尽了全力，大半个身子都倾向楼外，让他尽可能离地面近一些的高度抛下去的。"下去了，快往广场上跑。在那里等妈妈来找你"。

他不明白，父亲为什么不再抱着他了，为什么这就是父亲对他说的最后一句话。他始终都不明白，为什么父亲在倒塌的楼里没跑出来，为什么父亲消失不见了。

十九岁的女孩

王 洋

无尽的黑暗,冰凉、坚硬的废墟,孤独、无助、惊恐的他号啕大哭,他的嗓子哭哑了,嘴唇干裂,饿。

突然,他的唇触到了一个柔软的东西,热热的、暖暖的,像妈妈的乳房。他努力地探着身子,干裂的嘴唇一口叼住小小的乳头,用力吮吸着,浓浓的、腥腥咸咸的,不像妈妈的乳汁,妈妈的乳汁是香的、甜的,而且,妈妈的乳汁泉水般源源不断,他吮吸的乳汁却是一滴一滴的。

他吐出乳头,嘶哑着嗓子哭。哭累了,他睡了。

他饿醒了。他的唇又触到了乳头,一口叼住,依旧是腥腥咸咸的,他太饿了,顾不了那么多,用尽全力吮吸着。他口中的乳头触电般地跳了一下,他听到妈妈在虚弱地呻吟,妈妈好像很疼,扭动着身子,呻吟声忽长忽短。妈妈扭动的时候,乳头从他的口中脱落,妈妈似乎在竭力把身子靠近他,当他再次叼着乳头用力吮吸的时候,他听见妈妈那长长短短的呻吟声又开始了。

不知道过了多长时间,他又醒了,妈妈停止了呻吟。他在黑暗中摸索,寻找着妈妈的乳头,当他叼到妈妈乳头的时候,他感觉乳汁比原来多了,像细细的泉水,源源流入他的口中。他大口喝着,口中的乳头又跳了一下,妈妈的呻吟声低低地传来,他停止了吮吸。他一定是把妈妈吸疼了,妈妈的身体却靠得更紧了,妈妈真好,那么痛,还靠过来让他吮吸,他含着妈妈的乳头幸福地睡了。

他是被上面传来的嘈杂声音惊醒的,突然惊醒的他大哭起来,被乳汁浇灌过的他哭声嘹亮。上面传来喊叫声:"快过来,这里还有幸存者!"一阵嘈杂的脚步声响过,有人在喊:"孩子别哭,叔叔来救你了!"他哭得更凶了。

哭累了,他又去寻找妈妈的乳头。他把乳头叼在嘴里使劲吮吸的时候,乳汁是凉的,他吐出乳头,嘤嘤喑喑地哭着。他不明白,妈妈的乳汁怎么变成了凉的,是妈妈不爱他了吗?

叔叔在上面喊:"孩子,别哭,坚持住,叔叔一会儿就把救你出去!"

他哭得更厉害了,他一边哭一边用小手拍打着妈妈,他想要妈妈给他喝热的乳汁，妈妈似乎睡着了，一动也不动。

他使劲拍打着妈妈："妈妈你醒醒！妈妈你醒醒！！"

妈妈真的生气了，妈妈的脸一定板得很严肃，像要下雨的样子。

他伸出小手在妈妈的胳肢窝里轻轻地挠着。妈妈生气的时候，他只要伸出胖乎乎的小手在妈妈的胳肢窝挠几下，妈妈就会扑哧一声笑起来，妈妈笑过后，拍着他肉肉的小屁股说："你这个小调皮，小坏蛋呀！"

可是今天，他的法宝失灵了，妈妈再也不理他了。他哭得汹涌澎湃，他要用不停的哭声把妈妈吵醒……

他的头顶上空出现了一丝光亮，有人在喊："看到了，是个男孩！"有人又喊："孩子闭紧眼睛，别睁开呀！"还有一个女声在喊："孩子，别怕，我们来接你了！"

他乖乖地闭上了眼睛，一只塑料瓶子递到了他嘴边："孩子，喝水。"

他张开嘴巴，水缓缓流进他的嘴里，凉凉的，甜甜的。温柔的女声在他喝水的时候不停地对他说："你是最勇敢的孩子，你知道你在下面坚持了多长时间吗？"似乎是为了强调时间的长度，她停顿了一下说："七十二个小时！"他不知道七十二个小时是多少，他只知道是在夸他棒，就像是他在家里吃了满满的一碗饭后，妈妈朝他竖起大拇指说，你真棒！他想，现在的他就是最棒的了。想到这里，他的嘴边露出了一丝骄傲的微笑。

当救援人员把他和妈妈从废墟下救出来的时候，人们发现这个四岁小男孩的双唇像一朵鲜艳欲滴的花，那个用娇小的身躯保护着小男孩的妈妈的胸部赤裸，在她美丽的胸部上灼灼开放着一朵硕大的红花，那朵红花刺疼了所有人的眼睛。

"妈妈"永远地闭上了眼睛。这个只有19岁的女孩，这个还没品尝过爱情滋味的女孩，这个幼儿园里的最年轻的保育员在地震来临的时候奋不顾身地扑向惊呆了的男孩。三天三夜，她用少女最纯洁的乳房，用她最无私的乳血挽救了一个孩子的生命，她绝美的乳花开放在所有人的心里，开放在多难、坚强不屈的中华大地上。

没有翅膀也能飞翔

天空的天

女孩15岁,汶川大地震时失去一条腿。她一直不能接受这个事实,终日以泪洗面。

女孩喜欢跳舞,她最大的梦想是当一名像杨丽萍那样的舞蹈家。她的孔雀舞也跳得相当美,曾在全市青少年舞蹈大赛上得过一等奖。汶川大地震,她被埋在了废墟里,有一块水泥板,死死地压住了她的右腿。她被从废墟里救出来时,医生对着她的右腿直叹气:只能截掉,不然会危及整个生命。她本是昏迷着的,一听说要截掉右腿,猛地清醒过来,捂着她的右腿,说不能截。

母亲也难过,流泪劝说她,给她讲利害关系,讲截肢的不得已和必须。她反应很激烈,说什么也不听,就是不让截。医生给她打了镇静剂,她渐渐安静下来,并沉沉睡去。医生在她沉睡的时候,实施了手术,截去了她膝盖以下包括膝盖部分的腿。手术很成功,她也终于脱离了生命危险。

女孩醒来后,发现自己的右腿被截肢了,声嘶力竭地哭喊起来,让医生还她的腿,把她的腿接上。母亲安慰她,她就冲母亲喊,并且坚持要看她被截掉的那截腿。

母亲无奈,几番周折,才从医院工作人员手里拿回这截即将被掩埋掉的右下肢。

女孩看着她的被截下来的右下肢,眼泪哗啦啦地流下来。她抱着那截腿,就再也不松开,整天不吃饭也不睡觉,只专注地抱着那截腿,生怕谁抢了去。

母亲没办法,又求助于医生。医生说,她这是心里的结没打开,给她请位心理医生吧,帮她解解心结。

母亲听了医生的建议,请来了心理医生。可是她不配合,一点都不配合。心理医生尝试用各种方式和她交流,都没成功,最后只好无奈地告辞了。

谁都知道女孩的心结是那截被截下来的腿。那截腿是她的梦想,失去腿就等于失去了梦想。她不想失去梦想,所以才紧紧地抱着她的腿。如果谁能劝说她放开那截腿,就是成功的第一步。

可是没有人能。母亲不能，医生不能，心理医生也不能。母亲为此愁得吃不下饭，她不知道她的女儿这样下去会怎么样。

这天来了位四十左右岁的女人。女人很漂亮，衣着也时尚，手臂上挎着个手提包，手里还捧着一束鲜花，而她脸上的笑，比鲜花还要灿烂。

女孩的母亲不认识她，问她找谁？她说找女孩。

母亲和女孩说，有人来看她了，女孩理也不理。

女孩母亲又问女人，和女孩怎么认识的？

女人说，她听人说起女孩的故事，想来看看她，就来了。

女孩母亲就知道女人是来安慰女儿的。

女人把鲜花送给女孩，女孩不接，仍不理她。女人倒没有生气，又把花插进窗台上的花瓶里。

女人插完花，在女孩病床旁的椅子上坐下来，然后打开手提包，从里面拿出一叠照片，让女孩看。

照片里的人都是女人自己，是她在各种不同的风景里照的不同姿势的照片。

女人一边让女孩看，一边给她做解说：这张是她在泰山照的。泰山的日出多美，她为了能看到泰山的日出，前半夜就动身登山了，累得气喘吁吁——

那张是她在富士山照的。富士山上的雪好白，她登富士山时，还以为自己受不了富士山的冷呢——

女孩看得漫不经心，听得也漫不经心，她对女人没有任何兴趣，她的全部心思都在她的腿上。她怀里的腿已经发黑了，幸亏有塑料膜包着，不然肯定有味了。

女孩的母亲在旁边听女人说登这山登那山，心里不禁生气，她在失去一条腿的女儿面前说登山种种的话，不是成心气她女儿吗？她想赶她走，又觉得不礼貌，就在一边忍着。

女人介绍完了她登山的照片，又介绍她跳舞的照片。女人指着一张照片说，这是我在市中老年舞蹈大赛比赛时跳舞的照片，跳的是孔雀舞《雀之灵》。当时我有点紧张，所以得了个第二名，要不，肯定能得第一名，不信我给你跳一段。

女人说着走到病房中间，跳起了孔雀舞。

女人跳得非常好看，可正是因为好看，才刺激了女孩，只听女孩大喊一声：你别跳了，别在我面前炫耀你的舞姿了，你走！你走！

看见女孩发怒，女人仍旧没有生气。女人收住舞步，重又走到女孩身边。女人说，我不是向你炫耀我的舞跳得多么好看，是想跟你说，没有腿，也能跳舞，也能登山，能做你想做的任何事情。女人说着慢慢卷起她的裤管，露出硬硬的假肢来。

　　女孩呆住了，女孩的母亲也呆住了。

　　女人说，这些照片都是我失去右腿后照的。我截肢那年14岁，比你现在还小一岁。我今天来只想跟你说，没有一条腿，也能跳舞；没有翅膀也能飞翔。

　　女孩后来亲手埋葬了她的被截肢下来的右下肢，并渐渐走出了失去右腿的阴影。因为女孩记住了女人的话：没有翅膀也能飞翔。

铁 钳

何百源

5·12 大地震救援工作告一段落之后，杏子决定到四川灾区去看望大宝。

大宝和杏子都是滇西人。杏子家在县城，大宝家在山旮旯里。初中毕业后，大宝考进县城的高中，和杏子同一个年级不同班，是因为常常一起出年级的墙报而产生了感情的，只是才有了丁点儿感觉，高中就毕业了。后来，大宝考上了警校，杏子考上了金融大专班，彼此保持着联系。

毕业后，大宝分到四川北部一个县的监狱当狱警，杏子进了企业当财务。

这次四川发生大地震，震中就在大宝工作的那个县附近，这让杏子担心死了，直到震后的第 5 天才联系上，是大宝发过来的一条短信："我没事，请放心。一切待日后联系。"之后又是音讯全无。

直到将近半个月后的一天，杏子才接到大宝的电话，告诉她，他们那里仍余震不断，不过估计已无大碍。

于是杏子就请了假去看望大宝。

杏子到达县城，看见到处是倒塌的楼房。在从县城到监区的路上，不时可见简易帐篷，人们都不能进屋居住了。

直到天快黑了，大宝才匆匆赶到监区外一个临时安置点见杏子。

人是很奇怪的感情动物。通常，在有他人在场的情况下，大宝和杏子是绝不会做出亲昵行为的。可这次不同，杏子一见大宝，就扑了上去，死死地抱住他，仿佛一松手他就会飞走似的。而周围的人，此刻也好像习惯了生离死别的场面，故意闪开了。

这一对年轻人的爱情有点特别。人们在书本上、影视作品中看惯了"男追女"的情节，真是花样百出、穷追不舍。而这一对总是不温不火，杏子甚至感到大宝有点冷血。

后来杏子才知道，是因为大宝家太穷了。娘生大宝时，得了产后风，此后一直病病歪歪的，抵不上半个劳动力；而大宝爷爷奶奶年老了，也得大宝爹赡养。大宝上学的钱，主要靠借贷。大宝有了工资后，每月都计划着还债，因此对发展感情甚至建立家庭的事，他看得很淡。这一切都离不开钱啊！

此刻，这对恋人就这样长久地相拥着，仿佛时间已经停顿，周围的一切也不复存在。

不知过了多久，杏子终于开口了。她问："在地震发生的那一瞬间，你首先想到谁？"

静默。长时间地静默。

杏子尖着耳朵听。意料中，他会说："是你。"

可是，杏子等来的，却是："我首先想到的是狱中的犯人！"

"冷血鬼！"杏子在心里骂了一声。随即像铁钳一样搂紧大宝的手松开了一些。她想，原来在你心中，连犯人都比我重要。

只听见大宝说，那天，午休刚过，我刚进办公室不久，一阵地动山摇，我们意识到是地震了。我首先想到了在押的犯人，担心在这种生死攸关的情况下，会发生冲监事件。于是我立即向监区冲去。

无论如何，要稳住犯人的情绪！

只见犯人们有的在狂叫，有的在撞门，乱作一团。

监狱长下命令，狱警进入监舍，和犯人生死在一起，稳定他们的情绪。

于是，我立即进入监舍，对他们说："别怕，是生是死，我们在一起！"

这时，那些呼天抢地、呼喊着至亲亲人名字的犯人们才慢慢平服下来。

这时，大地在强烈地簸动，房屋在剧烈地摇摆，仿佛整个世界就要翻倒过来。但是，我们下定决心，即使葬身废墟之下，也要维护法律的尊严，即使天塌地陷，也不能让人民民主专政的铁钳稍有松懈。

听到这里，杏子的双手重又像铁钳般死死地箍紧了大宝。

她想起 18 岁生日那天，妈妈叮咛她的一句"闺中密语"："囡囡，将来要找一个有责任感、靠得住的男人！"

活着是福

王孝谦

楼房在晃动，楼房里的人都跑到街上，在惊慌中东张西望，不知道发生了什么事。有人大叫一声："地震了！好吓人！"人们这才明白过来，纷纷掏出手机与亲人联系，但所有的手机都已打不通，只有小灵通和固定电话还能通话。街上阵阵骚动，人们更加慌乱。十多分钟之后，中央电视台播发了一条振动全球的消息：2008年5月12日14时28分，四川汶川发生7.8级强烈地震！

哦，地震中心在离本城100多公里的汶川，我们这儿只是波及地区。人们稍稍放下心来，多数都回到楼房里。猛然又一阵摇晃，余震发生了，人们又纷纷跑到街上，挤在较宽的街心交头接耳或仰头张望，不再走动。这时一位拄着竹杖的老人慢腾腾沿街边向人们走来，世界发生了什么他好像浑然不知，那份淡定那份执着也鼓励着我们不再过分惊慌。

老人我认识。以前我偶尔从街上走过，都能看到老人拄着竹竿，左手挎着竹篮，颤巍巍一步一步在街面上挪动着。挪到小食店饭桌前，嘴里含糊不清地叫着："麻花……豌豆粑……"反复叫着，客人便摸出一、两元钞票递给老人，老人止住吆喝，在接过票儿的同时掀开竹篮上的塑料纸，露出一摞圆饼式的油炸豌豆粑，夹出四五饼递给客人。有少数年轻女客人会轻轻咬一口豌豆粑，多数客人会把豌豆粑放在旁边一直不去动它。

寒冷的冬夜，老人还在街上走着，走走停停，行动十分艰难。身上的棉袄油亮亮的，暗夜里也闪着光。老人有时会停下来蜷缩在墙角，软着头，一动不动，似闭气了一般。过了会儿，老人又慢慢苏醒了，慢慢立起来半步一挪地往前走着。

当老人又吆喝着"麻花、豌豆粑"的时候，众人皆避让，也没有人再要那油黄油黄的豌豆粑。老人便颤着声反复吆喝，便有一、二客人掏出一、两元钞票递给老人。

深夜，老人干脆不再挎竹篮了，拄着竹竿，空着手在小食店穿梭，在大排档挪动，站在吃着夜宵喝着高档酒的客人旁边颤颤地伸出手去……

歌厅旁边的夜宵大排档的小木桌上，留下了大款和小姐们吃剩的鸡翅鹅脚鸭脖子和刚打开的白酒，老人坐下去慢慢吃慢慢喝，之后还将剩下的揽进塑料袋中，一颠一颠地往小城深处走去。

有好长一段时间没见老人的身影了，我便有些好奇地问小食店老板那老人怎么了？那老板说："老人可能病倒了，走不动了。"我说："他一个孤老头子又没有钱怎么熬得过这个冬天啊？"那老板露出惊讶的神情："难道你还不知道那老头有儿子有房子啊？"我着实吃了一惊。我再往下问时，那老板摇摇头，说他也不太清楚了。

在春雨飘摇的一个傍晚，老人又出现在街面上。老人脱掉了棉衣显得轻松了好多，行走的速度比上次见他的时候要轻快一些。

我迎过去，递给老人拾元钱，老人双手合十给我鞠了一躬。我乘机问："老同志您多大年纪了啊？"老人侧着耳朵好像没听清楚，我又重复了一遍。

"我吗？虚岁82了。"老人沙哑着嗓子回道。

"您不是有儿子有房子吗，怎么还一个人出来呢？"我提高了嗓门又问。

"很多人都问过我同样的问题。是啊，我有家产，那是政府拆迁了我的旧房时返还我的，我都给了儿孙们了，我现在还是一无所有。"老人说着说着咳嗽起来。

"那您老这么大年纪了为啥一定要这样生活呢？"

"解放前我就是要饭的，是共产党给了我饭吃让我成家立业，让我有妻有儿，如今儿孙们对我都很好，但我闲不下来，可能以前要饭奔走成了习惯，现一停下来就得病，我必须不断行走。我还想为社会作点贡献，用实际行动感谢共产党的恩情，所以我要延续生命我得自己走……活着就是福啊！"老人说着又挪动了脚步，我呆立在那儿好久好久回不过神来。

我曾经在报上见过一篇报道，说一个老人必须昼夜行走，一停下来就会生命垂危，专家说这是一种病。不知道这位不断行走的老人是不是也有病？

又有一段时间没见到老人的身影了，我便有些担心起来。我自己也觉得好笑，怎么会关心起一个与自己毫无关系的老人的命运？虽然老人说活着是福，但想想他那样活着又有什么意思呢？他那样子还能给社会作啥贡献呢？在某种程度上似乎还在给社会抹黑。

地震之后不久出现了一件奇事，四川省红十字会收到一份寄自本城的6万元的捐款，落款是"行者"，经反复查找，最后结果出人意料，"行者"竟是那行走的老人。一时舆论哗然。人们在惊讶之余都在想，老人一毛一元地攒要捆绑多少岁月才能凑够6万元啊？

我的心灵也因此受到了一次"地震"，让我认真思考了一次人活着的真正意义究竟是什么。老人伸手要来的钱他不用，有安静的日子他不过，老人却只要行走，也许这就是他的目标、他的生命动力吧？老人的这一次举动，让他之前的每一次伸手每一次行走都变得有意义起来！

　　单位要求为地震灾区捐一个月工资，我一点都没犹豫，在装信封的时候，妻子说再加上 1000 元吧！我用询问的眼光瞟着她，我在想这女人这次怎么一反常态这么大方？她说了一句："那位老人也比我们的境界高啊！想想地震遇难同胞，我们毕竟还活着，钱总会有的！"我被妻子的话感动着，以后在几种场合又积极捐款，为此还得到领导口头表扬。

　　以后的日子，看到老人在街上挪动的时候，我便主动走过去递给他一些散碎银两。

拯 救

陈 勤

"目标出现。"缉毒警王连春碰碰伏在身边的战友杨宇。一种极度亢奋的情绪在两人的体内迅速燃烧起来,他们追踪这名叫李强的毒枭已经三年了,但总是被他逃脱。李强也一眼看出了异常,拔腿便朝山上跑去,王连春和杨宇在后面紧追不舍。

正在这时,脚下的土地突然开始颤抖,大地像一只发怒的雄狮,剧烈地抖动着身子。两人站立不稳,一个趔趄跌倒在地上。

"地震了,快趴下!"王连春朝李强大声吼道。李强却不理会,继续向前奔跑。

"轰",一声巨响,腾起的沙尘遮蔽了天空。

几分钟后,一切恢复平静,王连春睁开眼,眼前的景象让他大吃一惊。脚下的土地裂开了口,前面高耸的山头掉下半截,正好把李强压在了下面。

"快,救人!"王连春顾不得擦掉身上的尘土,急忙招呼被吓得不知所措的杨宇。

李强两只腿被死死压住,痛得连声叫唤,看见他们过来,便闭了嘴,脸上肌肉痛苦地抽搐着。

两人用手快速地扒着压在李强身上的泥土、沙石。但是泥土太厚,一时半会儿根本扒不完。

"队长,我娘还病在床上,她跑不动!"杨宇的眼泪啪嗒啪嗒地往下掉,声音里带着恐惧、悲伤和焦急,"我想回去看看。队长!"

"可我们是警察,不能见死不救啊,把他救出来了咱就走!"王连春含着热泪回答,他比杨宇更加明白这么剧烈的地震意味着什么,儿子和妻子都在楼房里,他恨不得立刻飞到他们身边,保护他们的安全。

"他只是一个罪犯!"杨宇大声吼道。

"罪犯也是人!"王连春用更大的声音回答。

两人不再说话,都拼了命地扒着泥土。泥土扒完了,但是一块巨大的石头还压在李强身上,无论他们从哪个方向使劲,石头都纹丝不动。

"你去村里叫人来帮忙。要快。"王连春说。

"好吧。"杨宇抹抹眼泪,飞快地朝山下跑去。

"他不会回来了,我知道,肯定不会回来了!"一直不说话的李强突然情绪失控,大声痛哭起来。

"闭嘴!嚎什么嚎!"

"我只是一个罪犯,他不会管我的!我要死了,我再也见不到我儿子了!"

提到儿子,王连春的心里一阵揪心地疼,也不知道他们学校的楼房有没有倒塌,儿子的教室在三楼,来得及跑吗?会不会像李强一样被压着?儿子那么小,现在一定在急切地盼着他!

"你儿子多大了?"

"四岁,今天是他生日。我说好了他生日这天回去看他的!"

"今天也是我儿子的生日,他八岁,就在五里外的镇小学读二年级……"王连春吃力地说道。

"队长,村里的房子、房子全塌了!"杨宇带着几个村民跑过来,人人眼里含着泪花。

巨石很快被搬动。

"警察同志,我是一个有罪的人,没想到你们还救我,我一定会把所有情况告诉你们,不然我就他妈的不是人!"李强拉着王连春的手说道。

一小时后,杨宇见到了安然无恙的母亲,她在房屋倒塌前被邻居背出了房间。李强见到了可爱的儿子,在爷爷奶奶的守护下躲过了一劫。

两小时后,王连春从废墟中扒出了儿子刚刚失去热度的身体,他双手紧紧抱着儿子,轻轻吻着他的脸面,如一尊雕像,凝固在一片废墟中……

一个无法寄出的包裹

王元琼

江洲邮电所。宽敞的大厅里堆满了各种物资，显得平日空荡荡的邮电所格外逼仄。远在千里的四川汶川遭遇了特大地震，来自四面八方的救灾物资源源不断。

这是一个包裹。看上去跟一般的包裹没什么两样。封皮是用草绿色的帆布制成，鼓鼓的，猜不出里面装的是什么，只是帆布包上缝着的一个鲜红的五角星特别醒目，让人激动之余心跳加速。

这个包裹已经送来好几天了，没有救灾字样，也没有其他任何信息，新分来的邮递员小李十分为难，不知该如何处置这个"飞"来的不明之物。小李一看见这个不能送出去的包裹就满心内疚。

那天，刚从大学毕业的小李第一天上班报到，她本来申请了去灾区当志愿者的，可邮电所因为救灾物资不断增加特别繁忙。小李想，干好本职工作也等于支援灾区了，于是就留下来熟悉工作环境，还打算向师哥师姐们多讨教工作经验和交流上班心得。小李记得很清楚，当时已到下班时间，同事有的装物资有的吃饭去了，整个大厅只剩下小李留守，因为小李说自己可以先找一下工作的感觉。就在那个时候，一位白发苍苍的老人拄着拐杖进来，七八十岁的光景，进得大厅他就一直颤颤巍巍地在腰间摸索，好容易解下了一个包裹，小李这才发现老人的双腿是安了假肢的。老人满头大汗，一定是赶了很远的路。小李的心便疼起来。小李瞬间想到了自己的父亲。对，父亲，那个山一样坚强的汉子。虽然父亲的模样已经在记忆里相当模糊了。自从父亲走出大山到外面的世界闯荡，小李便再没有见过父亲，父亲留给自己的记忆永远停留在了两岁。那个有着硬硬的胡须硬硬的头发还有硬硬的性格的汉子再也见不着了。因为村里村外的人都说父亲被埋在废墟里了，就是十几年前那场可怕的泥石流夺走村子里多半人生命的同时也不无例外地夺走了父亲。小李不知怎么的，一看见那个包裹就会想起父亲，就会想起自己吃百家饭的童年，就会不由自主地泪流满面。

端午节后，已是小李上班的第七天了，地上的包裹依然没有办法寄出去。

小李一个劲儿地埋怨自己，怎么就那么粗心，连包裹上收信人的地址和姓名都没检查，只怪自己太想父亲了，看着老人一大把年纪了还东奔西跑就有些于心不忍，只想着尽量为老人提供方便。可现在，把自己给套进去了，既不知老人家住何方，又不知包裹里是啥东西，要是寄的食品恐怕早变质了，就算不是食品，收信人和寄信人因为包裹不能及时到达也会着急的。小李冥思苦想半天，又和同事们商量了半天，最后决定通过当地媒体刊发一个寻人广告。小李想要是能找到老人一定认他做干爹。

　　得知小李的真情当地媒体颇费了一番心思，他们承诺一定帮助小李实现自己的心愿。在区委宣传部组织的爱心对对碰大型文艺活动中，小李的呼唤格外急切格外动人，她要找一个尽管素不相识却牵挂始终的老人。当小李手捧包裹出现时，全场鸦雀无声。随即戏剧性的一幕出现了，走上前台的竟然有五六个拄着拐杖的老人。在场的所有工作人员几乎都不相信自己的眼睛。遗憾的是，小李没有看见那个送包裹的老人。她永远忘不了老人无助的背影和满脸的沧桑却坚毅的线条。小李有些失望，但还是充满感激地对老人们说："我放不下一个老人的心意，我没有尽到职责深感内疚，但我依然愿意做你们的干女儿。"更戏剧的事情出现了，五个老人像变戏法似的都从腰间解下了相同的包裹皮，有着一样的草绿色，一样鲜红的五角星，掌声顿时从四面八方如潮水般涌来。小李刹那明白了不少。在主持人的解说下，全场又一次掀起爱心的高潮。

　　小李再也见不到老人了，那个千辛万苦赶来送包裹的老人，那个抗美援朝的老兵，患的是肝癌。那张张在包裹里裹了一层又一层的五百元零钞，那几首凝聚了老人心血的诗词，都让小李肝肠寸断。百年不遇的地震啊，那么多平凡的人正在为之努力……

黑暗中的游戏

刘斌立

"妈妈,你在干嘛?"
"妞妞,你醒啦?"
"嗯,妈妈天好黑啊。"
"晚上天当然是黑的了,妞妞你继续睡吧。等天亮了,妈妈会喊你的,乖。"
"妈妈我有点饿了。"
"才吃了饭嘛,你不是饿了,是馋了。妞妞真馋!"
"呵呵,妈妈你摸摸我的肚子呀,已经瘪啦!"
"妞妞,妈妈抱着你舒服吗?"
"舒服。妈妈,我记得我们是睡的午觉嘛,怎么就到晚上了呢?"
"妈妈太累了,就抱起你睡,结果就到晚上了。你也不喊妈妈只管自己睡。"
"哦。妈妈你为啥过一会儿就敲几下墙?"
"嗯——嗯,妞妞,你和妈妈一起来做个游戏好吗?"
"好,什么游戏啊?"
"我们俩都先闭着眼睛数数,从1开始悄悄地数,如果数到200还没睡着,那就敲两下墙。然后接着闭着眼睛数数,如果数到200还没睡着,那就再敲两下墙。如果睡着了,睡醒的时候接着敲两下墙。"
"妈妈,是比哪个数得快吗?"
"不是,必须慢慢地数,要1——2——3,这样的数,但不要出声。"
"还有,如果妈妈睡着了,妞妞醒了,你该敲墙还是要敲,但不许把妈妈喊醒哦。"
"嗯,我晓得,妈妈累得很,想睡觉了,哈哈。"
"好,给你一块小石头,妞妞要捏在手心里,睡醒了就用小石头敲墙哦。"
"比赛开始了,好,闭眼睛,睡觉……"
……

"小朋友,你哪里受伤了?"妞妞一脸茫然地被几个身穿迷彩的男人簇拥着。

"不晓得。"妞妞摇头。

"身上痛不痛?"

"不痛。"妞妞摇头仔细看了这几个叔叔的脸,确定都不认识。

"你一个人在里面,还是有其他人?"

"我和妈妈在里面耍睡觉敲墙的游戏。"妞妞回答到。

"你妈妈在里面?"

"嗯,她一直抱着我的。她说她累了,要睡觉。"妞妞一面将手心里的小石头亮给叔叔们看。

妞妞看见几个叔叔奔向刚才把她拉出来的那片废墟下的小黑窟窿,他们中的一人探了进去,一边喊着"你还活着吗?回答一声。"

抱着妞妞的人问她:"你妈妈还活着吗?"

妞妞没有反应,她显然不明白这其中的意思。

"你妈妈有没有跟你说话?"

"说了的,她说睡醒了就敲墙。"

"什么时候说的?"

妞妞很茫然,显然对时间没有概念。

妞妞就坐在那片废墟边,看着妈妈被叔叔们拉了出来,妞妞高兴地朝向放她妈妈的担架扑了过去。所有的男人们都紧张了,他们想拉开孩子,但谁也没有动手,都愣在了那里。

妞妞摸了摸妈妈冰冷的脸,说:"妈妈你再睡会儿,我醒了,我不吵醒你,但你醒了也要敲墙哦。"说着,妞妞把手心里的石头塞到了妈妈的手里。

妞妞对她周围的人悄悄地说:"你们不许吵醒我妈妈。"

一个穿迷彩服的男人俯下身,抱起妞妞,向其他抬担架的人挥了挥手。他噙着泪对妞妞说:"小妹妹乖,我们不吵你妈妈,让她多睡会儿吧。叔叔带你再去玩个游戏,好不好?"

"还敲墙吗?"

"不敲了,你帮叔叔搭房子去好不好?"

妞妞点了点头,突然回过头去,好像在寻找自己的家。迷彩服抱着她艰难地走过满目疮痍大地,周围的世界一片静寂。

半头会飞的猪

梁重懋

真的累了。

从四川汶川大地震的那个晚上开始,我没日没夜地坐在电视机前看灾情,说不累,除非是牛头木马。

周末回老家去散散心吧!在几次向灾区捐了些钱表了一点心意之后,妻子说。我知道,妻子在这些天里也流了不少泪,她劝我,其实也是在劝自己。

总以为老家闭塞没几个人知道四川发生大地震的事,总以为常常为一些芝麻绿豆的事而大打出手的老家人已麻木不仁,不会心疼,更不会去关心几千里之外的落难人。可是,回到老家,却大大出乎我的意料,村里人不但开口闭口都是关于四川大地震的事,而且都摇着头,都叹气,都擦着眼泪。更令我想不到的是,村里有几个人竟自发组成了一个募捐小组,扛着一只贴着大红纸的木箱挨家挨户去叫人捐款。

我是村里唯一的一个在外面吃"公家粮"的人,自然不敢袖手旁观。

村里的青壮年都到广东打工去了,留在村里的都是些老人和孩子,不过,都很有心,木箱一现,都主动掏衣袋。虽说都是些皱巴巴的零钱,一角二角,三块五块,游了大半日,箱子也差不多满了。

大家都知道,其实箱子里没多少钱。能有什么钱呢?老家人到目前顶多也就是能解决温饱问题,能有这份爱心就足够了。

"等等!等等!"大家正想把木箱抬回去,却见住在村中间的三太婆一路喊着一路小跑追上来了。

三太婆家的门口刚才我们是经过了,她正好在大门里站着,搓着手,一副欲言又止的样子。我们没敢把红木箱停下来,因为大家都知道,她的儿子媳妇前两年刚过世了,留下来的一对孙儿孙女还没满十六岁就跟别人去打工了,按理说她还应该要人照顾她,又怎么舍得叫她掏钱给别人呢?

"木生,电视里放的那些房倒屋崩死人的事是真的?"三太婆追上来,把我轻轻地拉到一边,悄悄地问。

我点头。

"你们都看不起三太婆我是不是?"三太婆眼圈红了,渗出几滴眼泪。

"没有啊!"我说,"刚才以为您不在家。"

"哦!是这样啊,我以为是你们看不起我老太婆呢!"三太婆笑了。

"现在你就放几角钱进去吧,还没开箱呢!"我知道,三太婆是村里一个极富善心的人,因而赶紧说,"您老人家有这份心意就够了,我代表四川的人民感谢你!"

本来,如果那时候三太婆掏出一角两角钱或者十块八块钱放进木箱里这故事就可以结束了。可是没有,故事没有结束。我清楚地记得,三太婆当时确实是把衣袋翻了几下,可是没能拿出钱来,于是她的脸就变了,一副难堪相:"我刚放进衣袋里的二十块钱怎么就不见了呢?"

"不见了就算了吧!三太婆,您有了心意就行,灾区的人民一样会感谢您的!"我知道她的难堪,于是打圆场,"您想捐多少?要不我先替您垫着!"

"怎么可能算了?我回家看看是不是丢哪了!"说着,她转身就走,像是一下子变年轻了似的,走了没几步,又飘出一句话来,"叫人帮垫钱哪是善心哦!"

对三太婆的行动,大家都没在意,我帮着把箱子里的钱点了,369块,不错了,正交代完叫他们派人送到镇民政办去,三太婆却又一路小跑着到来了。

三太婆还是悄悄地把我拉过一边,我以为她是叫我替她先垫着,正想掏出钱包,冷不防她说"我改主意了,你帮我牵一头猪去给他们吃吧,四川人太可怜了!"令我大大地吃了一惊。

"我……"我不知所措。

"我那头猪可会跑了,我天天都放它出来吃草,跑得很快的!"三太婆继续说,一副很为猪能跑而得意的样子。

"三太婆,您知道四川离我们这里有多远吗?"我笑得合不拢嘴。

"有多远?多远还不会有个尽头?"三太婆不依了,看了一下我笑的样子,又说:"你不会以为我是说笑吧?你们都是笨猪啊!猪跑不去,你们还不可以帮我把它宰了换成钱?"

"不是!不是!三太婆您怎么可能是开玩笑呢?"我想,三太婆那二十块钱肯定是不见了,而她一时又拿不出别的钱出来才说要把猪拿来顶替的,这事可真不好办,不得不把话说得很大声,目的是想引起另外的几个人注意,好让他们来替我解围。

可是,三太婆好像是铁了心了,非叫人帮她把猪宰了不可。

故事就这么简单,到目前,我还不知道三太婆究竟是不是因为一下子拿不出那二十块钱出来还是怎么回事,反正,她真的把猪宰了,真的就把所得的一半钱——1500块捐了出去。听说,村里人知道三太婆捐了半头猪的钱后,又搞了一次捐款。

听说,这几天三太婆总是笑眯眯的,逢人就说:"知道不?我养的猪会飞,有半头飞到四川苦难人那里去了!"

玻璃片

胡 炎

小唐的手指已经完全磨破了。

救援已经进行了八个小时。八个小时里,他们先后实施了三种方案,但都失败了。

老人躺在废墟里,除了头部和上肢,身体的其他部分都被断裂的预制板块重压。从地震发生到现在,老人已经支撑了三天三夜。余震还在继续,如果不能在短时间内救出老人,老人的生命随时都可能终止。

小唐含着泪对老人说:"您要坚持住,一定要坚持住!"这样的话,他和队员们已不知说过多少遍了。

老人点点头,看得出,他已极度虚弱。

又一次余震,老人上面的重物似乎又下沉了一些。老人的牙紧咬着,鬓上的血管爆出来,像一条紫色的蚯蚓。

队员们商量了第四种方案。小唐知道,实施这个方案,老人必须有足够的意志和时间对抗。

"您一定要挺住!"小唐又说。

"还要多久?"老人问。

"不管多久,我们也要把您救出来!"

队员们用撬杠努力撬动着顶部的重物,"当啷"一声,几块尖尖的玻璃片滑落在老人的手边。

"先别管我了,"老人说,"去救别人吧。"

"不行,您千万别放弃!"

"我已经耽误太多时间了。"老人的神色有些黯然。

"您别这么想,以后的日子还长着呢。"小唐的泪水淌下来。

老人不说什么了,老人眼神里对生的留恋,小唐读得懂。否则,老人不可能负重坚持这么长时间。

又一个小时过去了。

救援的进展异常缓慢,老人的确被压得太深了。

"不要再为我浪费时间了。"老人说，神情有些凄楚。

"不，多一分钟就多一分希望！"

"比起那些地震刚发生就走的人，我已经多活三天了，我知足。"

"您不能知足，您能挺三天，往后就能挺三十年！"

老人苍白地笑了笑，有些伤感，也有几多欣慰。

"去吧，丢下我，别的地方还有更多人等着你们呢。"

"不，我们不能丢下你！"

"混账，听我的，去救别人！"老人异常坚决，甚至有些愤怒。

"不，我们不能……"小唐哽咽了。

老人沉默下来，两颗浑浊的泪珠溢出了眼眶。突然，他抓住了一个锋利的玻璃片，还没等小唐反应过来，老人就把玻璃片狠狠地划向了自己的手腕。

鲜血，泞泞地染红了老人身旁的废墟。

"不能啊……"小唐凄厉地叫道。

"孩子，有你这份孝心，我会走得很幸福。"老人平静地说，"你妈死得早，这二十来年，我把你养大，不容易。如今你成了能挽救别人的人，我这些年的辛苦，值了！去吧，赶快去救别人吧，多救出几个人，就是对我最好的报答！"

"爸爸！"

小唐跪下来，撕心裂肺地呼唤着。老人已安详地合上了眼睛。小唐捡起那块染血的玻璃片，狠狠地摔碎在废墟上。然后，他招呼队员，跑步奔向其他地方……

血，总是热的

朱道能

天气突然燥热起来，低矮的工棚里，那难闻的气味，发酵般的弥漫开来：且不说臭鞋臭袜臭脚丫，但凭几十个男人散发出来的汗味，就能够熏得蚊子逃之夭夭……要搁以前，精力旺盛的年轻人，早就套上了枕头下压着的"礼服"，三俩一群的，到广场那面溜达去了。年长的，也会走出工棚，蹲偊在空地的模板堆上，来五角一盘的"斗地主"……

可这几天，一屋人都不约而同地围在电视边，看四川地震灾区的连续报道。

"唉，不知道老唐他们几个人，家里到底怎么样了？"每天看电视，都有人这样发问。

"老唐他们"，就是这个工棚的5个工友，都住在四川重灾区的。前几日看了新闻后，就匆匆赶回老家去了。

因为手机不通，没有人知道老唐他们的最新消息。可随着新闻一天天的深入报道，每个人的心里都渐渐沉重起来。

当看到一具血肉模糊的孩子尸体被解放军抬出，孩子的母亲哭喊着扑向担架的刹那，眼泪一下子涌出了老单的眼眶。他忙掩饰地一边用手擦着脸上的"汗"水，一边快步走出工棚。

站了半晌，老单才稳定了一下情绪。可他不想再去面对那撕心裂肺的场景。于是，他便在砖头堆上坐下来，然后伸手去掏口袋。烟盒掏出来了，捏了捏，却是空的。他嘟囔了一声，起身朝不远处的商店走去。走着走着，他突然停下了脚步：那天，老唐他们走时，工友们都纷纷解囊，老单更是把口袋翻个底朝天，尽管总共不过23块5毛而已。

老单打开烟盒，拿鼻子嗅了嗅，咽了咽唾沫。

这时，老单看到紧挨着商店的一个单间工棚里，还亮着灯光。

工长就住在里面。

老单犹豫了一下，还是走了过去。

工长的门半开着。他一个人坐在小桌旁，桌上几碟小菜，几瓶啤酒。电视也在播放着灾区的新闻，他没怎么动筷，就瞅着屏幕，在闷闷地抽烟。

老单探进半个身子，怯怯地问道："王，王老板，在吃饭啦？"

工长用鼻子"恩"了一声。

"王老板，我想支点钱，买……"

"钱什么钱，还嫌我这不乱吗？"工长把眉头一皱道。

老单喋了声，忙退了出来。

这一段工地里在赶工期，人手正紧。老唐他们准备辞工时，工友们都说：天天干着，工钱都拖欠几个月了。这个节骨眼再走，别说要钱，狗日的老板不为难你们就烧高香了。可让所有人意外的是，老板不但结清了工钱，还给每个人买了一张回成都的火车票……工友走后，没有人号召，大伙齐心协力，竟然把落下的活儿都给赶了回来……

"狗日的王胜利，翻脸不认人……"想到工长刚才的态度，老单忍不住骂了一句，但却少了往日在背后骂老板时的那种忿然。

老单骂完后，一时有些茫然，不知道接下来再干什么了。

正在这当儿，老单听到广场方向传来喧闹的声音。看看表，时间还早。他决定过去转转，也好分散一下郁闷的心情。

远远的，老单就看到广场中央搭起了一个舞台。台上有说有唱，挺热闹的。于是，老单的一股闷气又上来了："狗日的，四川正遭大难呢，你们还有心情在这蹦跶……"

再走近了一看，老单才知道自己嘴臭：原来这里举行的，正是一场赈灾募捐文艺晚会。此时主持人在声泪俱下地说："……让我们伸出援助之手，奉献一份爱心，帮助我们灾区同胞共渡难关，重建家园……"说着，主持人首先把一个厚厚的信封塞进募捐箱内。接下来上场的是一位女歌手，一边把信封塞进箱里，一边深情地唱道："这是心的呼唤，这是爱的奉献……"于是，在歌曲声中，台下的人涌上舞台，挤到募捐箱前……

老单心里一热，也情不自禁地向舞台挤去。挤了半天，他才醒过神来。于是，又怏怏地挤了出来。

这时，老单突然看到一个熟悉的面孔。那人叫小五，在另外一个工地打工。他是妻子娘家那个村子的，按辈分，还喊自己姨夫。

老单走了过去，来不及寒暄，就问："小五，有钱吗？借我一点……"

小五挠挠头："不好意思啊姨夫，我没有打算买东西，出门一分钱也没带……"又问"你现在要钱干吗呀？"

老单说："干吗？给灾区捐钱呀！"

小五一怔："募捐是有钱人的事情，咱们一个穷打工的……"

老单一听，脱口骂了出来："你狗日的说是屁话，要饭的比你有钱？不照样去献爱心了。还有……"

老单还准备说下去，见小五被骂得一愣一愣的样子，边收了口，又拿眼四处地找人。

他突然眼睛一亮，连忙又朝人群中挤去。

小五见了，就喊："姨夫，明天再来吧。你又没有钱，挤去干什么呀？"

老单头也不回地大声道："我没有钱，但是我有血……"

小五这才注意到，在广场的另外一侧，停着一辆采血车。车前，不知什么时候，已排起一条长长的人流。小五看着老单义无反顾向前挤去的背影，心里不由一热，于是，他大声喊道："姨夫，等等我……"

宝贝不哭

刘建国

母亲给5岁的儿子讲故事。

母亲说:"一起突发事故,小山羊受了伤,撞折了两条腿,躺在床上哎哟不止。动物们都去探望他,小白兔送去了萝卜,小猴子送去了桃子……"

母亲讲到这里,忽然天旋地转般一阵眩晕。母亲双手捧住脑袋,心说,头疼的毛病又犯了。

母亲接着听到一声响,一声天崩地裂般的巨响——"轰!"

母亲醒来的时候,想伸伸腿,但是分明感觉不到腿的存在了。母亲侧卧着身子,曲着双臂,又试着伸展胳膊,母亲连试了几次,终于发现一切都是徒劳。此时,一阵剧烈的疼痛传遍了全身。

母亲不知道刚才自己昏厥了多长时间,她是被一阵又一阵撕心裂肺的哭声唤醒的。母亲听出来了,是儿子一声一声哭着喊妈妈的声音。

"强强。"母亲用微弱的声音回应着儿子的哭声。

儿子显然没听见,依旧大声啼哭。

"强强!"母亲加大了声音,母亲听出来了,儿子就在离自己不远的位置。

这回儿子听见了,说:"妈妈,你在哪儿啊,我疼!"儿子分明哭得更痛了。

面对咫尺天涯的儿子,母亲心急如焚:"快告诉妈,你伤着哪儿了?"

儿子说:"我脚疼,我看不见妈妈,我怕。"

"宝贝别哭。"母亲听了,轻轻嘘口气。这时又一阵剧烈的疼痛袭来,母亲咬紧牙关,对儿子说,"我们怕是遇上了地震,别怕,有妈妈在。"

儿子顿了一会儿,还是忍不住哭:"妈妈,我疼!"

母亲静了一会儿,说:"强强,你听外面有动静,你爸爸和解放军叔叔来救我们了。"

儿子果然不哭了,认真听了听,说:"是推土机的声音,爸爸和解放军叔叔在抢救我们呢!"儿子一下子高兴起来。

母亲再一次从昏厥中醒来时,听到了一声又一声声嘶力竭的呼喊:"妈妈，妈妈……"

"强强，妈妈在这儿。"母亲喊着儿子的名字，闭上眼，眼泪"刷"地流出来，母亲说，"妈妈给你讲个故事好吗？"

"嗯。"儿子说，"还听刚才的故事。"

"好，"母亲说，"小山羊受了伤，老牛伯伯也去探望他，你猜他给小山羊送去了什么——一辆小推车。老牛伯伯说，'我家后山上有很多南瓜，送给你，但你必须自己去运。'"

"小山羊不是受伤了吗？哦——我知道了，老牛伯伯是让小山羊坚强起来！"儿子说，"妈妈，我也要学会坚强。"

儿子果然不哭了，还唱起了歌："好一朵美丽的茉莉花，好一朵美丽的茉莉花，芬芳美丽满枝丫，又香又白人人夸……"

母亲在儿子的歌声中再次昏迷过去。

母亲醒来的时候，带着几分歉意对儿子笑着说："强强的歌真好听，听着听着，妈妈就睡着了。刚才妈妈做了一个梦，梦见上帝对妈妈说，他那里缺少一个人替他管理天庭，上帝选中了妈妈。"

儿子说："你答应了？"

母亲说："当然，那是一份多么好的差事啊！只是去天庭的路太远，妈妈再见你恐怕就难了。"

儿子说："那你给上帝说说，把我也带去。"

"不行！我问过上帝了，上帝说不许带小孩，那样会影响妈妈工作的。再说，你跟我走了，爸爸想你了怎么办！"母亲坚决地说。

母亲又说："强强你要记着，妈妈走的时候，只许笑，不准哭。那样的话，上帝就要批评妈妈了，你不想让妈妈挨上帝的批评吧？"

儿子犹豫着，点点头。

四天以后，儿子在废墟中被抢救出来，而母亲因伤势过重永远离开了这个世界。

那是1976年的唐山大地震，人类的一场空前的浩劫。

多年以后，男孩长成了一个男人，拥有着一家非常大的公司。一次，男人接受记者采访，记者问："你从一名建筑工人、搬运工、公司保安一路打拼过来，请问，是什么使你一直保持着乐观向上的精神？"

"是母亲！"男人说，"是母亲用无私的爱，为儿子驱赶掉死亡的恐惧，让我哪怕在最恶劣的环境里，都一路微笑着，永远不哭……"

我们必须得买票

季 明

父子俩在这场大地震中劫后余生,特别是儿子,在学校倒塌的废墟里掩埋了四天四夜,被救援人员救出时,只是受了点轻微擦伤,简直是个奇迹。但奇迹却并没有发生在妻子身上,地震夺去了妻子的生命,包括他的家园……

在灾区住了一段时间,等儿子康复出院后,为了减轻心灵上的创伤,他带着儿子来到这座城市,在弟弟家住下来。他们乘坐的是免费列车,一路上受到了很多特殊照顾。

儿子变得越来越忧郁,这不禁让他心急如焚。

端午节那天,他听说这座城市里有个非常大的海洋馆,挺不错的,就决定带儿子去那里散散心。

来到海洋馆,儿子昂着头,径直从入口处进去。

他听见旁边的电子测高仪"嘀"地响了一下,检票员拦住儿子,说:"小同学,你的身高超过了标准,得买票,买半价的学生票。"

儿子翻眼睛盯着检票员,说:"我是灾民,还需要买票吗?"

不等检票员回答,儿子又十分不满地责怪说:"全国人民都在支援灾区、帮助灾民,免费提供食品、药品、服装……并无偿地为我们重建家园,开辟一切绿色通道,这些,你难道都没听说吗?"

他愕然看着儿子那副满不在乎、愤愤不平的神情。

检票员愣了一下,与身边的负责人小声商量了几句,然后,对他和儿子说:"先生,你们真是汶川大地震的灾民吗?"

他仍茫然地看着自己的儿子。

"如果真是灾民,我们可以免费让你们进入海洋馆游览。"检票员真诚地说。

他扭过头,冲检票员笑了笑,说:"不!谢谢,我们必须得买票。"

他一把拉过儿子,双手搭在他的肩上,严肃地说:"你必须得买票!"

儿子仰起头,学着蔡明小品中的腔调,不解地问:"为什么呢?"

他俯下身，直视着儿子的眼睛，说："我们受了灾，那是不可抗拒的重大自然灾难，虽然需要帮助，但我们不能总是把灾民二字写在脸上，作为索取别人帮助的筹码和通行证！"

儿子没听明白，依然疑惑地望着他。

他叹了口气，一字一顿地说："儿子，你记住，如果一个人，把索取别人帮助当成习惯和天经地义的事的时候，那就是比大地震还要可怕得多的灾难啊！像这样的人，还有希望和前途吗？"

他掏出钱，递给儿子，坚定地说："我们必须得买票！"

儿子接过钱，心甘情愿地往售票窗口跑去。

他站在那里，脸上露出一丝欣慰的微笑。

儿子买了双皮鞋

蒋育亮

那天，读初中的儿子嚷嚷着对我说："老爸，我想买双皮鞋。"

我瞟了儿子一眼，心里想：如今的人就是不一样，年纪轻轻的，就知道赶时髦。

我虽有怨言，但还是花了200多元帮儿子买了一双。

儿子穿上皮鞋的那天，高兴劲儿就甭提了。

从此，儿子天天皮鞋不离脚。

过了些时日，妻子突然觉得奇怪。她说："咱儿子的皮鞋为啥还是买时一样新？"

我不以为然，那是咱儿子懂得珍惜呢！

又过了些时日，妻子悄悄地对我说："老师说在学校从来没见咱儿子穿皮鞋。"

我瞪了眼妻子，你没见咱儿子回家时每次都穿着皮鞋吗？

再过了些时日，妻子很认真地对我说："我问了咱儿子的同学，确实没见他在学校穿皮鞋。"

我纳闷了，儿子每次回家时明明穿着皮鞋，为什么在学校没穿呢？

我决定跟踪儿子，弄清楚这个问题。

第一天，我见儿子去到学校时，将皮鞋脱下，换成运动鞋，然后将皮鞋交给了校门口擦鞋店里的老人。放学时，儿子递给老人2元擦鞋费，然后穿着皮鞋回家。

第二天，仍然如此。

第三天，儿子没有擦鞋，只是将换下的皮鞋放在了宿舍。

如此这般，儿子到校时就换下皮鞋，回家时就穿上皮鞋。一个星期，共在校门口的皮鞋店擦了四次鞋。

我将跟踪的结果告知妻子，妻子也感到一头雾水，莫名其妙。

我们决定审审儿子，揭开这个谜底。

那个傍晚，当我们问及皮鞋之事时，儿子沉默无语。当我们摆出跟踪的事实时，儿子顿时满脸绯红。他轻声地说："我想让那老人多擦几次鞋。"

原来，那老人唯一的儿子远在四川都江堰学校当老师，前不久在汶川大地震中为抢救学生而遇难。老人不愿接受学校的照顾，便开了一个擦鞋店……

了解事件真相后，我和妻子商量，决定奖赏儿子。

征求儿子的意见，需要什么奖品。

儿子嘀嘀咕咕跟我们说了一番。

于是，我和妻子一道成为了学校旁边老人那个擦鞋店的顾客。

这就是儿子提出需要的奖品。

端公海子

李焕军

海子是位阴阳先生，就是那种给人看地的端公。

端公海子很有名，方圆几十公里的人家选座屋基看块坟地都得找他。海子在坡上转一转，左望望，右瞅瞅，罗盘一打：就这。

海子看地的手艺是祖传的。海子自打懂事起就记得爷爷是端公，后来传给了海子爹。海子读书时地理功课特别好，高中毕业后回到汶山沟当起了端公，东家看房西家看地。海子的前辈当端公那会儿很少收到现钱的，给一升包谷或黄豆就是了。海子当端公后就不再收东西了，随便人家给个三十元五十元的，海子从不开口要价。

汶山沟三面环山，一面临河，成马蹄形，整个地势就像座龙椅。据说是海子的祖辈发现了这块风水宝地，举家迁到这里，后来沿山沟便聚集了上百户人家。山清水秀，风和日丽，土产丰富，汶山沟人的日子过得比其他地方的更舒适。特别是海子当端公后，汶山沟修了电站通了公路，家家户户都住一楼一底的砖瓦房，日子过得更滋润。有人说修水电站的坝址就是请海子去看了后才选定的。

这天，海子正在山坡上给人看坟地，突然地动山摇。

地震了！海子大声喊叫。沟里的人惊慌跑到晒坝上。后来从电视里得知离这里两百多公里的地方发生了大地震。

接连几天，海子都在山坡上打转转，人们见海子耷拉着脑袋坐在山岩上，胡子拉碴的，便问："海子，你是不是被地震吓傻了？电视里不是说了吗，震中离我们这里远着呢。"人们见海子失魂落魄的样子，便纷纷劝慰他。"海子，没事的，我们这里是风水宝地，坐在龙椅上，四平八稳。"海子紧锁眉头，一言不发，平时不抽烟的他一根接一根地猛吸。

天气预报说晚上有大暴雨。海子再也沉不住气了，骑着摩托车到乡政府报告险情，被乡长臭骂一顿：妖言惑众、封建迷信！

海子无奈。无奈的海子只得回汶山沟找村长，好说歹说赌咒发誓把村长拉上山坡，去查看山体裂缝。地形地势地质，海子讲了一大堆，弄得村长云里雾里，似懂非懂：山坡经不住水灌，房子经不住泥石。

海子和村长一道挨家挨户动员：山体要滑坡，人员要在暴雨来之前撤走。

"你说要滑坡就滑坡呀，国家都预报不了的，你还说得准？"村民根本不把海子的话当回事。"我们这里又不是震中，就算有地震，在晒坝上搭个篷子就行了，用不着往外跑呀，再说了，那么多牲口那么多家什咋办？"

海子和村长忙了一晌午，口干舌燥的，没有一户人家愿意撤离的，尤其是老年人，根本不理睬海子的。海子爹更是暴跳如雷，大骂海子是败家子。

下午，村长通知大伙在海子家院坝开会，说是要各家各户上报地震受灾情况，人来得很齐。

村长先让海子给大伙儿说道说道。海子站在板凳上宣布："从现在开始，我不再当端公。""啪"的一声，海子将罗盘摔在地上。全场寂静，只有海子爹在一旁号啕大哭："孽种呀孽种！"

"所谓风水宝地阴阳之说都是些骗人的鬼话。"海子涨红着脸对大伙说："修房造房选个地势择个环境讲个座向这是有道理的，要说能带来家业兴旺造福子孙后代那纯粹是糊弄人的。"

"别听那个畜生的，我家的端公是祖传的。"海子爹哭喊着。"汶山沟是块风水宝地，要死我也要死在家里。"

"就是呀，海子，你看地不是很准吗，你给王老五看屋基说他家后人要跳出家门，他娃这不是留洋去了吗？"人群里有人问道。

"我给王老五看屋基说背山望水座南向北他后辈定有出息要跳出农门，是我知道他娃娃特别聪明将来能考上大学。"海子的声音有些嘶哑。

"那你说张老四家的屋基不好后人不孝，他娃不是把爷杀死了抢家里的钱去打游戏吗？这你也是说准了的呀。"问这话的正是王老五。

"我给张老四说他家对面有座山崖像刀斧一样直杀他堂屋后辈不孝，是因为他老婆生了两胎女娃第三胎罚款才生了一个男娃，平时溺爱宠坏了将来不会有出息。"经海子这么一说，人群一下又安静下来。

"大伙都说汶山沟是块风水宝地，其实我在这山上转了十几年，在这里修房造屋是很危险的，每年暴雨都有小的滑坡，岩石滚下来，万幸的事没有伤着人。可这次不同了，山体裂缝了。"海子把给村长反复讲的那一套又仔细给大家讲了一遍。末了海子说："人死了什么都没有了，请大家相信我，今晚暴雨来前撤出沟去，等暴雨过后没什么情况再回来。要是山体没滑坡，我每户人赔偿五十元。"

住在汶山沟里的人在村长和海子的带领下，披着蓑衣戴着斗笠开始往沟外撤离。只有海子爹没有走，挥舞着菜刀："谁拉我我砍死谁。"海子让小儿子海海去扶他爷爷，平时海子爹最疼爱小孙子了。"海海，别管我，你要是上来我就自杀。"海子爹立马将刀架在自己脖子上。

夜晚，暴雨如注……

海子猛回头，面朝山沟，双膝一跪，仰天长叫：爹……

煮粥抗震灾

舒仕明

强烈地震发生后，逃出来的人们劫后余生，惊恐万状，纷纷转移到相对安全的地带……前来救援的解放军官兵沿途开道，历尽艰辛，克服重重困难和障碍，终于出现在了人们的面前，"解放军来了，解放军来了！"大家都惊喜不已，一个个欢欣鼓舞，脸上露出了希望和喜悦的光芒。

时间就是生命，官兵们不顾疲劳，不怕余震带来的威胁，立即投入到了抢救人民群众的生命中去，一些力所能及的群众也加入了进去，将伤者一个一个从废墟中抬出，场面非常感人和壮观……突然，有一个头发花白的老妇人不顾旁人的劝阻，毅然冲进了废墟和瓦砾之中，在翻找着什么……在场的许多人都认识，这个年近六旬的老人是王大娘，在镇上经营着一家最大的超市，她头脑活络，很会做生意，比较富有。看着王大娘不顾危险地在翻找，不像是在寻找幸存者，更不像救人，她到底在做什么呢？有人恍然大悟道："王大娘有几处房产，这里有一处，她一定是在找钱和存款吧……""都什么时候了，还想着钱，真是要钱不要命啊……"有人没好气地道。

正说着，只见王大娘找出了一口锅和一大袋子米，放在路边，然后找来柴和水，用石头将锅支起，竟然就地煮起粥来……"哦，这个王大娘鬼点子真多，真会做生意啊，她想到了煮粥来卖！"有人迅速反应了过来。王大娘是改革开放后首先富起来的那批人中的一个，她的眼光比较独特，尤其是做生意，看得很准，做一项成功一项，镇上的人都知道。

眼看王大娘的粥就要熬好了。虽然大家早已饥肠辘辘，但却有人提议道："我们都不买她的粥，这种生意人，都钻到钱眼里去了，她一定是想乘人之危，卖我们的高价……""是啊，我们都不理她，让她一碗粥也卖不出去，看她还怎么赚钱……"人们纷纷表达自己的愤怒。

王大娘将熬好的粥端来了，有人轻蔑地问她："你卖多少钱一碗啊？"不料王大娘却说："都这个时候了，还要什么钱啊，不要钱的，快喝了吧！"此时，大家才明白误解了王大娘，于是赶紧上前来端粥，可他们都顾不上自己吃，而是不约而同地送到救出来的伤员手中，可伤员们却说："还是先送给解放军同志喝吧,他们恐怕早就饿了,没有体力是不行的,得赶快多熬点粥给他们送去,才能救出更多的人!"

　　大家赶紧和王大娘一起,一边熬粥,一边眼含热泪,将一碗碗的粥迅速传递到紧张忙碌的人民子弟兵手中,补充着他们的体能,为救出更多废墟中的人而齐心努力着……

房 东

刘永飞

房东是个典型的"守财奴"式的人物,她为了赚钱把大房间出租,自己则住进7平米的杂物间;她会因10元房费给你纠缠半天;约定20号缴的房租,她会一大早候在你门口索要。

房东走路从来都是低头,身后永远是一个鼓鼓囊囊的硕大的脏兮兮的布挎包。

房东每天忙忙碌碌到处捡垃圾,我们扔掉的鞋子她会刷洗干净,拿到很远的工地上卖。实在没事她会拖个竹筢到隔壁的臭河浜搂东西,什么碎衣服、塑料片她都要,她用随身的挎包把这些湿漉漉臭烘烘的垃圾弄回家,淘洗,晒干,然后背到什么地方去卖。甚至我们吃剩下倒在水池边的米饭,她也会淘洗干净留下自己吃。

你一定以为她是个无儿无女的孤苦老人,你错了,这里的租客都知道她的儿子是个事业有成的人。据说他们多次让她搬到市中心住,可她不愿意,她非要挤在这脏乱差的城乡接合部的老屋里当"包租婆"。

昨天,她儿子又来了,开的是宝马车,不知为什么她们母子吵得很凶。儿子几乎是咆哮着出门,还骂她是个"神经病"。我想她儿子大概忍无可忍了,谁不希望自己的母亲是个体面的人呢。

一大早房东敲我的门,今天是20号。显然她是哭过的,因为眼睛水肿着。我把房租给她,她倚着门框老规矩——10张老人头一连数了三遍。

我以为她会拿了钱直接下楼。但这次她没走。她破天荒地抬头看了我一眼,嘴里嘟嘟囔囔吞吞吐吐,不知要说些什么。

"怎么,这里有假钞?"我问。

"不不,不是,我是说,是说,最近四川地震你晓得吧?"

她的话差点让我笑出声来。这消息恐怕全中国没人不知道了,再说,我已经为此捐过3次款,献过一次血了。

"您是不是打听怎样给灾区捐款?"我问。

"不不。"她的脸窘得厉害,说话语无伦次起来。

"我说呢，你怎么会给灾区捐款呢。"我承认我这话有点恶毒。不过效果也很明显，她几次想离开我的房间，但最终还是没离去。

"我是说，镇上明天有个捐款活动，当然我知道你们打工的也不容易……我听说其他院子的租客都准备去呢，咱们院子里的也不能落后不是，要是你实在没时间，明天我可以替你转交。"她说完，自己都难为情地笑了。

嗨，我明白了，她是恐怕别人笑话她，就来鼓动我们租客捐款，给自己长光，她还真想得出。

"您准备捐多少？"

我一句话似乎戳到她的什么痛处，她先是眼睛别向门外，然后通红着脸说："多少总会捐一些的，再说我祖籍就是四川的，只是家里没什么人了。"我不愿跟她再纠缠下去，我说我在单位捐过了，你要有心就自己去捐吧。说着，我要关门，她这才落寞地下楼。

第二天我还是去了，不为捐多少钱，只为尽自己的绵薄之力，再就是去感受那种让人窒息的滚滚热流。这时候，我们不需再喊什么"汶川挺住"、"汶川坚强"。而是要实实在在为他们力所能及地做些什么。不为别的，只因我们还都健康地活着，只因他们是我们的同胞，是我们的兄弟姐妹、父母亲人。

捐款处设在镇中心广场上，台子很简陋，只是那猩红图板上的乳白大字"灾害无情，人间有爱；一方有难，八方支援"让人心颤。

前来捐款的基本上都是流动人群，现场只有一个捐款箱和一个签名本，但多数人只是把钱放进箱子，不留姓名，径直离去。

这时，我看到了房东，她还是那身似乎永远不会改变的装束：满是污垢的外套，硕大的挎袋。台阶有些高，房东弓着腰有些滑稽地爬了上去，她来到捐款箱前，先是犹豫，接着转向工作人员嘟嘟囔囔。工作人员来到跟前，脸色有些异样。我不知道她跟人家说了什么。"直接将钱放到箱子就行了，还需要这么表演么。"人群中开始有人窃窃议论，认识她的人开始讥笑出声来。

这时，工作人员拿把钥匙上来，把箱子上盖敞开，然后静立于一旁。房东弯着腰蹒跚着上前，一只手探入挎包，似乎不方便，索性放在台子上，弯腰从中取出厚厚一包钱，咚地一声放进箱里。我傻了，围观的人傻了。如果我的眼睛没问题，那整整齐齐的一包该是10万。房东在人们瞠目结舌的神情里再次探身，又是10万。那一声"咚"响砸得我胸闷。眼前的房东让我陌生。接着房东再次低头，当她取出第三包时，台下的叫好声开始雷动，掌声轰然而起，声音排山倒海。

房东离开捐款箱，她没奔向签名簿，而是舞台后的垃圾桶，她在桶里拨弄了半天什么也有没收获，于是皱着眉头不开心地走了。

师 魂

马孝军

第一次地震结束的时候，他和他的学生余明非常侥幸，那些塌下来的砖呀、钢筋水泥呀的都没砸着他们。

他们从废墟中爬出，回望身后，十分钟前还好好的五层高的教学楼，现在已经垮得只剩下一些摇摇欲坠的钢筋骨架了。

到处是散落的瓦砾，到处是残垣断壁，一切，就像电影中放的那样刚刚经历过了一场战争的洗礼。

他很快就反应到是发生了什么：地震，可怕的地震！

反应了过来的他，他先想到的是他的那些学生，他们怎么了，爬出来了吗，伤得如何？他看看周围，他只看见一个人，那就是跟他一道爬出来的他的学生余明，这孩子，此时正紧紧地偎依着他，全身筛糠样的恐惧。

他的心一下咬噬了的疼，他班上的五十个学生，竟然只爬出了一个，还有全校的学生，他们，都还掩埋在废墟之中。

他掏出手机想打个电话，他想呼唤更多的人来救援，但手机却老是嘟嘟声，他知道，整个通讯断了，不只是他们学校发生了地震，整个城市可能都被掩埋了。

能救一个就先救一个，他叫偎着他的余明赶紧和他回废墟里掘人。

他跑在前。

回望身后，余明却没跟上来。

"你怎么了？"他冲余明恼火，"时间就是生命呀，你忘了老师平时是怎么教你的吗？"

余明还是未动。

他回转身来拉余明，顾不了那么多了，此时此地，只要有生命者，只要还能动者，都应该义不容辞地去抢救那些被埋在废墟里的生灵。

余明哇的一声哭了起来，"老师，我怕，我怕。"

他怔住了，他一下子想起了，这才是个十岁的孩子呀，十岁的年龄就经历了一次生死的考验，面对这么惨烈的场面，怎么会不害怕呢？！

他摸了摸余明的脑袋,他说:"孩子,别怕,勇敢些,还记得老师给你们讲过的黄继光、邱少云、董存瑞的故事吗?黄继光奋不顾身堵枪口,邱少云烈火焚烧如千斤巨石一动不动,董存瑞手托炸药包面不改色……他们,可都是你们平时所崇拜的英雄人物啊,这个时候,正是向他们学习、发扬他们大无畏精神的时候!"

余明听了,就不再恐惧,就与他一道回废墟里救人去了。

他们从废墟里掘出了一个个的幸存者。余明,这个十岁的小男孩,他身上暴发出的力气竟是那样的大,一次背人,老师将两个学生给他,他竟一肩一个背起就走……

时间在一分一秒地过,地震的余波不断。他和他的学生余明不知疲倦地来回于废墟之中——他们已经救出九十九人了,再救一人,就满一百了,再救一人,就……

第一百个救回来的时候,他们又打了回转。此时,地震的余波加大了,那些在前次地震中还没来得及倒的残垣断壁们,钢筋水泥们,在一阵烟雾后,完完全全地被夷为平地了。

那些被背出了的学生几乎在同时喊:"余老师,余明。"

他们是父子。

示 爱

徐均生

　　徐来去菜市场买来了老婆阿梅喜欢的菜，又到花店买了一束玫瑰花，还上超市挑选了一瓶红葡萄酒。徐来到家后，就着手做菜，很快做好了四菜一汤，还一一地摆上桌。徐来还特意放了音乐，是阿梅喜欢听的《茉莉花》、《爱的奉献》。音乐在房间里悄然地回荡。

　　阿梅下班回家，徐来一见就把她轻轻地拥住了。阿梅很勉强地接受了徐来的拥抱。徐来动情地说："老婆，你今天真漂亮。"阿梅很陌生地盯着徐来。

　　徐来引阿梅来到餐桌前，说："我做好菜了，来，你尝尝。"说着用筷子夹了一块炒肚片给阿梅。阿梅用嘴巴接住，边咀嚼边说："不错。"

　　徐来请阿梅坐下，给阿梅倒上一杯红酒，也给自己的杯子倒满。徐来满怀歉意地说："阿梅，这些年来，你跟了我什么福都没享到，真是对不住你，来，我们干了这杯酒！"徐来说着，就把满满的一杯酒喝进了肚里。阿梅满面狐疑地也跟着喝了一大口。

　　徐来深情地对阿梅说："阿梅，你记得我向你求婚的事吗？那天晚上我们坐在草坪上，数着天上的星星。你忽然说，这星星多像人的眼睛啊，眨着眼，又很明亮。你说天下所有人的眼睛都像星星一样明亮多好！当时我没有看天上的星星，我的眼睛一眨不眨地盯着身边的星星，你的眼睛好明亮好美啊！我抓住你的手说，梅，我想每天晚上都看你美丽的星星，你愿意吗？"阿梅接过话头说："我当即就说'我愿意！我愿意'！"

　　徐来感慨万端地说："是啊，你是这样说的。时间真快，转眼间10年时间过去了，我们的儿子都8岁了。"说着，徐来把玫瑰花递给阿梅，无限深情地说："梅，我爱你！"

　　阿梅也动情了，眼睛湿润了。她接过玫瑰花，闻了闻，然后把花放在一边，又用纸巾擦拭了一下泪花，然后昂起头，很平静地对徐来说："你老实说吧，我经受得住。"

　　徐来非常惊讶，忙问阿梅："阿梅，你这话是什么意思？"阿梅冷冷一笑，说："我问你，我们结婚到现在，你买过几次菜？"徐来如实回答："你生孩子时我买过菜后,就再也没买过了。"阿梅说:"你记性还不错,我问你,你有多少年没做菜烧饭了?"徐来说:"结婚前做过,后来再也没有做过。"阿梅说:"算你还诚实,我问你,你有多久没送我玫瑰花了?"徐来的脸腾地红了,还低下了头。

阿梅说:"你不好意思回答,我来回答,结婚后没有送过。我曾经向你要过,你说送玫瑰花那是小年轻做的事。我没记错吧。"接着,阿梅便又自嘲地说:"是啊,送玫瑰花是小年轻人的事。我都快四十岁的人,还配接收玫瑰花吗?"

徐来很委屈,连忙表示:"这不一样,真的,我是真心送你的,以前,我没送你,是我的不对,真的,我是真心送你的。"

阿梅却冷冷地说:"我知道你的地位要变了,快当医疗部副主任了,如果有个情人什么的也没有多少关系。""阿梅,你……"徐来很吃惊地盯着阿梅,"你怎么能这样理解呢?"

阿梅厉声地说:"我能不这样理解吗?你想想看,这么年多来,你是怎样对我的,今晚倒好做菜给我吃,送玫瑰花,还说爱我的话,不是你有外遇想讨我的欢心,难道还有什么好事?!"阿梅说到这就很伤心"呜呜"地哭泣起来,徐来非常尴尬又非常内疚,只得耐心地劝着把阿梅扶进卧室,让她躺下,阿梅哭着哭着,慢慢地睡去了。

徐来陪在阿梅的身边,深情地注视着阿梅,鼻子酸酸的,嘴里轻轻地说:"阿梅,对不起!真的对不起!从今往后,我一定好好补偿你……"

徐来抬起手腕看了看手表,便抓过笔和纸,给阿梅留了一张纸条,然后给阿梅盖盖好被头,然后蹑手蹑脚地出来,轻轻地关了门……

阿梅:

对不起!来不及跟你商量,我报名参加汶山抗震救灾医疗队了,明早凌晨两点出发。现在我得赶快去医院准备了。

阿梅,我爱你!今生今世只爱你一个人……

仇 家

白 沙

秦东在电视里看到家乡地震的消息心里轰隆轰隆地狂跳不止，不是因为担心老家那间破木房是否倒塌，而是想知道秦西家那座刚盖不久的高洋楼是不是坍塌，秦西家的人有没有被压到地下、死了几个。

他们家人死光光了才好。秦东在心里狠狠地诅咒。

为了看看秦西家的惨状，秦东特意起个大早往老家赶去。他对老婆小月喊：今天你一个人下地，我回老家看看。小月不屑地说：看什么看，想把秦西老婆看回到怀里？秦东骂了一声"死三八"就雄赳赳气昂昂地走了，嘴里哼着快乐的小调调。一路上秦东心里都在想：小西那个臭女人，就算跪下来求我，想回到我怀里我也不要哩，谁叫她亲了我又嫁给秦西那狗东西，臭不要脸的！

百来里的山路，秦东只走了五个多小时。进到村里，秦东惊呆了，哪里还有什么洋楼巍峨的模样！简直是儿子看的日本动画片，怪兽践踏过的地方。秦东站在秦西家洋楼架子前，大声地喊：秦西——小西——该死的东西！

话一喊出口就倏忽一下子飘进了山谷，剩一串长长的回音，几年来堆积在秦东心头的仇怨，也随着那串回音飘进了山谷，只剩下一些抹不去的回忆：和小西的第一次约会，和小西的第一个热吻；还有秦西的话：哥，对不起，小西当初看上的就是我不？突然，秦东感觉地下好像有什么声响。他双膝着地，把耳朵贴到地面细细地听。没错，有声音！秦东用双手使劲地搬了起来。他一边搬嘴里不停地嚷嚷：别怕呀——别怕哈——别怕哟——别怕啊——嚷嚷声越来越大，成了呼喊，直到他喊干了喉咙，喊哑了声音也不停下来，好像他一停止呼喊，地下的声音就会消失似的。

不知道搬了几个小时，天色开始暗淡了下来，秦东一直没看到秦西家任何人。他挖出了一个被砸扁的电视机，一只冰箱，一张席梦思，还有好多其他东西，就是不见人。心想，哪怕把整座楼的砖块都弄走，也要见到仇家！

一想到仇家二字，秦东让自己的行为吓了一跳，他在心里问自己：既然是仇家为什么还要解救他们呢？不管那么多了，灾难面前人人是朋友嘛！他用另一个声音安慰自己。

　　天完全黑下来的时候,秦东点燃了一堆干柴,继续搬着砖块。隐隐约约听见有人喊,秦东朝远处兴奋地哎了一声,喊道:小月你快来,他们都在地下,还有声音呢!

　　看见秦东带着血泡的双手,小月呜呜地哭了起来,一边哭一边不停地搬着砖块。秦东不以为然地说:别哭别哭,我破这点皮不算什么,人家在地底下还不知道有多难受呢……

我的男人

唐丽妮

"你不是个男人!"

我平生头一次骂了人。骂我的男人,跟我一起生活了十几年的那个。一个老司机,四十岁,中等个子,脸有点圆,微黑,微胖。

那是个清晨,我想让他陪我去医院抽血。他不愿意,说要送王总出席一个很重要的活动。

"我一个人不敢去,害怕!"

昨天,发现柔软的乳房突然变硬了,还疼,我就很害怕。医生指着《彩超报告单》说:右乳有个囊肿,明天验血,看有没有癌变的趋势。专业术语像硕大大的冰雹,从她腥红的嘴唇里扔出来,把我的心砸得稀烂。

我不晓得自己病得有多重,也不想晓得。我是这样想的,他陪着我去检查,如果很严重的话,医生就会把病情悄悄地告诉他,他就骗我说是很轻的病,吃点药就好的。然后,他就无微不至地照顾我,任劳任怨。总之,跟书上写的情节一样。可他不配合,说我是胡思乱想,自己吓自己。

"你非陪我去不可!"这天我特别烦躁。

"臭婆娘!你还敢闹?小心我扇你!!"他也特别烦躁,居然想打我!

我就骂他了,泪水涟涟地爬下车。他的车子从我面前飞过,黑烟喷了我一身。好一个无情人,硬邦邦的仙人柱,除了满身的刺,一张叶子也不长,是不能指望他来抵挡烈日的。

我寒心了,绝望了。他也很沉闷。今天中午下了班,两人闷闷地吃了午饭,闷闷地睡了午觉,闷闷地挤在洗脸间背对背洗漱。我感到很不舒服,空气闷得似乎要爆炸,很怪异。不,是诡异。

平常,我们会在下午两点半一起出门上班的,但今天我不想跟他一起,我想先他两分钟出门。我匆匆地抹了把脸,就挂毛巾,可毛巾怎么也挂不上,头突然晕得厉害,地板也摇得厉害,站都站不稳。我听到他大喊:

"地震!!"

紧接着,我们就往下掉,顷刻间眼前一片漆黑。

"喂，你怎么样？"他在我头上问，一只手在我头上脸上摸来摸去。

我的手脚都被压住了，动弹不得，疼得要命，也怕得要命，听到他的声音，眼泪哗地流了下来。可我突然又来了气，哼一声。

"哈，没死啊？还以为你死了呢。"

我好困，想睡一睡，懒得理他，由他自言自语。

"你想离婚。以为我不知道？哼。"

"你心里想着谁我都知道。哼。"

"你们办公室的豆腐李，对不对？哼。"

我的心咯噔了一下，李瑞的心思，我以为只有我明白呢。

李瑞，他现在怎么样了？受伤没？眼镜被砸破了没？没了眼镜他就啥也看不见的。我的心被揪了起来。

"那个小白脸，豆腐都比他硬，你以为他会救你？没死也早跑啦！做梦吧你。哼。"

这家伙突然变得唠叨起来，不停地说，还骂我，鸡毛蒜皮的事也搬出来，说绝不离婚，拖死我。我困倦之极，被他刺来刺去，睡又不能睡，气死了。不过，绝境之中，我理解他的心情，我能忍受。此时啥都能忍受，除了饥渴。

上面救助的人来了一拨又一拨，始终没有发现我们，也听不见我们的呼救。我饿得不行，伸长舌头拼命扭脖子，企望能舔到点啥，哪怕是半张烂菜叶。可我啥也舔不到，只舔净了嘴边的一圈泥沙，偶尔还会碰到他摸过来的手，我总不能啃他的手指吧？这个想法让我打了个寒战。我惊觉地想起，他的指甲又长又硬，他皮带上还挂有一把瑞士军刀！我开始万分警惕他的动静：他的声音变得又哑又小，不出声了，突然，又吭哧吭哧地喘气……他要动手了？还是快死了？我颤着声问：

"你想干啥？"

"哈哈，天助我也！让我摸到了一块新鲜的猪肉！真香呀！"

我用鼻子一嗅，果然闻到了一股腥甜的猪肉味。我骂他：

"自私！真不是男人！"

"哈哈，一日夫妻百日恩，我不会丢下你不管的。喏，张嘴。"

他把拇指大的一块肉放到我嘴里。饿过了头，我管不得生熟，忍着恶心，囫囵吞了下去。

后来，他又喂我一块拇指大的肉，又唠叨了一些废话，渐渐话就少了，最后就完全沉入黑暗中。我的头皮蓦地发麻，喊他：

"喂，睡了吗？你睡了吗？"

他不答。

我再喊。再不答……

我大声哭着喊：

"臭男人，快醒来！你不说话，我害怕……"

我的哭声让外面的人听到了。终于有人搬走了压在我身上的预制板。我扭过头去，看跟我头对头躺着的男人。然而，我一阵反胃，像有一根仙人柱从胃里冒出来，但我啥也吐不出。我那个男人，两条腿被砸断，左手臂旁有一把瑞士军刀，刀尖对着手臂，手臂上，有两个拇指大的洞，两个洞的尾端连在一起，像一颗深邃的心。

别动它

田洪波

他被请进电视台时,是在震后的第十七天。那会儿,他的额头上还缠着一圈白中透红的纱布。

他的被救经历充满了传奇色彩。因此,信息灵敏的记者嗅出了他身上的新闻价值,使他的名字在很短的时间内就上了报纸。而他答应接受电视专访,也是想藉此机会说一下一直埋藏在心底的一些话。

面对灼人的卤钨灯和观众期待的目光,他不得不痛楚地再复述一下自己的被救经历。他是什邡水库的一个管理员,和父亲做着同一样的工作,在配电室坍塌的瓦砾中,他圈养的名叫赛豹的狗始终陪伴在他身边,不离不弃,直至震后110个小时他被救援部队的人救出。

那天他的赛豹也被带了去,它的丑陋引起了观众的一阵嘘声,于是机敏的主持人就让话题从他的赛豹谈起。

他毫不迟疑地告诉现场的观众朋友,他的赛豹是被他三年前从一条臭水沟边拣来的,当时它才几个月大。而促成他下决心拣回赛豹的人则是已经退休的父亲。

说到父亲,他有些动情:"他老人家原先在唐山的一个水库任管理员。"他的目光深深地扫向观众:"我们父子两个做同样的工作,也有着同样的遭遇。不同的是他老人家在唐山地震中是受救于一只野狐,而我则是受救于这条狗。"

于是他开始回忆父亲在三十二年前那个惊心动魄夜晚的经历,他仿佛不是在讲述父亲的故事,而倒像是发生在自己身上一样。

由于工作需要,父亲经常留在水库旁边的配电室过夜。有一天夜里,他刚刚躺下不久就听到了厨房里的奇怪声响。平日里父亲工作闲下的时候喜欢垂钓,因此他常常把钓来而又一时吃不完的鱼放在简易搭建的厨房的水缸里,所以他常常对有可能冒犯它的野生动物警惕性很高。于是父亲很快判断出是有什么不明动物光临了。他悄悄抄起手电和一根木棒,披衣去了厨房。

结果父亲就看到了在水缸里挣扎的一只野狐。野狐是来偷吃父亲的鱼的,

别动它

却不小心把自己弄了进去。它的眼睛里写满了惊恐,特别是看到父亲的到来,它的四只爪子愈加扑腾得厉害。想到前几次不明就里地鱼就少了,父亲咬了牙,抄起木棒就想弄死这只讨厌而又倒霉的狐狸。然而,当他用强光手电照着狐狸正欲动手时,他看到狐狸的眼里居然流出了泪水。也正是它的眼泪,让一辈子都心慈手软的父亲放下了木棒,最终放了那只野狐。

后来父亲的鱼再没少过,这让父亲常常怀想起那只野狐。直到那个蓝色的闪电之夜,父亲被一阵急促的抓挠门板的声音和呱呱的鸣叫吵醒,起身下床打开房门才又一次见到那只野狐。

那只野狐焦躁不安地仰脸望着父亲,并一次次地就地兜圈子,像一个有急事的满腹话语的哑巴。父亲起初以为是狐狸没找到猎物,饿急了,来向他求援。可是,就在父亲转身想回屋里取吃的东西给它救济时,那只狐狸忽然咬住了父亲的凉鞋邦,狠命地把他向外拖。

直到那会儿,父亲才忽然有一种什么预感。于是,就随狐狸来到了院子里。就在这时,一道刺眼的蓝光闪过,紧接着就是一声震天动地的巨响,父亲居住的配电室瞬间倒塌了……

主持人问他:"那只狐狸后来怎么样了?"

他告诉观众,后来父亲和那只狐狸再也没有见过面,但狐狸却从此彻底走进了父亲的心里。无论他小时候遇到什么动物,像鸡狗什么的,只要他兴之所至稍有不友好的举动,总是被父亲严厉的喝住:"别动它!"

起始他是不明白父亲的心思的。

直到他渐渐长大,父亲和那只野狐的故事才陆续走进他的心里。

赛豹就是在他接替父亲岗位上班的第一年的冬天捡到的。那时候,他由于工作需要从唐山调到了什邡,父亲来探望他,父子两个散步时发现了赛豹。当时它丑得简直不成样子,浑身肮脏无比,冻得瑟瑟发抖,完全就是一只丧家犬。

他承认他当时对它没什么好感,抬起脚就想把它踢跑,那会儿他完全忘记了父亲小时候对他们这方面的严厉。结果他的举动真的让父亲发怒了,父亲又吼开了:"别动它!"并迅速把赛豹抱在了怀里。"你看它多可怜。"父亲当时对他这么说了一句:"我们有吃有穿,可它呢?它也是一条命啊!你善待它,说不准它也会善待你。"

也就是在那天,他彻底地了解了父亲,了解了父亲的故事。于是他和赛豹朝夕相处在了一起。他们之间的感情越来越深,每天无论他从水库回来得多晚,看不到他的身影,他的赛豹绝对不会自行睡觉。汶川地震发生那天,他被一块巨大的预石制板压在废墟下,赛豹在他身体极度虚弱的情况下,几次透过预石制板的空隙,用舌头轻轻舔湿他干裂的嘴唇,并一直用低沉的哀鸣陪伴在他左右,直至发现救援大部队,用叼裤角的举动引来一位救援人

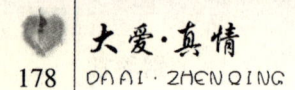

员……

"通过你们父子两代的故事,你感悟到了什么?"主持人被他的故事打动了。

"我想引用父亲的话比较合适。他老人家说,其实地球就是一个大家庭,当我们面对生物或者动物时,我们应该常常在自己心里警告自己一句——别动它!"

最好的证明

席维涌

刚刚入住,墙壁就开裂,整个小区炸开了锅。

自从"五一二"地震后,大家对危险建筑相当的敏感,总是和血腥场面联系在一起。尽管与汶川相距遥远,发生地震时,这里基本没有感觉。

发生裂变的那面墙,像风雨后的蜘蛛网,躲在小区的角落处。几乎所有的住户,都围在裂变的墙前。

物管被喊来了,业主们的呵斥,劈头盖脸。工作太不负责了。反应迟钝脑壳有问题。还不赶快去通知不知情的人,不要待在屋子里。

开发商联系到了,电话一接通,吵架一样。新房怎么成了危房?赚钱连人的命都不顾?

诅咒下,催促中,钱老板出现了。他腆着肚皮,若无其事走进了人群。他瞟了一眼开裂的墙壁,生气地说,闹,闹个屁!大惊小怪的,这也算问题?这面墙不承重,绝对没问题。要是开发商扣了我的钱,我找你们要。

开发商不到场,建筑商这个态度,业主们的怒火,一触即爆。"哗啦"一下,钱老板被围得水泄不通。几个性子急躁的,挥动着手臂,高吼着要钱老板解释清楚。

钱老板双手抱着头,一下子就软得像豆腐,话语中带着乞求。各位兄弟,各位姐妹,有话好好说。刚才我态度不好,我检讨。这个楼盘质量没问题,是优质工程,防六级地震,验收报告是最好的证明。

在不可能的呼声中,钱老板哆哆嗦嗦,从包里摸出了验收报告,结论栏:优良!还盖有鲜红的公章。

报告顶个屁用,豆腐渣工程摆在眼前,这个最能说明问题。这个年头,哪个不知道,搞建造的和搞质检的是一家。一个年轻的业主,夺过验收报告,几下就撕成了碎片。人群跟着起哄,逼着钱老板说清楚,给搞质检的到底送了好多钱。

钱老板想走走不掉,想说不知道怎么说,整个人淹没在业主们的唾沫中。他脸色发青,嘴唇发紫,虚汗直流。他非常清楚,挨揍随时都有可能,自己背上可没有钢板。正是无计可施的时候，一个老人挤进了人群，用拐杖敲打着地面，大声说："房子没问题，我可以证明！"

一张张脸上，满是疑问。喧嚷的场面，瞬间安静。定睛一看，这个老人，也是小区的业主。平时一个人住在小区，都以为她的儿女不在身边呢。

钱老板几步窜到老人跟前，一声"妈"，脱口而出。

老人一只手抚摩着钱老板，另一只手扬起了拐杖。老人的眼睛笑成了一条线，沟壑里泪光闪烁，夸儿子难得的孝顺，如果房子有问题，他不可能让亲妈住在里面。

钱老板跟着说是，房子质量绝对没问题，母亲住里面就是最好的证明。有人反问钱老板，怎么在这个小区，没看见过你的人影呢。钱老板说，我来的时间很多的，是大家平时没留意。

业主们似信非信，慢慢地散开了，留下了一句意味深长的话，等着瞧，我们慢慢观察。

接下来的观察，钱老板果真经常来小区，一般情况下，手上还拎着东西。

那天，钱老板正在母亲那里吃午饭。忽然，从楼下传来一个急促的声音，地震了，快跑！钱老板丢下碗筷，跑到阳台，打开窗户，纵身一跳。

"砰"的一声，钱老板从三楼掉到了底楼，重重地跌在水泥地板上，一扇窗户玻璃随之落下。"爆炸声"惊动了整个小区，业主们纷纷来到了出事的地方。谁吼的地震了？业主们你看看我，我看看你。这个玩笑开大了，出人命了。

钱老板的母亲，抱着儿子血淋淋的身体，哭得呼天抢地，儿啊，房子这么牢实，根本就没有地震，你为啥要跳啊。

钱老板气若游丝，断断续续说，妈，这房子质量，我最清楚。

血 乳

孙 禾

女人没有名字。女人之所以被称为女人，因为她生了个孩子。

孩子也没有名字。

女人和孩子是山村的一个谜。

记得女人刚来山村的时候，还是个姑娘，一个干身材、相貌都十分姣好的姑娘。不过，村里的男人们并没有因为女人的好看而对女人做些什么，尽管他们很愿意多看她几眼。

从女人的外表看，看不出她是做什么的，或者说她能做些什么。一件免皱牛仔裤被洗得发白，紧身的T恤外面套着一件很长的确良褂子，总敞着怀。女人白天总用一根长竹竿在河里探来探去，晚上则一个人坐在湖边，或坝头上，对着河水发呆。有时，女人不该笑的时候也笑，还不时惊恐又半带好奇地偷偷抱抱村里的孩子，直至把孩子吓哭。村里有人说，这女人有些傻，可能是个疯子。后来村里人都这么说。

女人住在村西头靠近湖边的河神庙里。

其实说是河神庙，也已经很久没有香火了。这里年年涨水，村里人都不再信这个，于是年久失修，庙已非庙，显得是破败不堪。五年前，这里还曾住着一个军人，说是勘测水文搜集资料的，庙算是被简单地修葺过一回。1998年，也就是抗洪救灾的时候，军人在这里牺牲了，没人能记住他的名字。半年后女人就来了。

村里人谁也没想过女人和那个军人会有某种瓜葛。

其实，只有女人自己知道，她不傻，也不可能疯。

她是来接替丈夫的岗位，进行工程水文勘测的。

村里的女人们同情女人也可怜女人，对于女人住在村里的破庙里没说什么。女人对女人总能归于一种迁就。村里男人们觉得女人虽然有些怪异，但人看着确实漂亮，于是也一点没表示反对。女人就这样很自然地住了下来。

没想到的是，这还不到一年的时间，女人就突然生了个孩子，怎么说来都是令小村人意外和惊奇的。在乡下人眼里，她毕竟是没男人的，没有男人的女人生了孩子，意味着什么？村里的女人们对女人的同情和可怜随即就变成了辱骂，骂女人下贱，骂女人下流，骂女人勾引人家的男人，并边骂边看紧了自家的男人。男人们私下里，看着女人极度淡漠的模样，虽不敢声张，但也直想攥紧拳头，把那个下流的、龌龊的家伙砸个稀巴烂。

女人什么也没说。

一天。两天。一月。两月。

女人仍住在破庙里。女人忍受着辱骂，背着孩子，光着脚，敞着怀，继续每天拿着竹竿在河水里认真地探来探去，没有半点的假正经。女人是个坚强的女人。

其实，与很多的夜一样，这一夜，和往常没有什么区别。女人几乎习惯了。

也就是在这一夜，女人和孩子都还在沉睡中，地震发生了。

后经媒体报道说，里氏8.0级。这是8.0级的悲伤啊！

孤寂小庙在狂烈的晃动中倒塌了。

一刹那，女人和孩子像坠入没有栅栏的山谷，坠入了黑暗无边的废墟。坠落的过程，女人是惊惧而恐慌的。女人用整个生命保护着孩子。所幸的是，女人和孩子都没有因此而失去性命。只是，女人和孩子被这倒塌的废墟死死地埋困住了。在这样深山的村野中，女人呼救是一阵风。

饥寒交迫中，女人把孩子紧紧地抱在怀中，生怕会再有一次令她毛骨悚然的坠落而惊吓到孩子。可是，孩子仍在女人的怀中不停地号啕大哭。女人慌乱地解开衣服，给孩子喂奶。女人这才知道，孩子饿了。

一天一夜后，滴水未进的女人，奶水越来越少。

三天三夜后，吮吸着女人干瘪乳房的孩子，哭声越来越弱。

困境中，女人一点点地陷入绝望。但女人一点都不甘心。女人在眼前的废墟中胡乱地扒掘着，期望能在这废墟中找到一点点可为孩子充饥的食物。就在这时，女人的手指突然碰到了一根钉子，一根透出木楔的钉子。女人的浑身猛一激灵。随即，女人用钉子刺破了自己的手指，然后塞进了孩子的嘴里。

一周之后，救援人员在清理这片废墟的时候，发现了女人和孩子。

令人们惊奇的是，孩子竟然还活着，小嘴仍吮吸着女人的手指。

可是，女人已经死去，脸色像棉花一样苍白。人们抱起孩子，除了发现孩子的脖子上挂有女人的手机外，还惊奇地发现，女人的个个手指都破了一个小洞——

女人为孩子献出了十指血奶。

手机的屏幕上写有一条未发的短信：孩子，记住，你还有位英雄的父亲，他的名字——叫军人！

站在废墟中的人们，捧着孩子，个个泪流满面。

尚长文

哥哥，此刻，我和妈妈正走在路上。

这是另外一个空间里的道路。

奈何桥就在前面。

我看见孟婆就站在桥的旁边。

哥哥，我搀扶着妈妈，我们一起走着，现在我们停住了脚，上桥之前，每个从汶川大地震中走来的乡亲，都会在这里回望故乡，最后看一眼生于斯、长于斯的巴山蜀水。

哥哥，我看见你在哭。咱妈说：你这么大了，30多岁的人了，怎么还长不大呢？咱妈说：你这个样子，她怎么能放心呢？

咱妈没有埋怨你呀。那天下午，我和妈妈待在家里，突然间就天摇地动，我们还没来得及跑，就被垮倒的房子重重地压在了下面。

那时，妈妈还能呼吸。她吃力地说：幺妹，你好着吗，你没事吧。

我说：妈，我没事儿的。妈你呢？

我也没事儿，幺妹呀，等着吧，一会儿会有人来救我们的。你哥他们也会来的。

是的，我们相信你会来的。你是乡里的领导，我们全家的骄傲。你会带着人，在第一时间赶过来救我和妈妈。

后来，我看见你带着解放军来了。那时，我赶快告诉咱妈，我说妈呀，你可一定要坚持，我哥带着解放军救我们来了。

你向我们走来。

越走越近，越走越近，我差不多能听见你的脚步声了。

可是，你在咱家房子前只稍微停了一下脚步，就带着解放军去到了别处。

黑暗中妈妈问我，你哥呢，怎么还没来。

我没敢告诉我所看见的情形。我说，咱哥一会儿就来了。坚持啊妈，你别睡过去，你得和我说话。妈说我不睡，我会和我的幺妹说话。

后来，妈累了，妈就走了。

我在废墟下流着泪，始终没敢大哭上一句。我怕耗尽最后的气力，我在等你。哥哥，你知道吗，我在等你啊。

我看见你又回来了。你仍然带着几个军人。你安排他们去到旁边的一家去救人。然后你过来问我：幺妹，你没事吧。

我说：哥呀，你快救我。

你说：我是党员，是干部，群众在看着我呀。

我说：那你忙去吧，我没事儿。

你见我说没事儿，你竟真的就又走了，又去配合解放军扒其他的废墟去了。

可是哥哥，那是赌气说出来的话啊。

那时我恨你。不错，你是个干部，是个领导，可你连自己的家人都不能保护，还做个啥子领导嘛。

现在，我看见你在哭，我看见许多人因你而哭。我还看见华夏13亿人都在为汶川而哭。

天上人间，悲泪化着清雨飞。

哥哥，现在，我，不恨你了。我原本就爱着你啊。

我和妈妈会保佑你的。

如果还有来生，我，我们，还会选择中国，选择中国的四川，选择四川的汶川。

再见了我的哥哥！

地震来临

孙邦建

也就是几秒钟，大厅里一阵猛烈摇晃，接着头上掉下一块又一块的水泥板。大厅里顿时慌乱起来，大伙哭喊着往外跑。

"地震啦，地震来啦……"

他和下属也跟着蜂拥的人群往外跑，还没到门口，就被倒塌的废墟压在底下，他一下子失去知觉。

也不知过了多久，他转醒过来，听到不远处有声音传来："你怎样了，经理？"他竖起耳朵，辨出是下属的声音。还好，两人离不远，还能搭上话。

"不大好。"他有气无力地回了一句，"大腿砸坏了，身上压、压着水泥柱子，动不了，你呢？"

"差不多，身子也压住了。"

"我怕、怕是撑不过了。"

"要坚持啊，救援人员会来救、救我们的。"

……

"我感觉、难受，可能撑不久，你出去帮我照、照顾一下家人啊。"

"你再撑一会，救援人员快、快到了。"

"怕撑、撑不住了，难、难受，眼皮沉。"

……

"喂、喂喂，你说话啊，怎、怎样啦？"

"我快、快不、行了。"

"什么都、都你走在前头，没想到连、连死也要死在我前头，哈、哈哈！"

"笑啥——我笑你早就该、该死了。老天有眼啊！"

"反正你也快、快闭眼了，索性把这些年憋、憋在心里头的话说、说出来痛快。知道不，我心里头恨、恨着你呢。"

"你、你个忘恩负义的东西！小时你受、受欺负，都是我护、护着你，到头来你给、给了我什么，把我叫、叫到你公司当、当苦力，狗一样使唤，你算、算是个人吗！"

"呵、呵呵，也不怕告诉你，那秘方也是我透、透露出去的，我就要看看你、生败名裂、倾家荡产的样子！"

"怎么，呼吸这么急、急，该不会是心脏病发、发作了吧。想吃药哈，我可不是你秘书，兜里没揣、揣那药。还是闭、闭上眼睛想想，到阎王那还要说啥。"

"没工夫跟你滥嚼、嚼舌头，我要、要休息一会儿。"

"哦、哦，对了，你可、可不要那么快、快死啊，我还有好、好多话讲，哈、哈哈。"

……

另一头，他痛苦地闭上眼睛，泪如雨下。

脚上和背上锥心的痛他还忍受得了，心头却是万剑穿心般在滴血。真没想到自己认为最好的朋友，自己的救命恩人，原来心里一直深埋着"仇恨"的种子。其实他一直都很关心他，但他知道他是一个本事不高心性很强的人，从来不愿意接受别人的帮忙。在他最困难的时候把他叫到公司来上班，就是想从底层开始磨炼他，一年来他干得也不错，本来打算下个月提拔他，没想到他竟是这样的人。真是人心难测，灾难见本性啊！

坚持住！一定要坚持住！死也不能跟这种卑鄙龌龊的人死在一起。他攥紧自己的拳头，给自己鼓劲。

昏昏沉沉不知时间过去了多久，好几次他都感觉走到了一个阴森森的地方，就在要跨进那道门的时候，脑海里有一个声音在大喝：进不得，快出来！他的脑子激灵了一下，人就转醒过来。

渴了，难受。饿了，难受。他撕下裤管的一截布料蘸着自己的尿液塞到嘴里咀嚼。

……

一阵刺眼的光线和嘈杂的声响把他吵醒，他艰难地把眼睛撑开一条缝，看到几条模糊的人影在眼前晃动。他嘴角挤出一些笑意，再次昏迷过去。

再次睁开眼睛，他看到了雪白的天花板，雪白的墙壁，雪白的被单。

窗外，温暖的阳光洒了进来，金灿灿的。墙脚还有一盆常青藤正努力向窗外探出头。

活着真好！他挪了一下身子想站起来，发现站不起来了。他一把掀掉被单，呆住了，膝盖以下部分全没了。

好久，他才歇斯底里地叫起来："医生，医生……"

医生来了，好不容易才安稳住他的情绪。医生告诉他，他的左腿已经严重感染，不截掉会危及生命，当时情况紧急，没办法征求他的意见。

他闭上眼睛，长长叹了一口气。良久才说："跟我一起被埋在底下的那个人死了没有？"

"那人的伤势比你严重多了，救出来的时候已经死两天了。唉，也多亏他临死之前拼了命把一只血淋淋的腿伸到外面，我们的救援人员挖进去才发现奄奄一息的你。那栋楼压了十几个人，整整四天，就你一个活着，真是个奇迹。"

他盯着自己空荡荡的两截裤管，笑的比哭还难看。

"那人死的时候拳头还紧紧握着，救护人员好不容易才掰开，你知道他手里有什么吗？"

他毫无表情地摇摇头。

"是用血写的几个字：兄弟，好好活！"

他愣了半晌，接着双手抱头号啕大哭。

重 生

徐常愉

说实话，要不是丈夫来了这里，她也许就不会来了。

医院组织报名的时候，她没有报。她已经怀孕五个月了，医院领导和同事都建议她不要去了，必定救援是存在一定危险的。可是，她下班回到家里却突然接到丈夫的电话，很急，只一句——我随部队去汶川了，你多保重。说完电话就撂了。她再往回打，电话已经关机。于是，她的心也跟着丈夫飞向了汶川。

那一夜，她无眠。第二天一大早，她收拾好行装打车赶到了医院，幸好医疗队还没有出发，她义无反顾地加入了其中。

到了汶川，触目惊心的场景让她的心一阵阵疼痛。看着一张张痛苦但顽强的脸庞，她庆幸自己做了这样的选择，因为这里才是最能体现医生天职的地方。救援已经不仅仅是普通意义上的救援，它更是一次生命的洗涤。虽然她没有见到丈夫，也不知道丈夫在什么地方，几次给丈夫打电话仍然是关机，但此时她的心中已经在不知不觉间淡化了对丈夫的担心，她只知道拯救生命是她目前唯一的选择。为此，她忘记了劳累，忘记了自我。

不料，出了意外。在一次抢救伤员过程中，她摔倒了。人们把她扶起时，发现顺着她的大腿汩汩流出了鲜血。尽管医生做了最大的努力，最终还是没能保住孩子……

她平生第一次感受到了失去亲人的痛苦，那种痛苦是撕心裂肺的。但在这个痛苦的海洋中，她知道应该把自己的痛苦深深地埋在心底。她决定独自一个人回医院休养。但是，医院领导觉得愧疚，还是给她丈夫的领导打了电话，请求转达。

作为丈夫的他听到这个不幸的消息的时候，正在同战友抢救一个婴儿。听到消息，他的眼泪刷地就下来了，但是，他的双手没有停下来，因为救援正是关键的时刻，婴儿随时都有生命危险，是他的父母用支起的双腿为他撑起了一个生存的空间，而婴儿年轻的父母都已经停止了呼吸。

很快，婴儿被成功解救出来，那一刻，他心中的痛苦被喜悦冲淡，怀抱着婴儿，喜悦的泪水簌簌而下。细细打量婴儿，是个白白胖胖的男孩，两三个月大的样子，还在熟睡中，浑身上下没受到一点儿伤害。不经意中，他发现婴儿的衣兜中有一张纸条，抽出来一看，上面写着四个字——您的孩子。刹那间他读懂了这一对年轻父母的心，他们临终已经把自己对孩子的爱转移给了"您"，而他们无疑又给了这个"您"以无限的信任。他快速梳理着思绪，可是，医生已经过来接他怀里的孩子了，他愣怔着，竟然紧紧抱着孩子不肯松手。直到医生提醒他，孩子需要进行全面的检查时，他才醒过来。把孩子交给医生的那一刻，他指着孩子兜里的纸条叮嘱医生，一定保留好这张纸条。医生坚定地点点头，答应了。

  一个月后，部队撤回休整。他第一时间赶回家看望日日牵挂的妻子。门开了，妻子温柔的笑容在他眼前绽放，但是，他却愣住了。因为妻子怀里抱着一个婴儿。妻子看到他疑惑的眼神，慢慢地从孩子的兜里抽出了一张纸条，他突然间明白了一切，上去紧紧拥抱住了妻子和孩子。妻子说，我们要感谢我们院里的白医生……他说，是的，我们更要感谢那一对年轻的夫妇……说着说着，两个人已经泪流满面。

天上的爸爸

邵昌玺

杏儿在一岁半的时候得了脑膜炎,医生说是病毒性的,可能是吃了被大田鼠咬过的东西。尽管花了不少钱治疗,可终究没能痊愈,现在都快6岁了,可医生说她智力发育也就跟2岁左右的孩子差不多。但是,爸爸妈妈并没有放弃对杏儿的治疗,每年的5月份都要带杏儿到北京的医院接受1个月的恢复治疗。

杏儿的家在四川省汶川县,妈妈几年前下岗了,爸爸是一所中学的老师,平时工作就很忙,特别是今年爸爸又担任毕业班的班主任,所以这次只能由妈妈一个人带着杏儿去北京。

5月10日是杏儿6周岁的生日,过完生日,她和妈妈就要启程去北京。晚上,爸爸特意早早回到家,亲手给杏儿点燃6根生日蜡烛。烛光摇曳中的杏儿咯咯地笑着,爸爸摸着杏儿红扑扑的小脸儿说:"杏儿,跟妈妈去北京要听话,等你回来咱们再一起玩游戏……"

不觉间,杏儿和妈妈来北京快1个月了,医生说再过几天她们就可以回家了。

杏儿喜欢玩游戏,而且最喜欢跟爸爸妈妈一起玩猜猜看的游戏。这些天,杏儿在医院看到别的小朋友跟爸爸妈妈玩猜猜看的游戏,也非嚷着要玩这个游戏。

游戏开始了,一只手从后面捂住了杏儿的眼睛。妈妈说:"好了,杏儿,猜吧。"杏儿咯咯地笑着,说:"是爸爸。"

妈妈笑着问:"你怎么知道是爸爸?"

杏儿说:"爸爸的手有劲儿。"

妈妈说:"那当然了,爸爸是男人,手没劲儿能行吗?"

第二天,游戏又开始了,一只手又从后面捂住了杏儿的眼睛。

妈妈说:"好了,杏儿,猜吧。"

杏儿照例咯咯地笑着,说:"是爸爸。"

妈妈问:"你怎么知道是爸爸?"

杏儿说:"爸爸的手硬。"

妈妈说:"那是因为爸爸心眼儿好,心疼他的学生,就是自己不吃,也不会让哪个学生饿着……现在,你爸的手上哪有肉,净是骨头,能不硬吗?"

第三天,游戏照常开始,又是一只手从后面捂住了杏儿的眼睛。

还是妈妈说:"好了,杏儿,猜吧。"

这回,杏儿没有笑,反而噘着小嘴小声地说:"是爸爸。"

妈妈问:"怎么了?杏儿,为什么不高兴,你不是最喜欢玩这个游戏吗?"

杏儿抬起头,眨着那双漂亮的眼睛看着妈妈,委屈地说:"爸爸,爸爸没气了,他的手软了。"

顿了顿,杏儿慢吞吞地接着说:"妈妈,我不玩了,人家的爸爸都不用充气,为什么我的爸爸老是要充气呀……"杏儿边说边指着放在病床上那个能充气的塑料"爸爸"呜呜地哭了起来。

杏儿一哭,妈妈的眼圈也红了。但是,她没有掉出眼泪,因为她的眼泪早就流光了:她永远也忘不了那个让她一辈子都刻骨铭心的电话,忘不了电话那头学校领导告诉她就在她们去北京的第二天家乡发生了大地震,丈夫在地震中牺牲了。说丈夫本来是能够逃生的,但是他放弃了自己逃生的机会,危难时刻紧急疏散已被吓傻了的学生,最后不幸遇难,临死的时候,身下还护着2个学生……这些天,她整天以泪洗面,也曾经想到要陪丈夫一起走。但是,当她看着病床上整天咯咯笑的杏儿,还是毅然抹干眼角的泪水,从心底里告诉自己要坚强……

就在这些天,杏儿非缠着她也要跟别的小朋友一样跟爸爸妈妈玩猜猜看的游戏。这着实让她犯了难,冥思苦想,她终于想出了一个主意——第二天,杏儿的病床上就多了一个能充气的塑料假人。

此后,她和塑料假人一起跟杏儿玩游戏,杏儿别提多高兴了,手舞足蹈地说爸爸也来北京了,自己也能跟爸爸妈妈一起玩游戏了……

"妈妈,为什么我的爸爸老是要充气?"杏儿摇着妈妈的手天真地问道。

妈妈打了一个激灵,杏儿的话把她从回忆中唤回来。她看了看身边满脸委屈的杏儿,蹲下来,用微颤的双手小心翼翼地擦去杏儿脸上的泪痕,然后,轻轻地抚摸着杏儿的头,像是自言自语地说着:"杏儿,好孩子,别哭了,爸爸肯定是累坏了……"

可是,杏儿根本不听,还是不依不饶地哭闹着。

妈妈实在没法,因为她确实不知道该如何回答杏儿的问题。

这时,她突然瞥到身边的一个气球,于是,妈妈急忙说:"杏儿,别哭了,我能让爸爸飞起来!"

杏儿止住哭,眨着一双红红的眼睛好奇地问:"真的吗?爸爸真能飞起来?"

妈妈点了点头，说："好孩子，快睡觉，等明天你睡醒了就能看到。"

杏儿半信半疑地点着头，睡了。

第二天，杏儿醒得很早，刚睁开眼，就问妈妈："妈妈，爸爸飞起来了吗？"

妈妈朝杏儿笑着，然后，用手指着房顶。杏儿顺着妈妈手指的方向看去：咦？爸爸真的正在屋顶上摇头晃脑地飞着。

杏儿终于又咯咯地笑了，高兴地嚷着："哦，小朋友的爸爸都不能飞，只有我的爸爸能飞，爸爸飞得好高呀！"

一旁的妈妈看着开心的杏儿，摇了摇头，无奈地苦笑着，因为只有她知道爸爸能飞的秘密：那是昨晚等杏儿睡熟后，她走街串巷好不容易找了个卖气球的人，给塑料假人充了2元钱的氢气。

杏儿继续开心地叫嚷着："妈妈，快看呀，爸爸在天上。"

妈妈抬起头，出神地看着房顶……一会儿，妈妈小声地说："对，爸爸是在'天上'，可能这会儿正看着咱们笑呢……"

61个鸡蛋

墨中白

看到许多人被压在楼房废墟底下生死不明,看到父母失去孩子痛哭失声,老汉的心好疼。

老汉买不起电视,可汶川地震后,老汉和老伴天天都到邻居家看新闻直播,看一次,就流一次泪水。

老伴说,谁家都有儿女呀,太惨了。

老汉也说,看到武警战士布满血迹的双手拼命地扒石块救人,俺恨不得立马插翅膀飞到灾区去拉一把。

老伴又说,你如何去得了哟,怕真要去了,忙帮不上,倒是给公家增添不少麻烦。

老汉擦着眼泪说,看到电视上遇难被埋的人,俺多想帮帮他们呀。

听说村民们都自发为灾区捐款奉献爱心。老汉急了,因为他手里的仅有的5块钱刚交了上个月电费。看着屋外咕咕叫的母鸡,老汉问老伴,还有多少个鸡蛋?老伴说,干吗?老汉说,大家都捐款,俺们也得捐呀。老伴没有再问,从纸箱里拿出攒聚了6天的鸡蛋。四只手细数了两遍,不多不少,刚好61个。老伴问,鸡蛋咋好捐给他们呢?老汉就说,你真笨,俺到街上卖了不就是钱吗。说完,提上61个鸡蛋,步行8里路,跑到集镇上去卖。

当老汉找到村里,把钱交到村支书的手里时,显得非常激动,内疚地说,自己实在拿不出更多的钱,这点钱只能表达他和老伴的一点心意。听说老汉捐的30元是刚刚从集镇上卖鸡蛋换来的钱。在场的村民心仿佛被人掐了一下,他们知道老汉和老伴相依为命,是村里典型的贫困户,两个老人平常的生活零用钱开支来源就是家中的十多只下蛋的母鸡。村支书接过钱时,眼里禁不住流泪了,全村共捐款12012元钱,唯有这30元钱,最让他心疼。

老汉76岁,卖61个鸡蛋的事情,是同学告诉我的。捐款时,负责登记人名的同学郑重地在笔记本上写下:杨凤清,捐61个鸡蛋,计30元钱。

春 天

杜秋平

他似乎一直沉浸在冬日的寒冷中,从他进来的那天起。虽然转眼就是春天了,他却一直感觉很冷。夏天也很快就来了,他还是望着日头叹息,看着高墙眩晕。

他总是心绪不宁,晚上噩梦不断。那天真的出事了,他突然感到了天旋地转,而且有人大声呼喊他的名字。他开始还以为是在做梦,屋顶坠落的碎石把他彻底打醒了。门不知什么时候已被人打开,他急忙往外逃。

看着被震坏的牢笼,他在恐惧天灾的同时有了些许的窃喜,逃出去吗?这可是个好机会。他望望周围的人,大家都在观望。空气似乎凝结了,虽然周围响声不断——大地依然在震怒,连天也暗淡下来,很快携来疾风骤雨。

狱警呼喊着:大家注意安全,到空旷的场院里暂时避难,不要乱跑!考验我们的时候到了!大家一定要遵守纪律!狱警声嘶力竭的喊声起到了作用;再说,其实他们也多是不想逃跑的。

他摸了一把脸上的雨水,尽量使自己平静下来。

短暂的地震后,大地全然变样了,四周的悲号声隐隐约约可以传过来。他知道,这个时候这块土地上肯定有了不少的伤痛。这座监狱的建筑也损坏不少,但看着还算结实,而且万幸的是没有人员伤亡。

围墙有了许多缺口,这群穿着囚衣的年轻小伙子呆立在院中。

"现在我们需要去救助灾民,谁愿意去的报名。"监狱里的领导发话了。

好多人都报了名,他也举了手,很快就跟着车队出发了。他们开着监狱里的大卡车,急速地奔驰着,车被路上的碎石颠得老高。

民房倒塌得很厉害,好多人受伤了。他们在狱警的带领下开始转运伤员,一卡车一卡车的运,鲜血滴答在他们身上。他们带着悲痛,没命地抢运伤员,不知疲倦,一干就是十几个小时。

每到一处,他们都被称为"解放军同志"。他们带着尴尬却感觉还是很幸福的。他更是觉得幸福,因为以前他被人的冷眼嘲笑惯了。

他救起一个年幼的孩子,孩子的腿伤着了。他抱着孩子,小心翼翼地往车上送。孩子低声喊道:"解放军叔叔,还有我奶奶。"

老人家已经步履蹒跚地跟来了,胳膊上带着血污。他把孩子和老人安全地转送安置好。此时天已经亮堂起来,被他救起的祖孙俩对他千恩万谢。

过了会儿,那孩子突然有些疑惑地问他:"你不是解放军叔叔吗?我爸爸是解放军,你怎么……"

他的脸顿时有些烫。那位老奶奶急忙握着他的手说:"小伙子,大娘就知道你是个好人!"

他很激动,手有些发抖。

避难的帐篷搭建起来了,救灾工作进展很快,外援的力量越来越大。他们要听命令回去了,回到监狱中。

老大娘拉着他的手舍不得他走。"现在没有条件,大娘改天一定给你包饺子吃。你回来了就来看大娘,大娘天天等着给你包饺子吃。"

他的泪再也忍不住了。他的父母早亡,他又一直流浪,而且为非作歹,几乎没干过好事。他一直生活在冷漠中,很少感受到亲人般的温暖。

这是他抢劫杀人被抓后第一次哭。

他忍着悲伤想跟大娘解释些什么。可话还没出口就又听大娘说:"孩子,你什么都不用说,大娘没看错,你是个好人。肯定是被冤枉了。大娘等你早点儿回来。"

他回转身上了卡车,哭着向大娘挥手道别。

一路上,他都很激动,泪水模糊着双眼。隐隐约约的他听到狱警说:你们都立功了,有机会缓刑的。

他望望天,天真的暖起来了。

老 金

彭福帮

地震发生的时候,老金刚刚从公司满腹悲凉地走出来。老金下岗了,刚刚去收拾了东西。

老金在公司干了三十多年了,从半大小伙子,一直干到两鬓斑白。再过几年,老金就到退休的年纪了,老金做梦也没想到,就在这个节骨眼上,下岗的事竟然轮到他头上了。

在这关键时刻决定老金命运的是新来的总经理王刚。这王刚不是别人,正是老金的小学同学。

当初,得知新调来的总经理是自己的小学同学王刚时,老金兴奋得一夜无眠。老金在公司干了三十多年,一直原地踏步,老金憋得难受极了。现在老同学来了,老金觉得他肯定会照顾自己的,自己可是多年的媳妇熬成婆了。没想到,老金很快就尝到了什么叫"乐极生悲"的滋味——王刚不担没帮他,反而把他"请"回了家。

老金很伤心,也很无奈,他想不到王刚竟然这样对自己。他不知道自己哪儿得罪王刚了。他把自己和王刚的交往经历,在脑海里放电影一般过了一遍。这些年,他和王刚基本没什么往来,他们的交往主要集中在上学的时候。哦,对了。肯定是为了那件事。老金脑海中突然一亮。

上小学五年级的时候,王刚的头上生疮,头发剃得精光,王刚怕别人笑话他的癞痢头,就戴着母亲的黄布帽去上学,看上去很滑稽。这引起了老金等一干同学的兴趣,大家时不时地趁王刚不注意掀掉他的帽子,并迸发出一阵哄笑。老金想,王刚肯定是因为这件事记恨自己。

老金的妻子几年前下岗了,儿子还在上大学,家里的生活一直在靠老金那几文可怜的工资维持着,老金这一下岗,家里就得喝西北风了。为了保住饭碗,老金去求过王刚,但王刚以公司的改革为由,回绝了老金。

老金刚刚跨出公司的大门,突然感到一阵山摇地动,老金踉跄了几下,差点摔倒,赶忙抱住路边的一棵大树,这才稳住了身体。

老金看到,公司的同事潮水一般涌了出来,紧接着,只听轰的一声响,公司的办公大楼倒塌了。

公司的办公大楼前挤满了逃出来的同事,尽管如此,还是有不少同事被埋在了废墟下。老金飞奔到废墟旁,大声地呼喊同事的名字,李辉,小王,阿文,你们在哪儿……

老金,快来救我,我是王刚。一个颤抖的声音从废墟里传来。

老金朝同事们喊道,还愣着干什么吗,总经理在这,快来救人啊!

这时候,很多同事都已经跑走了,只剩下了十几个人,听老金这么一喊,便纷纷跑到老金身旁,和老金一起上到废墟上救人。

老金发现,王刚被废墟掩埋得比较深,想要救出来恐怕不易。

这时,不远处又传来呼救声。老金上去一看,发现这个同事埋得不深,比较容易救出。老金建议大家先救他。大家听老金说得有理,都同意。

王刚急了,说,老金,先救我,我们是同学呢!

老金说,王总,你先忍一下,咱把他救出来就来救你,先救你,会造成新的垮塌的。

老金,你是不是因为下岗的事不肯救我。

哪能呢。

你说你怎样才肯救我?

王总,你放心,我们一定会想尽一切办法救你的。好了,我们要去救人了,不能再多说了。

老金转身就走,身后传来王刚气急败坏的声音,老金,你……

三个多小时的奋力营救后,老金他们终于成功地救出了那名幸存者。老金他们高兴地欢呼起来,完全忘记了口中的焦渴和手上被磨破的地方传来的一阵阵的生疼。

老伴哭喊着跌跌撞撞地赶来了,老伴告诉老金,家里的房子塌了,兄弟姐妹一个都没消息,让老金赶快回去想办法。老金说,房子塌了,可以再盖,现在救人要紧。你先回去,兄弟姐妹会没事的。老伴连哭带骂地劝老金回去,劝了好久,老金就是不动脚。老伴看老金犟得像头牛一样,只好先回去了。

日头快落山的时候,老金他们终于把王刚也救出来了。当王刚重见天日的时候,他说,老金,谢谢你。在黑暗中这几个小时,我想了很多很多。你是对的,应该先救上面的人。对不起,你下岗的事都是我不好,我小肚鸡肠,小时候的事到现在还记着……

老金摇了摇头,宽容地笑了……

撤向微型地球

王前恩

那年唐山地震死了二十多万人，今年四川地震又殁了三万多人。我们生活在这个地球上的每一个人，都不可预知此一时还享受着阳光的灿烂，但彼一时说不定一切都变成了可怖的黑暗。

生命高于一切，尤其是人的生命！

我在想能否在灾难发生前的两三秒，把准灾区的人全部撤离。首先我遇到的问题是预测；其次是撤向何方；第三是当接到灾难将发生的信息后，用啥法子在瞬间把准灾区的数万甚至数十万生命撤离。

第二条我已投资数千亿开始建了——在离地球——必须得用地球上可供我们生存的一切资源——适宜的空中，另造一个微型地球！微型地球可入住二十万人即十万户人家，一户一个方块空间。

为此宏大的工程我将倾家荡产；还将塌不知多少亿的账。我的发妻因这离我而去。但一直暗中来往的我的小情人至美，却死心塌地成了我的新妻。我对至美认真地说，我将失去一切！至美嫣然一笑，说你在，一切就在！至美又说，你这微型地球能住二十万人？你这是吹牛吧?!我笑了，吻着她说，这就是高科技的功劳。然后抓起桌上不及手掌大的存储器，我说，这里可以放进一座图书馆的书。你信吗！

第三条也不难。我从无线信息传播得到了启发，请教了这方面的科学家。他们是这方面最可爱的人。科研成果分文不取。重要的是联系到了爱的奉献制造商。制造商说你只要把微型地球造好，我们保证按时投入使用！

最头疼的是预测。水灾雪灾，都有前兆。唯有地震，不是没有而是我们人类在这方面愚拙有余，灵觉不足。地震烈度可分十二级。强震从五级开始。五级：较强；六级：强；七级：很强；八级：破坏；九级：毁坏；十级：毁灭；十一级：灾难；十二级：大灾难。这时地上跑过了一只老鼠。我不由眼睛一亮。我从老鼠身上想到了解决问题的办法。

我赶忙一个电话过去。在地震局工作的好友张亮，听后哈哈笑说，老王呀，在这方面咱俩是不谋而合呀！我却怎么也笑不起来，我说，我要的是马上能投入使用的成果！是呀，我们不能再死人了。生命高于一切，尤其是人的生命！

张亮终于把预测器搞成了，名曰鼠觉器。不久又研究出了撤离器。当然这些全让爱的奉献制造商大量生产。按放鼠觉器和撤离器位置的选定，必须以该地区从古至今地震的历史为依据。比如震心在哪？震波多少？几级造成损失的程度等等。这都是有规律的。确定下了按放二器的位置之后，把此点的经纬度即坐标输入操控网，以便如果此地欲发生不测，我那里的总控台上，就能及时准确接收到该地区的信息。为了探试灵否，我们给甲地以人工微震。鼠觉器上标有二级的红灯亮了。

我们又要搞较大规模的模拟演习。这个时间由我确定。我又到已竣工的微型地球上巡查了一遍。刚进家门，至美也回来了。至美是全权负责各个地区按放鼠觉器和撤离器的总经理。至美说累死我了，为了你的理想，我可从来没这么累过！洗过了澡享受了性福后，至美说，老公呀，我爸妈想见你。至美流泪了。我点点头。至美的爸妈在丙区。我一下坐起来，抓起手机给张亮下命令，请你给丙区以三级地震！我听到张亮在那边发牢骚，才凌晨三点呀！跟你搞工作也太那个了！我吼道，老天爷想要你我的命可不管白天黑夜！

张亮按我说的，在他的副总控台上揿下了丙区的三级地震的按键。刹那间，我面前的总控台上，丙区的八级地震显示红灯亮了，且如鼠叫般唧唧唧唧唧唧，我立即按下了撤离键区的丙地键。仅仅三秒，丙区的十二万人，被转移到了微型地球上。

我和至美来到了一个小方块的门前时，东方已升起了太阳。敲开了门，里边是至美的爸妈。至美朝她的爸妈扑了过去。我却在门外用手机厉声质问张亮，咱们事前说好用三级搞模拟演习。你他妈的怎么搞成了八级？！丙地区损坏的一切你得负责赔偿！一千个你也赔不起！操奶奶的……张亮打断我的话，却挺委屈地解释，老王呀，接到你的指令，我先去了趟卫生间，还没完呢，工作室的副总控台上的鼠觉器就唧唧大叫了起来，我连屁股都没擦提着裤子跑去一看，妈呀，丙地区地震了！八级！老王呀，我确实没有揿任何键呀！

真的，丙地区地震了，八级！我长长舒了口气，跑进屋里抱起至美，我像小孩一样笑哭了起来，我说，至美呀，咱们救了十二万人的生命！

生命的屏障

龚宝珠

一场突如其来的灾难袭击了这座小城。

地震发生的时候,小城的中心幼儿园正在上课。顷刻间,整个教学楼开始剧烈摇动起来,窗户全都咯吱咯吱乱响。天在晃,地在晃,孩子们的哭喊声响成一片。

你的耳边全部是物品倒地后碎裂的声音,摇晃的感觉让你的五脏六腑上下翻滚。你没有慌张,你招呼着学生往楼下跑,而你自己却没有动。

楼道太拥挤,孩子们没办法在最短时间内全部跑出去。有的孩子吓得呆坐着,不知所措。你只好一手抱着一个孩子,向楼下冲。你看见你的同事也以同样的姿势紧紧地抱着孩子,以电一样的速度朝教学楼的门外冲。

当你和另外两名同事再次冲到楼下门口的时候,教学楼坍塌了。在最后的一瞬间,你们张开双臂,奋力把怀中的孩子往门外推……

第二天,人民的子弟兵进入了小城。

小城到处是房倒屋塌后的残垣断壁,震后的惨状让人触目惊心。就是在这座教学楼前,救援的官兵们看到那一片粉红色的楼顶几乎已覆盖到地面的建筑,地上散落着小花衣和破残的玩具……曾经的鲜花绽放之地——全县里最大的幼儿园已经轰然倒塌了。

沉默,只是短暂的沉默。营长的双眼湿润了,大手迅疾一挥:"同志们,开始搜救。"

时间,一秒一秒地过去了。

这时,一个战士听见废墟中传出一个柔弱的声音:"叔叔,救救我,救救我。"声音很稚嫩,是一个小女孩。战士的心里一阵惊喜,一边招呼战友,一边向声音的方向寻找。

战士们用钢钎、铁镐等简单的工具,在废墟上开始了营救。小女孩的身体出现了,战士们大声呼唤着:"坚持住,叔叔来救你了。"断壁残垣下突然响起稚嫩的歌声:"谢谢叔叔,我给叔叔唱个歌……"

女孩获救了。是的,女孩获救了。

生命的屏障

　　战士们发现，女孩的下面还有一个孩子。由于受到惊吓，孩子哭了，声音很大。营长来了，安慰孩子说："你数200下，叔叔就把你救出来了。"

　　"叔叔骗人，数到200了。"废墟里的孩子着急得直哭。

　　战士们也急，用钢钎、铁镐小心翼翼地挖，用手抠动着散落的砖泥碎块。很快，第二个孩子也获救了。

　　战士们的心里刚觉得有些宽慰，眼前的场景却令他们再次惊呆了——在获救孩子的身边，竟紧紧地围着三位雕像般凝固住的女老师。她们没有下意识地自我保护动作，而全伸着手臂。

　　我知道，这其中有你。

　　你们在楼房坍塌的最后一瞬间，来不及把这两个孩子推出门外。在生命最后的时刻，你们用自己的躯体围成一道生命的屏障，保护住了孩子……

　　这种舍生忘死的爱就定格在这生命的屏障里。

选择题

临川柴子

土地裂开，楼房倒塌，一座美丽的山城转眼成废墟一片，虽然距离很遥远，可是安丽的心还是被一种疼痛撕得七零八落，电视机前每天看得惊心动魄和泪流满面。地震灾区不断有新的报道，也有绿色的身影和不断加入的志愿者在行动，也就在这个时候，一个重大的决定在安丽心里产生了。

安丽也要去做一个志愿者。

当然没有人可以阻止她这样做，只是摆在她面前的一道选择题还没有做完。

是一道感情选择题，出题方是两个优秀男青年，李明和王方。

因为他们的确都很优秀，各有所长，所以安丽一直在他们之间摇摆不定，两位情敌也很斯文，如果能像古代武士决斗那倒要简化许多，但是他们不，却偏要绅士般地让安丽从中做选择，并且给出最后通牒。

课题选择总是有一个正确的答案，但是感情选择题却并不能以简单的对与错来判别，或许一次错误的选择该用一生的代价来承担呢。

你为什么不可以用这件事来考考他们呢，女友一句话让安丽茅塞顿开。

是啊，自己也出一个选择题让对方来选择吧。

安丽首先找到李明，说她要去灾区做一个志愿者，问李明是否支持。

志愿者？李明说，我很反对。

为什么？

听说那里余震不断，多危险啊，我不能让你以身涉险。

听起来很正当的理由，也很关心，可是安丽总听出一种不舒服的感觉来。

很多人都去做了志愿者，他们能做的事我为什么不能做呢。

是啊，既然很多人都去了，就不差你一个了，你何必去凑这个热闹呢，还让我空劳牵挂。李明用他那一贯油腔滑调的口吻说，这种俏皮话以前安丽认为有趣，现在却感觉非常恶心。

如果我提议我们一起去呢？安丽试着问他。

这不可能，我想也没想过要去那种鬼地方。李明回答得很爽快。

选择题

安丽没有表明自己的态度，却直接找到王方，告诉他自己要去灾区第一线。

你决定了？王方问。

决定了。

你既然决定了我只能义无反顾地支持你。王方说，前方危险，你要当心。

安丽说她知道，心里暖暖的，王方的质朴和沉稳原来一直都是优势，为什么以前没有发现？

你能和我一起去吗？安丽轻轻地问他。

我非常愿意去，但你也知道，我手头工作忙，所以……王方非常的诚恳，安丽知道他确实脱不开身，她能理解。

这时安丽又接到李明的电话，李明在电话中再次重申了他的立场，他不希望安丽去灾区，安丽看也没看电话就挂断了。世上还真有这种冷血动物。

安丽出发的当天，王方到火车站送她，千叮咛万嘱咐，恋恋不舍，可是李明却连影子都看不到，安丽已经明白这道选择题应该如何做了，她已经在心里悄悄地给了李明一个叉，像老师批改作业一样，给了李明一个大大的红叉。

安丽去到灾区立即投入到紧张的工作中，期间王方又打来电话，问东问西，安丽说她在这里一切都好，叫他不要牵挂，同时心里暖暖的。

李明也打来电话，安丽冷冷地说你不要打来了，以后我都不想听你的电话，你出给我的选择题我已经做了，你出局了。

李明说不要过早做选择，你往前走二十米。

安丽走出二十米，竟然看到了李明。

为什么？安丽感觉很意外，能在这里见到自私的李明。

其实你在做这个决定的时候我早已决定来做志愿者了，这是一份很艰苦的工作，有我去做就够了，所以我坚决反对你来这里。

为什么反对？

因为这里随时都有意外，我没有能力保护你。

可是我来了。

那说明你不是娇小姐，我们并肩作战吧。李明伸出一只手，安丽看到这只手才几天就已经很粗糙，心里疼了一下。

安丽觉得这道选择题有必要重做了，好在没有交试卷，一切都来得及。

大声喊着你的名字

白小良

走到高坡上,华老师见东边的云彩愈加红了,就停下脚,用沙哑的嗓子喊身后的学生,要大家加油。

这支穿行于高山峡谷间的队伍,是从地震中心的小学校突围的。

天空正用一片绚烂的颜色昭示着生活的美丽。经历了梦魇般下午和夜晚的学子们,此刻全都疲惫不堪、衣衫不整,他们伫望于五月的晴空下,眼睛湿润了。多少年后他们依然记得这样一个时刻。

余震又开始了。不知藏在什么地方魔儿,又鼓捣出魔法来了,阳光没有照到的深谷里腾出了团团烟雾,才一会儿,在早晨第一缕阳光里面,高坡地方也有沙石流下去了。学生们互相照顾着,站在那,不敢坐下,一坐下马上全都会瘫在地上起不来的样子。

余震稍息,华老师领了孩子沿着山脊行军了。走了一天一夜,顶少还得有一天的路程。而他们的全部给养只是两袋夹心饼干和三瓶矿泉水,面对的却是无数的魔:山体裂缝、泥石流、暴风雨、高山反应、浓雾、阴冷、饥饿和恐惧,甚至还有一些奇异的事情。

华老师说奇异的事情不止一次。先是在翻越第三座大山时发生的,本来熟悉的山和路和以往不一样了——山形变了。原本记准了往上走的路,现在变成往下走了,要是按原来的方向走,准会掉到悬崖下边去。

华老师走走停停,鼓励快挺不住了的学生,不断地叫他们的名字,要大家挺住,加油。老师说前边不远的地方,正有好多好多糖、冰激凌、面包、可乐……还有,警察叔叔就要来了。

正午阳光下面,这支队伍缓慢穿行于原始森林中,在古树、巨石之间不断消失、出现。

到了一块披满苔藓的巨石旁边,华老师猛然觉到了一阵怪异的风袭了过来,阴冷得要命,直沁到骨子里了,伴了一种刺鼻的气味。华老师知道要出事了。

抬一抬头,看见天空渐渐暗下来了……恍惚间,见 ·大团浓雾从前边满是树挂的古树下边涌了过来，腾腾黑色一人多高，发出来类乎硝酸一样的气味。同时，不知哪来的树枝、石块从天上直往下掉。

作乱以来，魔对于自己的对手始终困惑不解：要说那些军绿色、橘红色、天使白色倒也罢了，他们毕竟训练有素，不容易打败。可谁知身穿杂装的老百姓都没有屈服的，这就奇怪了。现如今，连小娃娃都快要"打败"自己了。魔禁不住直摇脑袋，它想不明白是咋回事儿。

表面上，面前的娃娃们衣衫不整，好像够狼狈的了。但内心里，他们想必都保持着自己的尊严，这几乎是明摆着的事儿，没有谁吓得瘫倒的样子。并且，这些人还一起猛劲儿喊着什么。

开始听去喊声还有点凌乱，但一会儿就整齐划一了。

学生们原本是互相喊着对方名字的，缀上"挺住，加油"的话。后来，不知是谁先起的头，由相互喊名字渐渐变成喊一个熟悉的字眼了——极具分量的字眼，起初是几个人喊，接下来就是全体一起喊了，喊那两个字"加油"。

第一个字的口形像吹口哨似的，好像是中国的"中"字，第二个字自不必说了。后面的话是加油、挺住。魔雾卷了卷，知难而进退了。也可以换一种说法，地震后的异象终竟渐渐消去，暗淡的天空一点一点亮起来了。

要说，一开始面对如此意料之外的情况，华老师和孩子们不是没有恐惧和慌乱。华老师后来说他不是英雄。公平说，对于华老师而言，恐惧和慌乱其实瞬间即逝了，他知道自己的责任。他们挺在黑雾阴风里，互相鼓励着渡过了难关。

太阳出来了。可以看清，蜿蜒在山谷里的是一支什么样的队伍呢？他们大都10岁左右。衣襟不整、面容憔悴，拉拉扯扯，只知道边走边喊，一直没有歇过。生怕一停住，马上就会累得瘫倒下来吧。童音沙哑仍不失金属般的穿透力，在大山里传了很远。

空降兵是最先发现这支队伍的。一下子，伞兵们都不太敢相信自己的耳朵，茂林之中，竟然荡漾着如此荡气回肠的声音。

总算到了营地，华老师和他的学生们看见了更多的军绿色，还有很多很多的橘红色和天使白色在废墟上奋战。说起来，魔的失败难道不是早就注定了嘛。

天空湛蓝，云彩绚丽。

华老师和他这支衣衫褴褛的杂色队伍，同灾区处处那威武的绿、英勇的（橘）红和天使的白一道，仿佛一直在（用行动、声音）大声地喊了同一个名字"中国，加油。""中国，加油。"声音气壮山河。

废墟下的手

孔祥树

这是个夏日，热得中规中矩，好像跟往日没什么不同。

过了中午，孩子们正在上学，不同的事还是发生了。

突然，整个村子触电般剧烈抖动，房屋就噼里啪啦地垮下来，旁边的山包也一下子往下涌，外边的人一个劲地疯跑，大呼狂叫，屋里的人转眼间被埋在废墟中，蠕动呻吟……

整个大地在战栗！在抽搐！在哭泣！在淌血！

短短分把多钟，一个秀美村庄就成了人间地狱！

很快，救援队伍来了，救援器械来了，救援物资来了。

在遍地废墟中，人们不分昼夜，争分夺秒，忍饥挨渴，紧张施救。一个个伤者被救出来了，一个个死者被抬走了。人们在惊喜中悲伤，在悲伤中惊喜。心儿起起落落，轻轻重重，被一只无形的手紧紧揪着。

时间一天天过去了，许多人还埋在地下，人们的心越揪越紧，越揪越疼。

一个星期过去了，施救人员开始绝望了，不说是埋在废墟下的伤残者，就是废墟上的正常人，在这样炎热的夏日，谁又能不吃不喝，让生命坚持这么长时间呢？

人们还是没有放弃，只要有一线希望，就要作百倍的努力。

一所小学废墟上，搜救犬在那里嗅着嗅着，就不动了。施救人员急急拿来生命探测仪，一测试，发现下面四五米处还有心脏微动。大家不敢相信，以为探测仪坏了，又换一台测试，结果一样。

人们可以不相信自己的大脑，不相信自己的眼睛，甚至可以怀疑科学的误差，但绝不敢怀疑生命的奇迹。

施救工作继续紧张进行。

终于，废墟掘开了，一股血腥气扑鼻而来，并伴着一片死亡的沉寂。

下面果真有人，一个女人，三个小孩，小孩两个小点，一个大点。

四个人下半身都被压着，三个孩子躺在一边，与女人对着。都不能动弹，不能言语，满脸血污，不知死活，女人趴在地上，双眼紧闭，嘴唇干裂，脸色惨白。

女人双手艰难地抬举，分别抚摸着两个小小孩的脸。

仔细一看，那两只手又不在脸上，而是分别伸进两个小小孩的嘴里。

施救人员把那两只手拨开，竟发现每只手都断了中指，鲜血淋漓，仍在一点一点滴着。

原来，两个小小孩一直含着中指，吮着血液，滋润着饥渴的喉咙，就像含着妈妈的奶头，吸着妈妈的乳汁，听着小曲安然入睡。

旁边那个大小孩也同样吸着，不过那是他自己的中指。

定睛一看，女人旁边躺着三截手指，两粗一小，两长一短，血肉模糊，触目惊心，就像三枚红色惊叹号！

这一刻，时间定格了，世界静止了，四肢麻木了，情感凝固了！

很快，那三根手指，又像三把尖刀，一齐刺向施救者的心里，不住痉挛，不住滴血。

这时，天空下起了雨，淅淅沥沥，淋在人们的脸上，分不清哪里是雨水，哪里是泪滴。

经指认，这个女人是这所小学的陈老师，而那三个小孩都是学生。

经再指认，那两个小小孩读一年级，那个大小孩读三年级。

经进一步指认，那个大小孩是陈老师的儿子，是她唯一的孩子。

经抢救，两个小小孩总算脱险，而陈老师带着儿子永远地走了。

后来，学校在废墟上进行了重建，并在校门口立起了一块纪念碑。

碑上雕刻着一只巨手，虽然断了一根中指，但仍坚强地举着，殷红的鲜血，正沿着手指缝，一点一点滴落。

那手既像一根蜡烛，又像一枚火炬，默默温暖每个人的心灵，照亮人们前进的方向。

捐 款

周 玲

赶在银行下班之前，兰萍揣着单位的赈灾募捐款急匆匆前去汇款。本想今天可以藉此早点下班的，可银行赈灾募捐汇款窗口前却排着长队。

哎，想想今天的捐款，实在有点憋得慌。以往响应号召每年都要捐各种各样的款，什么抗洪救灾啦、白血病患者啦、失明老人啦、残疾儿童啦，各种天灾人祸，硬性摊派，不捐也得捐，不由分说，有的干脆在工资里扣。不是没有同情心，也不是吝啬，可自己兜里的钱让别人做主，心里总不免屈得慌。可这次，看着电视上那些惨烈的画面，那些从国家领导人到平民百姓为救灾而忘我的感人场面，谁可以无动于衷！大家的心时时牵着灾区，恨不能插翅飞往汶川，把手伸向废墟下的生命。多想为灾区人民做点什么啊，可我们什么也不能，除了捐一点点的钱。出乎意料，这次没有硬性摊派，但大家准备好的捐款数额却大都没能捐出。机关事业单位，有一个大家默认的不成文的规矩，凡是场面上的事，官小的总是要让着官大的，平民百姓都要让着当官的，谁都不会破了这个规矩，只要他的脑子还是正点的。从局长、主任、科长到科员，依次是四百、三百、二百、一百，据说局长这四百也是按着县里的领导排下来的。这次出一百的平头百姓可又屈了：我怎么才一百呀?！兰萍心里更是不甘，老公是一家民营企业的生产主管，他捐了一千还说："就这么点小钱，能派上什么用场？"听说他厂里连工人都捐了三百五百的。兰萍虽然是一小出纳，但在机关上班，那可是金饭碗呵，收入自然不比老公低，可想着自己才捐了一百，实在是无颜见人。想想自己每天对着电视流泪，真想骂自己别虚情假意了！唉，听说新来的大学生小邹在街上的红十字募捐摊点又捐了五百，这个主意倒真不错……"1149号"——终于轮到兰萍了，当她递出这叠募捐款时下意识地低下了头，垂下了眼帘。

哟，都快5点半了！女儿又要在幼儿园门口噙着泪珠儿了，想到女儿可怜巴巴的样子，兰萍不觉鼻子微微发酸。女儿贝贝今年三岁，因为没人带，所以在幼儿园上学前小小班。

没想到，女儿见了妈妈，便撒腿欢奔出来，捧出拽在手里的五朵小红花。"妈妈，你看！"一张稚嫩的小脸就像盛开的小红花，"我把奶奶给我的5块钱捐给灾区的小朋友了！"

看着女儿扬起的甜甜的笑脸，兰萍忍不住在女儿脸上狠狠地亲了一口。

"好样的，宝贝！"说这话的时候，兰萍仿佛终于吐出了一口气，心情也随之舒展开来。

接了女儿，兰萍直奔菜场，说好了要给女儿做最爱吃的翡翠虾球的。可这一路上女儿的小嘴就没停过。

"妈妈，今天程强得了一朵大红花，因为他拿的是大票子。老师说，全班的小朋友都要向程强学习！"

"妈妈，我也想得一朵大红花！老师说了，因为小朋友交的钱还不够，所以让小朋友回家把自己的胖猪猪打碎了，再把里面的零钱跟妈妈换一张红色的钞票，交给老师，老师就会给一朵特别特别大的大红花"。女儿一边说还一边兴奋地比画着。

"啊？老师这么说的？"

"是的！"女儿尖着嘴，仰着头，停下脚步无比肯定地对妈妈说。

兰萍不由得"噢"了一声，有点不置可否。

快进菜场的时候，兰萍突然瞥见菜场外墙的一角有一棵大理菊正开着硕大的红花，不过已有些蔫儿，花的边沿已开始枯焦。兰萍不知道该不该指给女儿看。

化 蝶

易 凡

她是个美丽的重庆女孩。

她喜欢蝴蝶。每当她看到蝴蝶飞呀飞呀,好自由!好浪漫!好美丽!她忘情地把自己也当成一只美丽的蝴蝶了。她痴迷地说,世上只有蝴蝶最美丽。她的一生就像蝴蝶一样自由而浪漫,所以,大家都喊她蝴蝶了。

世上的事,不以蝴蝶的意志为转移。世上最美丽的,也不只是蝴蝶。

蝴蝶失恋了。她痛苦得想到了自杀。

这天,她做好了自杀的一切准备。天未见亮,她就将通宵达旦,用泪水写就的遗书轻轻地放在了床头上。她要让狠心离她而去的他痛悔终身。她越这么想,泪水就越往下落。他走了,她的天也就坍塌了。

她昨天就买好了去都江堰市的长途车票。她这一去,就永远不再回来。不过,她打算在死之前,最后去看一眼她和他在旅游途中,那相识相恋的地方,也是她认为蝴蝶最多最美的地方——都江堰市。

她鼓足勇气到达了都江堰市。她一下车,就昏头昏脑地打的直奔城边的一个山头。在这个山头上,她与他相亲相爱,私订终身。对她来说,这个山头,无异于梁山伯和祝英台化蝶的地方。

她孤坐在山石上,两眼呆滞地望着山下的都江堰城区,可她的脑海里,却只有两只欢快的蝴蝶,在幸福地上下翻飞……

这时,她忽然感到脚下一阵剧烈的晃动,她还没回过神来,霎时,地吼山摇,飞沙走石。随即,哭喊声、哀叫声、房屋的坍塌声,恐怖地向她袭来。她大张着的嘴没合拢,就被翻滚的泥沙无情地埋在了地下。整个过程,只有短短的十几秒钟,山下的城区,顷刻之间,化作了断壁残垣,废墟一片。

她苏醒过来时,已经被人从泥沙里挖了出来。这时,她才从救援人员的口中,知道自己撞上了大地震。本来就不想活的她,却幸运地活了下来。她不满意这样的结果,她问救她的人,为啥要救她?救援人员傻眼了,认为她伤得不轻,强制将她抬上担架,跑着送往临时救治点。

一路上,她看到解放军和武警官兵冒着生命危险在救人。那情景就像打仗一样，让她激动不已。不远处，不断有凄惨的呼救声，从坍塌的废墟中传来，她感到钻心的刺痛和死亡的恐惧。原来，死比想死，要可怕一千倍！

这时，有人抬过一副担架，上面躺着一个奄奄一息的小女孩。小女孩的妈妈在一旁焦急地呼唤着："女儿呀！听妈妈的话。一定要挺住！挺住呀！"

这声音，多像自己的妈妈啊！妈妈就像温馨的花园，她从小到大就在这个花园里，像蝴蝶一样自由浪漫，翩跹翻飞。眼下，人们为了活着而与死神抗争，可自己却不珍惜生命，竟然想死？她感到全身炽热，脸上火辣辣地烫人。去他的梁山伯吧，我也不是祝英台！

她翻身滚下担架，冲着救助人员大声喊叫："我没有受伤！我要当志愿者！"

她终于当上了志愿者。在废墟上，在断垣边，在担架旁，在帐篷里……人们随处可见一个熬红了双眼，汗湿了秀发，略带疲惫却显精神的美丽女孩。她忙碌着，跳跃着，悲喜着……有人说，这个美丽的女孩，一定是个没穿护士服的白衣天使！

这天，雨下个不停。她同几个年轻的志愿者，抬着从废墟下救出来的小女生，送往山脚下的救护车时，强余震发生了。泥土山石顺着坡势朝下滚，人们大呼小叫地迅速疏散。

这时，一块巨石风驰电掣般地扑向落在担架后面的两个小同学，四周一片惊呼：快跑呀！快跑呀！可两个小同学被吓呆了，站着动也动不了。眼看惨剧就要发生，就在这千钧一发之际，她冲了过去，将两个小同学狠狠推了出去……两个小同学得救了，可她倒在了血泊里。

不久，她躺在医院的病床上，她失去了一条腿。

不过，她没有泪水，没有后悔。她很平静，很安慰。因为他一直守在她病床前。她娇嗔地问他："我残了，你为啥还要回来？"

他抓过她的手，握得紧紧的。许久，他严肃地说："我不喜欢蝴蝶，我只喜欢现实生活中的你！"

羊

段晓东

孩子吃罢早饭和院子里的羊羔"咩咩"地闹了一会儿，上学去了。

她喂猪喂鸡，稍微收拾下家里。

其实家也没啥好收拾的，一张多年的饭桌，油漆剥落，擦烂了也不会有光泽。几个碗，几双筷子，也很简单。咸菜是饭桌上永恒的主题，不必动弹。

屋外的羊在咩咩地叫。

每天露水退了的时候，就到了她放羊的时间。看看日头渐渐升高，她准备出去。小羊看到她走近，更是伸长了脖子咩咩地叫着讨好她。她弯下腰伸手拍拍小羊的背，牵着它走出了院子。小羊咩咩地叫着，欢快地向着有早餐的地方进发。小路旁，田间头总是有它爱吃的佳肴。羊这东西真好，比猪强。猪天天要吃粮食才长得胖，往往是猪养大了，粮食也被它吃掉了不少。喂一头猪对农村人来说，有时就是个零钱换整钱的过程。这样一想，猪其实就像银行，零存整取。

猪像银行，那羊像什么？羊这东西可是真的好，吃草就成。农村不像城市，到处是硬化了的水泥路，草想长都找不到地方。农村不缺草，有土的地方就有草。土遍地都是，所以草就到处生长。田里的草多得惹人讨厌，人们隔三差五地将它们请出去。不过草也不是一无是处，可以喂羊啊牛啊的。生命力还顽强，今天被吃上一截，至多隔上一天就又长齐了。今年的雨水又特别勤，草嫩嫩的，小羊长得又肥又壮。

农村不缺草，缺的是钱。城里缺草可有的是钱，看看那高楼大厦，商场饭店，多豪华多气派，要多少钱才能建起来。所以村里人都愿意到城里去盖楼，一幢楼盖好了他们就去盖另外一幢。城里人需要楼，他们需要钱。

男人就在城里盖楼，男人已经很长时间没有捎钱回来了。这很正常，因为工钱的结算是要有一个时间的。马上就要过"六一"了，儿子的愿望是买一双崭新的运动鞋。她跟儿子说没问题，到时候咱们把小羊卖了。

今天上午她决定把小羊卖了，为了卖个好一点的价钱，她要让小羊好好地饱餐一顿。就像卖鸡卖猪的人一样，出手之前总要给它们喂个死饱。所以她一直挑那草又高又茂又嫩的地方走，比平时多走了二里路。其实她也知道，羊不比鸡和猪，就算它再能吃，一下子也不见得能长多少。

这几天儿子都在报告着新消息，说这个同学买了什么运动鞋，那个同学买了什么样子的书包。她知道儿子是在传递信息，提醒她不要忘了自己的承诺。她甚至能想象得出来，小家伙穿着校服，穿上新鞋子跑来跑去的神气样子。自己小的时候何尝不是这样啊，有了一件新衣服就要神气好几天。小孩子都一样。

她从市场里出来的时候，小羊变成了几张薄薄的钞票。她没有走进商场，而是来到了邮局。昨天的电视，她这一辈子都不会忘记。地震破坏了城市，那么多的房子倒塌了，废墟下面会有多少人啊？那些失去了父母的孩子，孤苦无依，他们将何以为伴？她尽量不去想，一想到这些问题，她的心就会很疼。可是，她总是左右不了思维。睁开眼睛，闭上眼睛都是那些场面，弄得她一晚上都没有睡着。她决定做点什么，来安慰自己的心灵。

找不出什么值钱的东西来，她想到了小羊。小羊是儿子的运动鞋。

没有办法直接送过去，就把小羊变相地邮寄过去吧。

儿子那里也好解释，她会告诉他小羊和灾区的小朋友们做伴去了。

她相信儿子会理解的，因为昨天晚上看电视的时候，儿子哭了。

从邮局出来，她的心情稍微平静了一点。她想六一的时候，小羊会出现在灾区哪个小朋友的脚上呢？

一个汶川大地震幸存者的生存日记

苗忠表

5月12日14时20分

汶川,某银行大厅。

同志,麻烦你排一下队好吗?窗口只露出一副黑边框眼镜,长长的马尾辫在泛着白光的玻璃窗后不停地跳动着。我左右看了看,其他等着取钱的人都排着队,只有我明显凹凸出来。我尴尬地笑了笑。刚才死死盯住的那个人就排在我的前面,大抵有五个人的间隔。出门时,光哥就一再叮嘱,光头,黑色雅戈尔西服,左脚有点跛……

咋这么慢呢?我咕哝着。

妈妈,叔叔是个急性子哩!说话的是一个只有五六岁光景的女孩,怀里抱着一只淡黄色树袋熊,瞪着大眼睛,样子可爱极了。她憨声憨气地问,妈妈,今天银行咋这么多人呢?

今天是星期一,叔叔阿姨都到银行取钱来了。

我回过头朝女孩扮了个鬼脸,女孩"咯咯咯"地笑了起来。

5月12日14时25分

我抬手看了看表,时间刚好过去了5分钟,人群终于微微骚动起来,我朝前张望了一下,"黑色雅戈尔"趴在窗口边,正埋头题着单子。不一会儿,"黑边框眼镜"从狭小的窗口推出几叠人民币,接着,又塞出一只黑色的塑料袋说,这么多钱,要注意安全,出了银行后果自负。

一万、二万、五万……我屏住呼吸,随着"黑色雅戈尔"的节奏默默地用心数着,奶奶的!光哥的消息还挺准的,这光头足足提了十万块哩。

5月12日14时28分

"黑色雅戈尔"将一副墨镜架上鼻梁,挤出了人群,我回过头朝女孩扮了个鬼脸,向"黑色雅戈尔"贴了上去。光哥的车就停在对面的马路上,我只要冲上去一把抓过"黑色雅戈尔"手上拎着的塑料袋,然后飞跃拦在人行道上的两道铁栏珊，跳入车中，引擎一拉，啥都搞定了……

我刚要伸手，突然，房子不断地晃动起来，然后就听到脚底下发出"轰隆隆"的巨响。

"黑色雅戈尔"停住脚步，这房子是不是木头做的？地下是不是还有加工厂？他回过头问那个漂亮的营业员。

怎么可能？地下哪来加工厂啊……还没等营业员把话说完，屋顶上的电灯开始上下摆动起来，大厅里的人一蜂窝似地纷纷向外跑去。

地震了！这时我才反应过来。我看见那个小女孩被拥挤的人群撞倒在地上，号啕大哭着，怀里紧紧抱着那只淡黄色树袋熊。我连忙转身跑向大厅去抱那个女孩，营业员边跑边提醒我们赶紧从后门走。我跑出后门就看到了"恐怖"的一幕：面前一幢八九层高的楼房左右晃动着，楼上的玻璃"嘎啦嘎啦"地响，碎玻璃不断地往下掉。紧接着，整幢大楼发着巨大的喧嚣声直挺挺地朝我们砸了过来……

5月14日15时30分

四周一片漆黑，胸口烦闷得要命，这是醒来后的第一感觉。借着手表上微弱的荧光，指针正好指向了14日15时30分。妈的！我在废墟瓦砾里整整"睡"了48小时？憋屈得难受，我蜷曲了一下身子，努力地想把双腿回伸过来，但试了几次，终于没有成功，一块巨大的混凝土压住了我的双腿。我用手抹了一下脸，湿漉漉、黏乎乎的。我轻轻地喊着，有人吗？有人吗？却始终没人搭腔。我记得银行大楼倒塌前的一秒钟，大厅里足足有百来号人，加上楼上楼下的也起码有四五百人。可人呢？都到哪里去了？我打了一个冷战。

突然，我的身子剧烈摇晃起来，仿佛整个废墟快要散架了，锋利的石块和钢筋卡住我的大腿，狠狠地刺插着，我"嗷嗷"大叫起来，脑子一片空白……

5月15日6时20分

幸好手腕上的表永远没有停住过脚步，这多半让我在黑暗的孤单中找到了一点宽慰。不知道外面究竟发生了什么，不清楚在我身边"躺"了究竟有多少人。我舔了舔干裂的嘴唇。6点多了，周围还是漆黑一片，那需要多少细小的瓦砾才能阻挡倔强的光束？我希望埋住躯体的只是厚厚的污泥，那样，我可以用经常持刀的手狠狠地将它们撕裂，可惜那是坚不可摧的混凝土。我再次曲了一下腿，微微有点松动。这次得感谢余震，在剧烈的晃动中，才有了这么一点可怜的罅隙。我微微兴奋起来。

有人吗？还有人吗？

叔叔，叔叔……

一个稚气的声音从不远处传来，哦！一定是那个抱着树袋熊的女孩！

我从裤兜掏出打火机，啪，一片跳动的光笼罩了整个狭小的空间。我陡然怕了起来，一支支锋利的混凝土棒紧紧逼住我的脑袋和胸脯，仿佛一不留神就会刺将下来。我赶紧灭了打火机。

黑夜中，女孩的声音像一支悠扬的笛歌，在弥漫着浑浊的空气中此起彼伏。临到最后，我仿佛听到了死神那可怕的心跳……

叔叔，叔叔，黑黑的，我怕！我怕！呜！呜！

我重新打亮了打火机。

好孩子，别怕！千万不要动，叔叔来救你！

我知道，这个时候最需要的是保持体力，我希望我的光亮能给女孩带去欣慰，带去鼓励。

顺着声响，我轻轻攀动身边的混凝土，一块、两块、三块……我看见女孩和那只已经变色的树袋熊了。突然，头顶上"哗啦啦"砸下一大片细碎的砢垃，我的身子重新被埋了起来。身边刚好有根弯曲的铝合金，我将它插入混凝土的缝隙，刚好顶出一个可容一个人钻过的通道。凭着打火机最后的一丝光亮，我发现女孩所处的位置要比我宽敞得多，大梁倒塌砸到地上时刚好形成一个天然的屏障。朦胧的灯光中，我看见女孩的周围压着不少的人，她的妈妈全身像穿了一件灰色的长袍，一动不动，像是已经死去了好多天了，"黑色雅戈尔"，不！准确地说是"灰色雅戈尔"，耷拉着脑袋，双手紧紧抱着那只黑色塑料袋。我推了推他，大哥！大哥！你还活着吗？许久，"灰色雅戈尔"终于蠕动了一下身子，他拉着我的手按到了塑料袋上，兄……兄弟，我快不……不行了！我知道你盯上这钱了！这钱可是我们龙文机械厂百来号工人的安家费，我们厂子散了……

我……我……

我始终说不出一句完整的话来。他是取钱发给下岗工人的，我是抢钱发家致富的，我们是不同轨迹的陌路人。我摸住身后一块尖锐的混凝土，正想一拳砸到他的脑袋上，几十万元就可以唾手可得了。许久，我松开了手，一把将他搂住，使出吃奶的劲将压在他身上的混凝土搬开。

大哥，你会没事的！政府一定会派人救我们出去的！

女孩在一旁使劲哭。

叔叔，我渴！叔叔，我渴！我要妈妈！我要妈妈！

我将树袋熊枕到她的头下，将手伸进她的裤裆，孩子，你是一个勇敢的女孩，使劲尿！使劲！

良久，一股温暖的水流溢满了我的掌心。我赶紧将手掌伸到女孩的嘴边，女孩用舌头尽情地舔着，舔得我的手心痒嗖嗖的……

突然，我们的头顶剧烈地晃动起来，整座废墟压抑得"噶噶"直响，细碎的石末掉落下来，仿佛天快要塌了，我一把搂住女孩和"灰色雅戈尔"，将他们压在身下，"轰隆"一声巨响，我感到后背有无数支钢筋在使劲戳戳着，紧紧闭住双眼。我仿佛像一只无助的候鸟在黑色的时空隧道里扑腾着破碎的翅膀踉踉跄跄地飞翔着……

5月16日8点30分

不知过去了多长时间，一丝亮光刚好砸到我微微开启的眼珠子上。朦胧间只听见嘈杂的声音在不断地喊着，这里发现了几个人，可能还活着，快点！快点将上面粘连的钢筋铰断，担架队上来……

是一队全副武装的解放军战士！

我长长地喘出了一口气，借着真实的光儿，我下意识地抬了抬手，手表指针在8点29分和30分之间晃悠，我竭尽全力大声喊叫起来，解放军同志，快救他们！我侧着身子，抬起软绵绵的手。下来还有一个孩子。

只听见一个带头的军官说，真是奇迹啊！88个小时了居然还能活下来！我被人抬到了担架上，头上蒙了一件不知道是谁馊了味的军装。接着，那个小女孩被一个小战士抱了出来。我指着身边的那只灰色的塑料袋对战士说，那是十万元钱，是龙文机械厂的公款……

5月17日8点45分

一天一夜，短短的24个小时，在我身上却像过去了整整一个世纪。睁开眼睛的时候，我发现自己躺在简易的帐篷里，手臂上挂满了皮管子，许多的人正围在我的身边。一个领导模样的人紧紧握住我的手。谢谢你！小同志！谢谢你保住了我们厂的命根子！你是我们机械厂的救命恩人呐！我张嘴刚要说什么。我看见那个小女孩躺在我身边的床上，和我一样，她也挂满了皮管子，只不过是在脚踝上。她将那只可爱的树袋熊递给我，稚声稚气地说，叔叔，谢谢您救了我！我把这只小树袋熊送给你！

我流泪了！终于，什么都没有说出来……

5月17日10点50分

战地医生说我和那个幸存的小女孩伤势都相当严重，需要送重庆继续深入治疗。5月17日10点50分，我们各自被送上了一架直升机，临进舱的一刹那，那个小女孩朝我捏着拳头轻声喊：叔叔，加油！加油！叔叔。

不知道那个女孩的名字，更不知道她家住哪里。从此，我们将天各一方，一切就像从来都没有发生过一样。但生死88个小时却让我记住了一点，是地震这无情的地质灾害和人世间的真情洗涤了我的灵魂！

沉痛哀悼！汶川大地震的死难同胞们！

新　生

陈龙江

中午12点整，阿灯开始准备行动了。他开着一辆破旧的二手车，径直来到那家银行前面。一切都如他当初设计的那样完美，每一个步骤都没有出现差错，就连在那短短的几分钟内，那条街上甚至连个行人都没有。他顺利从银行抢来一袋子钞票，开着那辆破旧的二手车，来到不远处的一家宾馆，开了个房，他要好好地睡一觉，这是阿灯的行动规律。越是危险的地方越安全，对此，他深信不疑。也许，过不了多久，那帮警察就会封锁道路。而他却在宾馆里呼呼大睡呢！以前，他的每次行动都是这样结束的，从来没被发现过。

阿灯洗了个热水澡，美美地往宽大的席梦思上一躺，他看看手表，正好14点。他抱着那包装满现金的钱袋子，放在枕头边，右手腕上紧紧缠着扎袋子的尼龙绳——这是他的职业习惯。阿灯闭上眼睛，睡意越来越浓了。

突然，阿灯感到一阵晕眩，床头仿佛被人使劲摇晃着，他睁开眼，看见天花板也在左右剧烈地晃动。他想翻身，但没成功，这时只听外面有人喊叫："地震了，快跑啊！"阿灯吓得一激灵，刚要坐起来时，只见天花板哗啦啦地往下掉，紧接着四周的墙也向他歪过来。只听"轰"的一声巨响，阿灯两眼一黑，就什么也不知道了。

不知过了多长时间，阿灯才恍恍惚惚地醒过来，周围一片漆黑，不知是白天还是黑夜。过了好一会儿，他才明白发生的事情，这个县城地震了，自己被倒塌的宾馆埋在废墟里面。他动动左手，能动，动动右手，也能动，但手上好像有东西拉着似的，一用劲，拉来一个袋子。阿灯苦苦一笑："却原来是那要命的钞票啊，这下真是为了钱，掉了命。"他动动腿，感到一阵钻心的疼，根本动不了，他的两条腿都被楼板紧紧地压住了。幸亏头部留下了一小片空间，不然，真的是一命呜呼了。阿灯长叹一口气："是死是活，只能听天由命了。"

阿灯的脸上盖着一层厚厚的灰尘，他用手擦了擦。他记得手机就放在了床头，伸手摸了摸但没有找到，他想喝水，他想吃饭。他想，如果这时候谁能给他一杯水，他就会把这一袋钱全给他。想到这儿，阿灯突然笑了笑："整天为钱而忙，甚至抢银行，现在有钱了，却不能当饭吃，不能当水喝，要这么多钱有啥用。"

在黑暗中，阿灯觉得自己第一次离死亡这么近，他也第一次有时间回想起自己的人生：自己从小就没了爹娘……一个人在世间活了30年，什么正经事也没干成……只会吃喝玩乐……曾经抢过三次银行……被通缉过多次但每次都成功逃脱……

正当阿灯胡思乱想时，突然听到外面有人喊道："里面有人吗？有人就答应一声！"有人来救命了，阿灯使出全身的力气喊了一声："有！"外面一阵激动，一阵乱响，显然是在营救他。

阿灯的上方压了四层坚硬的楼板，救援难度非常大。过了好几个小时，营救人员才在第一层楼板上开了个洞，然后是第二层，当在第三层楼板上切开个一个洞口时，透过微弱的光线，阿灯看清了营救自己的是身穿迷彩服的解放军战士。一个小战士对他喊道："大哥，你要挺住，你很坚强，你已经坚持了三天三夜。再坚持一会儿，我们就会把你救出去的。"阿灯虽然看到了生还的希望，但觉得气若游丝。他对小战士说："小兄弟，谢谢你来救我，只是我的命不值得解放军来救。有些话，我要对你说，你记住，我是一个抢劫犯，在地震那天刚刚抢劫了这附近的一家银行，钱袋子就绑在我手腕上。"小战士说："大哥，你别说了，保存体力要紧。在我们眼中，只有生命，只要有一丝希望，我们就会用百倍的努力来救你。"阿灯喘口气，接着说："小兄弟，我抢劫过三次银行，这些钱我只挥霍了很少一部分，大部分都埋在老家的宅子里，你记住我老家的地址，报告给政府。"阿灯把地址说完，长出了一口气。小战士赶紧爬出去，喊道："快挖！"

两个小时后，阿灯连同钱袋子一起被拉了出来。阿灯立即被捂住眼睛，抬上了担架，钱袋子交由专人看管。小战士拉住他的手，说："大哥，你挺住，医生马上就来。"阿灯用他最后的力气，说："如果有来生，我也要当解……"话没说完，头就歪向了一边。小战士感到阿灯的手越来越凉，越来越硬。小战士哽咽着说："连长，他走了，在他被救出来之前，他就忏悔了，为自己以前的罪行。"连长说："他的肉体虽然已经死去，但他在灵魂上得到了新生。"连长说着，停住脚，摘下帽子，所有的人都摘下了帽子，为一个逝去的生命，也为一个灵魂的新生。

让帐篷

叶 柄

太阳躲在云层里不见一丝丝风，麦苗渐渐成了柳黄色，樱桃、桑葚熟了都无人采摘，"旋割旋黄"的鸟鸣催叫得人心更是烦闷。

燕子河畔风景秀美、世外桃源的花岩村在"5·12"地震之后，已是满目疮痍，断垣残壁，瓦砾遍地。

岌岌可危的村委会残壁上贴着一张大红纸，院场里围站着睁大眼睛、焦虑不安、唧唧喳喳的男男女女。人群聚了又散了，散了又聚。

尘土飞扬的沙石路上一位个矮瘦小的中年男子急急走来。

半掩的门缝里，清楚地能看见村上的头头脑脑们又在商量着抗震救灾的要紧事。

第一批救灾物资发放名单上，几个拳头大的黑字，周正地立在大红纸上，像今天的太阳不见光影子，可比烧红的烙铁还烫人。

有人窃窃私语咬耳朵，有人高言低语说难肠。

"让开让开，我瞅一眼。"中年男子拨开众人挤到红榜前。大伙回头一看是村里的难缠人大张，人们不由噤了声：那可是个村前岭后出了名的无理搅三分的难缠人。人们很自然让开道，有人摇头，有人叹息，还有人说这回咬狼的狗来了。也有好心的、灵性的人悄悄溜进会议室，给村上的主心骨们报信去了。

村干部给报信的人笑了一下，挥挥手让他出去，没事人似地继续开会。

大张眼睛睁得核桃大，直勾勾地盯着大红纸，眼珠子像是吸铁石吸住了。

大张看到自己的名下清楚地写着：帐篷一顶，面粉一袋。

大张像是被蛇咬了一口，一蹦三尺高扯起嗓门喊："老陈，老孟，你们这些白眼狼都滚出来。"

本来掉头走了的人又回来了："也好，权当看回不掏钱的把戏改改心焦。"

村干部们只好停下开会走了出来。

"大张，有冤屈只管说。"头发稀疏年近花甲穿着军用短袖的陈支书不慌不忙地说。

"为啥给我'红双喜',一样都不少?"大张尕脖子的板筋暴得老高。

支书、主任面面相觑,不知这难缠人葫芦里又卖啥迷魂药。

"大张,你也是个直脾气人,有一说一,到底是嫌少还是嫌多了?"高个子村主任试着问。

"呸!少给我套臭袜子。我没你们干部草帽子圈圈样多的弯弯绕,凭啥给我有,你们没的?"大张气得呼呼的。支书、主任更是一头雾水。

"这是秃子头上虱子明摆着的事,你是重灾户啊。"支书解释着。

"我是重灾户不假,你俩不是?房顶开了天窗,墙缝大得猫逮老鼠不用上梁跳窗了,你们咋没的?"大张高声嚷嚷。

"这是我们会上定下的,头批物资重灾户,首先是群众。"主任肯定地说。

"干部不吃五谷杂粮?"大张嚷着。村干部不知说啥好。

"要得见人心,害病遭天灾。打地动山摇,天崩地裂,我见了干部的心了。看灾情,算数数,搭帐篷,把人往帐篷里攥,两头不见天,尾巴骨都跑丢了。我一共三口人,搭个小棚也把天灾躲了,粮食土埋了多淘几遍多大的事情?你们没个帐篷咋成?要商量事情,黑压压几百口人的死活要你们操心哩。再说上面下乡的干部来了,没个篷篷宽些的地方咋搞哩,门面咋支撑哩?总不能马无站处,人无歇处。打死我不要,我要让给村委会。"说完大张头也不回地走了。

好一会儿,大伙才反应过来,顿时,偌大的院场里哗哗地响起掌声,这掌声比燕子河的涛声还响亮。

村干部们不由热泪涌动,泪花里"旋割旋黄"鸟叫声中竟然是那样悦耳动听,柳色的麦子也瞬间化为满山遍野的金黄,白似雪、红似血的草莓和樱桃熟刹那间熟得让人心醉。

燕子河的人们这时候感觉到地震压根儿就好像没有发生过。

邻家大娘

顾振威

打开大门后我吓了一跳。

熹微的晨光中,邻家大娘正坐在大门口鼾鼾睡着。她面前摞了两块砖,砖上放了个鸡蛋。

大娘老家离小县城有十二里路。小县城有她挚爱的亲人,乡村有她的鸡鸭狗鹅们,也有春种一粒粟、秋收万颗子的热土,大娘的心就在小城和乡村之间漂泊着。常常是早晨还在小城做着家务,上午就回到田野里耕云播雨了。

我柔声喊着大娘,大娘警觉醒来。抬头看了看高高的楼房蓝蓝的天,脸上笑成经霜的老菊。

大娘,你这唱的是哪出戏?我指了指大娘面前摆放的砖和鸡蛋,不解地问。

大娘不好意思地笑了,说道,夜里我听好多人说要地震了,给良子打电话,打不通。我担心得要死,就用手巾兜了十多个鸡蛋,心急火燎地赶来了。走在路上我就在想,七六年那年地震前鸡飞狗叫鹅乱叫的,地要翻身了,现在咋不见一点动静?可能没有地震吧?我走到这里已是后半夜了,良子工作一天累了,我就没叫醒他,坐在这里也能睡觉。我怕万一真来了地震不知道,就在砖上放了个鸡蛋,地一晃动鸡蛋就会掉下来,等鸡蛋掉下来了我再喊良子……

砖上放个鸡蛋——这大概是这个世上用爱心制造的最简单的地震测量工具了。

看到大娘零乱的白发,眼中的血丝,脸上的沟沟壑壑,我感到胸中酸涩难抑,眼里湿润涌动。我颤着声说,大娘,天亮了,你喊醒良子吧?

大娘慈祥一笑,你有事忙你的,我没别的事,就让良子一家多睡一会儿吧!

天光大亮,良子终于咚的一声打开了大门。随着这沉闷的声响,砖上的鸡蛋滚落到地上,碎了。

大娘脸色骤变,霍地站起,苍老的声音透着恐惧、绝望、不安、痛苦,良子，快喊你老婆往大路上跑，地震来了。

大娘冲进良子家里，很快又冲出来，怀里抱着良子的七岁的儿子小欢。

看到大娘飞奔而去的踉跄身影，良子在后面边追边喊，娘，没有地震，你心脏不好，快停下来。

大娘没有停下来，仍然摇摇晃晃地飞跑着，三十多岁的良子竟然没能撵上抱着孩子的五十多岁的母亲。

把小欢放到三百多米外的宽阔的柏油路上后，大娘一头跌在了地上。

倒下来的大娘双眼圆圆地瞪着，带着对亲人的无尽牵挂，永远地离开了这个世界。

在这个距四川汶川一千多公里的小县城，大娘是唯一一个因地震而离开人世的老人，尽管在国家发布的地震死亡名单中不可能有大娘的名字。

震出良知

朱闻麟

大华村上有两幢连在一起的房子，在外人看来，这种紧挨在一起建造的房子，应该是亲兄弟，却不知是两个冤家对头。

张善和李良两家是邻居，以前关系是马马虎虎过得去，缺油少盐时还能相互借用一下的，可在建造房子时，因宅基地问题起了纠纷。

原本两座房屋之间有条近两米的通道，并不算在两家的宅基面积上的。张善先建房，为了想把房子建得宽敞些，打起了那条通道的主意，就跟李良商量起来，说反正通道上不走人，自己想把房子往这边靠一靠，咱们二五添作十，各人用这其中的一米，你看行不行。

李良听完张善的想法后，当即就提出反对意见。你先造房还有半条通道好用，到自己建房时，不就什么都没有了，那样不仅材料不好运来运去，还只能砌反手墙，很不方便的，除非张善把通道留下来，到自己建房时用那半条通道，这样才合理。

乡下人建房子是件大事，本来是可以协商的事情，可两家谁也不让步，更不想让对方占到半点的便宜，为此就吵了起来，张善说李良自己造不起房子有意刁难自己；李良说张善小看人，就是不让在通道上动工，吵吵闹闹中问题一直得不到解决。

眼看到了开工的日子，张善让泥瓦匠照着自己的计划在通道中间砌基脚。李良也不是吃素的，看到张善在砌基脚，立马上去给扒了，张善自然要拼命，两个大男人为此就动起了手，最后还是村里领导出面进行了调解。领导调解后作出了决定，用掉通道也没什么不可以，只是张善必须帮着李良把墙脚一起给做好了，以后李良家要造房时就不用为打墙脚而烦恼了，不然谁也别想打通道的主意。听听村领导说得也在理，两家这才没有再说话。

新房子造了起来，可张善心里是老大的不舒服，为了李家的墙根，自己白白浪费了不少建材；李良也不好过，看到张家的新房子，心里就堵得慌，于是就借了钱也把房子给造好了。别看张家的东山墙紧挨着李家的西山墙，两家的关系却紧张得很，时不时地为张家的鸡飞到了李家的院里，李家的狗

震出良知

晚上多叫了几声吵着了人而大吵特吵，是摆明了老死不相往来的那种敌我关系。

这次地震来得是太突然了，在一点预兆都没有的情况下，大地就抖动了起来，张善夫妇就在自家门前的田里干着农活，突如其来的灾难让他们惊呆了，等回过神来时，只见紧挨在一起的两幢房子像散了架似的轰然倒下了。

张家媳妇看着自己辛苦了半辈子建起的新房子顷刻间成了一堆废墟，心疼得大哭起来。在这个时候还是男人反应快些，房子虽然倒了，自己身体没有受到半点伤害，这是不幸中的万幸，就劝老婆别哭，乘着白天时候，看能不能翻找出一些粮食或值钱的东西，也好能为今后的日子作打算，老婆一听也对，于是就随着张善回到倒塌的房子边。

然而当两人来到倒塌的房屋边后，他们并没有去翻动自己家的那堆废墟，而是直接上了李良家那里，发着疯似地拼命掀开那些砖瓦、木头。

再说李良，地震发生时，他也在远离村庄的自家田里忙农活，随着一阵天旋地动后，李良立即意识到是地震了，看着远处有房子在倒塌，立马想起一件事，忙丢掉手中的工具，拼命地往家里赶。

当李良远远地看到自家那高矗新房没有了，心里暗暗地叫了声完了。你道是为什么，原来李良八十岁的老母亲这几天正生病待在床上，现在房子倒了，自己的老母亲看来是凶多吉少了。忙加快了脚步，想早点把老母亲救出来。

当李良来到自家房子前时，却看到张善夫妇正在使劲地扒自己的房子上的废墟。想不到这两个狗男女会乘着地震来趁火打劫，李良大声嚷道，张善，你眼睛瞎了，这是我的房子，你要干什么！

张善正使劲地搬动着那些残骸，突然听到一声大喊，着实吓了一跳，等回过头看到是李良时，心里也来了火："李良，你个混蛋，愣着干什么，你娘还压在下面呢！""娘，我的娘！"李良这才回过神来，原来张善夫妇是在救自己的母亲啊，忙加入到抢救的行列中。

也算是老太太命大，她睡的那张老式木床救了她一命，当三人把压在床上的水泥板木头残瓦搬开后，发现木床的顶板成三角形正要盖在老人的上面，老太太正蜷缩在床角里发抖呢。

看到有人来救自己，老人自然高兴，当她看清救自己的是邻居张善夫妇和自己的儿子时，心里更是高兴，对张善夫妇是一个劲地说："阿弥陀佛，阿弥陀佛，谢谢你们来救我，还是邻居好啊！"

张善夫妇当时到房前时，正好听到老人的求救声后，两人不约而同地想到了救人，现在看到老人安然无恙也是高兴，就是听老人的话后更是高兴，正想与李良相互庆祝时，几个人都笑了，刚才光想着救人，到这时才发现，大家的脸上早就被灰尘和汗水弄得像个大花脸了。李良是真心感激，刚才把水泥板搬走时，他已看到老式床的顶板已被压得变了形，要不是张善夫妇拼命把上面的重物搬走，怕是早被压断了，那样的话老娘也就没命了，李良是一个劲地谢张善夫妇。

  房子虽然倒了，可两家人的心却连在了一起，在随后的抗震救灾工作中，张善和李良一直冲在第一线，村里在安排救灾帐篷时，两家人同时提出要安排在一个帐篷里，他们相信，在今后的日子里，只要同心同德，一定能重建家园，重新做个好邻居，一直和和睦睦地过下去。

寻觅一个陌生而又熟悉的目标

庄 学

我在寻觅。

我在寻觅一个陌生而又熟悉的目标。

太阳就那样懒散散地挂在半空中,样子有些惨白。我认为它是嫉妒。它嫉妒我的自由自在,嫉妒我的游荡,它一嫉妒,脸就白了,一点也没有红着脸的时候可爱。

在一个公共汽车的站牌下,他的鼻子调皮地翘着,脸型很骨感也很有质感,做美术的模特很好。绿色的军装上面好像是两道银色的杠,包裹着结实的身躯。他在等车的两三个人中突显着朝气。

我眼睛盯着他,手斜插在口袋里不安地掂动着。手心都有些潮湿了。

嗯,不管那么多了,就是他了。

我紧跑几步来到他的身边,与他对面站着,眼睛平视着他。我看到他单眼皮的眼睛有些慌乱地与我对视了一下,移了过去,随后脸上泛起了一片红晕。新兵呵,真是生瓜蛋子。

我一个人在这个城市里上学,我当得了我自己的家。父母鞭长莫及。不仅仅是鞭长莫及,而是根本不可及,阴间能管阳间么?!父母,是父母的最后一刻,让我记住了20年后我应该做什么。

也许他当年与我一样,也是个学前班的孩子。当灾难突然降临的时候,我只是惊悚地往父母的怀里钻。浑黄的浊流在我们身边旋转激荡,汪洋中的一棵小树如何能承载起三个人的分量呢,远处驶来的冲锋舟就成为了我们唯一的希望,父母声嘶力竭地向冲锋舟呼叫着。两个身穿迷彩服戴八一帽徽帽子的兵与一群小学生使冲锋舟在激流中起伏不定,载重量已到了极限。洪水跌宕,冲锋舟靠了几回才接近了我们,父母分别用一只手托举着我送向冲锋舟的船沿,那个瘦俏脸型的兵也伸手接我。可是他每努力一次,冲锋舟就摇晃一下。父母的身子随着小树在水中的垂落而逐步没入水中,我被托在他们的手上。我已经不知道了害怕,只是木然地望着阴霾的天空。瘦俏脸型的兵"扑通"一声跳入水中,与父母合力将我推上了冲锋舟。另外一名操作冲锋舟的兵用变了调的声音喊着：副班长……两道杠的副班长在用力推冲锋舟的同时，把自己的帽子戴到了我的头上。

父母与副班长先后成为了黑点，旋转着……不见了……

我问他：你认识我吗？

他尴尬地摇摇头。我笑了。

我将手从口袋里拿出来，将一封信递给他：带回去吧。

他犹疑着是接还是不接，我夸张地把他的手拽起来，将我手中的信封朝他手里一拍。

我离开很远了，他还在那里愣着。我又一次偷偷地笑了。

在等待的日子里，我时常把那枚有着八一的帽徽放在我的手心里端详，有质感的瘦俏脸型的兵从波涛汹涌的黄水里渐渐浮现出来。我寻找他很长时间了，在心里。寻找，是很累的事情；等待，更是心累的活儿。我只有等待。

阿新，你的电话，有一个当兵的找你。电话是从门卫那里打来的。

他走了。到军校上学去了。那个兵一见面就告诉我。这是他给你留下的信，你自己看吧。

我也是被戴有八一帽徽帽子的军人从泥石流的乱石堆里救出来的，救我的兵们我已经找不到了，我就来到了部队。在军营里的绿色方队里，我就看到了许许多多与救我的兵们一样的人。你还在上学，我也要去上学了。我钟情我的兵的生涯，我们有纪律，但是我仍然感谢你，感谢你在茫茫的人海里寻找到了我……

我觉到眼睛有些温润，一如当年我紧紧抓住那枚帽徽时的情景。

信封里，也有一枚帽徽。

姿　势

江东璞玉

　　上高中那会儿，教我们语文的是一个男老师。四十多岁，个子不高，剑眉，黑脸，说话时左嘴角习惯性地往上翘。我第一次见到他对他的印象就不是很好，留着遮耳的长发，穿着花格子衬衣，说话操着醋溜普通话。他左手握拳抵在腰间，右手拿粉笔高高扬起，在黑板上潇洒地写下"李健"两个字，然后一个很漂亮的转身，习惯性地甩了一下头发，说，我叫李健，以后大家叫我李老师就行了。

　　李老师唯一让我们羡慕的就是他左手握拳抵腰，右手拿粉笔高高扬起，在黑板上潇洒地写下"李健"两个字时那个潇洒的姿势。我们都羡慕他写字的姿势和那两个飘逸的字。这里说的我们是指锦绣、刘霞和我三个女生。因为我们三个个子都矮就坐在第一排，这样就总在李老师大手一挥那个姿势下看他领袖一样的风姿。

　　李老师这个姿势看的时间长了，我们的眼睛和大脑就产生了疲劳感，他那个领袖风姿不再有美感。我们倒觉得他右手抵腰的姿势像极了五六十岁的老头。李老师的课讲得特棒，不论是声情并茂的散文，还是感情真挚的诗歌，抑或是饶口饶舌的古文，在他的口里都是字字珠玑，如行云流水般走进我们干枯的心田。让我们大煞风景的就是他一成不变的姿势。

　　板书的时候他左手握拳抵腰，右手拿粉笔高高扬起；带领我们朗读课文的时候他左手握拳抵腰，右手把书高高拿起；就连坐在桌前批改作业他也是左手握拳抵腰，右手握笔。有时候我们还看见他的眉宇间不合时宜地蹙起来，有一点点痛苦的表情。我看见锦绣的眼里有了一丝怜惜和不解。刘霞也看见了。刘霞私下里对我说，锦绣爱上李老师了。我说，胡说！但从此以后，我们三个不再是无话不说的好朋友，我和刘霞成了一派，锦绣被孤立起来了。造成这一结果的直接原因是锦绣瞒着我和刘霞给李老师送了一兜儿她家果园的苹果，真正的熟透了的红富士。

　　这样的时日不长，李老师就从我们的课堂上消失了。第一个礼拜的语文课我们总是自习，私下里传出来的消息是李老师有事请假了。可第二礼拜李老师还是没有来，代替他给我们上课的是一个年龄大的男老师。因为李老师的课听惯了，他讲课的姿势也看惯了，我们对新老师的课就有了一点抵触情绪，也更加怀念李老师讲课的姿势。我们常常从锦绣的眼里读出更多的不解。第三周，锦绣终于红着眼圈告诉我们，李老师生病住院了。很不好的病。她是多方打听才知道的。我们三个又成了好朋友。那个礼拜天的早上，我们提了香蕉、苹果、奶去县医院看望了重病监护室的李老师。近一个月没见，李老师更黑了，瘦了，可他的眼睛倒大了。见到我们，他很吃惊，继而埋怨我们，谁让你们来的？大老远的。年轻、漂亮的师母给我们倒了开水，拿来水果。我和刘霞相视一笑，对锦绣的误会就消除了。我们陪李老师说了很多话，也提到了他那一成不变的姿势。李老师苦笑，说，等我这回病好了，一定改变这个姿势。

李老师重新站到我们的讲台上已经是我们上高二的最后学期了。马上就要升入高三，备战高考，我们学生和老师一样紧张、繁忙。李老师真的改变了他的姿势，不再左手握拳抵腰，而是把腰抵在讲桌上，双手撑在桌沿上。他的课依然讲得很精彩，我们班的语文成绩依然在全年级拿第一。

谁也想不到李老师那个我们疲倦了的、厌烦了的姿势成了永远的定格，成了一块丰碑，立在了学校大楼前的广场上，也矗立在我们的心里。那是一个中午的语文课上，李老师正在给我们讲王勃的《滕王阁序》，忽然在讲台上打了个趔趄，李老师笑了一下，我们也笑了一下，可紧接着，李老师又打了个趔趄，一扇没有关上的窗子也剧烈地晃动起来。李老师冲全班同学喊，不好，地震了，快跑！他一个箭步冲到教室门前，拉开紧闭着的门。我们一个一个冲出教室，李老师左手握拳抵腰，右手高高举起撑着随时要倒下来的门框。当最后一个同学从越来越低的门里钻出时，李老师的血肉之躯再也抵不住钢筋水泥的重量，楼房垮塌了。在那场谁也想不到的灾难里，天崩地裂，就在李老师把我们一个个送出教室后，他永远地离开了我们。当救援人员找到李老师时，他的手还死死抓着门框，扳也扳不开。

李老师永远离开了我们，但李老师的姿势却永远矗立在我们的校园里，我们的心里！

梅花痣

金意峰

已经两天两夜没休息了。摘下口罩，他轻轻喘口气，对助手说，准备下一个手术。

他是一名主刀大夫。当然，现在他多了一个身份，叫志愿者。

连日来，他手中的手术刀在一具具受伤的身体中起起落落。从来就没有这么多的伤员，从来就没有这么持续的时间。他甚至怀疑自己已经把后半生的行医生涯提前预支了。

无影灯再度打开。麻醉师及时进行了局麻。

伤员一直昏迷不醒。

就在手术刀要下去时，他愣住了。他在伤员的左臀上摩挲了一下，又摩挲了一下，然后把自己的额头伸向助手。他的额头上布满了大粒的汗珠。助手替他擦去了汗，看见他脸色苍白。她问，毕医生，是不是身体不舒服？不舒服的话，就先休息一下。他疲惫地笑了笑，说，不行，那么多病人都等着我们，不能休息啊。

他永远也不会忘记那颗梅花痣。

那颗梅花痣现在就安静地躺在伤员左臀的皮肤上，真的像一朵绚丽的梅花，怒放在他的心中。

他在两年前看见过它。

他是在家里的一张床上看见它的。那晚，他留在医院里动一个手术。原本估计要花四五个小时。没想到那个手术相当顺利，一个半小时就完成了。他就步行着慢慢地回家。

半个小时的路程之后，他就呆立在床边了。

他看见了妻子，还看见了一个男人。他们什么也没穿，抱在一起。

他发现那个男人长得很粗壮，左臀上有一颗梅花痣。

一个星期后，他和妻子离婚了。

因为没有孩子，两年来，他一个人自由自在地，没什么牵挂，几乎把所有的时间奉献给了他的医疗事业。

落在人们视野里的是一个更为勤奋的工作狂。

可是，有谁知道，他的心中从此烙下了一颗梅花痣，时时在他稍显闲暇的时光中疯狂地扭动。

他需要用更多的忙碌的时间来忘却梅花痣。

汶川地震发生之后，他就在第一时间报了名。他决定到灾区去。他觉得这是一个疗伤的好机会，为别人，也为自己。写遗书的那个时候，他心潮澎湃，激动得简直想哭。

他没有想到，那颗梅花痣竟然会穿越两年多的漫长光阴，再一次在他的眼瞳里触目惊心。

他说，来，我们开始。

他的声音有点喑哑。

手术刀开始在伤员的皮肤上游走，像一缕琴弦在微微地颤动。他的心也在微微地颤动。然后，手术刀就轻柔地滑入了伤员的大腿内部。他是外科医生，当然知道大腿里面的血管和经脉。他想，只要用刀尖那么一挑，这个家伙肯定就会永远站不起来，变成一个彻底的残废。

他这样想着，额头上的汗珠又一次跑了出来。他不得不再次将额头伸向助手。

他感到有点头晕。他想，我已经两天两夜没有休息了。

有那么一刻，他恍惚听见手术室外有人在大声哭泣。他是很讨厌别人在他给病人动手术的时候喧哗的，哪怕是个小手术。他就皱了皱眉，几乎是本能地问，谁啊？是不是病人家属？

助手小声说，不是，是一个妇女，听说发生余震时，是病人一把推开了那个妇女的小孩，结果他自己被气浪掀翻，然后被一根掉落的房梁压住……

他的手术刀不动了。

他的心颤抖了一下。

好人啊。

呆了半晌，他的手忽然恢复了往常的灵活。他像做一道精致的菜一样忙碌起来。果断而干练。

三天后，他去病房查房。他看见那个男人已经能够拄着拐棍慢慢地走路了。他的嘴角露出一丝微笑。他知道，从此以后，他再也不会有机会看见男人臀部上的梅花痣了，而长在他自己心中的另一颗，也将会永远消失。

那个男人是认识他的。他想。

因为当他询问男人腿上的伤势时，他看见男人的脸上露出了惊愕的神色。他仍然微笑地看着对方。那个男人突然向他跪了下去，抓住他的手说，毕医生，对不起啊……

他听说，在他走后，那个长着梅花痣的男人一直坐在地上，号啕大哭，哭得就像一个孩子似的。所有病房里的人都认为他被毕医生深深地感动了。他们从来没有看见一个男人会哭得如此伤心。

狗 娃

杨列宝

自打我东凑西借筹集够了资金,然后辞职回乡在山里开了一家化工厂之后,几年间,的确赚了不少钱。当然,为了跑关系也花了不少钱。

比如:林业局、税务局、环保局等,哪个部门都有我的狐朋狗友。就因为我有钱,还想再多挣钱。即使在他们面前夹着尾巴做人,我也要为钱而奋斗。

从前有一句话叫:有钱能买鬼推磨。但时代在发展,俗话也在改变。现在社会上不是正在流行"有钱能买磨推鬼"了吗?你听听,钱的威力到底有多大,没有它绝对不行吧!

但有一样,钱再多,有钱也要用在刀刃上。该花的,绝不小气;不该花的,你就是把刀架在我的脖子上,要么,分文没有,要么,能拖就拖,尽量少给或不给。

例如:我去年想再扩大一点地盘多盖几间厂房,可用面子和"酒爷"不顶用,林局长只打饱嗝不吐口。一看不行,晚上我立马就用"红色炸药包"到他家去轰炸。结果,当场便炸开了缺口,胜利返航。

年底,税务局的同志夹着小包来了,我一看见那些大盖帽就会直不起腰来。

各位领导,实不相瞒,我今年亏老鼻子了。能不能高抬贵手减免点?对付他们,就得厚着脸皮先哭穷,后请客。别听有些人张开闭口"法法"的,只要往酒桌上一坐,保准能少交几张"唰唰"响的大钞票。

大盖帽刚走,环保局的又上门了。他们可不是省油灯,嘴就是价,千万不能把他们这帮老爷惹恼了。要不,说让你停产就得停产,说罚你款,绝对没商量,保准能罚得你倾家荡产。

热烈欢迎各位领导莅临我厂检查指导工作。我是鼓掌加作揖,专把他们往空气好无污染的地方引,只说"是"不说无。象征性地转一圈回到客厅,好烟好茶奉上。朋友一点化,我就知道他们想的啥。得,二话不说。发票我不要,只管交钞票。吃饱又喝足,双方都有利。这年月干啥不都是讲个互利

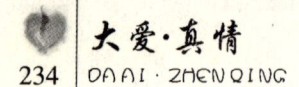

互赢吗？赔本的买卖谁愿意干？

但对有些上门要钱的主，我却就不能点头哈腰装孙子了。我得腰杆挺得笔直，霸气十足。因为这些人是来求我的，不硬棒点那肯定不行。

狗娃子，你看咱村的学校都快塌了，娃娃们在里面上学，乡亲们都整天提心吊胆的。你能不能帮帮忙献献爱心给出点钱翻盖一下啊？俺村的村长翻了一座山跑来，提着我的小名想给我要钱盖学校。

可我绝不能开这个头！今天盖学校，明天照顾困难户，后天说不定还会让我出钱修路呢，再说我的儿子已让我送到县城的"贵族学校"了，房子塌不塌的管我啥子事？

当然，我心里这样想，嘴上却得恨喊穷。说急了，就是一句话：我的贷款谁替还？厂子一旦亏损了谁来担？？你们看我挣点钱容易吗？没钱！

看着村长大叔那失望的背影消失在山道上，说实话，我的心也不是铁打的。想当年，要不是众乡亲七凑八兑才凑够了我这个孤儿的学费，供我上完了化工学院，哪能有我的今天？

可是不行啊。我不是慈善机构，不能谁来一张口就大发慈悲地把花花绿绿的钞票随便给人，我还想成为千万或亿万富翁呢。

还不起账的穷亲戚我不借，村里盖学校啥的我也没给，年前南方几省闹雪灾我也没捐。还有……

别小看这一笔笔省下来的钱，积少成多，我就能多攒几十万。有了这几十万，我的"宏伟目标"就会尽早实现。

然而，人算不如天算。没料到五月十二日那天下午的两点二十八分，我正在睡中做着发财梦。随着一声地动山摇，眨眼之间，我还没反应过来，头就一下子被砸懵，所有的一切都化为了泡影了。

狗娃子，狗娃子……不知过了多久，等我醒来的时候，迷迷糊糊中，我似乎听见了有人在叫着我的乳名。

是幻？是梦？莫不是父母正在那边呼唤我？

但仔细一听，却分明是老村长和几位乡亲熟悉的声音。

是呼救，还是等死？一线求生的欲望使我清醒过来。

呼救？狗还知道报恩呢，可我究竟对得起谁？真是没脸见人啊。就这样等死吗？却又很不甘心。

大叔，大叔啊，我这个不如狗的东西在这呢！我哭了，任由羞愧和悔恨的泪水在废墟下长流。

最后一片绿叶

无字仓颉

过去了多长时间,她不知道。除了饿着,就是迷糊着,不辨晨昏。

记得当时正在上历史课,她被老师叫到讲台上,填写一个历史事件。台下同学们发出善意的笑声,她才意识到写错了一个字,红着脸用手去擦。结果,一下子把黑板擦倒了。

历史老师叫了声"不好",招呼大家快速往外冲。她冲出教室,感觉整栋大楼在筛糠。她急忙蹲下身,用手抱住腿。10秒钟不到,身子猛地一沉,被一股强大的力量吸引,向深处坠去。

她昏过去了。

朦胧中,脸上凉飕飕的,午夜的小雨叫醒了她。试着动了动,响应的只有右臂。四分之三的身体无动于衷,上面盖着厚厚的石被。还有嘴能张开,她听到自己喊了声"救命",没有回声,声音好像直接从嘴巴进到了耳朵里。从物理学上讲,回声是需要空间的。

她近乎面壁。

饥饿造访了。这个陌生的客人面孔狰狞,想要把她吃掉,如果她不把它先吃掉。胃部一阵阵痉挛,想吐酸水。她没吐。也许,这是最后的食粮。

天放亮了,她却想睡了。真想一睡不醒。不,不能!她抬起右掌,朝自己脸颊狠狠来了一下子。不困了,眼睛又能看清东西了。她努力扭过脸去,那是什么?不是楼前的那棵大榕树吗?春天了,榕树绿荫如盖,常有小鸟啁啾其间,却看不到鸟影儿。如今,那些鸟鸣呢?也没有了。

一大块预制板,强压在榕树身上,削去了半边腰身。榕树不为所动,依然挺直了身子,巍然屹立。

绿色,是生命的颜色吧。

我也要像榕树一样!她对自己说。开始用手抛开身边的碎石,刨身上的重赘。累了,就扭头看着那棵大树,直到天黑。

又黑得看不见五指了,恍惚中,似乎有挖土机的轰轰响声,接着又消失了。是不是自己听力丧失了?她再次张口,听到自己发出了"救救我"。

还能听见。

又一个黎明来临。她似乎睡过了，又似乎没睡。最后的晚餐也"吃"完了——胃里不再冒酸水。嗓子眼开始冒了，是烟。夜里，她几次想放心地睡去，一想到那棵榕树，又打消了这个念头。她还是和自己谈妥了，只要天亮还能看到一片绿叶，就不放弃。

她听老师讲过欧·亨利的小说《最后一片绿叶》。小说里那位可敬的老画家，为了患病的女孩始终能看到一片绿叶，在一个风雨之夜爬上树干，画上最后一片绿叶，再也不会被雨打风吹去。女孩增强了信心，获救了，老画家却染上风寒离开了人世。她当时被故事感动哭了，暗暗发誓，如果有机会，自己也要做别人的最后一片绿叶。

现在，谁来做她的绿叶呢？

脑袋又开始沉重了，眼皮不听命令了，执拗地要垂下，垂下……

"幺儿，我是你爸爸，你一定要坚持，武警10分钟就到了！"她打了个激灵，脑海里电闪雷鸣……爸爸，爸爸，是你吗？睁眼想寻找，却一片昏花，什么也看不见。爸爸，爸爸，你还在吗？她想问出声，却发现对她来说是那么奢侈。

"幺儿，你一定要坚持啊！我和你妈妈都没事，你也会没事的！等把你救出来，咱们一家三口还好好的，好好的……"爸爸浑厚的男中音又响起。

她脑子里又清醒过来。爸爸在呢，妈妈也好，我们都还好……她呢喃着。

不知过了多久，突然身上一松，眼前一阵发黑，身体被什么人抱起来了。是爸爸吗？一定是爸爸！爸爸，爸爸……

两天后，她醒过来了，距离她坠落那一刻，已经过了整整120个小时。一睁眼，最先映入眼帘的，是爸爸和蔼可亲的脸，还有妈妈的泪眼。

"幺儿，你终于醒过来了，可把爸爸妈妈急死了！"爸爸说。

她想坐起身，一使劲儿，忽然失去了平衡。抬眼一看，左腿裤管空荡荡的。怎么回事？明明感觉腿还在啊！

妈妈忍不住了，终于号啕起来。

她却镇定起来，认真地，很认真地说："能活着已经很好了，失去一条腿又有什么大不了！"妈妈惊异地抬起泪眼，望着似乎不认识的女儿。

她转向爸爸，说："谢谢你爸爸！最关键的时候，是你给了我生的希望，让我有了活下去的勇气。"

爸爸惊讶地说："幺儿，我是今天接到通知才赶来的呀……"

什么？她仿佛不相信自己的耳朵。

"是的，是今天才来的，和你妈妈一块儿。"

……

两个月后，在未及填移的废墟旁，一个架着双拐的小女孩，逢人就打听。

她在寻找自己的最后一片绿叶。

金子般的心

彭育彩

她正在卫生间里洗刷衣物，突然，地板剧烈地摇晃起来，不好，地震了！

窗外，不断传来树木、建筑物和各种杂物咯吱咯吱的断裂声，她来不及思想，更没有时间撤离。在震耳欲聋的劈里啪啦巨响中，她栖身的楼房迅速倾斜，然后稀里哗啦地倒塌了。

当她醒过来的时候，透过窄窄的缝隙，她看到了一片废墟：开裂的地面，横七竖八的残垣断壁，七零八落的家具什物。

她的双手能自由活动，但水泥板的重压，沉甸甸的，让她的脊梁骨无力承受，伤口的剧痛一阵阵地向她袭来。她是个退休医生，凭着几十年的从医经验，她知道自己的双腿已经残废了，正在流血。但求生的本能仍然顽强地支撑着她，等待救援人员的到来。

两天过去了，终于，远处传来了脚步声，她凝神静听，脚步声越来越近。

"这里有人吗？"救援人员在外面呼唤。他们东敲敲，西看看，仔细地搜寻被困的遇难者。嘈杂的声响告诉她，已经有不少幸运者被救了出去。

她舔了舔干燥的嘴唇，用尽全身的力气呼喊："我在这里，救救我！"

脚步声向她这边响了过来，她心中一阵狂喜。

谢天谢地，救援人员发现了她，一个战士躬下身子鼓励她说："阿姨，请坚持住，我们一定会想办法把你救出来的。"

她感激地点点头说："我会坚持住的，谢谢你们！"

她听见了钢钎、铁镐挖掘废墟的脆响，不一会儿，她看见了更多的战士的身影。

时间一分一秒地过去，救援的战士们遇到了不少麻烦。这座坍塌楼房的废墟结构异常复杂，掉落的水泥板和混凝土大梁横七竖八，缝隙已经被砖块和泥沙填满，严重倾斜的楼墙，又正好挡在逃生的方向上，更棘手的是，左侧的一座高楼，摇摇欲坠，随时都有倒塌的危险，战士们的生命面临着巨大的威胁。

战士们设立了三个观察哨，时刻盯住周边的水平信号标，准备一有风吹草动，立即大喊撤离。

　　她开始有些心神不宁了。她明白，旁边摇摇欲坠的危楼，是13层高的商贸大厦，万一这座大厦压下来，不仅自己这把老骨头无法活命，还无辜地搭上了这些年轻战士，不划算。

　　战士们的几次救援尝试，均以失败告终，但救援工作仍在有条不紊地进行。

　　她为战士们的安全悬心，于是，她用沙哑的声音请求说："你们别管我了，这里危险，放弃我吧，你们去救别人！"

　　一个小伙子俯下头来，大声地朝她喊道："阿姨，挺住！我们不会丢下你不管的。"

　　她在心里默念：别了，老伴；别了，小孙孙；别了，儿子和儿媳妇。

　　她伸手抓起一块尖长的玻璃片，朝自己左手腕部用劲一划，血从腕部流淌了出来。接着，她取下金戒指，张开嘴巴吞了下去。钻心般的疼，她的双眼，溢满了泪水。

　　她想起了她的老伴。今年，老伴也退休了，有了钱，也有了时间，两口子相约在10月比翼双飞，一起去圆他们10年前的那个夏威夷之梦，领略热带岛国的浪漫风情。

　　她想起了她的小孙孙，一个很可爱的小家伙，过两周就要参加市里的少儿组小提琴大赛了。小家伙央求她说，在他比赛的那一天，无论奶奶有多忙，也要抽空去给他捧场，她答应了他。小孙孙的小提琴拉得很棒，拿过不少大赛的金奖，每次看到小孙孙站在领奖台上，左手高高地举起金杯，右手向观众挥手致意，她都会为此感到特别的骄傲和自豪。

　　她还想到了聪明能干的儿子，想到了儿子创办的跨国公司，以及她那美丽贤惠的美籍儿媳妇……

　　是的，生活是如此的美好，她不想就这样死去，她还想再活几十年！

　　"阿姨，你不要啊！不要啊！"在场的所有人都失声痛哭。

　　战士们刚刚撤离废墟，一声巨响，13层高的商贸大厦就在他们的身后轰然塌了下来。战士们目瞪口呆地回望她被困的位置，都默默地低头流泪。

　　他们记住了她，一位有着一颗金子般美好心灵的女医生。

生 死

曾 勇

初三（二）班的李钢是个有名的捣蛋鬼。

李钢平日里最大的嗜好，就是捉弄班里的女生。

前座张芸萍特爱干净，李钢就时不时趁她不注意往自己课桌的前沿粘上一张纸，上面涂着浓浓的墨汁，弄得她蹭了满背乌黑的墨迹，站在大庭广众之下茫然无知地出洋相。

后排易小燕一向胆小，李钢便经常偷偷往她书包里塞东西，而且大都是些蟑螂、青蛙甚至老鼠之类的活物，为此易小燕曾被吓哭过好几回。

还有一次，同学们正上晚自习，他却悄悄离开教室，不知从哪找来一根长长的竹竿，顶端插一只画有人脸的干葫芦，再给这"脸"配上一套假发，然后撑着它在教室的窗外晃动。靠窗坐的几个女同学无意中发觉窗外有"人"，不由得惊叫起来：初三（二）班本在三楼，窗外空空的哪来的人呀？！消息传开，班上乃至全校一度人心惶惶，直至李钢再次"作案"，被学校保卫人员当场抓获，事情才真相大白。

因此，班里的同学，尤其是那些女同学，大都厌烦李钢。碰上外班李钢那些男性玩伴前来打听他的下落，大家多半不会回话，有时问得烦了，女同学中便有人没好气地答一句：

"别找了，他死了！"

没想到后来李钢真死了！

那是今年五月十二日下午，大家正听数学老师讲解一道几何证明题，眼前的世界忽然猛烈地摇晃起来，顷刻间，四下里"呼、呼""嘭、嘭"地响起了东西跌落和倒塌的声音。伴随着老师的一声惊呼："地震了，快跑！"同学们立刻跟跟跄跄往屋外奔。身强力壮反应敏捷的李钢一马当先跑在最前面，第一个下楼站到了操场上。

大家惊魂未定地聚在操场上清点人数，发现还有几个女同学没下楼。李钢得知后二话不说便冲上楼去，并很快将被跌落的吊扇砸断了腿的易小燕背了下来，接着又和另一个男同学一起，再次上楼，扒开教室门口那截垮塌的

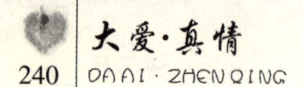

墙,救出了两个已被埋掉了半截身子的女同学……

李钢最后一次返回教室救人时,整座教学大楼已是楼歪墙斜摇摇欲坠,这里或是那里,不时有墙壁和楼板倒塌。好些人惊叫着劝阻李钢,叫他别再上楼,但他却像没听到似的,只顾一个劲地往楼上冲。大家最后看到李钢时,他已从教室里背出了一个女同学,也不知他究竟伤着了什么地方,脸上、身上全是血,但他的脚下依然是走得飞快。只是这回,他再也没那么幸运,随着"轰"的一声巨响,他终于与倒塌的大楼融合在了一起……

历经了一个个被泪水浸泡着的日子,如今,李钢他们班在新搭建的简易教室里重新开课了。开课后,李钢一如既往还是"坐"在张芸萍和易小燕之间那个位子上。有新插班的同学问:"这是谁的座位呀?"旁边马上有女同学答:"李钢的。"

新同学说:"他不是死了吗?"

"不,李钢没死,"女同学很坚决地说,"他还活着!"

话音未落,四周已是一片抽泣声……

握紧你的手

卞小侠

　　女人和男人是自由恋爱结的婚,那时男人是纺织厂的维修工,女人是纺纱女工,两个人出双入对地上下班,男人和女人都感到很幸福。婚后不久的一天,他们所在的纺织厂因经营不善倒闭了,男人和女人都下了岗,都说贫困夫妻百事哀,真是一点也不假。女人后来在表姐的服装店打工,一个月能拿回来1000块的薪水,男人倒好,找了好几个工作都不如意,货不对版,广告说的和亲眼见到的不是一回事,男人当然不会知道陷阱还往里跳,工地干活苦差事的倒是缺人,男人又嫌脏怕累,于是,女人的牢骚就多起来了。

　　女人说,我的命真是苦啊,嫁了你这个窝囊废,看看对门人家小美的男人,今年光炒股就赚了几百万,你倒好,个个月伸手跟老婆要钱买酒喝。你还是个男人吗?

　　男人的心情不好,工作没着落,自己又挣不到钱,听听女人的埋怨也正常。通常这个时候,男人该喝酒的时候喝酒,该看电视的时候看电视。他现在能做到这个耳朵听那个耳朵出,保证一点不吸收老婆的不满。男人想谁让自己没本事呢?

　　日子一天一天地过着,女人在服装店生意不忙的时候,免不了跟表姐说说心中对男人的不满。女人说,现在哪有铁饭碗?都要靠自己去打拼,他在家里一闲就是一年多,哪有这样的男人?要靠老婆拿家用,酒是喝得越来越多,以前是一天一餐酒,现在一天三顿酒。我真受不了,老本已经被他坐吃山空了。幸亏表姐你这儿还有我的一席之地,要不然我真不知道自己怎么办。女人说着泪水就流了下来。

　　表姐说,他老是这样不工作,也不是个事,你回家跟他好好商量商量,让他找个事做,你的压力就没有这样大了。

　　女人心中现在对这个不争气的男人装满了恨,看看表姐两口子开这么大的一个服装店,心中真是羡慕死了表姐一家。女人说,我不想跟他过了,我要跟他离婚。话一出口,女人就吓了一跳,离婚的念头她从来没有想过。

表姐说，你要想清楚再回家跟他说，离婚不是儿戏。

　　女人心中有了一不做二不休的快感，她想，反正他们现在还没有小孩子，离婚办起来就容易多了，没有了重重顾虑。

　　女人说，表姐夫认识的有钱的男人多了，我离了婚让他帮我物色一个有钱的小老板。

　　表姐说，还真有一个，就是那个电脑专卖店的张老板，老婆刚出车祸死了。前天还到我家喝酒让我给他找对象哩！

　　张老板女人也看到过，比自己大，长得倒还可以，胖胖的比较敦实。女人想，要是跟了张老板，那她不是吃香的喝辣的了，虽然说张老板有个6岁的儿子，那也不算什么，有得必有失嘛！

　　当女人再回到家时，她对男人已经是忍无可忍了，她第一次把男人喝酒的杯子摔在地上，火冒三丈地说，喝喝喝，喝死你，这个日子不过了，我要跟你离婚！

　　男人以为女人在说气话，依然笑模笑样地说，我不喝了行不行啊？

　　女人铁了心地说，离婚，我不想跟你过了。说完坐下来刷刷刷地写下了离婚书。

　　离婚意味着两年的恋爱和近两年的婚姻生活就此结束。男人一看女人来真的，傻了眼，"扑通"一声跪在了女人面前说，我改，我一定改，我出去工作，不喝酒。滴酒不沾，痛改前非，做一个新好男人。

　　女人冷冷地说，你改不改都跟我没有关系，我反正要跟你离婚。

　　女人写好离婚书，男人说，我不同意，我不会跟你离婚的。

　　此后，男人真的痛改前非，戒了酒，还在火车站的货场做起了装卸工，苦是苦，男人每个月拿回来1000多块钱的工资，可是女人看都不看，男人苦苦地求女人，别离开他。

　　看到男人的窝囊相，女人更来气，她说，你要是还不肯离婚，我就离开这个家，我什么也不要，只拿走自己的换洗衣服。

　　男人是真心爱女人的，可是他没有办法留住他心爱的女人。男人记得在一本刊物上看到过这样一句话：有一种爱叫做放手。男人想，只要女人幸福，女人想离婚就离吧！约了个日子，男人和女人一起去了街道。

　　这天是街道办公室的离婚日，每周星期四街道办公室全天候办理离婚，其他时间办理结婚，毕竟还是结婚的人多。男人跟女人在办公人员的办公桌对面坐下后，男人女人都按照约好的离婚理由，双方一口咬定感情不和。办公人员见他们态度如此坚决就拿出离婚书出来让当事人签字。办公人员说，你们可要想好，签了字你们就不是夫妻了。

　　女人拿起笔来，男人心里不情愿，但看到女人拿起笔，男人也只好拿起笔。男人想死就死吧，只要女人幸福。

正当女人和男人准备签离婚书的时候，突然间，楼房像摇篮一样不停地摇晃起来，刚进门来的一对离婚夫妻，那个男人大叫一声，不好了，地震了！话音没落，独自夺门而逃。

　　楼房的摇晃越来越强烈，可以用地动山摇来形容。所有的人都跑出去逃命，女人正要逃跑被男人一把拉住，男人把女人拉进了身边的一张办公桌子下面的空隙中，两人蜷缩在办公桌下，男人还用手保护着女人的头。说时迟那时快，楼房在顷刻之间轰然倒塌。

　　两天后，女人和男人同时被前来救援的解放军成功救出，幸运的是，因为有办公桌的保护，男人和女人身体上都没有受多大的创伤。在帐篷医院，女人躺在病床上，急急地喊，老公！老公！

　　躺在旁边病床上的男人手臂上打着石膏，男人一只胳膊骨折。男人听到女人的叫喊忍着疼痛起身来到女人身边说，老婆，我在这儿，你怎么样啊？

　　女人慌慌地哭着说，老公，你受伤了？

　　男人说，没事，只是受伤的是右臂，我不能签离婚书了。

　　女人说，老公，把你的手给我，我要握紧你的手。我们以后好好在一起生活。

　　男人说，为什么思想转变得这么快？

　　女人说，患难见真情，在紧急关头，你没有抛下我不管，还保护着我，只有经得起考验的爱情才是真正的爱情。

　　男人把那只没有受伤的手递给女人，女人紧紧地握着久久不肯松开。

拒　载

黄荣才

我刚上"面的"就发现今天可能无法是个轻松的旅途。我有点后悔为了赶时间去搭乘"面的",这"面的"其实就是用面包车载客,属于非法营运,只能在车站门口吆喝几声,能拉几个客算几个,就像永远要被猫追逐的贪食老鼠,只能瞅机会偷几口。

司机是个壮实的年轻人,脸紧绷着。好像想随便把哪个行人拉上车却没得逞,所以就恨恨不平。我是第二个乘客,另一个乘客是个文静的白面书生。看看捞不到客了,只好上路,司机很不乐意,动作就粗野夸张,一发动就加大油门,车轰的一声窜了出去。文静乘客啊的一声惊叫,让司机注意安全,司机可不管顾客是上帝的说法,很有火药味的话呛了过来"怕死你别坐车啊,走路都会摔跤呢,一个大男人娘们似的,叫什么叫"。

司机路上看到行人,就减慢速度,头探出车窗,热情揽客"东安去不去,又快又省钱",行人要么否定地回答,要么摇摇头,有的干脆不搭理,只是漠然地转过头,司机的热情立马冰冻,那种感觉就像大热天进了冻库,冷热十分明显。好不容易有个年轻人要搭车,司机兴高采烈,只是听说是个短途客,司机就一副搂草打兔子的模样:"已经停下来了,否则就不载了。"年轻人问后知道要五块钱的车费,念叨了一句"前几天我才花了四块钱",就这一句把司机惹火了"爱坐就坐,不坐下车,念什么念,啰嗦,烦人。"那年轻人不乐意了:"我坐你的车又不是没付钱,凭什么受气,停车,我下车。"司机也不让:"下车可以,交五块钱,按出租车的起步价。"年轻人没料到司机会来这手,只好嘀咕着坐下来。司机依然黑着脸开车。我觉得这旅途挺郁闷的,坐在位置上让自己的思绪飞扬,今天可是四川地震后的全国哀悼日第二天,出门在外,没看新闻,不知道最新灾情如何。

刚走不远,有好几个人上车,其中有两个年轻漂亮的小女孩。司机好像开心不少,"见钱眼开",我在心里嘀咕着。又开车了,车上有人谈起了四川灾情,有个乘客感慨地说震灾太让人揪心了:"昨天下午和几个朋友在打麻将,到了14:28,大家都站起来默哀,那时候我手里正抓到牌,默哀完毕随

拒 载

手把牌打出去后才发现抓到'金'了,可惜了。"另一个看起来是他赌友,接话说"昨天下午我赢了1000块钱,出来后看到红十字会在募捐,我随手就捐了出去,就算昨天没赢钱了。哈,县电视台的记者追着要采访我,我可不敢接受采访。"司机听了,难得开口了"昨天下午14:28,我的车刚好开到大街上,我可不管什么那地方能不能停车,就在大街正中间停了下来按响喇叭,就是让摄像头拍了也没什么,爱罚款就罚款去。"大家找到了共同的话题,车上的气氛一下子热烈起来,大家都在说四川地震的事情,感慨生命的脆弱和坚韧,称赞地震中闪现出来的人性光辉,司机也很积极地参与。

就在大家说得热闹的时分,那两个年轻漂亮的女孩子中有一个开口了,她们一上车就开始嗑瓜子,把瓜子皮吐得很优雅。"真没意思,最近的电视都是四川地震。""就是啊,一点感觉都没有。我连电视都懒得开了。"另一个女孩子接口说。大家的讨论马上停了下来,第一个乘客幽幽地念了一句"隔江犹唱后庭花",那两个女孩子知道在说她们,可不知道是什么意思,就有点撒娇又有点不依不饶地追问文静乘客是什么意思,文静乘客抬头看车顶,不说话。第三个乘客"挺身而出"了,不看那两个女孩子,只是大声说"商女不知亡国恨,隔江犹唱后庭花"停顿了一会儿,摇头叹息"空长两副臭皮囊"。

那两个女孩子知道是在骂她们了,摆出一副想找人吵架的样子:"你们凭什么骂我们,我们就不喜欢看那地震报道,我们就要看爱情剧。""不就是死伤几万人吗,中国人那么多,怕什么。还规定歌舞厅三天不能营业,无聊。"两个女孩子一唱一和,她们还想说下去,车刷的停了,所有的人往前倾。女孩子不乐意了"怎么开车的啊,这前不着村后不着店的,没有人上下车,停什么停。"大家也感到奇怪,却见司机铁青着脸下车,大力拉开车门,指着那两个女孩:"你们两个,下车。"女孩子奇怪道:"我们还没到啊?我们又没说要下车。"司机吼道"下车,不拉你们了"。女孩子看到暴怒的司机,才知道是刚才的话惹怒了他,只好下来。边下车边嘀咕:"把我们放这地方,我们怎么办?再说还没到我们可只能付一点点车费啊。"司机看她们下车后,马上把车门关上,上车发动,头探出车窗,对那两个女孩嚷道"你要付钱我还不要,我嫌脏。你们去死吧,人渣。"

司机把车开得飞快,我被震撼了,正想说什么。司机的电话响了,是他儿子打过来的。"儿子啊,是你们学校组织捐款啊?要捐,一定要捐。我?那当然捐了,你妈妈也捐了。捐多少,我捐了500块。那当然,好,回去说。"司机的电话刚挂断,车上的掌声响了起来。第三个上车的乘客对司机说:"嗨,师傅,看来你不仅仅认得钱啊。"大家哄地笑了,司机也笑了。

砸　脚

天　水

"×××，×××，你们这些职工，每次开会只会带一双耳朵，不知道做笔记……往往是左耳朵进右耳朵出。"喜欢冲职工发怒的县档案局皇甫局长，这次显然火气更大了。

见职工们没有理会自己，皇甫局长便点了办公室主任老陈的名字："你这个办公室主任啊是怎么当的？马上去给每位职工发一个工作笔记本，并且定期检查所作的笔记……"

笔记本发给职工后，职工们便一字一句记录下领导在会上所说的话，包括那些不堪入耳的骂人言语。

谁知年底单位发奖金时，领导说给每位职工两千元。

"好像人均五千吧？"办公室主任老陈与其说是在询问领导，不如说是在提醒领导年初在职工会上所作的决定。

老陈翻出当时的会议记录，并说职工中已有人私下议论领导出尔反尔了。

"会议记录也只有办公室你那里才有呀，职工怎么会有呢？"面对老陈的提醒，领导反问老陈。

"难道你忘了，你那次在会上发怒后，让我给每位职工都发了笔记本吗？"老陈再次提醒领导，"通过定期检查，结果发现职工们都养成了做笔记的好习惯了。"

一向认为自己就是单位的土皇帝的皇甫局长也只是脸红了一下，后悔当初不该随便表态，但聪明的领导还是对老陈说："中央不是经常用二号文件修改补充一号文件精神吗？小小县档案局更应与中央保持高度一致！"看来领导还很会为自己开脱。

而且凭着局长的头衔还是很容易就把这事处理完毕，虽然白纸黑字，职工奖金还是人均二千。虽如此，皇甫局长还是有点后悔让职工做笔记，这不是搬起石头砸了自己的脚吗？

看得出职工的怨气还没有全消，自己的烦恼却来了：S房产开发公司与单位签订的异地置换房产的合同都签了半年有余了，可S公司至今不履行合同修建新办公楼。

皇甫局长听小道消息说 S 公司压根儿就不想修建档案局，只想在原档案局地盘上修建商品房后一拍屁股走人。

起初皇甫局长根本不相信，总认为白纸黑字，还有公证处拆迁办……几颗红章压在上面，还怕跑了不成？但近来与 S 公司接触发生一系列不愉快的事，皇甫开始怀疑 S 公司的诚意。

"修不好单位办公用房，怎么向单位职工交代呢？"皇甫现在才真正有了危机感，"S 公司真不够意思，当初要不是自己顶住职工和上级的压力，要把档案局迁走简直是痴人说梦……现在单位也迁了，房也拆了，S 公司是翅膀硬了后居然……催急了连 S 公司的老总都说谁叫我把单位迁了……使得我成了猪八戒照镜子！"

"搞不好自己将成为档案局的世代罪人！"知道问题的严重性后皇甫在心里就产生了狠招，"看来不采取一些非常手段对付 S 公司不行。"

第二天开始，档案局全体职工便"自发"地集结到原办公楼。在那里，职工们看到几台挖掘机和数十辆拉土车正紧张地工作着，而自己原先的单位已不见了踪影，新建档案局还没有一点着落时，个个义愤填膺。

很快，工地的施工停了，取而代之的是施工队伍与档案局职工的争吵、冲突……但施工最终停了下来。

这样对峙了一个礼拜后，双方谁也不让步。皇甫局长本想这样可以促使 S 公司与自己坐下来谈判，甚至会作出让步，甚至因此把修建档案局提到议事日程上。

但皇甫的如意算盘落空了，S 公司不但没有作出让步，相反在社会上雇了一批亡命之徒到工地上"维持治安"。

面对长刀暗藏的亡命之徒，眼疾手快的档案局职工拨打了 110，流血事件才幸免。

双方的对峙却因此升级，档案局职工开始觉醒，开始愤怒，全体职工一致要求"就地还房"。已养成做笔记习惯的单位职工们偷偷地把此次活动作了记录，更有人用数码相机、摄像机甚至手机的摄像功能，用微型录音机录下了工地上发生的每一个镜头。

同仇敌忾的职工把它们整理后便成为请愿材料，大家都在上面签了字摁了手印。

拿着请愿材料又集体到主管部门，到县委、政府、人大、政协上访，职工中甚至有人义愤填膺地说县上不解决，他们将找市里，市里解决不好找省里……

职工的义举大大超出了皇甫的意料，也着实让皇甫感到吃惊，忙驱车阻止，但哪里能阻止住如箭在弦的职工！

集体的上访也引起主管领导们的重视，重视的结果是领导很快插手，插手的结果是这场义举很快被平息。原因很简单，档案局的搬迁是主管领导举双手赞成的，主管领导又官居县府要职。职工们虽然觉得心里像吞了一只老鼠一样堵得慌，可也无可奈何，大家都知道主管领导所说的"谁再上访，严惩不贷"的含义。

俗话说"人算不如天算"，职工们的豪气刚告一段落，偏偏又发生"5·12"大地震，该县虽不在震中，但全县的地皮也摇动了几下，可就是摇这几天出了大问题，全县别的民房建筑房都安然无恙，偏偏档案局刚修好的办公楼却变成一片废墟，并砸死了一名建筑工人。

档案局的建设在举国"众志成城，抗震救灾"的关键时刻再度引起上级高度重视，这次的重视的结果是：余震还未结束皇甫局长被反贪局请了进去，听说要几年后才能回来。

皇甫局长待在反贪局期间，职工们所作的笔记、摄下的音像材料狠狠推了他一把。

皇甫局长后悔莫及："我咋让职工们做笔记？我咋怂恿大家去阻止开发商施工呢？我咋没想到开发商会偷工减料呢？我咋……就搬起石头砸了自己的脚呢？"

灯下黑

陈尔耳

作为一名县城中学的校长,他无疑是成功的。

地震发生后,全校师生按照他一贯坚持演练的安全疏散步骤,以1分36秒的速度迅速集结到操场上。与其他兄弟学校伤亡惨重相比,他所在学校一千多名师生无一伤亡。

可是不少媒体记者采访他,总是先提到他的女儿李明月。

教育有时候会是灯下黑,这点他深有体会。身为一名特级教师,他并没有教好女儿。

女儿是从什么时候开始与自己"政见不和"了呢?上小学时?女儿上小学时,他坚持让她学美术,女儿却拧着非学舞蹈不可。她被逼进画室,她就在一张张画纸上画大大小小、密密麻麻的问号。他知道,那一个个问号是责问,是反抗。高考时,他坚持让女儿考综合性大学,女儿偏偏考了一所师范院校。大学毕业,女儿仍然没有听从他的建议:继续考研。他想通过关系将女儿分到市重点中学,但女儿却最终执拗地选了一所邻县的小学任教。

可令他没有想到的是,似乎一向有些自私的女儿,在地震发生后,立刻将学生疏散到教室外,最后一刻却放弃了生的机会,将3个来不及撤离的孩子死死地拦在身下,以自己的血肉之躯筑起了一道保护生命的墙。

他除了为自己的女儿骄傲以外,他还能说些什么?女儿是了不起的。

地震发生之前那天晚上,女儿竟然打电话告诉他:爸,我想交男朋友。女儿话语里有些羞涩。

不行!你还小,应该抓紧时间考研。他习惯性地回答道。

地震后很长一段时间,电视里仍然播放着女儿的感人事迹和他的先进报道。他感到自己远没有女儿伟大:自己所做的只是一名校长的本职,而女儿所做的远远超过了做人的本分。看着,看着,他情不自禁地流泪了。

他的手机这时响了,接听,喂,喂,喂……对方没有回答,然后就挂掉了。

一支烟的工夫,他手机又响了,接听,又是如此。

这个电话很快令他就想起了女儿，想起女儿的最后一个电话。

女儿这么说，是否意味着她已经谈了男朋友了呢？如果是这样，她和男朋友感情又到了何种程度了？他心里充满了自责，自己竟然没有答应女儿生前最后一个要求。

难道是他？当他的手机第三次响起。他用力摁下接听键，说：李明月不在家！他先入为主了。

哦……我知道。听筒里一个男子回答。

这似乎正应了他的推测。

男子汉就应该敢做敢当！他呵斥道，刚才男子的犹犹豫豫让他有些愤怒。

我知道，爸！今后，我就是您儿子！对方男子语气坚定。

他愣在了那里。他知道这一个"爸"字里意味着什么……这远远不是男朋友三个字那么简单。

当初，真该和自己的好女儿谈一谈。好好谈一谈！

敬 礼

卜 伟

　　夹着雷声，暴雨一直在下，老天爷好像忘记关水龙头一样，这雨下得是无休无止的。小饭店的门被推开了，首先进来的是一阵风，接着，有两个穿着军装的战士从雨中进了饭店。他们的身上都湿透了，顺着袖口和裤腿滴滴答答地往下流雨水。这两个战士中一个十个手指上都裹着纱布，纱布上的血迹还依稀可见；另一个走起路来是一跛一拐的，可能伤得更重，是被伤了手指的那个战士扶进来的。

　　已经过了吃饭的时候，因此饭店里的人不多。看他们进来，大家都不约而同地站起来，七嘴八舌地问："同志，是从震中下来的吗？灾区的情况现在怎么样？"两个战士向人们敬了个军礼，给大家大致讲了一下灾区的情况。

　　七天了，这两个战士已经在地震的废墟里不眠不休地战斗了七天，他们不知道是什么时候晕倒在断壁残垣中的，也不清楚是如何被战友抬下来的。他们俩曾参加过很多次的抢险和救援，再惨烈的现场都不及这一次地震救灾现场的万分之一，满目疮痍，半座山都塌下来了，覆盖了整个道路。听到的都是哭声，"救救我的孩子"，"救救我的妈妈"。那撕心裂肺的哭声听在耳朵里，碎在心里，那是揪心的痛。

　　坐在边上的一个青年人忽然问："解放军大哥，在救灾前线你们感受最深的一件事是什么？"两个战士不假思索地回答："一件事？怎么可能只有一件事呢，有很多事、很多人都会让我们的泪水喷涌而出。"在北川，一个母亲被压在楼板下，楼板上还有水泥板和横梁。道路被封，救援设备拉不进来，他们用手整整挖了一天，战士们不停地和她说话。后来那个母亲哭着让战士们不要再管她，只要把她的女儿救出来就可以了。这个母亲从怀里掏出一本证书，那是一本优秀共产党员的证书，是他丈夫的，她丈夫因为保护学生已经牺牲了。这位母亲请战士一定要把这本证书交给她五岁的女儿，她要让女儿知道，他的父亲是怎样的一个人。证书是那个腿受伤的战士接过来的，他对那个母亲大喊一声，"我保证让你们母女都平安地被救出来。"当母女俩被抬出来的那一刻，现场响起了欢呼声。那个手受伤的战士脑子里的画面定格在他救出的一个三岁半大的孩子,当从楼板和钢筋里把他抬出来的时候,这个孩子向解放军敬了一个礼,让他和他的战友感动了很久。只要有生命的迹象,哪怕是一丝的迹象,他们都不放弃,不抛弃。现场发生的每一件事,哪一件不让人的心灵震撼?

两个战士马上要去他们的连长家,连长的孩子今天一岁了,可是连长却没能为自己的女儿买过一个蛋糕。就在三天前,他们的连长牺牲在汶川,一个曾经的世外桃源。想到这里,两个战士的眼里含满了泪水。

两个战士点了两碗米饭,一份菜汤,一盘土豆丝。邻桌上的一个胖子说:"解放军同志,你们吃的也太简单了。"战士回答:"这已经很好了,我们在前线的战友哪有时间吃饭,多干一分钟,说不定就会有一个生命被救出。"这时,饭店的老板端来大盆红烧肉送到他们的桌子上。"这是小店的一点心意,我替灾区的百姓谢谢你们。"那个胖子说,"老板,把你们饭店里最好的菜端上来,解放军的账由我来付。"那个年轻人也说,"解放军大哥的饭钱我来付。"一个姑娘摸着战士血肉模糊的双手,哭了。两个战士再一次向大家敬了一个军礼。

不到十分钟,当老板给两个战士端来一盘鸡的时候,两个战士已经悄悄离开了饭店。那个年轻人眼尖,看到了碗下有一张纸条,纸条里包着钱,那个青年含着泪读着纸条上的内容:"谢谢大家,我们是人民的子弟兵,不拿群众一针一线是我们铁的纪律。敬礼!"

此时,正在吃饭的人包括饭店的老板都站了起来。他们看着两个战士的背影就好像是一座脊梁,他们朝着两个战士的背影,立正,敬礼。

牵 手

浏 沄

他看着她，微笑着。他的眼眶湿润，但嘴角是笑着的，心也是笑着的。

她没好气地嗔怪他，笑什么啊，我是认真的！

她正在办公室计算着自己给灾区的捐款计划，也许是太投入了，居然连他走到了身边都没发现。她面前的纸上列着一些必须留下来的开支：伙食费，交通费，电话费，煤气水电费，房子的银行按揭款，以及日常用品费。还有什么？没漏掉什么吧？

她正在使劲拍自己脑袋时，他来了。

她在单位上是出了名的洪水猛兽。三十八岁的老姑娘，时尚追求者，超前消费者，月光族。冲着这些名词，哪个男人敢要她？

她叫他渔夫。她说自己是那个被魔瓶关了三千年的妖精，而他，是那个不幸的渔夫。她在离家打工的头几年天天渴望着一个温暖的怀抱，她想，如果有了家，她会比任何人都珍惜。可是，她总是在正确的时候正确的地方遇到错误的人。过了三十岁，她又想，只要他爱我，我会改变一些习惯，我会善待他的家人，我会愿意为我们的家做一切。但是，她连正确的时间和正确的地点都难碰到了，更别说那个正确的人。

过了三十五岁，她向妈妈宣布她要独身。不结婚好啊，可以自由安排自己的生活，还可以免了生孩子的罪。

她倾尽存款付了一个花园小区大套间的首期，把房子装修得典雅别致，开始了她的月光族生涯。妈妈总认为她的单身是她对感情要求太高所致。妈妈说，你没看到报纸上说吗，有一个被拐卖的妇女和买她的人有了感情，公安局去解救，人家还不愿意离开呢。她心想，妈妈这是恨不得她被谁拐了呢。

所以，当他出现在单位上并开始向她靠拢时，她对他张牙舞爪、很不留面子。渔夫，别以为你是我的救世主，我不稀罕男人了，你还是让我待在自己的瓶子里吧，否则，小心我吃了你。

他不会被她吓走，更不会被她的表象迷惑。在经历了婚姻的失败后，他知道什么是一个女人最可贵的品质。他从很多细小的事情上，看到了她无所畏的外表下一颗水晶般透明的心。他对自己说，这是一个可爱的女人。

这不，她准备把她能捐的钱全捐了出去。若不是曾无意间发现她在周末坚持去养老院当义工，他也会和其他同事一样对此感到不可思议的。

他掏出一张报纸给她看，上面有几张照片，照片里有许多排列得整整齐齐的小书包。她一看到这照片，眼泪就淌了下来。这些天，多少人在为这些孩子揪心啊！

他说，你如果收养一个孩子，你一定会好好地待他，因为你的心很柔很善。

他的话不仅让她感动，还说到她的心坎里去了。她确实很想收养一个灾区的孩子，看着电视里和报纸上的这些孩子，她真想把他们搂到怀里来。可是，她不符合条件。

但她不这样说。她说，养孩子是一笔巨大的开销呢，我没有什么存款，只怕会委屈了他。

他提示她，你有房子啊。把房子卖了，你就可以给孩子提供很好的生活和学习条件了。

她又开始拿眼瞪他了。还很好的条件呢！卖了房子，我们住哪儿？

他若无其事地说，住我那儿啊！

看到她被惊呆的样子，他的心化成了一潭水。他温柔地对她说，让我们一起来养一个孤儿，好不好？

她张口结舌，不知道该说什么。这太突然，太出乎她意料了。她还以为与他的故事也和以前的所有故事一样，只是彼此寂寞时的插曲呢。她想知道他是不是在开玩笑，但她的机灵在此刻消失得无影无踪，说不出一句话来。

他蹲下来，握着她的双手，盯着她的眼睛说，我想我的女儿，我们来把这份爱给一个失去父母的孩子吧。

她的泪又淌了下来。

她不能确定想如何表达表达自己的意思，只是用手指头来回磨蹭着那双紧握着她的手。

一座城的记忆

凌　尘

一

　　文川没有来得及明白过来，整个教室都在晃动着。他趴在地上，看见很多同学惊慌失措，他心里害怕了。有些同学乱跑着，但很快就跌倒了，继而听见桌椅倒地的声音。老师从讲台上跑下来，没走几步便跌倒了，文川看到老师又站起来。教室开始倾斜，文川感到一阵眩晕，一些稀里哗啦的声音伴着墙壁上掉落的粉尘。有些同学喊着老师，有些同学哭喊着妈妈。轰的一声响，整个教室向下陷去。文川手上的笔没有丢，相反攥得更紧。另一只手抓住了一件物体，或者是椅子，更或者是一本书。他什么也不知道了，疼痛都没来得及，黑暗便降临了。

　　文川醒来的时候，感到浑身疼痛。他试图移动下身体，他的身体已经被水泥板挤住，身边的瓦砾让他动弹不得。什么也看不见，他感到离自己不远处，另一个同学侧卧着。文川想喊他，嘴唇动了动，怎么也发不出声音。不知过了多长时间，文川渐渐感觉身体不支。他想到老师，老师怎么样了？他想起妈妈，想到早上起床的时候，妈妈喊他吃饭，他还赖在床上不想起来。

　　一束阳光照进来。

　　文川在心里喊着妈妈，妈妈我在这儿，我冷。文川闭上眼睛，感到身体越来越凉。妈妈为他点上生日烛光，他给妈妈看自己画的一幅家园图，然后他们共同吹灭烛火。饥饿和寒冷再次袭来，文川多想再睁开眼看看这个世界。他渐渐感到了，另一种安详已越来越近。

二

　　今天是护士节，妈妈说中午不回来了，你自己弄点吃的吧。文川看见妈妈已给准备好了饭菜。爸爸单位离家远，很多天才回家一次，文川只好自己吃。文川想起来了，今天又是妈妈的节日了。妈妈是护士，是白衣天使，我得给她个惊喜。文川想给妈妈画一幅画，于是就找了张纸，铺在餐桌上，一边吃一边画。文川画完了画,给自己的画写了几个字:白衣天使——5月12号。文川很满意,把它压在餐桌上,然后约上同学一起去上学。

　　课堂上,老师讲着临近期末考试,这几天应该抓紧复习功课。这个午后多么安静啊。窗外时阴时晴的天,以及布满灰尘的远处。孩子们的眼睛都在盯着黑板,盯着老师,看着老师在黑板上写下方方正正的汉字。一阵轰轰隆隆的声响从远处向脚下滚来,大地开始震动,继而是剧烈的颤动。

　　地震来了!老师的手凝固了,那个没写完的汉字也凝固了。

三

　　放学回家的时候,妈妈还没有回来。文川想,妈妈太辛苦了,今天晚上的饭我给做吧。文川从来没有自己做过饭,文川想以后我得经常帮妈妈做做家务。文川正洗着菜,妈妈回来了。妈妈说不用你做了,你快写作业去吧。文川说妈妈,今天是你的节日,我想让你好好休息。妈妈说好孩子,你记得我就高兴了,快做作业去,这儿不用你。妈妈放下包,脱了外套就忙活起来。文川多想给妈妈做一顿饭呀,今天是母亲节啊,可他做不好。妈妈怜爱地说,去吧,等你长大了再做给我吃。文川说,妈妈,我爱你。妈妈疼爱地拍拍他。

　　晚上文川做了个梦:文川给妈妈做了一顿丰盛的饭菜,他们一家围坐在餐桌旁,祝福妈妈节日快乐。他还梦见爷爷奶奶,姥姥姥爷,他们都住进宽大的房子里,他们的城市多么美丽啊。

　　多么安静的城市,多么和谐的城市。早晨醒来的时候,新的一天开始了。

军 礼

朱士元

"叔叔，你真的要走啊？那我什么时候才能再见到你啊？"躺在病床上的小晨听说大强叔叔要走了，两眼噙满泪花问。

"小晨，我真的要走了，我们的任务完成了，上级又交给我们新的任务，我不能再在这里了。"大强思索了好长时间还是把这消息告诉了小晨。他安慰小晨说："我会回来看你的！"

"大强叔叔，你能不能多待两天？"

"不行，这是命令。"

"那你，你说——"

"礼物？"

"是呀！"

"我——"

那是地震后的第二天，大强所在的老兵志愿者救援队冒着雨，徒步绕行七十公里山道来到汉川小学，刚到那里就立刻展开了救援。面对一幢幢夷为平地的楼房和那哭声喊声呼救声，老兵们的心碎了。他们站在雨中，不知倒塌的楼房里哪儿有活着的孩子，更不知那废墟中哪儿能有生命的希望？就在这时，从操场那边一瘸一拐地走过来三个女孩子，对大强说："叔叔，快，这大楼板下有人，他是为救我们被压在下面的。请你们快救出他！他叫小晨！"

"来，快过来！"在大强的召唤下，连气还没来得及喘的志愿者们立即行动了起来。

压在小晨身上的那块楼板好重啊！大强他们几个试了好多下，一点也不动。他们不敢太使力，害怕伤着压在下面不知是死是活的小晨。大强当机立断，在雨中跑了好几个地方终于找来了几根木棍。大家拿过木棍，一起用力将楼板撬开了一道缝。就在撬开了那道缝的档儿，从楼板下面传来了"起来，不愿做……"的歌声。这歌声，让志愿者们惊呆了！

"叔叔，叔叔，这是小晨在唱歌！"几个头顶塑料布半躺在雨中的孩子异口同声地叫了起来。

"快，快使力！"大强一声喊，那缝被撬得更大些了。随之，一个人找来几块半截砖头将楼板垫了起来。大强弯下身往里看，已看到压在里边的小晨。他们将四周的碎石块用手扒掉，慢慢地露出了一个洞。大强趴下身子，将头伸进洞内，只见一条桌腿卡在那孩子的头部。他退回来，和大家一起用力将那楼板向一边又挪动了一些，然后将自己的手伸进了洞中，把桌腿移开了。大强爬入洞中用手慢慢地将小晨拽了出来，随之被抬上了担架。神志清醒的小晨刚躺到担架上面就向志愿者叔叔行了个队礼。这一队礼，让在场的人都哭了。

　　地震前，坐在教室前排的小晨看到自己的桌子突然晃动起来，整个教室都在动，他被吓得跑了出来。刚跑到门外的小晨就听到身后的教学楼垮塌的声音，掉头一看，楼已倒了。灰雾中，他想回去救老师同学，可已看不到老师同学的身影。就在他不知所措时，忽然听到被楼板堵在里面的受伤同学正在呼救，他便跑过去一口气背出来四个。当他再回头去背第五个时，头顶上的楼板塌了下来，把他压在了下边。

　　大强他们抬着几副担架直往临时医院赶。路过山旁的小道时，余震发生了。一块石头从山坡上滚了下来，眼看就要砸到小晨的担架上。这时，抬着小晨担架的战友还一点没有察觉。大强看到后来不及想什么，让战友将自己抬的担架顶着，自己一个箭步冲过去，趴到了小晨身上，头部被那滚下来的石头砸成了重伤。战友们把大强的头包扎好，一同送往医院。当大强醒来的时候，他正和小晨躺在一起呢。

　　"叔叔，疼吗？"做完截肢手术后昏迷了好长时间才醒过来的小晨问。

　　"不疼，有你在，我一点也不疼！"大强对小晨说。

　　"叔叔，我听说是你为护我受了伤。你真勇敢！"

　　"小晨，勇敢的是你。你是个英雄！"

　　"叔叔，你是英雄！"

　　"不，孩子，你是真正的英雄！"

　　经过半个月的治疗，大强康复了，小晨的伤也好转了。在那段治疗的日子里，好多人来看望小晨和大强，还有好多记者来采访他们。

　　那天，刚挂上针的小晨问大强："叔叔，我背出来的那几个同学她们现在怎么样了？"

　　"小晨，她们已来看过你，可你当时还没醒过来。现在，她们的伤已好了，都被送到外省去读书了。"大强说。

　　"太好了，太棒了！我好了也要去读书！"小晨边说边鼓起了掌。

　　"待到你上学的那一天，我一定送你礼物！"大强说。

　　大强的伤好了，又要去参加新的救援任务。他还真舍不得离开小晨呢。

　　"叔叔，你要走了，可我现在还不能上学呢？那你的礼物一定要送给我哦!"小晨说。

"是!"大强像接到又一个命令似的,庄重地举起了右手,向小晨行了一个军礼!大强说:"这就是叔叔送给你的礼物!"

"叔叔,你——"

病房里,人们都情不自禁地将右手举起。

感谢小偷

陈永林

唐欢庆写材料写到了深夜一点,闭了眼正迷迷糊糊想睡,忽儿听到一女人喊,捉贼呀,捉贼呀!女人的喊叫声在寂静的夜里显得极大。唐欢庆二话没说跑出门。

小偷拼命地跑。

唐欢庆在后面拼命地追。

唐欢庆腿长,在大学里每回运动会都拿长跑冠军。一会儿,唐欢庆就追上了小偷。

小偷忙求饶,大哥,放过我吧,我这是第一次,今后再也不敢做这种事。

为什么要偷?唐欢庆厉声地问。

我母亲病了,没钱上医院。我没工作……他的眼里泪光闪闪的,声音也哽咽了。

喏,这是一百块钱,你先拿去给你母亲看病。要不,你明天去民政局找我,我叫唐欢庆。我朋友的酒店正要招几名保安,我介绍去的,他保证要。

谢谢大哥。大哥真是个大好人。他扑通一声朝唐欢庆跪下了。

别,别,快起来。唐欢庆扶他起来。

就在这时,唐欢庆感觉到脚下的地颤得厉害,路边的两幢高楼轰的一声倒了。唐欢庆喊,不好,地震。

哭嚎声。警车、救护车呜呜的鸣叫声。房子倒塌的轰隆的声音。还有其他杂乱无章的声音。

地震过后,唐欢庆才知道他住的那幢楼整个倒塌了。楼里居住的六百人仅幸存几人。

唐欢庆心里说,真感谢那名小偷,要不自己也准死了。唐欢庆又觉得怪,那天晚上,那女人的呼救声极大,竟只有他一个人出来追小偷。连那呼救的女人也没出来。

女友也从县城赶来了,女友见到了唐欢庆,把唐欢庆紧紧抱住了,哭着说,我还以为再见不到你呢。

如不是我出门追一名小偷，那你真的见不到我了。唐欢庆给女友讲他追随小偷的事。

女友说，真得好好感谢那名小偷，是他救了你一命。

不知道今后还能不能见到他？

几年后，一个西装革履的男人敲开了唐欢庆的办公室，男人问，你叫唐欢庆？

唐欢庆点点头，你是……

你不认得我啦？你总记得几年前追过一个小偷吧？

是你?！我那时让你找我，你怎么不来？

没脸。其时我那时对你说的话都是骗你的，我母亲根本没病，只是我自己好吃懒做，没钱用就干那种事了。真感谢你，是你唤起我的羞耻心，是你让我觉得这世界其实有很多真善美的东西。从那以后，我再没做过坏事了。而是学做小生意了，后来生意做大了，便开了这家昆仑实业有限公司。

啊，昆仑实业公司是你的，这可是全市十大私营企业之一呀。你的乐善好施也是出了名的。赈灾呀，扶贫呀，希望工程呀，你没少捐。

这还不是学了你？我真要好好感谢你。

不，该我感谢你。是你救了我的命。

可你挽救了我的灵魂。

两双手紧紧地握在一起。

幸福的游戏

凤 凰

一

　　妈妈，妈妈！儿子半夜醒来大声哭叫着。男人被惊醒了，男人摸着儿子的头说，乖，不哭，不哭！儿子说，我要妈妈，我要妈妈！男人的妻子在汶川大地震中遇难了，许多个夜晚，男人都在儿子的哭叫声中醒来。其实，男人有时也叫着妻子的名字醒来。妻子走得太突然了，来不及跟他们告别。男人说，妈妈走了，去了很远的地方！儿子说，很远有多远？男人说，远在天边。儿子说，妈妈是不是不要我了？男人说，不是！她只是去旅游，她会回来的！儿子说，她要多久才回来，我们打电话叫她回来！男人说，她要很久很久才回来。我一定把她叫回来，睡觉吧！儿子说，你叫她一定要赶快回来，就说我想她了！男人点头，说，睡吧，睡吧！

　　很快，儿子就睡着了。可是，男人却睡不着。男人知道，儿子太想妈妈了，儿子还小，也需要一位妈妈。

　　又一个夜晚，儿子又醒来大声哭叫着，妈妈，妈妈！男人也被惊醒了，他摸着儿子的头说，不哭，不哭！妈妈就要回来了！儿子说，还有多久呀！男人说，一个月吧，妈妈就会回来！儿子说，好吧，叫她再快些回来，我想她！

　　一个月后的一个夜晚，男人对儿子说，妈妈回来了！儿子说，可她怎么不来看我？男人说，妈妈的样子变了，她怕你认不得她，怕你不要她当妈妈了！儿子说，她是不是变得更漂亮了？男人说，是的！儿子说，不管她漂不漂亮，都是我的妈妈，我要她赶快回来！男人说，妈妈还带回来了一个妹妹，你能接受吗？儿子说，妈妈为什么带一个妹妹回来？是不是她不爱我了？男人说，她很爱你，妈妈一直在做一个游戏，结果她变漂亮了，还有了一个妹妹。你想想看，有了妹妹，你跟她是不是很好玩？儿子说，哦，妈妈离开我去做了游戏，就是为了给我一个妹妹，那太好玩了！爸爸，那你赶快叫她们回来呀！男人说，我叫她们回来，现在，你乖乖睡觉！

二

爸爸，爸爸！女儿半夜醒来大声哭叫着。女人被惊醒了，女人摸着女儿的脸说，乖，不哭，不哭！女儿说，我要爸爸，我要爸爸！女人的丈夫在汶川大地震中遇难了，许多个夜晚，女人都在女儿的哭叫声中醒来。其实，女人有时也叫着丈夫的名字醒来。丈夫走得太突然了，来不及跟她们告别。女人说，爸爸走了，去了很远的地方！女儿说，很远有多远？女人说，远在天边。女儿说，爸爸是不是不要我了？女人说，不是！他只是去工作，他会回来的！女儿说，他要多久才回来，我们打电话叫他回来！女人说，他要很久很久才回来。我一定把他叫回来，睡觉吧！女儿说，你叫他一定要赶快回来，就说我想他了！女人点头，说，睡吧，睡吧！

很快，女儿就睡着了。可是，女人却睡不着。女人知道，女儿太想爸爸了，女儿还小，也需要一位爸爸。

又一个夜晚，女儿又醒来大声哭叫着，爸爸，爸爸！女人也被惊醒了，她摸着女儿的脸说，不哭，不哭！爸爸就要回来了！女儿说，还有多久呀！女人说，一个月吧，爸爸就会回来！女儿说，好吧，叫他再快些回来，我想他！

一个月后的一个夜晚，女人对女儿说，爸爸回来了！女儿说，可他怎么不来看我？女人说，爸爸的样子变了，他怕你认不得他，怕你不要他当爸爸了！女儿说，他是不是变得更高大了？女人说，是的！女儿说，不管他高不高大，都是我的爸爸，我要他赶快回来！女人说，爸爸还带回来了一个哥哥，你能接受吗？女儿说，爸爸为什么带一个哥哥回来？是不是他不爱我了？女人说，他很爱你，爸爸一直在做一个游戏，结果他变高大了，还有了一个哥哥。你想想看，有了哥哥，你跟他是不是很好玩？女儿说，哦，爸爸离开我去做了游戏，就是为了给我一个哥哥，那太好玩了！妈妈，那你赶快叫他们回来呀！女人说，我叫他们回来，现在，你乖乖睡觉！

三

那天，男人带着儿子，女人带着女儿，他们见面了。男人指着女人对儿子说，这是你妈妈！又指着女儿说，这是你妹妹！你喜欢她们吗？儿子高兴地说，喜欢！妈妈果然做了游戏，变得更漂亮了，还给我带回来一个妹妹！

女人指着男人对女儿说，这是你爸爸！又指着儿子说，这是你哥哥！你喜欢他们吗？女儿高兴地说，喜欢！爸爸果然做了游戏，变得更高大了，还给我带回来一个哥哥！

然后，两个孩子玩到了一块儿。男人笑了，女人也笑了。他们跟孩子做了一场游戏，但他们觉得这场游戏使他们感到幸福。为此，他们决定组成一个新的家庭，开始新的生活。

等待余震的一个夜晚

黄礼明

看着电视屏幕上一遍又一遍不间断播送地震的相关信息，晨的心便一次又一次紧缩，脸上被泪水和汗水轮番洗浴。

自 2008 年 5 月 12 日 14 时 28 分四川汶川发生 8.0 级特大地震以来，晨就处于高度的紧张状态。灾区的惨状自不待言，自己的单位，由于营业网点众多，生产延伸线路漫长，在频繁的余震中心早都窜到了嗓子眼儿，何况眼下已有两个营业所发出"橙色警报"，墙体、楼板、梯间出现长长的裂纹，险情随时可能不期而至。

叮……电话猛然惊叫起来，晨条件反射似地抓起电话，一个急促的声音从电话里传过来：……局里院坝来了很多人很多车，而且还在络绎不绝地到来，麻烦大了。

晨放下电话，脑袋开始发胀。单位有一块很大的草坪，厚厚的绿草呈现活活泼泼的生机，踩上去软软的海绵般舒适，倒是一个躲避余震的好地方。但单位有大量进口、出口的邮件，有大批出口、进口的货物，更重要的是还有一个金库，那可是出不得半点闪失的"核心部位"。平日单位管理十分严格，非单位人员进入必须有详细的登记，晚上尤其仔细，有两人不定时地巡逻，外人是绝不允许踏进半步的，所以有朋友开玩笑说，"晨，你是熊猫啊，要见你得过两三道卡子。可今晚一下子不可阻挡地涌进了几十台车，几百号人，怎么办？"

晨一边迅速赶往单位一边不停地拷问自己。来到局里，现场比晨想象的还要复杂得多，大小车辆塞满了整个车道，十多亩地的草坪上早已人头攒动，搭帐篷的、铺草席的、用塑料布报纸随意丢下席地而坐的、睡觉的、抽烟的，挨挨挤挤，几无插足之地。大人都是一脸的凝重，唯有不懂事的小孩，三三两两凑在一起嬉笑打闹，他们不知道今晚还有较大余震发生的可能。

"花径不曾缘客扫，蓬门今始为君开"，晨的脑海里莫名其妙地跳出两行诗，随便苦笑，这"门"是开也得开，不开也得开了。看眼前这架势，"堵"肯定是行不通的，最好的办法是"导"。晨当即将局里的职工集中起来，成立临时护院队，一是保护公物，二是一旦余震发生，负责有序的组织人群避险。安排完备，晨自己又带着几名职工向院内的人打招呼，希望他们理解不要在草坪上抽烟，地震发生时不要惊慌，配合局里的人行动，并且逐一让院内的车子摆好位置，疏通车道。干这事时有位愣头青不乐意了，怎么也要把车停在门口，说地震来了方便些。他方便了，院子内几十台车近千号人就不方便了，晨见劝说无效，态度强硬起来，说要么自己开走，要么让车拖走。围观的人齐声支援晨的意见，那司机见惹了众怒，骂骂咧咧地发动车子离开了局门口。小插曲结束了，晨又加入了巡逻的队伍。院子占地四十多亩，建筑物不多，花草树木成荫，曲径通幽比比皆是，灯光照不到的地方黑黝黝的，像谜一样让人不得不小心谨慎。

  5月12日汶川发生地震，自贡也受到较大的波及，所以晨这几天就没有好好地休息过，夜深人静了，疲惫如潮水般一阵一阵地袭来，眼皮总是打架，双腿像灌满了铅块，沉重得挪不开脚步。但晨清楚自己不能睡觉，谁知道余震来不来，什么时候来。来了这千号人该怎么疏散，无辜的同胞谁愿意在野外忐忑不安地饱受蚊虫的叮咬呢，还有近两百个营业所也揪人的心哪！另外，锦缎般的草坪……老天，晨真不敢往下想，忍不住狠狠地骂开了：天地不仁，以万物为刍狗啊。

  黎明终于迈着姗姗的脚步来临，余震没有发生。局院内借停的车辆，休息的人群渐渐离去。当偌大的一个院子空空荡荡的时候，晨忽然发现了从未有过的美，朝阳给大地涂抹了一层淡淡的胭红，碧绿的草坪没有一丝杂质，如一汪静静的湖水，东道空坝上没有纸屑、烟头、油渍，整洁如新，散发着花草树木沁人心脾的清香。

  晨着着实实感动了，鼻子酸酸的，可爱的兄弟姐妹啊。感动之余，晨立即让人写了一块牌子立在局门口：感谢5月19日晚在局院内休息的同胞对公物和花草的爱护！

  有人嬉笑着对晨说：这招高哈，有伏笔。

  晨听了，摸着又胀又痛的脑袋，喟然一叹，心道据传20号还有较大余震发生，我们还能做些什么呢？

夕阳无限好

东壁逸人

马三星说啥也想不到八十岁的老父亲咋会那么固执,只得硬着头皮,把三天前在神华大酒店订下的那桌酒宴给辞退掉。

早些时候,掐着指头算,马老先生的八十大寿一天天临近。马三星心想,无论如何,这个事儿得好好庆贺一番,人活八十岁多不容易呀,到时候,亲戚、朋友还有老家的左邻右舍都来祝贺,我得以高规格的宴席来汇报他们的一份份敬意。

不曾想,昨天老父亲给大哥、二姐、五叔、六舅一一打了电话说,生日那天不让来了,叫在各家祝寿好了。马三星想不明白,这是给人祝寿的,人家想来看看人,不像敬神那样,只要心里有,在任何地方,烧上香就好了,这怎么能行呢,老父亲呀,你真是老糊涂了呀。

小三儿呀,你那一帮哥们儿……也别去那个神华喝酒啦,到咱家里来吧,中不?老先生试摸着给马三星说。

马三星心里一咯噔:到咱家来?到咱家来咋能招待好人家呀,招待不周,我多没面子呀,不管咋说,我也是个主任,人家都是看着面子来的,说啥也不能得罪这些跟我流汗出力的哥们儿呀。

那都订好两天啦,爹,交了订金了呀。马三星凑近父亲耐心解释着,并观看老父亲的表情。

嗯——马老先生长出了一口气:交了订金,咱不去吃饭,那钱就不给咱啦?

是哩,咱不去吃饭,咱违着约,输着理的呀,那订金肯定是不给了。

马老先生嘿嘿一笑:不给了算完,不给咱也不去吃。

话说到这个份上,马三星也只好作罢,深知父亲多年养成说一不二的性格,便赔着笑脸,一再给曾经多次共事的酒店牛经理赔不是。牛经理也是好言相待,退了订金,并多给了一百元钱作为给马老先生的贺礼:啥话别说了,你的父亲也是我的父亲,打发老父亲心里如意,这是咱最大的孝意。马三星握别牛经理,马上回来处理家宴的准备工作。

夕阳无限好

陈小友在中午下班回家的路上，给杜亮说，伙计，想给你商量个事儿，晚上去马主任家的事儿……眼下，哎，我手头还有点紧呢。

杜亮心知肚明这位工友的生活状况，上有老，下有小，就他一个人挣薪水养活全家，况且闺女刚上大一。就郑重地说，有啥难处，说呗，小友。

你能先借给我一张（百元钱）行不，先打发一下这目前的境遇。说了这，陈小友面含无奈。

两人交涉完毕，并约定晚上到马三星家的大致时间。

到家陈小友给老婆说，你心放肚里吧，杜亮给咱帮忙啦，都是在一个岗位上混日月的，爽快，够哥们儿。

马三星在新城区买了商品房，到他家去都需要一段行程。十八时许，陈小友怀揣那张杜亮借给他的"脸面"钱，理直气壮地往那里赶，其他人也都按各自的路线，往三星家行动着。

陈小友走到圣贤街道办时，那里排着长长的三支队伍，他先是放慢了脚步，几天来滚动播出的新闻画面，又浮现在了眼前，他斟酌了几斟酌，一股酸楚的内分泌充斥了整个鼻腔，眼泪不由自主地掉了下来。他没有多想，不再往前走了，而是站在了队伍里头。半个小时后，他先拨通了家里的电话：下着我的面条……随后又拨通了马三星的手机：马主任，我，我……对不起你，今晚我有事儿，去不成了，请转达我对老爷子的祝福。

从街上最后一次采购回来的马三星，正好也走到圣贤街道办门口，接到了陈小友的电话，同时，也在不远处看到了陈小友那单薄的身影，眼圈立马红了起来：兄弟保重，兄弟保重，哥哥理解并支持你的一切行动。

陆续到来的工友们，连同马三星的家人，把家里充实得满腾腾的，这里充满着祥和喜庆的气氛。杜亮左巡右找还没有发现陈小友的身影，就问：小友呢，小友咋还没有到呢？

马三星接着说，他临时有事儿，来不成了，他说他的酒让你代喝了，哈哈。

哎，这个小友呀，又有啥事挂着蛋啦。杜亮惋惜地说。

待入座完毕，马三星说，爹呀，您老今儿个八十大寿哩，这些弟兄们都来看望您了，您说两句吧。

孩子们，来了就好，来了就好，咱是同喜同乐呀，酒喝好，饭吃饱，吃了饭回去，代表我这个老不死的，向您的爸妈问好呀。一番话说得大家哄堂大笑，纷纷举起杯来为马老先生祝寿。

酒过三巡菜过五味后，马老先生发话了：孩子们，到咱家来吃饭，让您受委屈了，委屈就委屈点吧，有屈包在我身上。小三原在神华都弄好啦，我看国家这形势，四川那地方……哎，老老少少，无家可归，我心里难受呀，不想再到那折腾了，在咱家吃包吃好算啦，咱闹腾不进去呀。说着老人哽咽得说不下去了。

　　老人的一席话，打破了原有的欢娱，那种神圣、庄严、肃穆的气氛不请自到。

　　老人接着说，到家来，啥都有了，心意我接受，这红包呀，您都拿回去，能给国家帮点忙的话，就给国家帮点吧，好嘛。

　　众人纷纷推辞道，这是给您老的，无论如何您得接受，给国家的捐助，俺另有安排。

　　陈小友那单薄的身影又一次浮现在马三星的眼前，他心里盘算着明天要做的事情。

　　没有再进一步的喧嚣，吃完长寿面后，便各自散去。

　　次日一位蹒跚的老人早早来到圣贤街道办门口，给募捐人员说，这是我马老汉和一帮孩子们的心意，您给写上吧。随即转身离去。

　　工作人员拆开一个个红包，点着钱，心里还惦记着老人的捐助是如此的神圣呀，还用一张张红纸包着，不由得泪眼朦胧了起来。待清点完毕，准备登记姓名的时候，再也找不到那个马老汉了，这个名字到底该怎么写呢，工作人员困惑了起来。

给老师梳头

傅友福

小明、小雄、小伟是向阳小学三年级学生,这天下午正上语文课,突然轰的一声,整个教室东倒西歪,课桌上的东西全部斜倒在地上。教语文的刘老师见此情境,知道要发生大事了。"快,大家快往楼下跑,可能要发生地震了,到操场上休息。"学生们惊慌失措,纷纷挤出教室,向楼下跑去。时间就是生命,没过几秒钟,教室就倒塌了。还有不少学生来不及逃出去,顿时被压在废墟里。

就在刘老师要被压住的一瞬间,小明、小雄和小伟也被困在教室里。情况十分危险。刘老师赶快把他们三个拉到自己身边,四个人一起躲在墙角里。又轰的一声,屋顶的水泥板倒下来了。刘老师迅速把他们三个压在自己身下,好险,学生们安全了。

刘老师一声轻叹,咬紧牙关。他知道,此时说什么也不能告诉小明他们,否则,他们会被吓死的。

"你们没事吧?"刘老师喘着大气问。

"老师,我们没事。"三个人异口同声地回答。

"这就好,没事就好。你们不要慌,很快就会有人来救我们的。"刘老师话刚说完,就感觉有点不对劲。他感到呼吸十分困难,空气稀薄。对了,他们被水泥板死死封住了,如果不想办法找到出气口,被闷死是在所难免的。

"大家注意墙上有没有洞,我们这里没有空气,必须尽快找到出口,才不会被闷死。"小明他们在有限的空间里搜寻着。突然,小明摸到墙上有个很大的裂缝,并拉着刘老师的手,让他也感觉一下。

"挖,用力挖,把这个裂缝挖开!"刘老师伸出手来,自己先挖起来。

三个学生也齐心协力,共同把手伸向墙上的裂缝。不知过了多久,墙上出现了一点亮光,可小明他们的手,早已血肉模糊了。

呼吸畅顺了,大家也筋疲力尽了。刘老师的意识越来越模糊,几近神志不清。他知道,此时要给他们打气,发生这么大的事,救援人员什么时候到来,还是个未知数。孩子们才10来岁,能不能撑到那个时候也很难说。

刘老师想了一下说，我给大家唱支歌吧，大家也跟着我唱，我们唱《国歌》吧，小声唱就行。师生们就这样轻声唱起来了。

唱了一会儿，小明叫饿，小雄叫渴，小伟叫痛，谁也没有心思唱歌了。刘老师说，那好，大家休息一会儿，但要注意外面是否有声音，才可以告诉他们我们的具体位置。

三人点点头，并开始小声聊天。

这时候，刘老师说："你们休息一会儿，我来值班。"小明他们由于惊吓，也由于饥饿，终于昏昏睡去。

他们是在睡梦中被老师摇醒的："你们醒醒，我，我不行了，一定不要睡着，要，要轮流值班。一旦睡去了，可能就再也醒不来了。注意外面，如果有人来，可以用呼叫，用废砖砸地板，引起外面的注意，别忘了我的话，别都睡着，要轮流值班……"

刘老师话还没说完，就没了声音。

"老师……"小明带头哭了起来。

他们知道永远躺在他们身边，再也不会醒过来了。可他们谁也不怕，老师临终前的话，他们仍然记忆犹新。他们就这样互相鼓励着，一定要活着出去。

不知过了多久，终于等来了救援人员。当人们扒开废墟时，一幕惊人的画面出现在人们眼前：刘老师的右腿被水泥板压着，鲜血顺着楼板往下流，他身边的废砖被鲜血染红了。而刘老师的双手更是惨不忍睹，连指甲都脱落了。小明他们三人则安然无恙坐在刘老师的身边，刘教师的双手呈拥抱状，要拥住他的学生似的。小明明白了，刘老师是为了救他们才被水泥板压住的。而学生们毫发无损，平安地活下来了。

小明他们被救后，纷纷诉说刘老师的事迹，好像是刚刚发生的故事。

医生说刘老师的大动脉被压断，却没有发出呻吟，而且还能用双手扒开出口，并能活那么久，他本人要承受多大的痛苦啊，这不能不说是个奇迹。

看到救援人员要把刘老师的遗体抬走，小明、小雄、小伟三人不约而同地冲上前去："叔叔行行好，把刘老师放下来好吗？我们想再看他一眼……"

人们把刘老师轻轻放在地上，三个孩子围在刘老师身边，为刘老师清理身上的泥土。

"咱们为刘老师梳梳头吧，他的头发都是泥沙。"小明对小雄和小伟说。

三个小孩开始忙碌起来，小明脱下自己的上衣，用饮用水沾了一下，给刘老师擦脸。小雄和小伟则用两双小手为刘老师梳头。一下，两下，三下……小雄边梳边说："刘老师，都是我不好，连累了你，我们会永远记住你的……"直到他们认为刘老师的头发梳好了，才用白布给他盖好。

过了一会儿，叔叔们把刘老师抬走了，三个学生才手拉着手，跪在地上，泪如泉涌……

是我害死了我最好的朋友

陈　敏

当我恢复意识时，已经在帐篷里。我的视力模糊，身体极度疼痛。我忘记自己是如何来到这里的。我所记得的最后的事情就是鲁仪回到宿舍，大声喊我，把我像拽死猪一样从床上拽起来。

在那以前，我正做着一个粉红色的梦。我梦见鲁仪和我正拿望远镜趴在窗子上寻找对面宿舍楼里的美女。鲁仪说他发现目标了：12点钟方向（正北方）有一美女，提着暖水瓶，她身材真是不错……我迅速向12点钟方向望去，果然，一个穿浅蓝色T恤的女生出现在望远镜里。除了一只暖水瓶，她手里还拿着一个苹果。鲁仪嘟囔道：hey~多美的风景啊！突然，前面又闪出了一个身材高大的男生，他接过女孩手里的暖壶，并把她手里的苹果抓过来放进嘴里咬了一口。美丽的风景立刻被糟蹋了，我们顿时晕倒……

我确实没有站稳，就滚到了床下，楼板剧烈地晃动，承载我身体的建筑物就像一块软豆腐，在案板上跳着剧烈的舞蹈，很快，这块豆腐一样的建筑物就重重地落到了地上……

我所记得的最后的事情就是扯着嗓子喊鲁仪，鲁仪却不理我。之后，我就再也喊不出声来。

当我苏醒时，一个白衣天使正守着我。她说我很幸运，只是流了一些血，受了些感染，还发着高烧，过几天就没事了。

直到这时才想到鲁仪。他在哪里，怎么不来找我？我完全没有意识到我周围已经是一片人间地狱，身边的人群，所有的建筑物，都像冲洗过的底片一样模糊不清。

人影不停地在我面前晃动，哭声、叫声由远及近传来。有几个校友，他们来了，又离开了。直到很晚，我才拖着疲惫的身体走出帐篷，我打听出了鲁仪的实情。他没有逃出去，他被楼板压住了，距我只有两步之遥。

我感觉我体内又发生了8级余震。是我害死了我最好的朋友，我是杀死鲁仪的罪魁祸首。我不该在那个时候贪睡，还做着玫瑰梦。他也不该回宿舍里把我叫醒。当时，他正在操场上打篮球，分明看见灾难已经降临，还跑回去喊我，硬把我从床上拽起来。他为什么要那样做？……

连日来，我的脑子空荡得厉害，我不愿意吃东西，也不愿意说话，只是呆呆地盯着帐篷的顶部放声哭泣。佛说：生命没有长短，只在于呼吸间。我不明白，我这么好的朋友，为何要先于我而停止呼吸？

几天了，除了虚弱的身体，我的大脑异常灵活。我感到鲁仪并没有离开我，他活在我的身体里。

两年前第一次遇见鲁仪的时候，我刚从乡下转到这个陌生的重点学校，而他是新生，他家境富裕，爸爸偶尔开着小车送他上学。他是个不错的人，周末常常邀请同学去他家里聚会，也不管对方是何种"级别"。他爱朋友，朋友也爱他，尤其是我。

我们俩每天都黏糊得很紧。我们分享着他从他爸爸那里得来的奖励品，比如望远镜、MP3，还有军用包。我无法忘记去年的圣诞夜，他半夜里偷偷起床，把一些糖果、小玩具悄悄地塞进宿舍里每一个同学的臭袜子里，第二天早上，我们都收到了"圣诞老人"送来的礼物。我们都哈哈大笑，一边吃糖果，一边扯他的耳朵。

懊悔和内疚在这些个没黑没明的日子里无所遁去。我们感受过的快乐时光瞬间里灰飞烟灭。试问上天：有多少友情可以重来？

我从未感觉到生命是如此的孤独。

一周后的那个晚上，我终于在一个帐篷里找了鲁仪的母亲。庆幸，她存活了下来。我抱住她的头，说：是我害死了鲁仪！没有我，鲁仪就不会死！她望着我，半天没有说话，也没有流泪。许久，她才开口说：孩子，不要自责，也不要内疚，你能活着就是个奇迹。既然你们是好朋友，那么谁活着都一样，啊？

我的眼泪又一次奔涌而出。我紧紧地搂着鲁仪妈妈，说：我的好大妈，如果您不嫌弃，从今天起，就让我来做您的鲁仪好吗？

手

邴继福

二十五小时后，小女孩才被从地震废墟中解救出来。

庆幸的是，她没断胳膊没少腿，只是砸坏了手，那只握笔和使筷子的右手。

外表看，那只右手并没有出血，也没见外伤。但却像是抽了筋，死死地攥着。医生想掰，却没掰开。掰时，她就满脸恐惧，哭喊着大叫——别，别掉了，别掉了！

医护们纳闷：丁点皮没破，手怎么能掉呢？

大伙断定，这孩子肯定是被吓破了胆。

从废墟解里救出来的伤者太多了，医护们把精力转到重伤员，并没太介意她的手。

于是，从被解救那天开始，她那只手始终像个宣誓的拳头，没张开过一回。

攥了五天，外地打工的妈妈赶来时，她的手还没有撒开。

悲喜交加的母女俩抱头痛哭之后，妈妈就发现：孩子的手伸不开！

那可是肩负生活重担的手啊！要不趁轻诊治，将来咋办？

妈妈忙问忙碌的医生，都不屑地说：是吓的，过些日子便会自然好的。

眼前有多少残肢断臂者需要救治？一个孩子的手怎能排到日程？

妈妈相信医生的话。是的，一个在福水里泡大的孩子，哪里经得起大灾大难！能与阎王爷擦肩而过，别说是孩子，就是大人，不死也会吓得脱层皮啊！

孩子几乎成天昏睡，每次，都是被噩梦惊醒。

母亲始终在床边呵护，特别关注她的小手。

有几次，趁她熟睡时，妈妈试图轻轻掰开她的手。可当她刚一碰，立马便将她惊醒，便毛毛愣愣地惊叫：别动，别动！要掉，要掉！

妈妈说：不能掉，你的手没伤着。

孩子还是一脸惊恐，睁着无神的眼睛，死死盯着妈妈，好像见到陌生人，嘴里还在嘟囔着，像是人名，又好像是一串阿拉伯数字。

妈妈这才确信：女儿是被吓破胆了。

妈妈很心疼女儿。她才觉得：几年来，为了生计，自己长年在外打工，给女儿的爱真是太少了。她也很庆幸：无论如何，自己还能见到活着的女儿，比那些失去孩子的母亲幸运得多。

她下定决心：从今往后，再苦再穷，也不能抛下女儿出去打工了。她要把女儿留在身边，尽到一个做母亲的职责。

真是一方有难、八方支援。在党和国家强有力领导下，举国出现了抗震救灾热潮。

除了源源不断的救灾物资和外科医生，还来了不少大学生，他们要为劫后余生的孩子们诊治心灵创伤。

小女孩床边，来了位大学生姐姐。她关注的并不是那只伸不开的右手。她所做的工作，就是和她亲近，同她唠嗑，给她洗脸梳头，讲好多有趣的故事。

开始，小女孩的眼神还是愣愣的，毫无表情，也不说话。渐渐地，她被大姐姐的故事吸引，有了笑模样，还时常追问故事的结局：后来呢？

后来，她们成了好朋友，她把自己心中的秘密慢慢地透露给了姐姐。当然，包括谁也翻译不了的梦话。

十几天之后，小姑娘正在熟睡，床前来了一位满脸稚气的解放军战士。

大学生指着床上的小姑娘问：你认识她吗？

小战士仔细看了半天，摇摇头说：记不得了。

的确，这些天来，他和战友们夜以继日地营救灾民，被救出的伤者不计其数，他咋能记得清每个伤者的样子呢。

小姑娘醒后，还是呆呆地看。大学生姐姐问她：你认识这位解放军叔叔吗？

小姑娘揉揉眼睛，盯着这身迷彩服和这张稚气的脸，又抬眼看看他那没有帽徽的军帽，便紧紧地拽住他的迷彩服，"哇"地一下哭出声来，边哭边说：解放军叔叔，这些天，你咋不来看我呀？

与此同时，奇迹出现了。人们看到，小女孩那只攥了多天的手终于撒开了，随后，从手中掉出一件东西。

大伙定睛一看：原来，是一枚亮闪闪的解放军帽徽……

地震年代

章彦文

那天，红卫终于告诉来看他的好朋友百柱，沭河一带要发生地震了。

在苏北平原上，有一座小山包，它在沭河村东去50华里的地方，是沭河一带唯一称为山的地方。从70年代初起，沭河县在这座小山顶上建立了地震观测台。台里只有一名工作人员，就是推荐上了两年大学，毕业不久的年轻人红卫。平时，观测台没什么事情，1973年，红卫还被县里派到沭河村蹲点，观测台因此就关了门，红卫在沭河村待了一年才回到山上。在沭河村那阵子，他和村里的百柱成了最要好的朋友。从那以后，百柱会从沭河村来观测台看红卫，红卫总是比平时要快乐得多。

1974年初夏的一天，百柱又来到了红卫这里。像往常一样，百柱给红卫带来了这里买不到的藕、韭菜、辣椒、腌蒜、腌黄瓜，还有一竹筒山芋干白酒。红卫蹲点住在百柱家时，百柱父亲每天偷偷地挖出多年前埋在地下的家酿山芋干白酒，用上年腌下的蒜薹招待红卫。红卫因此爱上了喝酒。

在桌上摆百柱带来的酒菜时，红卫的热情、快乐中掺着对朋友百柱的感激。接着，他们开始边喝酒，边诉说别后的事情。后来，红卫似乎一直在下着决定，并终于低声告诉百柱：我们这一带要地震了。

你说什么？百柱一时没有听清，停了筷子问。

要地震了——我们这里要地震了，当然也不一定有太大的震级。红卫端着手里的半杯酒，嘴里咽着半杯酒。

哦！百柱一时仍没有明白过来，却忙着又斟满一杯酒，向红卫示意了一下，一仰脖子喝了下去。

接着，红卫说起了沭河一带历史上的地震。1899年，一场当时不知震级的地震，把沭河县衙前的大门垛给震塌了。那可是五尺宽的城门啊！红卫说。

真的？我是说如今。百柱问。

我测出的，上头也已发出了秘密文件。红卫说，你心里有数就是了，可是不能说出去——这是不准外传的，上级说会影响社会稳定呢！

百柱开始埋头大口大口地喝酒，然后吃辣椒、蒜薹，嘴里不停地唏哈着。

不行，我要回去告诉乡亲们。后来，百柱抬起头来说。说着，百柱就站起了身。

你坐下。红卫恐慌地按着百柱的肩膀。

我要回去，百柱说。

红卫看到，百柱的脖子和眼珠里都红得厉害。

红卫说：你回去，可以悄悄地搭个防震棚，让大伯、大婶和你都住进去。

百柱梗着脖子，问：那我大叔、小叔家呢？

顿了顿，百柱又问：村里的大干、跃进、爱国呢？

百柱后来大了嗓门问：还有永红……还有全村的乡亲们呢？

红卫不由发愣，耳朵里嗡嗡的，同时嘴里咕哝出一句：永红？是的，他一下子就记起来了：那是沭河村的回乡女高中生，白皙、丰满、挺拔、长长的辫子——他愣了一会儿，右手在眼前挥了一下，好似要赶走什么。于是他更加诚恳地对百柱说：我当然是告诉你，你要是说出去，我就得挨处分，说不定有多重的处分……

处分？那么多乡亲们的生命，难道你就忍心……百柱没有说下去。他放下杯子，伸出手要和红卫握，但被红卫推开了。他也似乎没有在意，转了身，毅然跨出门，头也不回地走了。

红卫追了几步，然后颓然地坐在了门前的一块山石上……

不到几天的时间，关于要地震的传闻就在沭河两岸传了个沸沸扬扬……上级来人盘问，红卫矢口否认。后来又四处调查，也没有弄出个究竟。上级于是在反复进行辟谣的同时，给了红卫一个党内严重警告处分。据说，本来要任命他为台长的，当然也停下了。

百柱，我被你害苦了啊！有几次，红卫在梦中说。

就在这期间，百柱再一次出现在山顶上。一个月不见，百柱瘦得难看，但他的肩上照例有一个鼓鼓的口袋。放下口袋后，红卫发现了山芋干酒、蒜薹、辣椒、韭菜、藕，还有一小袋玉米面。玉米面是用来烧稀饭的。喝完酒，再煮一小锅咸稀饭，是可以解酒的呢。

他俩又对酌起来。

这时，红卫对百柱似乎原谅了许多。因为百柱毕竟在上级调查他时，没有说出是自己告诉他的。再说，作为国家干部，这是自己保密观念不强，泄露了当时不该泄露的秘密。但是有了芥蒂的一对朋友，再次相见，气氛毕竟有些沉闷。

我要离开村里了。百柱终于打破沉默。

去哪里呢？红卫并不在意。

去唐山，躲地震。百柱淡淡地说。

去唐山，躲地震？这回，红卫惊诧了，且跳了起来。

但百柱神情焉焉的，对红卫的惊诧似乎没有看见，他缓缓地、乱乱地说：上头不管大家，我也管不了那么多，可我毕竟是沭河村人啊！我这一个月，悄悄地做了全村人的思想工作，要大家都搭地震棚，但他们只是乐于传播消息，却都不相信，还问怎么没听上级号召？后来，上级辟谣了，他们就更不相信了，还说我是居心不良。我当然不能说之前到过你这里，说是你说的——有人还把我搭的地震棚给放火烧了哩！

红卫看着百柱，苦笑着摇了摇头，想说：我被你害苦了，还说这个！但仍不由问：为什么要去唐山躲地震呢？

我姑姑家在那里。百柱仍然慢腾腾地说，我说服不了乡亲们，也劝不转爸和妈离开村庄。他们都说不相信地震要来，只说自己都70多岁了，不想离开家乡，倒怂恿我出去躲，不然就是不孝顺他们，就是绝百家的后代。再说，我也没法在村里待了，村里人都说我是神经病、胆小鬼……

红卫嘴动了动，要说什么，然而终于什么也没有说。

百柱离开的时候，红卫相送着，几次欲言又止。当时，如果百柱注意一下红卫的神态，百柱也许会问一下，红卫就会把要说的话说出来，但百柱当时似乎心事重重，并没有发觉。

百柱去唐山后不久，沭河县不知为什么开始公开布置开展防震工作了。这样，人们也就都相信了一切，沭河沿岸的村庄于是都搭起了防震棚。但是，一年后这里只发生了震级不大的地震，当然，这是后话。

就在这一年，红卫吊死在地震台边的一棵山树上。在红卫吊死前不久，远在河北的唐山发生了震惊世界的大地震，尽管当时并未公开报道，但地震部门却是内部传达了的。百柱也在遇难者之列。后来，人们在红卫吊死的树下，发现了一本关于地震的书，书已被翻得卷了边。在"唐山的地质与构造"那一章里，还被反复用红笔勾了一道又一道……

我们一起到天堂

王平中

爸,我们到哪儿去?女儿问。

到天堂去。他低下头,对女儿说。

不!我不想到天堂去!我就想在这儿!这里有我的学校,有我的同学。女儿把头摇得像货鼓郎。

倩倩,现在我们不能在这里了,要么到天堂,要么到地狱。他说。

什么是天堂?什么是地狱?女儿抬起头,那双黑葡萄似的眼睛忽闪忽闪地望着他。

这么说吧,人的一生做了坏事恶事,就要到地狱接受惩罚,受苦受难;如果做了好事善事,就要到天堂去享福,明白了吗?

女儿似懂非懂地点点头。爸,我们到天堂去吧。

于是,他牵着女儿的手,默默地向天堂走去。

爸,天堂有些什么呢?走着走着,女儿挣脱了他的手,站住了,抬起头,望着他说。

他用手掌轻轻地抚摸着女儿的头说:爸也没有去过。不过,天堂里肯定是花红柳绿,莺歌燕舞,祥云朵朵……他搜肠刮肚,向女儿描述着天堂里的景象。

天堂里有学校吗?爸,我好想好想和同学们一起读书哟!

傻孩子,天堂里肯定有学校嘛。

爸,天堂里也有地震吗?女儿忽闪忽闪着那双黑葡萄似的眼睛,问道。

他的心猛地跳了一下:这场地震给女儿留下了太多的恐惧了。他忙安慰女儿说:天堂怎么会有地震呢?放心吧,天堂没有地震!

女儿脸上露出了天真的微笑。

于是,他和女儿有说有笑地向天堂走去。

走着走着,女儿突然站住了,抬起头对他说:爸!你说,做了坏事的人不能进天堂。我进不了天堂了!

倩倩,你能做什么坏事呢?他笑着对女儿说。

有一次，我不小心将同学的文具盒碰到地上，将他的笔也摔坏了！女儿带着哭音，爸，你说，这是坏事吗？

呵呵呵！他笑了，这是什么坏事嘛！

女儿终于放了心。俄顷，女儿又问：爸，你做了坏事吗？

他怔了一下，抚摸着女儿的头说：爸怎么会做坏事呢？你知道爸是怎么离开人世的吗？

知道，你是为了救我们同学。

你知道我这次在废墟中救出了多少同学？

知道，女儿说，你先后从废墟中救出了10个同学。可是，你把我救出来时，医生说，我已经没有呼吸了！

女儿，你怪爸爸吗？

刚开始我恨你呢！我想，你为什么不管我呢！难道我不是你亲女儿？当你听说我已经没有呼吸了时，我看到你那样子好骇人好骇人，眼睛鼓起像铃铛，牙腮骨咬得咯咯响，然后，你什么也没说，返身冲起了废墟中……这次，你被突然倒塌的断墙压住了！同学们都说，你是救人英雄呢！

是吗？他笑了，笑得有些苦涩。

我还知道，你临终前，将存的100万元钱捐出来，说是什么灾后重建。我看到好多叔叔阿姨都感动得流泪了！

这100万能做什么呢？你知道吗，这次你们学校压死了多少学生？

532个。女儿说。

这是500多个鲜活的生命呀！他声音有些哽咽，有泪从眼角流了出来。

爸，你哭了？

没……没……沙子吹进眼里了。他不自然地笑了笑，对女儿说，时间不早了，我们快点走吧！你妈妈还在天堂等我们呢！到了天堂，我们一家三口就不分开了，和和美美地过日子……

好哩！女儿听说要和妈妈相聚，眼里亮了一下。他曾听爸爸说，妈妈生她时产后大出血到了天堂。

终于，他和女儿走到了天堂门口。他看到妻子笑吟吟地在天堂门口等他们。女儿看到妈妈，摔开他牵着的手，飞似的跑了进去……

他刚将一只脚迈进天堂门槛，突然感到脖子被一条铁链套住了，随着拉力，身子向后打了一个趔趄，退了出来。他回头一看，见套他的是黑白无常，脸色顿时变得灰白。

你们为啥套我爸爸！女儿想从天堂里出来，但已经不行了，只有冲着黑白无常喊。

送他下地狱！黑无常瞪着眼睛说。

你知道吗？我爸爸在这次地震中救了10个同学。女儿说。

知道。白无常说。

我爸爸是为了救同学才……

知道。白无常说。

你们晓不晓得，我爸爸将攒了一生的钱都捐了出来！一百万呀！

知道。白无常说。

那你们还要套我爸爸？

白无常说：你知道你们学校压死了多少同学吗？

知道，532个。女儿说。这关我爸爸什么事？

这学校是你爸爸修的吧？

是呀！可学校是地震抖垮的呀！

你问你爸爸，为啥你们学校旁边那座希望学校没有垮？

豆大的汗珠刷地从他的脸上滚出来，他慢慢闭上眼睛，对黑白无常说：别说了，我跟你们走！

天堂里，传来妻子和女儿撕心裂肺的呼喊声……

天知地知

酉蕾宁

正在一个小空间里憋闷着,一丝阳光突然跑来,在我脚背上柔情划拉,很快就让我心静如水,竟然总结起人生来。

都说我运气不是一般的好:心乱如麻想女人时,便撞上女大学生遭抢劫;辗转反侧盼发财时,双色球就中奖了;色财两全罢,儿子哇哇降生——嘿嘿,这世界是为我设计的吧?

但我不愿仅凭运气生活,我也有极强的事业心,这主要表现在我对母校改建工程的严重关切上。该工程造价不菲呢,拿下它下辈子都可以吃香喝辣了。尽管我一个鸡窝都没有垒过,却信心十足参加了招投标,没办法,谁叫我生在这样一个随时都有奇迹发生的时代呢?当然,这活儿干起来也不是那么轻松,打点上上下下方方面面的关节,就耗费我老鼻子智力、精力、物力啦,不提也罢!凭着坚韧厚实的前期铺垫,我不中标谁中标?扫兴的是,孩子他妈的情绪从此反常——这女人经常在半夜里爬起来,直瞪瞪问我,你真的会盖房子吗?没奈何,我只得一遍遍安抚她,老公不会,还有你哥呢,老家的小平房,不就是他盖的?

似乎过了一个世纪,那丝阳光才游移到我小腿上来,斜眼看去有点像手术刀。它这是要干什么?切!

本着"打虎还看亲兄弟"的原则,我让孩子他舅改行做了项目总监;为践行"用人不疑"的观点,只是在他舅跟聘用工程师吵得不可开交时,我才出面拍板诸如"水泥标号就低不就高,钢筋直径选细不选粗"等重大事务:没办法,孩子他舅卖菜出身,斤斤计较惯了。母校的新教学楼,就在他舅的照料下一米米地长高,提前断水封顶。

难道我真的病了?昏昏欲睡间,我听阳光嘶嘶作响,像是在给我动手术呢。

跟孩子他舅相比,我的眼光自然远大得多。他舅到处喝酒、泡妞并以我的名义签单的同时,我却奔波于建设局、质监局等地,并和相关人士频繁出入商务会所、夜总会——为得到一纸优良证书,我那个累呀,累得我真想转行去砌砖！就在现场验收的头一天晚上，还给我节外生枝呢，说哪里哪里新来了一个副职，搞得我手忙脚乱，连夜求助十多台柜员机，鸡叫两遍都不得消停……这哪是人干的事呀？

迷迷糊糊睁开眼，四周已是漆黑一片，阳光呢？做完手术走了？

工程一优良，我便想不起它本来的模样了，成天手持证书，嚷着要承建除核反应堆外的各类建筑。对我知根知底的母校老师于是叹曰，打小功课不好的人，怎么就能干那么大的事呢？这问题让社会学家来回答，恐怕几万字都打不住，为此我正告孩子他妈，近年来你老公是努力工作的，以后遇到类似疑问，再不要拿"运气"两个字去搪塞了。夹着公文包在各个招投标场合亮相，我另一个过硬的理由是：手下人正在给我张罗的资质证书，据说可以用来参与纽约双子楼的重建。呵呵，要是不出意外，拿下本市第一高楼的承建合同，就在明天。

好多大事等着要处理呢，我怎么可以蜷缩在如此幽暗的地方？这里究竟是哪里？

因为儿子看上了老爸母校的新教学楼，我工程尾款的一半就得蒸发掉，这是个什么世道？！儿子刚一走进插班的教室，我便气急败坏去找教务处那个吃肉不吐骨头的家伙，本打算单挑的，末了却堆出满面笑容道，老弟，我们可是校友，你开出的价码是不是太高了？那人回我一个更加诡异的笑，对别人是高了些，但你不同啊……说着说着关上了门，然后咱俩开诚布公，接下来便窃窃私语，内容么，自然是天知地知你知我知。就在共识即将达成时，他大叫"头晕得厉害"，我高喊"脚站得不稳"，一下子双双摔倒……

感谢那根纤细钢筋，要不是它刺疼我，我真不知道自己被卡在构造柱和预制板间动弹不得！随手一摸，尽是强度不够的混凝土。我不禁又羞又恼：是哪个莽汉戳破了我的优良工程？来之前你倒是打个招呼呀，本人不会没有表示的……妈的，这一来往后咋混？儿子还会不会拿正眼看我？呜呜我的儿子……

那丝阳光再次扫描我时，我恐惧地闭上了眼。

推迟的婚礼

韩 峰

张军从军校毕业后，家里为他介绍的对象都有一个排了。张军最后选定了高中时的同学玲玉。其实上高中时两人就有好感，只是谁也没捅破这层窗户纸而已。

两人很快从初恋到热恋，紧接着便是谈婚论嫁。张军想趁"五一"结婚，可玲玉说"五一"是结婚高潮，酒店都得提前多少天预订，不如5月12日，这不仅避开了"五一"结婚的高潮，更主要的是这天是"国际护士节"。玲玉是县医院的护士长呢。可张军又说，护士节可以是可以，可就是这天医院肯定要举行活动，你作为护士长能不参加？不如再换个时间。忽然，张军说，5月18日是咱俩的生日，何不在这天举行咱们的婚礼呢？玲玉一想，也好，就定这天吧。

婚礼一天天临近，玲玉除了上班，又是忙着装修房子，又是忙着准备嫁妆，心里真是又激动又兴奋。这天，张军就该从部队回来了，她想问他坐几次车，好去接站，可打了几次电话也没打通。这是怎么了？是工作太忙？还是……玲玉往车站跑了几趟，结果连张军的影子也没见。

半夜，玲玉突然接到了张军的短信："有任务，婚期推迟。"玲玉这才如梦初醒，立刻非常敏感地判断到，汶川刚刚发生了大地震，张军一定是去救灾了！她的心霎时揪紧了。她马上打开刚关了不久的电视，荧屏上连续不断的震区画面又出现在她的眼前。刚才她看电视时，为无数鲜活的生命顷刻间走向天国泪流不止，此时，她又多了一份为张军揪心的泪。她两眼紧盯着荧屏，在那一群群救援的队伍中寻找着、辨认着，她想一下子看到那个熟悉的身影，她想对那个熟悉的身影喊上一声："张军！小心！……"泪水在她那姣好的脸上蚯蚓似的爬着，后来，枕巾也被洇湿了一片。

张军并不想让玲玉知道他去了北川，他不愿让她为他操心，再加上部队行动紧急，所以他到成都后才趁机给她发了那么个短信。到灾区后，通讯中断，救援一刻不停，他与玲玉的"热线"也彻底中断了。

玲玉的心情变得沉重起来，每天除了上班，不再装修新房，不再置办嫁妆，一回到家，就是看电视，含着泪在救援的军人中寻找张军的身影。这天，玲玉正寻找着，突然看到了那个熟悉的身影，她猛地从沙发上站起，对着荧屏动情地喊道："张军！张军！……"张军没有听到她的喊声，冒着余震的危险，钻进了倒塌的房屋中……玲玉哭了，泪水像断线的珠子……

10天后，玲玉忽然收到了张军的短信："玲玉，你是一个从容貌到心灵都很美的天使，我配不上你，劝你找一个比我好的男人吧……"玲玉骤然愣了，他怎么突然变心了？难道是又看上了别的姑娘？不会，他不是这样的人，再说，这些天他忙着救灾，哪有时间去找别的姑娘？就是找，也不会发展这么快呀。那这是为什么呢？

玲玉决定请假到灾区去，一是找张军弄清是怎么回事，二是做一名志愿者，帮助护理灾区的伤员。正好，全市要抽调医护人员组成医疗小分队奔赴灾区，玲玉被批准参加了小分队。

到灾区后，玲玉边护理伤员边向遇到的军人打听张军所在的部队，可都一无所获。这天，玲玉突然从一家晚报上看到了张军，尽管他的半个脸被绷带缠着，她还是一眼就认出了他。报道说，张军多次冒着余震的危险，从废墟中抢救出30多条生命。在一所幼儿园的救援中，他几次钻进倒塌的教室，结果在一次余震中被钢筋扎破了脸和腿……

玲玉的泪滴在报纸上，她一下子明白了张军那个短信的含义：他是怕我拖累他，怕我嫌弃他脸上可能留下的伤疤……

玲玉马上打开手机在上面写道："张军！你真是个混蛋！你把我看成啥人了！……"泪水像晶莹的山泉，又涌出了玲玉的眼眶……

远方的地震

王凤国

他是第一个知道远方的一座城市遭遇地震的。

那天在QQ上，他在和远方的一个朋友聊天，突然，那边中断了信息，起初，他还以为是那边死机了呢！很快那边的朋友给他发来了手机短信，告诉他他们那个地方来地震了，那里已停电了。他想了解更多的信息，就把电话打过去，信号无法接通。很快，各大网站就爆出新闻，说朋友的城市遭遇特大地震，许多房屋都已经倒塌，伤亡人数尚不清楚。

他对地震的记忆是痛苦的。那时他还是个学生，确切地说，是个小学生，那一年他才九岁。那天，他的裤子上体育课不小心划破一道口子，中午他们家先吃了饭，本来饭后父亲要和母亲一起下地锄草的，因为他裤子破了，母亲就让父亲先去，等把他的裤子缝补好了再去。就这样，父亲先走了，记得那天母亲还给他讲了一个故事，是牛郎织女的故事。后来他听到这个故事的时候，常常泪流满面，因为他想起了母亲，想起了母亲，他就痛恨自己，也许那天自己的裤子不在上体育课划破，他母亲就不会在那次地震中遇难，要是母亲和父亲一起去地里锄草，也就不会发生后来的悲剧，那天母亲给他缝补完裤子，说自己有点小困，想回屋小睡一会儿再去地里。那天他还和母亲开玩笑，说你让我爸一人在地里挨晒啊！母亲说，不会的，我了解你爸，你爸也有小睡的习惯，现在他肯定在地旁那个老柳下打盹呢！

他那天从家出来，很散漫地在街上走着，下午第一堂课是音乐，他不太喜欢音乐课，自然也不喜欢那个音乐老师。

他就有点逃避的意思，考试也不考音乐，他也不在乎，他突然想起来了，母亲说父亲在地旁打盹，那块有柳树的地他是知道的，离他家并不远，他想验证下母亲的话，看看父亲是不是真的在打盹呢！他就这样，漫不经心地走了过去，真的发现父亲在地头那个柳树下打盹儿。突然间，他感觉脚下的地在摇摆，他像头晕似的，他吓坏了，拼命地向父亲奔跑过去。父亲也在摇晃中惊醒，父亲看到了他，父亲说，孩子你怎么来了，父亲马上意识到，这个是地震。不好，孩子，快回家，你妈还在家。这个时候，更剧烈的震动开始了。他们也站不住脚，父亲搂着他先蹲下来，远处村庄的房子像经历一次大爆破，瞬间全部倒塌，他已经被突如其来的恐怖吓得呆了。

当他再次醒来的时候，发现自己躺在了一张床上，父亲告诉他，他已昏迷了两天了，常常做噩梦，还说梦话，医生说是让恐惧惊吓的。后来他才知道，这次地震死了很多人，他的老师和同学，还有他的母亲，都在这次地震中遇难。他在以后的日子，常常在母亲的坟前发呆，独自流泪。他常常想，假若自己那天裤子不划破，母亲就会和父亲一起去地里锄草了，和父亲一起去锄草就会躲过这次劫难，如果是这样，那天遇难的也许会是他，不是母亲。这样想，他就认为，母亲不该死，该死的是他，是母亲替他死的，是母亲的命换的他的命。深深的负罪感在他思想的天空里扎根并疯长。

以后的日子里，父亲也和他一样，父亲会看着母亲的遗像喝闷酒，然后独自叹息落泪，村里很多人跟父亲说媒，让他再跟孩子找个后妈，他都委婉谢绝了。他知道，母亲对父亲而言，就是父亲的另一半生命，再好的女人也代替不了母亲。

后来，他考上了大学，毕业后来到了这个很好的单位，他就把父亲接进了城里，但那次地震给他和父亲留下的痛苦记忆已深固内心。

这么多年来，他极力摆脱地震对他生活留下的阴影，在生活中，他也不愿意和父亲谈和地震有关的话题，至少他认为，那是把过去的悲伤、过去的痛苦追回，但常常他在梦中，痛苦的记忆又会追上他。他面对过去的灾难，他已选择了坚强，他唯一担心的是父亲，这么多年来，他不敢询问父亲对那场灾难的记忆。这个时候他想到了父亲，还好，他知道父亲不看报纸，但父亲看电视，他一定要阻挡父亲知道这个事，今天的新闻一定会放那个城市地震的消息，一定不能让父亲知道这件事。

这天下班，他早早回到家，他恶作剧般的从音像店租了许多父亲喜欢看的片子，回到家偷偷把有线电视插头拔掉，欺骗说，这几天有线电视路线搞线路维修，我怕你寂寞，找了许多光盘你自己放着看。他看到父亲没有表示任何怀疑，才放心了，在心中不免为自己的阴谋得逞而得意。

连续几天，家中一切风平浪静。单位里忙着给灾区捐款捐物，这天下班回家，他发现家里没有人，起初，他还以为父亲出去散步呢！可是他发现电脑桌上，父亲给他留下了一封信，才知道父亲走了，去了那个城市，那个让全国人民牵肠挂肚的地震灾区。父亲在信中说：

儿子：

你把有线电视插头拔掉了，是我听到邻居家电视在放新闻，我才知道的，我一直疑惑不解，是什么动机让你把有线电视拔掉的。你最近的异常我也看出来了，看了新闻，我才知道你的用心，你是不想让我知道和地震有关的任何信息，怕我对那场灾难回忆，你不知道，多年来我已选择了坚强，要知道有伤疤的地方也是最坚硬的地方，我多年来一字不提当年的那场灾难，是怕你想念你的母亲，我知道这是你内心最柔弱的地方，怕勾起你的痛苦。这几天来，不知为什么，你母亲的音容笑貌老在我的脑海中盘旋。我老感觉我要完成一个使命，你不要小看你父亲这么大年纪，我搬运个水泥什么的比你还有劲。放心，我想了多天，我要到那个城市去，我去那座城市了，为灾民做些我力所能及的事！不要为我担心，不要为我牵挂……

看完信，他双手插在头发里，眼里悄然落泪，他在内心里告诉父亲，我们都选择了坚强，但我们都没对对方说。

数天后，他在电视新闻看到一个熟悉的身影在志愿救灾的队伍中。他在心中说了句，父亲加油！

楚楚，你在哪儿？

薛 媛

缥缈的雾霭笼罩着河面，绿茵如织的山坡上，落英缤纷。一个高大的身影沿着河岸轻快地跑来，"嗨！不认得我吗？我就是楚楚啊！"他爽朗地笑着，英俊的面庞因激动泛着光，飞烟惊讶地望着他，说不出话来……"各位旅客，本次航班10分钟后将抵达北京首都机场，"飞烟猛地醒来，这"岸边相遇"竟是南柯一梦！她坐直了身子，揉了揉惺忪的睡眼，一丝微笑浮上嘴角：再过一天，就能与楚楚相见了，而且，是在那巴风蜀韵的李白故里！楚楚，是他的网名，三个月前，飞烟与他邂逅在一个热点论坛里，从此，远隔重洋的两个人成了陌生而又熟悉的朋友，不时在网上会面。或许是出于某种默契，两个人都没有问过对方的真实姓名，飞烟只知道，楚楚是西安的一名骨科医生，一个热爱运动与写作的大男孩，象牙塔里闷久了，渴望外面多姿多彩的世界，于是，旅游成了他单身生涯的最爱。"其实，去的地方多了，发现旅行的意义不在于新的景点，而是你有没有新的发现，有没有对生命的感悟。"楚楚曾写下这样的文字，"要是能分享你的旅行感悟该多好！"飞烟感叹着，"今年5月，我准备去川西的李白故里，要是你也有空，我们在那里不见不散！到时候，给你看看我的'秦人札记'。"他不无得意地说，"是你的博客吗？"飞烟问他，"不是，是一本笔记，我点滴的旅行感受都记录在里面。"于是，就有了飞烟这次五月之行。她和楚楚都期待着巴山楚水的旖旎风光和千年古韵的太白故居，而更让飞烟盼望的，是与楚楚的会面，可以见到那个充满哲思与灵性的大男孩！

飞机终于着陆了。踏上计程车时，飞烟突然感到一阵眩晕，她踉跄了一下。"又有余震了?!"司机关切地望了飞烟一眼，"什么？"飞烟不解地反问，"你不知道？四川刚刚地震了！"……那天傍晚的记忆已经相当模糊了，飞烟只记得，那晚的夜空像用灰色棉絮密封起来的一样，昏沉得令人窒息。一直到深夜两点，飞烟都守在手提电脑前，紧张地盯着屏幕上QQ头像的变化，不知已发了多少个信息过去，可楚楚音信全无。难道?! 一阵寒意袭上飞烟心头，可她分明记得：楚楚是在远离四川的西安啊！

第二天一早，来自汶川的深度报道如潮水般席卷了整个网络，把飞烟完全卷入了另一个世界，一个令她欲哭无泪的天地：满眼的断墙残壁，漫山遍野的碎石瓦砾，扭曲变形的废路，路面上到处是深不见底的裂隙，昔日人们休养生息的居所已被自然力化成了齑粉。飞烟永远忘不了那张照片：一个瓦砾堆的缝隙里露着一只血迹斑斑的小手，旁边几个战士正奋力用锄头刨开它上面的砖石……"楚楚，你看到这一幕幕了吗？那些曾经鲜活的生命，那些碉楼石屋，再也没有了，生和死只在这一瞬之间！"可楚楚，像是失语了，没有任何回应。第二天、第三天过去了，更沉重的灾情接踵而来：伤亡人数已经逾万，数不清的家庭支离破碎，还有四川境内那大大小小的旅游景点，不同程度地受到毁损，有的已永远从地球上消失。"楚楚，再没有太白楼和陇西院……"飞烟轻叹着，她和楚楚的"太白故里之约"只能是个梦境了。伴着悲伤，生的勇气与希望也在悄然勃发着：一位女教师一次又一次冲进剧烈晃动的教学楼，救出11名学生；暴雨滂沱里，一名志愿者冒着被泥石流卷走的危险，抢救出6名群众，而他自己却被突然坍塌的屋体埋没，这样的故事，还有太多太多……多少思绪与感触，飞烟想对楚楚诉说，可是，他那边，依旧是沉默。

　　大地震发生的第六天，飞烟带着残存的希望又一次打开电脑，映入眼帘的是抗震救灾的后续报道：那位解救出11名学生的女教师永远失去了她的5位亲人，可她没有为他们哀悼，而是继续奔走解救素不相识的人。那名为解救群众被困的志愿者依旧生死未卜，武警官兵们正全力搬开埋在他上面的层层砖石……报道上这样写着："目前，我们找到的只有这名志愿者的医师证和一本名为'秦人札记'的日记，也许，那是……""生命，不就是一场或长或短的旅行吗？"飞烟依稀记起来，那是他，楚楚说过的。楚楚没有失约，他已先去了那曾经山明水秀的天府之国。在给父母留下简短的消息后，飞烟坐上了开往四川的特快列车，没有犹豫，也没有恐惧。生命就是一场旅行，带走什么，又留下什么，需要每个人给出答案。这是飞烟生命中最美丽的一次旅行。

妈妈的手机

陈华淑（新加坡）

当年县里发生大地震的时候，丽灵还是一个九个月大的婴儿。她根本不知道发生了什么事。只记得轰然一声，天昏地暗，妈妈立刻把她揽在怀里，啊，今晚能够睡在妈妈的怀里，多好呀！她呼吸着妈妈的气息，感觉着妈妈的体温，慢慢睡着了……有人把她从紧紧揽着她的母亲身上抱走，从此就没有再看见妈妈了。也许当时她曾经大哭了一阵，但绝对不是因为这一场恐怖的浩劫而流泪。

在那段非常的时期里，丽灵被安顿在孤儿院。孤儿院里人多——好像越来越多，她一点儿也不感到寂寞，只是有时想起妈妈，就会"妈妈、妈妈"地叫着。尤其是在晚上睡觉时，她总是那么期待着妈妈再次的拥抱。

这一天，丽灵被张阿姨带到一对中年男女的面前。孤儿院的院长说："来，丽灵，叫爸爸和妈妈。"丽灵看着他们，紧闭着小嘴唇不出声，也不肯让他们抱过去，只牢牢地抓住张阿姨的裤管不放。张阿姨蹲下身子，柔声对丽灵说："灵灵乖，你的爸爸和妈妈来带你回家了。灵灵不是要妈妈抱抱吗？爸爸妈妈一定会爱灵灵的！"为了表示善意，新妈妈从纸袋里拿出一个小熊猫玩具来逗她，她还是不肯放手。最后，她又在哭声中被抱走了。他们离开孤儿院时，院长交给新妈妈一个手机。院长说："这是丽灵妈妈留给她的唯一的东西，记得要常常给它充电。以后，在适当的时候就可以交还给她。"

新爸爸是地铁车长，新妈妈是服装店的售货员。他们结婚多年，没有生育。虽然家境不是很好，但他们都很疼爱丽灵。

时间过得很快，一转眼，丽灵已经在城里的一所小学上课了。

一天，丽灵缠着妈妈要一台手机。她说："妈妈，您可以给我买一台手机吗？这样我一想您，就可以和您说话了。"妈妈说："孩子，你现在还小，等过些时候再说吧。""什么时候呢？""再看吧。"丽灵第一次有求不应，嘟着小嘴巴走了。

丽灵不知道，在妈妈的心里有一块大石头压着，它随着丽灵的逐年长大而增压。孤儿院院长的话言犹在耳，可什么时候才是"适当"的呢？而且这

妈妈的手机

几年自己花了多少的心血，苦心经营，才和丽灵建立起来的"亲情"，万一……但若是掩盖事实，却又违背良心，不守信用，这并不是妈妈所愿意做的事。唉！妈妈拉开抽屉，拿出那台款式陈旧的手机，按了按，屏幕上出现了一则送不出去的简讯："亲爱的宝贝，如果你能活着，一定要记住我爱你。"

每次读着这则简讯，妈妈的心就禁不住抽搐：8级大地震，震碎了几十万人的心！山河为之变色，生灵因此伤亡！全世界凡是有良心的人都对受苦受难者伸出援手，参加救灾的工作。那种壮烈感人的情景，至今历历在目；救援人员付出的无私的精神，更是令人刻骨铭心。丽灵的亲妈妈就是其中的一个罹难者。她用身体抵挡塌陷的房墙，护住至亲至爱的小生命到最后的一秒钟。

每次读着这则简讯，妈妈的心情就难以抑平。爸爸在这件事上，也显得患得患失，帮不了妈妈的忙。那天丽灵要求买一台手机，妈妈没答应，过后夫妻俩商量又商量，终于作出了一个决定。

三年后，五月十二日，下午，爸爸请了半天假，把丽灵从学校接回家；妈妈在家特地为丽灵准备好午餐。看见他们回来了，妈妈马上端出一大碗热腾腾的面食上桌，桌上还有一个小蛋糕。丽灵疑惑不解：今天是谁的生日啊？门铃响了，爸爸去开门，迎进了两位阿姨——孤儿院院长和张阿姨。大家坐定后，只低头不说话，一会儿，妈妈才点燃蛋糕上的小蜡烛，并在唱完《生日快乐》时，送给了丽灵一台手机。丽灵一看手机，有点不高兴："这是什么呀，旧的。"院长说了："这可不是一台普通的手机。来，我让你看上面的一则简讯，你就明白了。"

"亲爱的宝贝，如果你能活着，一定要记住我爱你。"

丽灵读了简讯，摇摇头，皱着眉，说："我还是不明白，它说的是谁呀？宝贝是我吗？"

"十年前的今天，四川发生一场大地震，房屋倒塌了，死了很多很多人，当时，你的亲妈妈没来得及逃离就被埋在屋子里，她用身体护住你直到你被发现，被救了出来。这台手机就是你亲妈妈临终时留下的。"院长慢慢地说。

"亲妈妈？"丽灵望了望妈妈。妈妈也正望着她。妈妈的眼里好像包含着什么东西似的。

"没错，简讯就是你亲妈妈最后的遗言。"院长看了大家一眼，语气平静地说："今天就是庆祝你的重生。你可要记住：爱你的亲妈妈，也要爱养育你的爸爸和妈妈！十年了，看到你们一家能够过着安定美好的日子，你的亲妈妈应该能放心了。"

"妈妈！"丽灵扑进妈妈的怀里……

废墟上行走的猫

杜杜（加拿大）

废墟之上，猫静静地走着。

这是一只全黑的猫，它的眼睛由于明亮使那一团黑色成为废墟上唯一令人瞩目的物体。它时而回头看着走过的瓦楞，目光里漏出一种怜悯而无奈的光波，那明亮在瞬间眯成了一条细缝。

区别于其他物体，这个物体正在自在地活动着，确切地说是活着。它使得其他静止的物体和物体下掩埋的一切，死亡的、没有死亡但濒临死亡的，庞大而荒唐得无可奈何。

你有时不得不承认，动物比人类优越。它是怎么和大地产生了沟通，我们无法猜测，但它显然得到了大地更多的偏爱。愤怒的大地准备在人类身上施暴前就给了它优先的躲避权，以至于三天前它就拒绝回到它舒适的猫窝里去生活了，全家为此而展开了热烈讨论。

女主人嗔道："你去当野猫吧！看谁给你好吃好喝好招待。过不了三天你一定回家。"

男主人大睁圆眼："你怎么舍得真让它出去疯？要是被别人抱走或是被车撞了，你不心痛？"

女主人答："咱们镇子谁不知道谁？还怕别人抱它？它那么聪明，会躲不过车？它这样叫春似的妙妙妙不肯进家，我有什么办法？"

少主人插嘴："爸爸妈妈，这两天镇里的猫狗好像有集体活动，都不想进圈，你就让肉肉随便吧，我按住它不让它走，他把我的手都抓破了。"

少主人说完，在猫食盆里放了几条新从沉湖捞回来的小鱼走出院子，放在肉肉可以看见的敞亮空地上，嘴里喊着："肉肉，来吃鱼吧，没人会关住你，你回来吃饭吧。"

肉肉不知从哪个墙角旮旯跑出来，舔了舔少主人被它抓破的手背，吃起鱼来。它丝毫不掩饰自己的幸福，黑色的头埋在瓦蓝色的猫食盆口，形成猫头和食盆原本就长在一起的和谐图像，与二层小楼里住着的三口之家同样和谐。

废墟上行走的猫

女主人的话果然应了验。三天还没到，肉肉就回家来了。家，却面目全非。

所有的房屋在短短几分钟之内被愤怒的大地摇动震撼，倒塌得七零八落。人类的喧哗突然被巨大的悲伤取而代之的时候，肉肉正在镇中最平坦广场中央的一片树阴下打盹儿。大地变成摇篮，对肉肉是件新鲜事，它在颤抖的地面上行了几下漂亮的猫步，站住，身体弓成弧形，它睁着惊恐的猫眼目睹了整个城镇此起彼伏的倒塌。顷刻之间改变了形状的镇子，高大的变为矮小，齐整的变为歪斜，规矩的变为不规矩，活着的变成死的了……

回到家的时候已经是傍晚，家已经不再是家。迷惑地立在家的碎片上，它以自己成功的生命俯视着脚下的一切。目光凄楚而冷静。

家的废墟触目惊心。两层小楼只有一面山墙还直直地立着，夕阳轻易地穿过这一扇薄薄山墙上的窗直接地照着肉肉若有所思的双眼。废墟里没有人声。中午大地变摇篮的时候，三位主人正上班上学，躲在镇里的某些个高楼里孜孜不倦，那些大楼现在都变成了支棱八翘的废砖烂瓦。

现在是晚上了，他们为什么不回来呢？虽然家已面目全非，但还是家呀。肉肉有些犹豫不决，我该去哪里呢？它禁不住思想。去哪儿去寻找男、女、少三位主人呢？它扭了扭仍然美丽的猫身，摇了摇弱小的猫头，觉得自己作为一只猫好像已经想得太多了点，禁不住为自己正在源源涌出的思潮沾沾自喜，也同时为思想的内容闷闷不乐。

五天之后。微雨如弦。

已经在家的废墟上行走了无数回的肉肉再一次行走在家的废墟之上。它小心翼翼地跳过一根乱石中伸出的尖锐金属，稳稳地立在一块平坦的瓦片上。它已经习惯了周围人们的奔跑和哭喊，倒塌的房屋摇摇欲坠的边边角角还在偶尔地坠落着，发出哗啦哗啦的巨大声响，荡起的迷漫烟尘顷刻就被淋下来的雨水压住了。

肉肉总能在瓦砾中寻到一点吃食，虽然有时酸臭，却充饥无妨。它站在墙下猫食盆的碎片旁边，怀念着那些新鲜的小鱼和主人手指的芳香。虽然断壁残垣中它一贯优雅的猫步变得有些蹒跚，它还是每天在家的废墟上盘桓。

被雨淋湿的肉肉黝黑发亮，一对猫眼炯炯放光，因为居高临下，很有些将军风度。它低头看着那堆一动不动的废墟，恋恋不舍。几天来，脚下这摊层层叠叠的碎砖、玻璃、木框摆设出它不熟悉的混乱形状，不免令它揪心。但在反复的巡视中它找到了许多自己熟悉的物件，这让它产生了很多猫的兴奋。

还记得那天在废墟边缘的角落里找到那只靛蓝猫食盆的时候，它几乎高兴得要跳起那支只在漂亮母猫前才会跳的猫舞。它用爪子拼命地扒拉着那只已经碎成两半的食盆，却没有成功，一块大大的墙皮压住了食盆上大部分蓝色花朵，它发现努力无效时，只好反复深情地舔着食盆的边缘，猫脑里想象着少主人被它抓破的手指的芳香。

　　这种味觉的回忆令它对家充满眷恋和向往，它的猫脑怎么都想不明白，为什么家突然成了废墟，为什么主人突然都不见了，为什么整个镇子里的人都是慌慌张张的，为什么所有人的目光都水汪汪的，为什么进来许多穿着古怪衣服的一模一样的人拼命地挖那些碎砖烂瓦，为什么那些人还不来挖它的家？如果那些人来挖它的家，会不会把主人们召唤回来？

　　它从不知道自己会以前所未有的猫的思念想念自己的家。它甚至惊讶于自己拥有了人类的情感和苦恼。它的猫眼里悄悄蒙上了一层人类的水雾，眼里的废墟突然朦胧起来。蜷缩着躺下，它静静地闭上了猫眼。

　　梦里，卧在女主人的腿上被她手里的梳子仔细地梳理着猫毛，它舒服得一动不动。少主人在院子里大声喊着："肉肉，我又给你捞了新鲜小鱼了，你来吃呀！"

　　鱼和少主人手指的芳香缓缓地飘进了它敏感的猫鼻，久久不散……

震

马晓东（加拿大）

当半个中国同时在震撼之前，我正和老婆为了件鸡毛蒜皮的事情又闹起了别扭。

第三天，我从老大那里得到彭波的死讯。

彭波所在的城市就在震中边上，头几天我一直试着给他打电话，家里不通，手机没人接，我早就预感到不妙。

我在大学寝室里排行老三，彭波是老四。他皮肤黑黑的，瘦高个，长着川人的大脑门，眼睛不大，一笑就弯成一对月牙儿，挺讨人喜欢的。彭波学习刻苦，而且干什么事都有一股子认真劲儿。我们功课不会的都找他辅导，所以他在我们宿舍里人缘最好。还有让我们这帮光棍色狼们羡慕的是，这小子居然中学就有女朋友，女孩子考进成都的大学，每周起码写两封信给他。可是，这小子的爱情堡垒却最终还是被同系小两届的薇攻陷了，薇死缠烂打，终于得手。毕业后，薇顺理成章地成了他老婆。

在成都机场接机大厅见到老大时已经是午夜一点多了，老大是成都人，毕业后回了老家经商。来到酒店，我们坐在大堂酒廊，要了两杯酒和一些小吃。很久，老大才点起一支烟，"听说老四死得挺惨，血肉模糊，唉……不过他把薇压在身下，救了她一命。""薇情况好吗？""不怎么好，在废墟下三十多个小时才救出来，失去了一条腿。"

闹钟七点准时闹响，老大的挂着军牌的陆虎 Ranger Rover SUV 已经在酒店门口等着了。一路上离目的地越近，路两边的景象越凄惨，等开进彭波的城市，感觉像看到了二战电影里的空袭后的景象。到处是断砖瓦砾，人们都衣冠不整，有人忙得一路小跑，也有人面无表情地或坐或躺，如同泥塑木雕，还有不少人在给死去的亲人烧香焚纸。一具具尸体一路排开，空气中飘着一股怪怪的味道。不远处，挖掘机、推土机和其他机械轰鸣着，仿佛听不见任何生物和自然界的声音。老大卸下了他捐给灾区的方便面和矿泉水，带我找到了彭波的表姐张医生。

张医生听说我们是彭波的大学同学远道而来，有点惊讶，"谢谢你们，你们一定是他的好哥们儿，可惜，这么好的人，就这样走了。他当时应该是回家吃完午饭正准备回去上班，老婆在睡午觉，如果自己逃应该来得及跑出去的。"

"彭波的遗体呢？"

"早就火化了，惨哪，脑袋压扁了，身体都变形了，却还是保持保护身下的老婆的拱形姿势。多好的丈夫啊！"

"噢，这是彭波的遗物，皮夹和手机，你们留着以后交还给他老婆吧。她已经转到成都中心医院了。"

匆匆和张医生道了别。我们的车穿行在废墟之中，踏上了归途。我握着老友的皮夹，上面仿佛有着他的体温，轻轻打开，一张他和薇相拥，满脸幸福的小照片夹在票夹中，我的眼泪又下来了。老大赶快递给我一支烟，我闭上眼点上猛吸了几口。"我来开一会儿吧。"我对老大说，"好吧！"于是我换到了驾驶位。

老大把彭波的手机拿在手上端详，"老四的手机和我的一样啊。"手机的外壳和屏幕都磨花了，按键上也有点泥灰。老大摁了几下没亮，便从前储物箱里找出车充给插上。

"还行，连上了。"老大打开了手机。

"错过了好多电话和短信，也有你我的电话。唉，我们打电话给他时，怎想到对方已不在人间了呢。"老大摇着头叹道。

好一阵沉默。

"你把车靠边停一下。"老大突然发话，脸上的表情很奇怪。

我把车停在路旁，"你看看。"

我接过来老四的手机，是一则短信。

"波，没想到这么多年过去了，爱火会重燃，想到今晚又要和你见面，我的身体就会快乐地颤抖。—— 莲"。发信时间是5月12日中午12：48，地震之前不到2小时。

"天哪！莲，难道是他的初恋？"老大的眼神似乎肯定了我的猜测。"原来是这样。"

"我知道他们有联系，没想到已经到这一步了。"

"你觉得薇知道吗？"

"不清楚，不过老四在单位里好歹也是个局长，她即使有所察觉，也不见得会张扬。"

"唉，不过各家的事情冷暖自知。况且人都走了，又是以这样一种壮烈的方式。"

"你接着看下面的短信。"

我继续往下翻，"波，永别了！—— 莲"。发出的时间是三天前的凌晨。"啊，难道她也被困了？"我头皮发麻，背心一阵阵发凉。"你知道她会被困在哪里吗？"

"不清楚，好像在邻近的城市的某个银行工作。"

我马上拨了那个手机，已关机，电池撑不了那么多天。

"老大，总得做些什么，说不定她还活着。"

"即使知道她在哪里，已经七天过去了，生还可能微乎其微了。再说这几天有余震，去那儿的路不好走。"

"那咱们总不能冷血地推测她已经死亡了吧？"我朝着老大吼起来。

"老三，别朝我吼，我他妈的心里也不好受啊，我们现在是想救都不知道怎么救！"

天色阴沉，两个大男人坐在车里抱头痛哭。

手机突然响了起来，老婆来电话了。

"老公，你好吗？"

"我还凑合，过两天就回去。你怎么样？"

"我很好，别担心。那边情况怎么样？无论如何，你一定要注意安全。我们都捐了款，我怕你钱不够用又往你卡上打了两万。"

"这里情况不太好，回来再告诉你，儿子好吗？"

"儿子很乖，我们都很想你，你办完事早点回来吧！"

我的眼睛突然有点湿，"知道了，一定，再见，呃，老婆，我爱你！"

电话那头的好像顿了一下，"我也爱你，老公！"

我挂断了电话，对老大说，"去看薇吧？完了再运车去灾区行吗？"老大点点头。我拿起老四的手机，找到那两条短信，重重地叹了口气，然后轻轻地按了两次删除键。

图书在版编目（CIP）数据

大爱·真情/凌鼎年主编 —北京：中国方正出版社，2014.4
　ISBN 978-7-5174-0087-5

Ⅰ.①大… Ⅱ.①凌… Ⅲ.①小小说-小说集-中国-当代 Ⅳ.①I247.8

中国版本图书馆 CIP 数据核字（2014）第 047945 号

大爱·真情
凌鼎年　主编

选题策划：王子君
责任编辑：安乐明
责任印制：李　华

出版发行：	中国方正出版社
	（北京市西城区广安门南街甲2号　邮编：100053）
	发行部：（010）66560933　门市部：（010）66562755
	编辑部：（010）59594610　出版部：（010）59594625
	网　址：www.FZpress.com
经　销：	新华书店
印　刷：	北京盛兰兄弟印刷装订有限公司
开　本：	787×1092 毫米　1/16
印　张：	19.5
字　数：	330 千字
版　次：	2014 年 4 月第 1 版　2014 年 4 月北京第 1 次印刷

（版权所有　侵权必究）

ISBN 978-7-5174-0087-5　　　　　　　　　　　　定价：40.00 元

（本书如有印装质量问题，请与本社出版部联系）